문장론

黃松文 著

문학사계

▌머 리 말 ▌

우리나라의 작가들이 문장을 소홀히 하는 경향이 있는데, 이는 마땅히 지양되어야 할 문제다. 여기에는 새로운 스타일의 갈구와 수용, 표현을 위한 성급한 요구에서 기인되는 것으로 사료된다. 무조건 수용한 외래사상의 물결이 우리 문장을 어지럽히는 요인도 있었다는 것은 이미 상식적인 이야기다.

물론 새로운 사상을 담으려고 할 때 새로운 방법과 기술이 요구된다는 것은 말할 나위도 없지만, 정확한 문장의 바탕 위에서 표현의 길을 개척해 나가는 게 문장도文章道의 정석이라고 나는 믿는다. 문장의 정도를 밝혀 나감으로써 문학의 자주독립을 수립해야 할 것이 아닌가.

문장이란 모자이크와도 같은 것이다. 하나의 돌 옆에 다른 빛깔의 돌을 놓아 감으로써 모자이크를 형성하듯, 그것은 적합한 자리에 적합한 언어를 끼워 넣는 것이다. 여기에 수사학적 언어 조립으로서의 문장이론의 지식이 요구된다 하겠다.

이 저서에서는 시, 소설, 희곡, 수필, 논문, 이렇게 많은 상상력을 요하는 차원의 문학 장르로부터 순차적으로 다루었으며, 언어와 문장 및 문장의 여러 기교를 이론적인 면과 실제적인 면을 병용하여 취급함으로써 수사적 정리를 기하고자 하였다.

필자는 이 책을 저술함에 있어서 문장의 이론과 실제를 균형 있게 조화시키기 위해 힘썼다. 이론이 없는 실제는 나침반 없는 배와 같다는 명제가 문장론에도 그대로 적용되기 때문이다. 문장의 기본적 이론 바탕이 없이는 훌륭한 문장을 기대할 수 없는 까닭에 우선 여기에 관심을 갖지 않을 수 없었다.

좋은 글을 쓰기 위해서는 물론 필자의 인생관 내지는 철학적 사고가 요구되겠지만, 우선 문장에 대한 이론을 캐고, 거기에 따른 지식을 터득해야 하지 않을까. 문인이나 일반인을 막론하고 문장을 소홀히 하여 왔다는 것은 참으로 부끄러운 일이 아닐 수 없다. 이 부끄러운 일부터 청산해야 하지 않을까. 필자가 이 책을 집필하게 된 소이는 바로 여기에 있다.

그렇다고 해서 문장 이론에만 치우치자는 얘기는 아니다. 문장의 이론을 지나치게 강조하게 되면, 문학의 예술성이 굳어지는 면도 없지 않은 까닭에 이미 전제한 바와 같이 문장의 이론과 실제의 조화로운 표현에 관심을 갖게 된 것이다.

필자는 이 책을 쓸 때 되도록 양질의 영양을 지닌 작품을 예문으로 차용하고자 노력했다. 그러다 보니 자연히 널리 알려진 작품이 대부분이었지만, 때로는 생소한 이름들도 선을 보이게 되었다. 따라서 여기에는 무게 있는 작품과 신선 발랄한 작품, 익은 문장과 싱싱한 문장이 노소동락의 하모니를 이루게 되었다. 작자들에게 일일이 알리지 못함을 죄송하게 여기며 해량海量을 바란다.

이『문장론』은 필자가 그동안 강단에서 강의해온 내용을 다시 정리하여 집필한 책이다. 나는 이 책의 건강한 탄생을 위해 온갖 정성을 다하였다. 앞으로 이 책이 대학의 강단에서, 또는 문학을 지망하는 학생이나 청년들에게서, 그리고 문학을 이해하고자 하는 독자들로부터 사랑받기를 바라고, 또 그러한 분들에게 유익할 것으로 믿어 의심치 않는다.

끝으로 이 저서는 펴낸 지 8년 만에 다시 증보하게 되었는데, 세월이 흘러서 증보한 지 26년 만에 재구성하게 되었다. 분주한 중에도 책이 되도록 도와주신 모든 분들께 마음 깊이 사의를 표한다.

단기 4348년(서기 2015년) 8월 15일
용마산방에서 황송문

▌차례 ▌

제2장 시문장

제3장 소설문장

제4장 희곡문장

제5장 수필문장

제6장 논문문장

제7장 문장의 기법

제8장 문장교실

제1장
언어와 문장

제1장 언어와 문장

Ⅰ. 언어와 표현

나는 10년 전에 경험했었던 일을 지금도 기억할 때가 있다. 그것은 대단히 신비롭고도 감동적인 일이었다. 나는 잠에서 깨어나려는 상태, 그러니까 무의식의 수면상태에서 의식의 상태로 돌아오려는 때가 있었다. 그 당시 나의 눈앞에는 파란 하늘이 무한히도 아름답게 펼쳐져 있었고, 무수히 많은 별들이 은하수와 함께 움직이면서 반짝이고 있었다. 마치 유리알처럼 파랗게 갠 그 맑은 하늘에서 연속 반짝이며 움직이는 수억만 개의 별떨기를 보는 순간, 나는 그 아름다움에 참으로 놀라지 않을 수가 없었다.

나는 그 감격적인 순간의 경이감驚異感에서 황홀해 하다가 마침내는 눈을 번쩍 떴다. 아, 그런데 그때 어디선가 빠른 템포의 피아노 소리가 들려오고 있었다. 그 피아노 소리는 바로 나의 집 앞에 위치한 여자고등학교에서 들려오고 있었다. 나는 그 피아노 소리를 들으면서 비로소 알게 되었다. 즉 그것은 그 빠른 템포로 울려오는 피아노 소리가 나의 귀에 전달되었고, 그 청각적聽覺的 음향의식音響意識이 시각화視覺化되어 색채의식色彩意識과 형태의식形態意識으로 나타나게 되었다고 하는 사실을 깨닫게 되었다.

그 후, 나는 그 당시의 음악이 선사해 주었던, 신비로운 색채와 형태들로 이루어진 우주적인 랑데부rendezvous를 어떻게 하면 시로써 표현할 수 있을까 하고 생각해 왔으나, 그렇게 훌륭한 소재를 가지고도 한 편의 시를 써내지 못하고 있다. 수만 수억의 별들이 서로 애무하면서 밀회하는 광경을 표현하고 싶은데 왜 표현하지 못할까. 여기에 문자의 한계, 표현의 한계가 있다.

나는 그 당시에 내가 감동했던 내용을 100% 표현할 수는 없겠지만, 그 100%에 가까운 곳까지 접근할 수는 있을 것이다. 그러므로 나는 지금에 와서도 때때로 그 100%에 가까운 표현을 위하여 모래알같이 많은 언어들 속에 숨겨져 있을 적합한 언어를 찾아 나선다.

내가 만일 음악가나 화가였더라면 보다 직접적인 음률이나 색채로써 표현을 시도했을지도 모를 일이다. 그러나 나의 생각으로는 음악적 형태나 회화적 형태도 그 은밀한 분위기와 함께 내가 주관적으로 느꼈던 감동이나 사상을 제대로 표현하기란 그렇게 용이하지는 않을 것 같다.

1. 언어의 성질

이 세상에는 두 가지 유형의 언어가 있다고 본다. 그 하나는 인간 사회에서 약속된 협의狹義의 개념으로서의 언어요, 다른 하나는 자연계의 우주 만물에 내포된 광의廣義의 개념으로서의 언어이다. 협의의 개념으로서의 언어라면 물론 인간 사회에서 통용되는 음성언어라든지 문자언어가 있지만, 광의의 개념의 언어로서는 특수한 사람들만이 감지할 수 있는 차원의 언어를 말한다. 여기에서 지칭指稱되는 특수한 사람들이란, 정신세계에 있어서 첨단을 걷고 있는 종교인이나 예술인 등을 가리킨다.

문학에 있어서 종교적 상상력이나 예술적 상상력은 대단히 중요하다. 그렇기 때문에 많은 문인 예술가들은 보다 높은 차원의 언어를 찾기 위해서 종교적 상상의 세계를 추구하게 된다. 가령 악성樂聖 베토벤이 식사를 하다가 악상樂想이 떠올라 식탁의 메뉴 위에다가 곡曲을 기록했을 때 그는 광의의 개념으로서의 언어가 내포한 이 우주 속의 어떤 신비적이요, 계시적인 언어를 악보樂譜라는 음악 형태로 포착하게 되었다고 말할 수 있다.

또한 산책을 하던 베토벤이 빗방울이 떨어지는 순간, 느끼게 된 영적인 소리를 악보에 옮겼을 때, 그리고 악보를 보고 피아노를 두드려 기막힌 소리를 내었을 때, 이러한 경우는 천상天上의 지나가는 소리를 포착하여 지상地上에 잡아 두었다고 말할 수도 있을 것이다. 이것을 또한, 계시적으로 감추어진 우주 공간의 소리를 현실적으로 포착하였다고 말할 수 있을 것이다.

인간은 태어나면서부터 천부적天賦的으로 무엇인가를 표현하고자 하는 충동을 갖는다. 아울러 그 창조성과 함께 존재하고자 하는 영원성의 욕구를 지닌다. 즉, 그것은 무엇인가 새로운 것을 창조하려는 욕구의 충동이다. 그러므로 일찍이 많은 사람들은 무엇인가를 표현하면서 자기 나름의 창조성을 발휘해 왔으며, 거기에서 나타난 창조물(작품)을 보다 영원히 기리기 위해 종교 혹은 예술 등을 본질적으로 추구해 왔던 것이다.

우리가 일상적인 생활에서 필요로 하는 언어라고 하는 것은, 단순히 자기의 사상 감정을 상대방에게 전달하기 위한 매개적 역할로서의 표현 기능에 불과하지만, 차원이 높은 의미의 내용을, 문학적 형식을 빌어 미화하는 예술형태를 모색하는 경우에 있어서는 광의의 개념으로서의 계시적 언어, 영감적 언어를 필요로 하게 된다.

우리들은 삼라만상森羅萬象에 나타나는 온갖 현상들로부터 여러 가지 형태의 느낌을 받는다. 그 사물이 지닌 바의 모양과 성질에 따라서 여러 경이로운 느낌을 받게 되는데, 이러한 느낌을 종교에서는 영감을 받는다고 하지만, 문학에 있어서는 일반적으로 착상着想이라고 말한다.

종교적 계시로 영감을 받거나, 문학적 상상력으로 착안하거나 간에 이처럼 외계의 사물로부터 무엇인가를 받아서 그 의미를 깨닫게 되는 경우를 광의의 개념으로서의 언어와 접한다고 말할 수 있다.

그런 까닭에 우주의 어떤 에너지는 인간을 낳았고, 인간은 그 본체를 표현한다는 논리가 성립된다. 그로부터 지음 받은 우주의 속성, 자연의 속성을지닌 언어와의 자연스러운 교신이야 말로 문학의 차원과 영원성을 위해서도 대단히 유익한 영역인 것이다. 물소리 바람소리도 대자연의 언어요, 별들의 반짝임도 대자연의 우주적인 언어인 까닭에 그 계시적인 언어에는 소리도 있고 빛깔도 있다. 문제는 이 세상에서 사물이 지닌 바의 상징적인 언어, 계시적인 언어를 놓치지 않고 포착하였다가 작품으로 어떻게 형상화하느냐에 달려있다 하겠다.

2. 모국어의 맛

협의의 개념에 있어서의 언어—모국어라고 하는 것은 민족공동체의 얼이 담긴 약속이다. 고유한 언어는 그 민족과 함께 발생하여 생사고락을 같이하고, 운명을 같이함으로써 그 민족의 중심적 혼魂이라 아니할 수 없다. 그것은 인간이 지닌 사유능력思惟能力의 주체로서의 얼魂이기 때문에 해당 민족과 운명을 같이한다.

모국어라고 하는 것은 그 민족이 지닌 바의 민족공동체의식의 얼로서 뭉쳐있는 문화적 형태인 까닭에, 그 민족의 향기가 언어 속에 젖어 있고, 민족의 향토적인 맛이 우러나 언어 속에 배어 있기 마련이다.

가령, 우리 겨레는 자고로 김치와 깍두기라든지, 청국장의 맛이 몸에 배어 있는 것처럼, 민족의 언어—모국어에도 역시 민족공동체의 얼로서의 구수한 맛이 깃들어 있음은 물론이다. 그렇기 때문에 문학에 있어서도 가장 한국적인 것이 가장 세계적이라는 논리가 성립된다. 가장 일본적인 것을 쓴 가와바다 야스나리川端康成의 소설「설국(雪國)」이 노벨상 수상작으로 뽑히게 된 것도 우연한 일이 아니다.

이 지구상에는 물론 자기의 문자를 갖지 못한 나라 사람도 있지만, 대부분의 나라 사람들은 저마다 문자를 가지고 있다. 자기 나라의 국어를 갖고 문자를 사용하며, 문장을 꾸미고, 또한 기록된 문장을 읽고 이해함으로써, 이러한 문자를 매개로 하여 새로운 문화가 탄생되는 것이다. 그리고 그 가운데서 문화유산은 보다 널리 파급되고 또 영원히 그 생명을 유지하게 되는 것이다.

3. 글을 쓰는 목적

우리들은 어떠한 목적으로 글을 쓰는 것일까, 우선은 자기가 생각한 것이나 느낀 바를 다른 사람에게 알리려는 데에 목적이 있을 것이다. 물론 이와는 본질적으로 다른 목적이 사람에 따라서 얼마든지 있을 수도 있다. 가령 필자의 경우만 하더라도 글을 쓰는 목적이란 인생을 깨끗하게 하고, 영혼을 아름답게 하기 위함에 뜻이 있다고 믿어 왔던 터이다. 왜냐하면 글을 쓰는 일, 창작행위라고 하는 것은 마치 세탁비누로 옷을 치대어 빠는 것과 같아서, 글을 쓰면 쓸수록 그 고통스러운 작업을 통하여 나의 영혼, 나의 인생이 깨끗하게 세탁된다고 믿어 왔기 때문이다. 그러나 이것은 어디까지나 나의 주관적인 견해이므로 누구에게 강요할 성질의 것은 아니다. 그러므로 여기에서 우선 객관적으로 보편타당한 것을 든다면, 우선은 타인에게 알리기 위하여 글을 쓴다고 말할 수 있을 것이다.

일기문과 같은 것은 반드시 다른 사람에게 알린다거나, 전달하기 위한 목적으로 쓰는 글은 아니다. 먼 훗날 자기의 생활 기록을 남긴다든가, 또는 자기의 생각을 정리하기 위하여 일기를 쓰는 사람도 있을 것이다. 하지만 이와 같이 읽는 사람이 없는 글은, 보는 사람이 없는 그림과 같이 무의미하다.

따라서 문장은 우선 다른 사람에게 잘 읽혀져야 한다. 그렇다면 과연 타인이 읽기 쉬운 글, 쉽게 이해할 수 있는 글이란 어떤 것인가. 글이란 발표되는 지면의 성격에 따라서 문장의 내용이 달라지는 것은 당연하다. 신문의 문장과 학술잡지의 문장은 다를 수밖에 없다. 학자라든가 어떠한 전문가가 쓴 문장은 그 속에 무엇이 들어있는가 모를 정도로 보이는 경우도 있다.

또한 글을 써낸 본인도 정말 어느 만큼이나 아는 것일까 의심스러울 정도로 석연치 않은 점도 없지 않다. 아무튼 이해하기 어려운 문장은 좋지 않다. 읽기 어려운 문장은 대개 하나의 센텐스가 너무 길거나 논리적 질서가 잡혀 있지 않은 것을 말한다.

글을 쓰는 보편적인 목적은 어디에 있을까. 그것은 자기의 사상 감정을 전달하고자 하는 데에 있다.

자기가 쓴 글을 자기 이외의 다른 사람들에게 보여 알림으로써 표현욕을 충족시키고 비로소 소통의 즐거움을 누릴 수 있기 때문이다. 즉 자기의 생각을 글(문장)이라고 하는 매개 형식을 통해 남에게 공감시킨다는 것은 그만큼 보람 있는 일이다.

가령, 새가 목이 마를 때 물을 마신다고 하자. 그리고 흥에 겨울 때 솟구치고, 그리움이 일 때 비상飛翔하며, 즐거울 때 나뭇가지에서 열락悅樂의 노래를 부른다고 하자. 이와 같이 하찮은 날짐승도 표현의 기쁨을 누리는데, 하물며 만물의 영장으로서 언어와 문화를 지니는 인간이 그러한 표현의 혜택을 누리지 못해서야 되겠는가.

문자를 매개로 하여 표현의 무한성을 누릴 수 있는 영광이야말로 인간이 지닌 최대의 특권인 것이다. 우리에게 부여된 이 표현의 특권을 우리는 거침없이 누려야 한다.

그런데, 여기에서 말한 대로 '거침없이 누린다'는 것이 그렇게 쉬운 일은 아니다. 따라서 거침이 없고, 막힘이 없이 누리기 위해서는 문장 표현의 기술이 요구된다 하겠다.

4. 세 가지(3C) 원칙

다른 사람에게 쉽게 읽혀지는 문장을 작성하기 위해서는 그 기초가 갖춰지지 않으면 안 된다. 문장을 작성하는 데는 다음과 같은 세 가지 원칙이 있다.

즉,

Clear: 명쾌(明快)하고

Correct: 바르고

Concise: 간단하게

이것을 가리켜 "3C의 원칙"이라고 한다.

명쾌하고 바르고 간단하게 쓰라는 것은, 용어의 문제도 있지만, 그 이전에 논리의 문제가 따른다. 논리가 질서정연하게 잡혀 있는 문장은 마치 1라운드에서 상대방을 쓰러뜨리는 복서와도 같이, 경쾌하고 통쾌한 것이어야 한다.

그런데 이와 같이 명쾌하고 바르고 간단하게 쓰기란 그렇게 쉬운 일이 아니다. 자기가 하고 싶은 이야기를 보다 적합한 언어를 찾아내어 효과적으로 조화롭게 조립하지 않으면 안 되기 때문이다. 좋은 내용의 글을 잘 쓰려면 무엇보다도 우선 사람이 되어야 함은 물론이지만, 적합한 언어를 선택하여 제자리에 끼워 넣는 훈련이 필요하다. 적합한 언어를 선택하는 것 못지않게 들어가야 할 자리에 조립組立하는 것 역시 쉬운 일이 아니다. 적합한 언어를 선택하는 데 있어서, 가령 과묵한 표상을 사물에서 선택한다면, 산이나 바위, 고목 등을 들 수 있을 것이다. 이성적인 표출의 대상으로는 골짜기, 바다, 파도 등을 들 수 있는데, 문제는 계시적 성격을 포착할 줄 아는 능력이 따라야 한다는 점이다. 그러나 이러한 경우는 시문장에서처럼, 수사학적으로 필요로 하는 높은 차원의 것이고, 일반적으로는 연상하는 내용이 다르다. 가령, '물'이라는 사물을 저널리스트의 눈으로 관찰할 때, 그의 머리 속에는 여러 가지 구상構想이 떠오르게 될 것이다. 그것을 생각나는 대로적어 보면 대개 다음과 같은 말이 된다.

물이 없으면 사람은 살 수가 없다.

물은 전기의 원동력이요, 수송의 동맥이다.

가정의 청결도는 물의 소비량에 따라서 결정된다.

수세식 변소나 하수도의 완성도가 문명사회의 지표이다.

폐수에 질식해 죽은 물고기가 수백 마리나 된다.

5. 문장의 조립

문득 생각나는 하나하나의 아이디어는, 기계의 부속품과도 같다. 수시로 떠오르는 많은 아이디어 가운데서 버릴 것은 버리고, 취할 것은 취하는 취사선택 과정을 거친다. 이러한 작업은 마치 부속품으로부터 하나의 기계를 완성하는 작업과 흡사하다. 어떤 생각이 머릿속에 떠오르면 일단 원고지에 써 보는 것이 좋다. 글을 쓰는 데에도 여러 가지 제약이 따른다. 우선 시간과 스페이스의 제약을 들 수 있다. 2백자 원고용지 몇 장이 소요되는가. 또는 A4용지 몇 장이 소요되는가. 그리고 한 권의 책을 내는 데에는 얼마만큼의 원고를 써야 하는가를 알아야 한다. 글을 쓰는 일은, 물론 전하고 싶은 게 있기 때문에 쓰는 것이다. 그 전달하고 싶은 것은, 자기의 사상도 있고, 감정이 있는 경우도 있다. 전하고자 하는 내용을 상대방에게 충분히 전달하기 위해서는 쓰고자 하는 의도가 분명해야 한다. 따라서 문장의 표현이 선명해야 함은 물론이다. 그러므로 글을 쓰기 전에 먼저 무엇을 어떻게 쓸 것인가를 구상하는 일이 중요하다.

일정한 길이에 무엇을 쓸 것인가. 이러한 생각에서 문장을 조립해 나가야 한다. 문장은 처음과 끝이 매우 중요하다. 그러므로 글을 어디서 끝맺을까 하는 것은 시작 못지않게 어려운 일이다. 옛날부터 '기승전결起承轉結'이라는 게 문장의 기본 형식으로 존재해 왔다. 특히 서론에서 시작하여, 결론에서 끝맺는 글은 지금도 문장의 정도正道로 되어 있다. 글을 쓴다는 것은, 짧은 글이나 긴 글이나 간에 어려운 일이다. 무엇을 쓸 것인가를 정하고, 그 생각을 글로 조립하는 데에는 꾸준한 인내와 함께 계속적인 노력과 숙달이 필요하다.

6. 센텐스는 짧게

독자는 읽기 쉬운 문장을 원한다. 읽기 쉽고, 이해하기 쉬운 문장을 쓰려면, 우선 센텐스가 짧아야 한다. 호흡이 긴 문장일수록 논리가 불투명해지기 쉽다. 복잡한 내용을 바르게 표현하고, 읽기 쉬운 글로 만들기 위해서는 문장을 되도록 간결하게 하는 것이 좋다. 그 짧은 문장을 하나하나 쌓아올려서 전체의 통일성을 이루어야 한다.

일반적으로 문장의 길이를 글자의 수로 계산할 경우, 44자 이상이면 긴편에 속한다. 43자에서 27자 사이에 들면 보통이고, 26자 이하이면 짧다고 할 수 있다. 다음의 예문을 보면 쉽게 이해할 수 있을 것이다.

① 현대의 시민은 제왕을 버렸고, 현대의 시인은 운율을 버렸다. (24자)
②우리의 초가집은 신화와 우주 질서의 미학을 보여주는 한 원형이다. (27자)
③ 모래알 한 알을 놓고 우주를 생각하고, 손바닥을 젖히면서 영원을 생각한다. (30자)
④ 모든 새로운 것은 새삼스러운 의식의 결과이며, '나타남'은 그 의식의 프리즘 현상이다. (34자)
⑤ 흘러가는 물에 떠내려가는 고래가 되지 말고, 폭포를 타고 솟아오르는 피라미가 되라. (34자)
⑥ 근세문학의 본질은, 저승을 잘라 버리고 이승만을 생각하는데, 여기에 문제점이 있다. (34자)

⑦ 아무리 어두운 면을 다루었어도, 인간성을 그렸느냐 사회성을 그렸느냐를 구분할 줄 알아야 한다. (39자)

⑧ 정치적 경제적 변혁이 와도 변하지 않는 문학의 영속성으로서의 문학의 기능과 가치를 지켜 나가야 한다. (42자)

⑨ 예술가는 우선 자연의 신비, 생명의 고귀, 우주의 신비로움에 눈을 떴을 때만이 인간의 얘기를 비로소 할 수 있다. (44자)

⑩ 작가란 훌륭한 작품을 남겨야 하는 바, 그가 철학자는 아니지만 적어도 철학적 안목의 통찰력은 지니고 있어야 한다. (46자)

문장은 글의 성격에 따라서 그 길이도 차이가 난다. 가령, 창작문의 경우에 있어서는 센텐스의 길이가 짧지만, 실용문에 있어서는 센텐스의 길이가 길다. 그리고 이 양자 사이에 대비되는 점으로서, 창작문의 경우에 있어서는, 한자가 적고 구성이 복잡하다면, 실용문의 경우에 있어서는 한자가 많고 구성이 단순하다. 이제까지의 연구 결과 밝혀진 바에 따르면, 대부분의 작가들의 문장은 대개 30자에서 40자 사이가 많은 것으로 얘기되고 있다.

II. 문장의 분류

문장을 크게 나누면 몇 가지의 유형類型으로 분류할 수 있겠지만, 모든 목적에 대응할 수 있는 문장 일반의 분류법이란 있을 수가 없다. 왜냐하면 문장이란 인간의 문제 내지는 사회의 문제 등 인간과 관계되어지는 모든 문제의 양상에 따라서 얼마든지 변화될 수 있는 성질의 것이기 때문이다. 그러므로 다만 가능한 한계의 것으로서 어떠한 분류 기준에 따라서 여러 형태로 분류할 수 있을 뿐이다.

1. 창작문학과 산문문학

문장을 크게 나누면 창작문학과 산문문학으로 가름할 수 있겠다. 창작문학에 있어서의 장르는 시 · 소설 · 희곡 · 수필 · 평론 등이며, 산문문학은 역사 · 철학 · 언어학 · 수사학 등으로 나누어진다. 창작문학은 창작적 문학으로서 시문학이라고도 하는데, 여기에서 말하는 시문학은 제작 또는 창작을 의미한다. 신약성서 에베소서 2장 10절에는 "우리는 하나님의 지으신 바라"는 구절, 혹은 "우리는 하나님의 만드신 바라"는 내용이 들어있는데, 번역된 성서의 종류에 따라서는 "우리는 하나님의 작품이니라"고 표현된 것도 있다. 또한 헬라어 원문에는 "우리는 하나님의 시詩이니라"로 되어 있다. 따라서 Poem 또는 poetry는 각각 무엇을 '제작'한다거나, 무엇을 '창작'한다는 뜻과 아울러 시를 가리키고 있음이 분명하다.

2. 시(창작)의 본질

시인을 가리켜 언어의 창조자, 또는 재창조자라고도 한다. 왜냐하면 그는 상상적 우주의 창조자로서 어떤 상상의 인물과 사건으로 채우게 되기 때문이다. 즉, 어떠한 원인에 의해서 결과 되어진 자연이라든지, 만물을 새로운 눈—시적 상상력으로 재구성하고 재창조하여 새로운 형태의 시(창작)를 탄생시키게 된다. 따라서 새로운 형태의 시작품은 새로운 개념을 파생시킬 수 있는 가능성을 지니고 있는 까닭에, 결국 시인은 새로운 언어를 창조하는 모체가 되는 셈이다.

3. 산문의 의미

산문은 대체적으로 두 가지의 의미를 지닌다. 즉 문장의 매재형식媒材

形式으로서의 운문(verse)이 아닌 산문(prose)과 문장의 내용(성질)으로서의 시가 아닌 산문의 의미, 이 두 가지로 구분된다.

여기서 잠깐 아리스토텔레스의 말을 빌리자면, 그는 "역사가와 시인의 차이는 한 쪽이 산문으로, 한 쪽이 운문으로 쓰는 데에 있지 않다. 왜냐하면 헤로도토스의 「역사」는 운문으로 씌어졌다고 하더라도 운율이 없는 경우와 마찬가지로 역사일 것이기 때문이다. 역사가와 시인의 차이는 한 쪽이 실제로 있었던 것을 말하고, 다른 한 쪽은 있을는지 모르는 것을 말하는 점에 있다"고 했다.

역사가 있는 그대로의 사실을 기술한 것이라면, 시는 있을 수 있는 일을 기술한 것으로서, 사실 이상의 것을 추구하는 성질의 영원성과 예술성을 지닌다.

4. 형태상의 구분

문장을 분류하는 데 있어서 가장 형식적이고 도식적圖式的인 방법은, 그 형태상으로 구분하여 운문과 산문으로 나누는 일이다. 운문과 산문은 기본적인 양대兩大 형식이므로 먼저 파악해야 할 필요가 있다.

운문이란 언어의 문자 배열排列에 있어서 운율(율격)이라는 일정한 규율이 있는 글로서의 그 일정한 규율로 말미암아 "문장의 표면상 리듬이 두드러지는 것"이 그 특성이다.

다음으로, 산문이란 언어 문자의 배열에 있어서 일정한 규율이 없는 자유스러운 형식으로서 리듬이 문장의 표면상 두드러지지 않는 것이 그 특성이다.

5. 실질적인 분류

인간의 심리 작용에 따라 지적 문장(기사문 · 서사문 · 설명문 · 논의

문), 정적 문장(서정문), 의적 문장(권유문)으로 나누기도 하고, 문장의 외형상 구분으로서 간결체簡潔體와 만연체蔓衍體, 강건체剛健體와 우아체優雅體, 건조체乾燥體와 화려체華麗體 등으로 분류하여 문장 표현의 맛과 힘과 수식修飾의 짙고 엷음에 따라 나눌 수도 있다. 이 밖에도 문장의 분류 기준에 따라 얼마든지 분류할 수 있다.

그러나 이와 같은 분류 기준을 정하지 않은 채 일반적으로 문장의 종류를 간단하게 나누기는 어렵다. 인간의 심리 작용에 의해서 두드러지게 대조되는 주지적 문장을 살펴보면 그 성격을 알 수 있다.

주정적 문장에는 정열적인 것, 감상적인 것, 동경적인 것, 전원적인 것, 낭만적인 것 등이 있으며, 주지적 문장으로는 사실적인 것, 객관적인 것, 과학적인 것, 실험적인 것, 분석적인 것, 비판적인 것, 풍자적인 것, 냉소적인 것 등 정신을 표현하는 것이 있다.

다음으로 나눌 수 있는 것이 실용문과 예술문이다. 그러나 이러한 분류는 실질적으로 도움이 되지 않기 때문에 일본의 국어학자 도끼에다 모도끼(時枝誠記)의 주장대로, 언어의 기능을 중심으로 하는 것이 보다 실질적으로 보탬이 될 것이다.

6. 표현 목적에 따른 분류

표현의 목적에 따르는 내용의 문장으로서는 알리려는 목적의 문장과 감명을 주려는 목적의 문장, 그리고 설득시키려는 목적의 문장 등이 있다.

알리려는 목적의 문장에는 설명문, 기사문, 서사문, 해설문, 기록문, 보고문, 관찰문 따위가 있으며, 감명을 주려는 목적의 문장에는 서정문, 수상문 따위, 그리고 설복시키려는 목적의 문장에는 논의문, 설득문, 권유문 따위가 있다.

여기에서 좀 더 다른 각도에서 분류하면 서술문과 감명문, 그리고 설복문 등으로도 나눌 수 있다. 서술문은 다시 묘사적인 것과 설명적인 것으로 나누어진다.

묘사적인 문장의 본보기로는 김동리金東里의 소설 「찔레꽃」(서두 부분)을 들 수 있다.

올해사 말고 보리 풍년은 유달리 들었다.

푸른 하늘에는 솜뭉치 같은 흰구름이 부드러운 바람에 얹히어 남으로 남으로 퍼져 나가고, 그 구름이 퍼져 나가는 하늘가까지 훨씬 불어진 들판에는 이제 바야흐로 익어가는 기름진 보리가 가득히 실려 있다.

보리가 장히 됐다 해도 칠십 평생에 처음 보는 보리요, 보리밭 뚝 구석구석의 찔레꽃도 유달리 풍성하다. 보리 되는 해 으레 찔레도 되었다.

"매— 매—"

찔레꽃을 앞에 두고 갓난 송아지가 울고,

"무— 무—"

보리밭 뚝 저 넘어 어미소가 운다.

설명적인 서술의 문장에는 정한숙鄭漢淑의 소설 「고가(古家)」가 있다.

솟구쳐 흐르는 모양 뻗어 내린 소백산(小白山) 준령(峻嶺)이 어쩌다 여기서 맥(脈)이 끊기며 마치 범이 꼬리를 사리듯 돌려 맺혔다.

그 맺어진 데서 다시 잔잔한 구릉(丘陵)이 좌우로 퍼진 한복판에 큰 마을이 있으니 세칭 이 골을 김씨 마을이라 한다.

필재(弼載)의 집은 이 마을의 종가(宗家)요, 그는 증손(宗孫)이다. 필재의 집 앞마당에 있는 느티나무 아래 나서면 이 마을이 한눈에 내려다보인다.

지금 느티나무 밑에서 내려다보이는 그 넓은 시내가 오대조가 여기 자리 잡을 때만 해도 큰 배로 건너야 할 강이었다고 했다. 필재의 오대조가 여기에 자리 잡았다는 것을 보면, 당당하던 장동김씨(壯東金氏)의 세도도 부리지 못하고 낙향한 패임이 분명했다.

그 물줄기가 벌을 가로질러 흐르는 까닭에 김씨 마을은 번성했고
또한 부유하게 살았다고 했다.

　　「고가(古家)」의 서두 부분이다. 다음으로 감명문에는 감동적인 문장과
설화적인 문장이 있다. 감동적인 문장의 으뜸은 시의 표현이다. 이 문장
의 특징은 감정적 감각적 정서적인 언어가 동원되며, 단적이고 비약적인
표현이 많다.

　　　　산산이 부서진 이름이어 !
　　　　허공중(虛空中)에 헤어진 이름이어 !
　　　　불러도 주인(主人) 없는 이름이어 !
　　　　부르다가 내가 죽을 이름이어 !

　　　　심중(心中)에 남아 있는 말 한 마디는
　　　　끝끝내 마저 하지 못하였구나.
　　　　사랑하던 그 사람이어 !
　　　　사랑하던 그 사람이어 !

　　　　붉은 해는 서산(西山) 마루에 걸리었다.
　　　　사슴의 무리도 슬피 운다.
　　　　떨어져 나가 앉은 산(山) 우에서
　　　　나는 그대의 이름을 부르노라.

　　　　설움에 겹도록 부르노라.
　　　　설움에 겹도록 부르노라.
　　　　부르는 소리는 비껴가지만
　　　　하늘과 땅 사이가 너무 넓구나.

　　　　선채로 이 자리에 돌이 되어도
　　　　부르다가 내가 죽을 이름이어 !

사랑하던 그 사람이어 !
사랑하던 그 사람이어 !

이상의 작품은 김소월金素月의 시「초혼(招魂)」이다. 이 시는 전반적으로 격한 감정을 표출시키고 있는데, 특히 앞의 부분 4행四行은 점진적인 고조高調를 보여 주고 있다. 그리고 차츰 그 다음 연聯부터 절절히 흐르는 슬픔의 가락으로 사람의 마음을 사무치도록 절규해 가고 있다.

설화적인 문장으로는 맥락脈絡과 계통系統을 세우는 데에 있어서 인과적 방범과 시간적 방법 및 논리적 방법이 있는데, 설화적 형식을 갖는 문장의 대표적인 것이 소설이다. 소설은 흔히 인과나 시간에 얽매이지 않기 위해 논리적인 방법을 취한다.

설복문에는 정적인 문장과 논리적인 문장이 있다. 정情이란 인간의 내적인 지정의知情意의 심리 중에서 가장 강하게 일어나는 마음의 작용이기 때문에, 문장에 있어서도 가장 강한 호소력과 설득력을 지니는 게 그 특징이다.

조선민족은 하나요 둘이 아니다. 더구나 셋도 아니요 넷도 아니다. 조선사람은 삼천만이나 조선민족은 다만 하나다. 아득하고 오래기 반만년 전 송화강반 백두산 아래 성스러운 천리천평(千里千坪) 신시(神市)의 때로부터 가까이 설혼여섯 해 동안, 뜻 아니한 왜노의 잔인한 압박과 구속 밑에서 강제로 동조동근(同祖同根)의 굴레를 뒤집어씌우고 창씨와 개명까지 당했던 을유년 팔월 십사일 어제까지 조선민족은 다만 하나요 둘이 아니다.

또 다시 앞으로 조선민족은 억천 만년 백겁을 감돌아「한밝」의 밝은 광명을 동방으로부터 세계에 부어내리고, 삼천만 민족이 삼억 창생이 되는 때까지 조선민족은 다만 하나요 둘이 아니다.

민족은 조상을 같이한다. 맥박에 뛰노는 핏줄이 본능으로 엉키니 하나요 둘이 될 수 없다. 말이 같고 풍속이 같으니 하나요 둘이 될 수 없다. 멀리 바다를 건너 동경, 하와이, 뉴욕, 런던에 외로운 그림자를 짝하여 달빛 아래 초연히 거닐어 보라. 만 가지 향수가 그대의 머리를 스치리라. 삼각산이 보이고 한강물이 그리워지리라. 모란봉이 떠오르고 대동강이 생각나리라.

다행히 남만격설지성(南蠻鴃舌之聲) 떠드는 외국사람 틈에 고향친구를 만나 방아타령이나 아리랑타령 한 곡조를 들어 보라. 그대의 눈에 까닭 모를 더운 눈물이 주루루 흐르리라.

이것이 조국애요 민족애다. 조선민족은 다만 하나요 둘이 아니다. 조선민족은 운명을 같이할 약속을 갖는다.

한 번 나라가 거꾸러지매 그 민족의 고단한 신세—어떠했더냐. 한 번 나라가 일어나매 그 민족의 기막힌 광영이 어떠했더냐.

신라가 일어나매 그대들의 광영이 어떠했더냐. 김유신 장군은 소정방의 무릎을 굽히게 했고, 태종 김춘추는 삼한을 통합하여 경주 서울 안에만 십칠만 팔천구백삼십육 호에 일천삼백육십 방이 바둑판같이 벌어지고, 주위는 오십오 정에 고래등 같은 용마름과 화조무늬 아름다운 담은 비늘처럼 연해서 백성의 집에는 초가 한 채가 없었고, 화락한 풍류와 즐거운 노랫소리는 길에 그칠 사이가 없었다 한다.

고구려가 일어나매 그대들의 광영이 어떠했더냐. 을지문덕은 거만한 수나라 양제의 백만 대군을 청천강에 깨뜨려 버렸고, 우리의 안시성주 양만춘은 당나라 천자 이세민이 천만 대병을 거느려 거드럭거리고 노략질하며 들어오는 것을 백우전 한 화살로 눈알을 쏘아 애꾸눈이가 되게 했다.

고려의 운수가 미약하여 몽고 홀필렬(忽必烈)의 침략을 받았을 때, 조선 여자는 호궁(胡宮)의 계집이 되고, 조선민족은 옷까지 바꾸고 이름까지 갈았다.

이몽고대(李蒙古大)니 백안첩목아(伯顔帖木兒)니 하는 따위는 왜놈들이 최근에 우리 민족에게 준 굴욕과 수치, 그것보다 무엇이 나을 것이 있으랴!

광무, 융희에 대한제국이 오적(五賊) 칠적(七賊) 열두 놈의 손에 거꾸러졌을 때 어둡고 나약한 파멸은 그들의 죄요 허물이라, 우리 민족의 알 바 아니거니와 을사년 간에 왜노에게 외교권을 빼앗긴 조선민족은 절름발이에 꼽추병신이 되었고, 경술합방—하늘이 무너지고 오장육부가 다 쏟아지는 듯한 민족의 설움과 통곡은 누가 있어 능히 우리를 위로하고 보증해 주었으랴!

이대로 사십 년이란 길고 긴 춘추에 우리는 기름과 피를 왜노에게 다 빼앗겼던 것이다. 문전옥답은 신작로로 다 들어가고, 똑똑한 자식들은 사상범이라 해서 감옥소의 귀신이 되었다.

이 지독하고 끔찍끔찍한 현실은 민족의 뼛속까지 사무쳐서 뜻 없는 초수목동(樵竪牧童), 망국한을 모르는 술장수 어미의 입초수와 노랫가락에까지 오르내린 것이다.

민족은 위정자를 감시해야 한다. 민족은 뭉쳐야 한다. 절대로 배타주의가 아니다. 살기 위하여 자립을 꾀하여 한마음 한뜻으로 뭉쳐야 한다. 조선민족은 하나요 둘이 아니다.

이천여 년 전 한나라 무제 유철(劉徹)이 위만(衛滿)을 쫓느라고 조선을 침략하여 낙랑(樂浪), 현도(玄兎), 임둔(臨屯), 진번(眞蕃), 네 고을을 두었을 때 조선민족은 별안간 대낮에 강도놈이 들어와 염치없이 먹을 것 다 먹고 자빠진 거나 똑같은 만고에 없는 변을 당했다.

평안도와 황해도, 강원도와 함경도 지방이었다. 마치 요사이 소위 해방되었다는 조선에 남북을 금그어 갈라놓은 북위 삼십팔도 문제보다 지나친 자였다.

이로 인하여 민족의 연락은 끊어지고, 이로 인하여 경제의 파탄이 일어났고, 이로 인하여 자주사회와 만족의 연립은 파괴되고, 찢어지고, 좀먹어 버리게 되었다. 얼마 안 돼서 본토의 민족들은 힘을 다하여 한 뭉치가 되어 한 민족을 몰아냈나니, 이것은 다만 너와 내가 따로 없다는 다 같은 깃발 아래 대동단결—그들을 전멸케 한 민족의 항전이요 투쟁이었다.

민족을 떠나서 내가 없고 나를 떠나서 민족이 없다. 민족은 곧 나의 모체요, 나는 곧 민족의 한 분자인 것이다. 우리는 민족의 자랑을 가져야 한다. 조선민족은 내 민족이요 남의 민족이 아니다.

신라의 김유신은 제 민족을 안 사람이요, 고구려의 을지문덕은 민족애 곧 조국을 안 사람이다.

지난번 러시아의 스탈린은 나치스 독일의 육박이 바야흐로 위급했을 때 "만국의 노동계급의 해방을 위해서"라는 맹세 대신 "최후의 목숨이 붙어 있을 때까지 이름을 동포와 조국과 노동자 농민의 정부 때문에 바친다"라는 선언을 부르짖게 했다. 이것은 소비에트로도 여태까지 집어치웠던 민족을 다시 부르는 강한 소리다.

우리는 임진왜란 때 단신으로 기막힌 항전을 계속한 바다의 영웅 이순신 장군을 잊어서는 안 된다. 병자호란에 청나라에 잡혀가서 죽어도 청제에게 절을 아니한 삼학사를 잊어서는 안 된다. 을사조약에 목을 찌른 만영환(閔泳煥)을 잊어서는 아니 된다.

대마도에서 굶어 죽은 최익현(崔益鉉)도 알아두자. 할빈역머리에 이등박문을 쏘아 죽인 안중근(安重根)님께 고요히 묵도를 올리자. 삼천리강산을 뒤흔들어 놓은 백수(白手)의 항전 삼일운동의 기억이 새롭구나―. 귀여운 도련님과 아가씨의 광주학생사건도 눈물겨웁다.

이것은 모두 다 민족의 항전이요 투쟁이다.

조선민족은 하나요 둘이 아니다.

解放後 西紀 1945年 10月 31日
釣水樓에서

박종화朴鍾和 작 「민족(民族)」의 서설序說에 나오는 글이다. 이와 같은 정적情的인 문장이 인간의 감성에 호소한 데 비하여, 논의적인 문장은 인간의 지성에 설득하려 한다.

다음에 소개하는 글은 읽는 이의 지성에 설득하려는 논의적인 문장이므로 참고가 될 줄로 믿는다.

국기의 유래는 유사 이전부터 찾아 볼 수 있다. 「브리태니커」백과사전에 따르면 고대 이집트에선 벌써 이와 비슷한 '심벌'이 있었다. 그러나 당시엔 엄격히 말하면 군기(軍旗)였다. 전장에서 아군과 적군을 구별할 필요가 있었다.

동양에선 고대 중국의 주왕조(周王朝) 때 이미 임금 앞에서 흰 깃발을 날렸다. 기원전 1121년의 일이다. 고대 중국에서 볼 수 있는 깃발들은 붉은 새(島)나 흰 호랑이 아니면 청룡(靑龍) 등을 그려 넣고 있다. 현대엔 국기가 없는 나라는 없다. 아프리카의 신흥국가들은 헌법에까지 그것을 명문화하고 있다.

대개는 관례에 따라 국기의 도안과 규격을 만드는 것이 보통이다.

국기의 색깔은 어느 나라이고 삼색 (三色)을 넘는 예가 드물다. 색깔은 국민 감정에 따라 다르다. 그러나 그것이 상징하는 의미들은 어느 경우를 막론하고 이상적인 비전을 담고 있다. 자유 · 평화 · 진리 · 순결 · 박애 · 평등 등……. 종교색을 포함하는 나라도 없지 않다. 타일랜드의 백색은 불교를, 이란과 사우디아라비아의 녹색은 이슬람교를 나타낸다.

우리의 태극기는 우주만물이 생긴 근원을 상징한다. 그러나 그 국기의 도안이야 어떻게 되었든 우리의 국체를 상징하는 데에 더 뜻이 있다.

동란 당시 우리는 태극기만 보면 가슴이 벅차던 기억이 새롭다. 서울을 탈환하는 국군의 소총 끝에 태극기가 매달린 것을 보고 눈물을 글썽이지 않은 사람은 없었을 것이다. 그만큼 심벌의 함축성은 강하다.

기독교의 어느 교파에서 태극기를 우상시하고 예배를 거부한 것은 난센스이다. 더구나 이 국기거부는 순수한 종교인에 의한 것도 아니고 중학 신입생에게 일방적으로 강요되었다. 물론 이 중학생들은 그 교파와는 아무런 상관도 없다. 다만 추첨에 의해서 그대로 배정된 것에 지나지 않는다. 따라서 이 학생들은 어느 종파의 강요를 받을 의무가 없다. 신앙의 자유와도 관계가 있는 것이다.

국기를 우상시하는 교리는 좀 시대착오적인 것 같다. 현대의 종교는 한 겹씩 그 배타적인 속성을 벗어가고 있다. 그렇지 않고는 오늘의 변화하는 문명세계에 적응할 수가 없기 때문이다.

보수적인 가톨릭까지도 교리해석의 혁신시대를 맞고 있는 차제에 그 종파는 국기의 우상론에 집착하지 말고 진일보(進一步)한 교리의 해석을 보여 줄 필요가 있다. 그렇지 않고는 이 한국의 국체는 고사하고, 우선 이 지상에서 포교(布教)할 곳이 없을 것 같다. 공중에 떠 있는 종교는 도대체 우리 인간과는 아무 관계도 없지 않겠는가.

— 중앙일보 「분수대」 중의 '국기와 교리' —

III. 한국문학과 한국어 문장

1. 한국어의 특질

한국문학이나 그 문장을 파악하기 위해서는 우선 한국어의 특질부터 살펴보는 것이 좋을 것이다. 언어학적인 관점에서 우랄·알타이 어족의 특질 같은 것을 들 수 있겠지만, 한국문학에 있어서 상관된 것으로 국한한다면 그 관점은 달라지게 된다.

문학에는 그 작가의 개성이 반영되기 마련이므로, 한국문학이나 한국어 문장을 논하는 데에는 작가라고 하는 개인이 지닌 바 그 개성의 확대 개념으로서 한국어에 반영된 민족성을 풀이하는 것이 마땅하다.

a. 예의 바른 언어

일반적으로 흔히 지칭指稱되는 말로서, 영어에서는 아우에게도 you·do, 할아버지에게도 you·do, 하면 되는 따위의 말로서 높임의 차등差等이 없지만, 한국어에는 너, 자네, 그대, 당신, 어른, 어르신 등이라든지, 하게, 하소, 하오, 하시오, 하십시오, 하소서, 하옵소서 하는 따위의 차등이 있다.

이와 같이 높임의 등급이 많다는 것은 말하는 이가 상대방에 대한 예의를 올바르게 지키려는 마음의 표현임을 엿볼 수 있다.

물론 자기 자신을 비하卑下하여 평등한 입장으로 보지 않으므로, 겸양謙讓의 미덕으로 보기보다는 자아를 잃은 것이라고 부정적인 측면으로 보는 이도 있으나 이는 그 장점에 비하여 크게 문제되지 않을 것으로 보인다.

b. 감정이 풍부한 언어

한국어에는 감정의 미묘한 뉘앙스를 나타내는 말들이 많다. 가령 웃는 동작을 꾸미는 말만 하더라도 '하하', '해해', '허허', '헤헤', '호호', '홋', '흐흐', '히히', '히힛', '히잇' 등등 80여개나 된다고 한다.

그뿐만 아니라 '달보드레', '야드르르', '홀보드르르', '자르르르' 등이라든지, '알금삽살하다', '달끔삽살하다', '까무잡잡하다', '새큼삽살하다', '시금털털하다', '달착지근하다', '얼근하다'는 등 미묘한 감정의 뉘앙스를 자아내는 말들도 많다. 이러한 말들은 아무리 외국어로 번역해보려고 해도 제맛을 내기란 거의 불가능하다. 내가 어느 일본인에게 물이 흐르는 소리를 내어 보라고 하자 그는 겨우 서너 가지 소리를 내는 것으로 그쳤다. 기껏해야 '도도'와 '고고', '쬬로쬬로', '사라사라' 정도였다. 그래서 나는 생각나는 대로 다음과 같은 물소리를 표현해 들려준 적이 있었다.

'찰찰찰찰', '철철철철', '출촐촐촐' '출출출출', '촬촬촬촬', '쾰쾰쾰쾰', '졸졸졸졸', '줄줄줄줄', '잴잴잴잴', '쫄쫄쫄쫄', '쫠쫠쫠쫠', '쭐쭐쭐쭐', '쩰쩰쩰쩰', '찔찔찔찔'

이와 같이 한국어에는 형용사가 풍부하다. 아무리 복잡한 사상이나 감정도 용이하게 표현할 수 있는 것이 한글의 장점이다.

c. 과학적인 언어

우리의 한글 조직이 과학적이라는 말을 하고 있는데, 우리말 역시 그 발달 과정은 매우 과학적이라는 말을 들어 왔다. 한글의 조직이 과학적이라는 단적인 예는 모음과 자음의 조립에서 나타나는 정확하고도 조직적인 표현에서 알 수 있다.

한국어가 음과 양의 특질을 포함하여 과학적으로 조직되어 있다는 사실은 우선 다음 두 가지 예문만 보아도 쉽게 알 수 있다.

$$\text{풀} \rightarrow \text{푸르다} \rightarrow \begin{cases} \text{파랗다} \rightarrow \text{새파랗다} \\ \text{퍼렇다} \rightarrow \text{시퍼렇다} \end{cases}$$

불→붉다 → $\left\{\begin{array}{l}\text{발갛다→빨갛다→새빨갛다} \\ \text{벌겋다→뻘겋다→시뻘겋다}\end{array}\right.$

그러나 사대적인 언어라든지, 지적으로 빈약한 어휘, 비속적인 언어 등 관심을 갖고 극복해 나가야 할 문제가 있다. 사대적인 언어에 있어서, 가령 '아버지'를 높임말로 '아버님', '어머니'는 '어머님'으로 족할 텐데, 아버지를 굳이 엄친嚴親이나 춘부장春府丈이라 한다거나, 어머니를 자친慈親 혹은 자당慈堂으로 표현하는 등 아직까지도 번거로운 사대적 호칭의 관습이 굳어져 있다.

이러한 예는 순수한 우리말을 업신여기고, 외래어인 한자를 숭상하는 사대적인 사고방식에서 비롯된 것이다. 이와 같은 사대적 열등감은 우리말의 어휘語彙를 감소시키는 결과를 가져왔다. 그 중에서도 대표적인 것이 관념어의 빈곤이다. 기껏 '값어치價値' 정도의 관념어가 통용되고 있을 뿐 순전히 우리말에 의한 지적 표현의 용어는 매우 빈약한 것이 사실이다. 만일 우리말로 정치 경제 문화 사회 등에 관한 저술을 하려고 할 경우, 대단한 어려움을 겪게 될 것이다. 그리고 만일 이러한 책을 저술해 낸다 해도 의사전달에 어려움이 따를 것임은 물론이다.

이처럼 우리말이 지적으로 빈약한 것은 일제日帝의 질곡桎梏에도 원인이 있겠지만, 보다 근본적인 것은 사대주의에 연유된다고 볼 수 있다. 외래문화는 곧 한자문화권으로 직결된다. 외래의 문화를 수용하는데 있어서 순수한 우리말로 받아들였다면 이처럼 지적인 어휘의 빈약을 느끼지 않을 수 있었을 것이다.

또한, '거짓'을 '공갈'로, '돈'을 '쇠'로 말하는 따위의 속어俗語, 비속적卑俗的인 언어가 많다. 따라서 문장은 인격의 표징이므로 우선 마음부터 순화하지 않으면 안 된다. 마음이 맑으면 말이 맑고, 글이 맑게 되는 것은 당연한 일이다.

슐레겔은 말하기를, "언어는 인간 정신을 그대로 본떠 놓은 것"이라 했다. 라이프니츠는 "언어는 인간 정신의 가장 좋은 반영"이라 했고, 헤겔은 "말은 생각의 몸뚱이"라 했다. 우리들은 한국어가 지닌 장점을 살리고, 단점을 시정하는데 힘을 기울여야 한다.

2. 한국문학의 특질

한국문학에 있어서 시나 소설의 제목은 순우리말로 쓰는 것이 어떨까. 오늘날의 작품 가운데는 국적이 애매한 제명題名을 붙이는 사례를 흔히 보게 된다. 이러한 사대적인 경향은 문학사조면으로 볼 때 더욱 심각하게 나타난다. 낭만주의니 실존주의니 하는 외국의 사조思潮를 맹목적으로 받아들이려는 폐단이 그것이다.

제 나라의 전통적인 사상의 계승 없이 외국의 것만을 모방하는 이러한 행위는 마치 남의 다리를 긁어 시원해 보려는 것과도 같다.

실존주의가 처참한 세계대전을 겪은 프랑스인들의 고뇌의 소산이라면, 동족상잔의 비극을 겪은 한국에선 그보다도 위대한 사조가 나와서 결실을 봤어야 할 것이 아닌가. 그런데도 오늘날까지 새로운 이즘에 입각한 작품이 나오지 못하고 있는 것은 무슨 까닭인가. 이는 여러 가지 요인이 있겠지만, 무엇보다도 새로운 언어와 문화가 탄생될 수 있는 현실적 여건이 성숙되어 있지 못한 데에 있다.

따라서 한국에서는 심오하고도 위대한 사상이 싹터서 열매를 맺어야 할 것이며, 문학인은 그 훌륭한 사상을 모체로 하여 위대한 작품을 창조해야 한다.

한국문학의 특질을 가리켜 흔히 해학적諧謔的이라거나, 혹은 소박함과 비애의 예술로 표현해 왔다. 하지만 그것은 다 일리 있는 견해이기는 해도 전폭적으로 긍정하기는 곤란한 주장이다. 왜냐하면 고구려의 고분

古墳 벽화壁畵나 을지문덕의 시구詩句에는 웅휘한 기상이 엿보이고, 신라의 석굴암 석가상에는 평화로운 자애의 미소가 겨레의 슬기로 서려있기 때문이다.

3. 한국어 문장의 특질

문장이란 하나의 통일된 사상을 글자로 나타낸 낱낱의 센텐스를 가리킨다. 그것은 어떤 주제 아래 모아지는 글의 연결을 뜻하는 문학 영역의 술어이다. 글은 그 종류가 단문 · 중문 · 복문 또는 서술문 · 의문문 · 명령문 · 감탄문 등으로 나누어진다. 문장은 우선 말소리든 글자든 하나의 통일된 사상을 나타낸 것이면 된다.

한국어에는 부사와 형용사가 많은 것이 특징이다. 부사는 문장 중에서 형용사를 수식하는 관련성을 지닌 점으로 보아 한국어 문장은 감정적 뉘앙스가 풍부하게 발달되어 있다고 할 수 있다. 그러면서도 정밀성이 결여된 흠을 지니고 있다.

한국인은 어떤 생각을 함에 있어서, 여러 대상에 주의를 두는 것이 아니라, 어떤 사물의 상태를 나타내는 데 한층 치중하는 생리를 갖고 있다.

즉 대상적 사고보다는 상태적 사고에 민감한 습성을 갖고 있으므로, 한국어 문장은 역시 상태적 사고의 표현에 적합하다고 하겠다.

어떠한 대상물을 지칭함에 있어서 한국어 문장에는 객관적 대상물을 나타내는 말이 부족하다고 볼 수 있다. 가령 서구의 문장은 객관적 대상물이 주어主語가 되어 피동태가 발달되어 있는 데 비해 한국어 문장은 인간 그 자체가 주어가 되어 대상물을 주관적으로 표시하는 것이 보통이다. 따라서 객관적 대상물을 주어로 하여 피동태로 나타나는 일은 거의 없다.

그리고 한국어 문장에는 서구의 문장과는 달리 주체나 대상을 표시하는 말이 생략되는 경우가 허다하다. 이러한 생략은 시가 소설과는 달리 생략이나 함축으로 차원을 높인다거나, 동양화가 생략이나 여백을 두어 여운의 효과를 거두는 것과 일맥상통한다고 볼 수도 있지만, 다른 측면에서 본다면, 한국어 문장은 사물을 객관적으로 이해하는 데에 등한시한 데다 주체(대상)를 명시하지 않는 데서 비롯된 결과라 할 수 있다. 그러므로 앞뒤 문장의 맥락이나 내용을 파악하지 않고는 이해할 수 없는 경우가 허다하다.

이는 애매하고 모호한 문장을 그대로 넘겨 버리는 습관에 길들여진 나머지 정밀성이 결여된 데서 연유된다. 아울러 이러한 폐단은 명석한 논리적 사고를 저해하는 요인이 되고 있다. 이것은 한국어 문장의 특질의 하나지만, 우리가 극복해야 할 것은 어휘의 개발이다.

외국인들은 한국어 문장의 추상성을 문학적인 장점으로 받아들이면서 과학적인 단점으로 보는 모양이다. 어쨌든 한국문학의 역설적인 한 가지 특색은 단편소설에 비하여 장편소설이 많지 않다는 사실이다.

또한 구어체가 적은 점을 들지 않을 수 없다. 영문학이나 라틴문학에 있어서는 연극과 연설문학이 대단히 중요하지만, 한국문학에서는 그러한 것이 별로 눈에 띄지 않는다. 그 까닭은 한국의 사회와 역사에서 기인한 것으로서 전통적인 사회에서는 중산층의 형성이 쉽지 않기 때문에 연극 같은 장르의 발전은 기대할 수가 없다.

전통적으로 유교사상이 강하여 재판소나 조정에서의 연설이 중요하게 인식되지 않았으므로, 연설문학도 잘 이루어질 수가 없었다. 종교적 기도 문학은 본질적으로 정서적인 문학의 범주에 속한다. 시조와 가사, 그리고 고대소설의 대부분은 정서문학의 뿌리로서 한국어의 아름다움을 가장 잘 나타낸 부분이라고 할 수 있다. 어휘의 풍부함이 형용사에 잘 나타나 있다.

또한 한국어 문장은 정서 분위기를 잘 나타낼 수 있는 장점이 있다. 따라서 문장에 관심을 가지고 있는 사람은 이와 같은 한국어의 풍부한 정서적 소성素性을 간직하고 가꿔 나가는 자세를 버리지 말아야 할 것이다.

제2장
시문장

제2장 시문장

Ⅰ. 한국의 시문장

시어詩語로서의 한국어는 대단히 풍부한 모음과 자음을 토대로 이루어져 있다. 그리고 다양한 음향과 음색이 빚어지는 데에 그 특색이 있다. 특히 주목해야 할 것은 그 자음조직이 특이하다는 점이다. 인도어라든지, 유럽어나 일본어 등 세계 대부분의 자음은 b-p, d-t, g-k, 또는 が-か, ザ-サ, ダ'-タ 등 이중조직으로 되어 있는데 비하여, 한국어는 ㄱ-ㄲ-ㅋ, ㄷ-ㄸ-ㅌ, ㅂ-ㅃ-ㅍ, ㅈ-ㅉ-ㅊ 등의 예와 같이 삼중조직을 이루고 있다.

따라서 우리의 언어는 세계 어느 나라의 말도 자유로이 발음, 표기할수 있는 데 비하여 일본의 그것은 비교적 자유롭지 못하다. 가령 '커피'를 '고히'로, '택시'를 '다꾸시'로 발음하거나 표기하는 따위가 그것이다. 우리의 언어에 있어서 복합적 자음에 곁들인 풍부한 수의 모음은 일단 필요한 배합 또는 조직을 거치고 나면 음音의 질량이나 음색 등 여러 면에서 풍부한 자산이 된다.

그러므로 시어란 미적 상상력을 자극하도록 꾸며진 선택받은 언어라고 할 수 있다.

보리피리 볼며
봄 언덕
고향(故鄕) 그리워

피—ㄹ 닐리리.

보리피리 불며
꽃 청산(靑山)
어린 때 그리워.

피—ㄹ 닐니리.

보리피리 불며
인환(人寰)의 거리
인간사(人間事) 그리워
피—ㄹ 닐니리.

보리피리 불며
방랑(放浪)의 기산하(幾山河)
눈물의 언덕을 지나
피—ㄹ 닐니리.

　한하운韓何雲의 시 「보리피리」에는 인간이 그리운 한 방랑시인의 슬픔
이 '피—ㄹ 닐니리' 하는 보리피리의 애절한 가락을 통해 절실히 울려 나
고 있다. 그것은 문둥이라는 천형환자天刑患者가 지닌 숙명적인 아픔의 연
소이기도 하다. 이 원색적인 슬픔의 표현은 한국적인 정서(꽃 靑山)를 배
경으로 한층 빛나고 있다. 어린 시절의 고향과 인간사를 뼈에 사무치게
하는 보리피리 가락은 천형天刑의 벌罰로 자학하는 한恨의 정서로서 읽는
이들에게 공감의 여울을 이룬다.

　물살 흐르는
　졸음결에
　하얗히 삭아서

스며 오른 목숨발

내 색시는 하얀넋
천만년 달밤

이슬 하늘 찬달빛에
높이 운다.

　이것은 박목월朴木月의 시 「옥피리」이다. 옥피리 소리가 달빛 속에 하얀
히 삭아서 천만년이라고 하는 시공간적時空間的 차원으로 승화되고 있다.
　시어로서의 한국어는 의성어와 의태어 등 풍성한 광맥을 지닌, 혜택 받
은 언어라 할 수 있다. 본래 의성어가 동물의 우는 소리나 자연계의 음향을
표현하려는 노력에 의해서 생성된 것이라면, 의태어는 사물의 동작이나 상
태를 그대로 나타내기 위해서 상징적으로 지어진 것이다. 그런데 이러한
언어들이 시어로 쓰이게 될 때 부수적인 몇 가지 이점이 따르게 된다.
　의성어나 의태어는 색채어와 함께 상징을 이루는 말이다. 시에 있어서
청각적 음향의식이나 사물의 형태의식, 그리고 색채어가 가져다주는 시
각적 색채의식은 그 상징성과 함께 시적 효과를 갖다 주는 핵심이 된다.
　그런데 상징어가 개념어, 또는 추상어에 대하여 상대적인 입장에 서는
언어임은 두말할 나위도 없다. 그리고 시에 있어서의 추상, 개념화된 언어
와 반대되는 암시가 함축된 언어라는 것도 새삼스러운 이야기가 아니다.
　따라서 상징어인 의성어, 의태어는 우선 그 속성부터가 시적인 언어라
고 할 수 있을 것이다. 한국어에 있어서 의성어와 의태어는 대부분이 겹
말로 쓰이어 왔다. 이것을 첩어疊語라고 하는데, 이 첩어가 바로 우리 시의
운율적 측면을 상당히 도와 왔다고 할 수 있다.

동지(冬至)ㅅ달 기나긴 밤을 한 허리를 둘헤 내혀
춘풍(春風) 니블 아래 서리서리 넣었다가
어론님 오신 날 바미여드란 구비구비 펴리라.

황진이黃眞伊의 시조가 지니는 묘미는 휘늘어지듯 휘돌아 감기는 가락에 있다. '서리서리'라든지, '구비구비' 등 의태첩어擬態疊語의 효과가 큰 것으로 보인다.

시라고 하는 것은 언어를 이미지 제시의 한 방편으로 이용한다. 시에 있어서 이미지 제시 문제는 몇 가지 유형으로 나누어 생각할 수도 있다.

또한 시에 있어서는 일상적인 언어라 할지라도 이를 감각적으로 쓰는 일이 있다. 그리고 이미지 제시를 위해서가 아니라 다른 의도에서 일상적인 언어에 약간의 손질을 가하여 쓰는 경우가 있다.

돌담에 소색이는 햇발같이
풀아래 웃음짓는 샘물같이
내 마음 고요히 고흔 봄 길우에
오늘 하루 하늘을 우러르고 싶다

새악시 볼에 떠오는 부끄럼같이
시(詩)의 가슴 살프시 젖는 물결같이
보드레한 에메랄드 얇게 흐르는
실비단 하늘을 바라보고 싶다

이 시는 김영랑金永郎의 「돌담에 소색이는 햇발」이다. 여기에서의 '소색이는' 이나, '살프시', '보드레한' 등의 말을 살펴보면 평소 사용되는 말이 아님을 알 수 있다. 이러한 말은 음성구조를 위해 만들어진 것이긴 하지만 그 나름대로의 이미지가 제시되고 있다.

한국어의 시문장은 풍부한 곡용어미曲用語尾와 활용어미活用語尾를 갖고 있다. 그리고 그것은 우리 시의 음성구조를 살리는 데 적격이다. 우리말에 있어서 격格과 어미는 모두가 유성자음有聲子音이나 모음으로 끝나고 있다. 따라서 음성의 조화에 매우 유리한 여건을 구비하고 있는 셈이다.

특히 황진이黃眞伊의 시조에서 나타나는 바와 같이 그 애틋한 정을 휘감아 도는 한 가닥 가락에 담을 수 있었던 것만 보아도 우리의 시가 얼마나 풍윤한 우리말 시어의 덕을 크게 입고 있는지를 알 수 있다.

얇은 사(紗) 하이얀 고깔은
고이 접어서 나빌레라.

파르라니 깎은 머리
박사(薄紗) 고깔에 감추오고,

두 볼에 흐르는 빛이
정작으로 고와서 서러워라.

빈 대(臺)에 황촉(黃燭)불이 말없이 녹는 밤에
오동잎 잎새마다 달이 지는데

소매는 길어서 하늘은 넓고
돌아설 듯 날아가며 사뿐히 접어 올린 외씨보선이여

까만 눈동자 살포시 들어
먼 하늘 한 개 별빛에 모두오고,

복사꽃 고운 뺨에 아롱질 듯 두 방울이야
세사에 시달려도 번뇌는 별빛이라.

휘어져 감기우고 다시 접어 뻗는 손이
깊은 마음 속 거룩한 합장(合掌)인 양하고,

이 밤사 귀또리도 지새우는 삼경(三更)인데,

얇은 사(紗) 하이얀 고깔은 고이 접어서 나빌레라.

동양적인 원숙한 고전미가 흐르는 조지훈趙芝薰의 시 「승무(僧舞)」에서
는 한국어가 지닌 번뜩이는 섬세함을 발견하게 된다. 여기에서 '고이 접
어서 나빌레라'는 한글이 지닌 토속적인 정감情感의 아름다운 시어의 정
수라 할 수 있다. 특히 '나빌레라'의 어감과 음운의 역할은 이 시의 품격을
한층 높여주고 있으며, '파르라니 깎은 머리'의 그 '파르라니'는 시각과 청
각의 복합적 뉘앙스를 한껏 살려주고 있다.

또한 여기에 나오는 '외씨보선'에서 우리는 한국적인 흐름의 멋과 만나
게 된다. 아울러 우리 여성의 아름다움은 곡선曲線에 있다는 사실도 직감
하게 될 것이다. 여자들의 의복, 특히 저고리 동정이나 옷섶 끝, 보선 콧
날, 심지어 기와지붕과 처마 등에서 보여준 곡선의 부드러운 생활감정,
그 슬기를 확인하게 됨은 물론이다. 이러한 민족의 특성과 기호가 상징적
으로 표출된 것이 이 시이다.

II. 시란 무엇인가

시에 대하여 정의를 내린다는 것은 거의 불가능한 일이다. 그것은 마치
인생이란 무엇이냐 하는 물음과도 흡사한 매우 어려운 문제이기 때문이다.

워즈워드(Wordsworth, William: 1770~1850)는 "훌륭한 시는 강한 감정
이 자연스럽게 흘러나오는 것"이라 했고, 포우(Poe, Edgar Allan:1809~1849)
는 "아름다움을 율동적으로 창조한 것이 시"라고 하였다.

이처럼 시라는 것은 고도로 승화된 사상 감정의 압축된 정서의 표현이
라고 할 수 있을 것이다.

1. 시의 내용과 형식

시를 이해하기 위해서는 먼저 인간을 이해하지 않으면 안 된다. 왜냐하면 인간이란 개성진리체이며, 시 또한 독특한 개성의 향기에서 풍겨오는 예술 형태의 꽃이기 때문이다. 개성의 꽃으로 표현되는 시, 그것은 영감靈感을 통해서 재구성되는 인생의 새로운 해석이라고 보게 될 때, 이 시는 우주와 자연의 섭리에 가하는 영원한 도전이라고 할 수 있다. 시란 무엇이냐 하는 물음의 해답에 접근하기 위해서는, 우선 그 형태와 성격부터 파악하는 것이 좋을 것이다. 시에 있어서의 내용이란, 인간의 내적 자양滋養이 되는 종교적 요소라든가 철학적 요소, 역사적 요소, 윤리적 요소, 혹은 정서적 요소를 담으려 함에 있다.

이러한 여러 요소들은, 인간이 존재하는 목적, 이를테면 사물이나 사건에 대한 올바른 인식과 해석에 따른 문제, 또는 삶의 가치에 관한 문제 등을 고려할 뿐만 아니라, 신의 실존, 인간의 회복과 구원, 그리고 영원한 사랑과 영생에 관한 문제 등을 생각하게 한다. 그것들에 직결되는 것은 모두 선함과 아름다움이다.

이와 같이 정신의 자양으로서 보다 좋은 시, 보다 위대한 시를 위해 필수적으로 갖추지 않으면 안 되는 것이 형식이다.

이 형식은 문학성 내지는 예술성이 강조된다. 『논어(論語)』의 '옹야편' 雍也篇에는 다음과 같은 내용이 실려 있다.

> 질승문즉야 (質勝文則野)
> 문승질즉사 (文勝質則史)
> 문질빈빈 (文質彬彬)
> 연후군자 (然後君子)

즉 질質이 글文보다 더하면 야野해지고, 글이 질보다 더하면 황흘해지는 까닭에 글과 질이 조화를 이루어야 한다는 뜻이다. 이 말은 내용과 형식의 균형 있는 조화를 요구하고 있다. 이와 같이 시에 있어서 내용이 없는 형식이나, 형식을 무시한 내용은 모두 바람직하지 못하다. 따라서 내용과 형식, 종교 사상성과 문학 예술성의 조화에서 보다 훌륭한 시의 탄생이 가능해지는 것이다.

　　돌무더기 속에
　　한 자루의 검이 꽂혀 있었다.
　　손막이는 녹슬어 있었다. 고대의 쇠가
　　회색 돌의 중심을 빨갛게 물들여 있었다.
　　너는 자신의 손으로 거칠은 손막이를 쥐고,
　　밤의 광맥에서 어두운 횃불을 빼앗는 용기를 가져야 했다.
　　몇 마디 말이 돌의 피 속에 새겨져 있었다.
　　그것은 사는 길과 죽는 길을 말하고 있었다.
　　부재의 골짜기에 들어가, 멀리 떨어져라,
　　항구인 것은 조약돌 뿐인 여기.
　　새의 노래가
　　새로운 강변에서 너에게 그것을 가르칠 것이다.

　이 시는 프랑스의 현대 시인 이브 본느푸와(Yves Bonnefoy 1923~)의 「골짜기」라는 작품이다. 돌무더기 속에 꽂혀 있는 한 자루의 검을 얘기하는 이 작품에서의 사물은 단순한 사물이 아니다. 녹이 슨 한 자루의 검을 통해 전쟁과 운명적인 죽음의 빛깔까지도 표출하고 있다. 여기에는 철학이 있고, 많은 시간이 경과한 고대의 회화가 있다. 중세의 벽화와 이태리 미술에 깊이 몰두했던 작자의 폭넓은 회화의식이 강하게 묻어나고 있다.

　　산(山)에는 꽃피네
　　꽃이 피네
　　갈 봄 여름 없이
　　꽃이 피네,

山에
山에
피는 꽃은
저만치 혼자서 피어 있네.

山에서 우는 작은 새여
꽃이 좋아
山에서 사노라네.

山에는 꽃지네
꽃이 지네
갈 봄 여름 없이
꽃이 지네.

　　김소월의 시 「산유화(山有花)」다. 앞에 소개한 이브 본느푸와의 「골짜기」가 사상성과 역사의식이 무겁게 농축되어 있는데 비하여, 김소월의 「산유화」에서는 운율적 율조와 함께 문학 형식으로서의 그 형태적 감각이 효과적으로 우러나고 있다. 가령 여기에서 말하는 운율적 효과란 '山에 山에……' 등 반복되는 소리의 리듬 효과를 가리킨다.

2. 시인의 사명

　　시인은 현실 사회에 살면서도, 그 현실 바깥에서 우주와 더불어 숨쉬는 자이다. 그러한 속성을 지닌 까닭에 그는 현실 이상의 높은 지붕에다가 정신의 안테나를 세우고, 우주 공간을 흐르는 어떤 계시적이요 영감적인 소리의 광맥을 더듬어 교신하려고 한다. 이와 같은 작업을 위해서 시인은 시적 상상력으로 하여금 사실 이상의 것을 꿈꾸게 한다. 그러므로 시인은 항상 현실 이상의 세계를 추구하는 까닭에 미래지향의 예언적 사명을 지닌다.

따라서 좋은 시는 풍부한 내용의 사상 감정이 여과되고 용해되어 새로운 형태의 예술적 표현의 향기로서 색채와 음향을 지니게 된다. 왜냐하면 시라는 것은 부단히도 인간의 본질이나 근원적인 문제로의 접근을 꾀하기 때문이다. 인간은 누구나 한결같이 보다 행복해지기를 바란다. 시도 마찬가지다. 있는 사실, 결과 되어진 현상의 묘사에만 머무르지 않는다. 있어야 할 것에 관한 탐구가 꾸준히 시행되고 있는 것이다.

여기에서 말하는 '있어야 할 것'이란 무엇일까. 그것은 인류가 염원해 온 이상세계, 특히 전쟁도 빈곤도 고통도 없는 지상의 천국을 의미한다.

그러므로 시인은 인간으로서 마땅히 가야 할 좌표가 있다. 인생을 탐색하는 길이다. 문제는 인생을 어떻게 탐색하느냐에 있다. 그것은 노래를 부르는 일이다. 탐색의 길이 노래가 아닐 때 그것은 철학일 수밖에 없다.

시가 예술이라는 사실이 바로 여기에 있다.

시에는 크게 나눠 인간 본연의 욕구가 추구하는 대로 찬미하는 형태와 관조하는 시, 그리고 구원의 형상화, 이 세 가지가 있다. 인간의 내면에는 지적인 욕망과 정적인 욕망, 그리고 의지적인 욕망이 있다. 내적인 지정의知情意의 욕망은 외적인 진리와 아름다움과 선으로 나타나기 마련이다. 따라서 이 진미선眞美善은 보는 이에 따라 관조와 찬미와 구원의 형태로 나타난다.

여기에서 구원이라고 하는 것은, 일반적으로 말하는 구원과는 그 차원이 다르다. 시인은 환자를 치유하기 위해서 수술을 하지 않는다. 시인은 메스를 가하는 대신에 환자를 즐겁게 하여 준다. 병실을 아름답게 꾸미고 화병을 장식한다. 즐거운 음악적 언어로써 감동을 주고 각성을 준다. 상처를 성급하게 수술하기보다는 고통 받는 자의 곁에서 진실을 노래한다. 시인은 이와 같이 차원을 달리하는 예술적 방법으로 개인과 사회, 인간과 자연을 아름답게 친화시킨다. 그래서 시를 가리켜 힘의 문학이라고도 한다. 그것은 정신의 변화를 가져오기 때문이다.

더없이 맑은 시심으로 자연과의 교감交感을 보여준 박목월朴木月의 시

「청노루」는 풍경화의 차원을 넘어선 투명한 음악적 언어의 한 패턴이라고 할 수 있다.

　　머언 산 청운사(靑雲寺)
　　낡은 기와집

　　山은 자하산(紫霞山)
　　봄눈 녹으면

　　느릅나무 속잎 피는
　　열두 구비를

　　청노루
　　밝은 눈에

　　도는
　　구름

　시인이 어떠한 사물을 노래하기 위해서는 우선 그의 정신세계가 투명해야 한다. 그래야 무한히 열린 영감靈感의 문을 통해 사물과의 교감이 가능하기 때문이다. 그래서 우주에 존재하는 모든 피조만물과의 대화가 이루어지고 신이라고 할까, 어떤 절대자와의 교신이 이루어질 때 시는 성립된다.

　감정이 고도로 승화된 시를 우리는 훌륭한 시라고 한다. 시인의 심령이 고도로 승화되면 천국의 경지에 이른다. 그래서 시인은 영원한 사랑과 생명, 신의 실존과 자신의 존재를 확인하기 위해 부단한 노력을 기울인다.

　시인이 처해 있는 상황이란 비본래적 현실이므로, 인간 그 자신을 확인하기 위해 구원의 문학을 표방하지 않을 수 없는 것이다. 한 시대를 살아가는 시인이 그 시대를 외면한다는 것은 인간의 삶에 대한 책임 회피가 되기 때문에 예술 그 자체를 거부하는 것이나 다름없다. 그러므로 순수를 잃지 않으면서도 사회참여의 눈을 가져야 한다.

　김광섭金珖燮의 시 「성북동 비둘기」는 문명사회를 비판하는 현실의식
이 깔려있는 작품으로 문제성을 제시하고 있다.

　　　성북동 산에 번지가 새로 생기면서
　　　본래 살던 성북동 비둘기만이 번지가 없어졌다.
　　　새벽부터 돌 깨는 산울림에 떨다가
　　　가슴에 금이 갔다.
　　　그래도 성북동 비둘기는
　　　하느님의 광장 같은 새파란 아침 하늘에
　　　성북동 주민에게 축복의 메시지나 전하듯
　　　성북동 하늘을 한 바퀴 휘돈다.

　　　성북동 메마른 골짜기에는
　　　조용히 앉아 콩알 하나 찍어 먹을
　　　넓직한 마당은커녕 가는 데마다
　　　채석장 포성이 메아리쳐서
　　　피난하듯 지붕에 올라앉아
　　　아침 구공탄 굴뚝 연기에서 향수를 느끼다가
　　　산1번지 채석장에 도로 가서
　　　금방 따낸 돌 온기(溫氣)에 입을 닦는다.

　　　예전에는 사람을 성자(聖者)처럼 보고
　　　사람 가까이
　　　사람과 같이 사랑하고
　　　사람과 같이 평화를 즐기던
　　　사랑과 평화의 새 비둘기는
　　　이제 산도 잃고 사람도 잃고
　　　사랑과 평화의 사상까지
　　　낳지 못하는 쫓기는 새가 되었다.

물질문명의 팽창으로 인해 정신이 침식되어 가는 삶의 현장에 초점을 맞춰 그 아픔을 노래한 작품이다. 평화를 상징하는 비둘기가 발붙일 곳을 잃고 방황하는 상황을 리얼하게 그림으로써 정서 고갈의 우려와함께 근원적인 향수를 불러일으키게 한다. 여기에서는 관념의 노출이 더러 눈에 띄기는 하지만 적절히 선택된 언어의 배합과 능숙한 기교가 돋보인다.

좀 더 다른 각도에서 생각할 때 종교가 설교와 기도라는 약으로써 치료하는 영혼의 의사라고 한다면, 시는 예술이라는 붕대로써 인간의 상처를 감싸주는 구원久遠의 노래라고 할 수 있다.

김광섭이 현대의 도시문명을 비판함에 있어서 외부 관조의 눈으로 비라본 데 비하여, 김후란金后蘭은 내부 성찰의 목소리로 아파하고 있다. 그 예를 「무관심의 죄(罪)」라는 시에서 찾아보기로 하자.

> 나는 자선(慈善)을 베풀지 않았다
> 구둣발 먼지를 먹으면서
> 인형 같은 아기를 안고
> 자선을 강요하는
> 지하도(地下道) 층계의 노란 얼굴의
> 그 여인을 미워하였다.
>
> 걸레 같은 그 여인을
> 미워하고 원망하면서
> 선심처럼 동전(銅錢)을
> 던져주었다.
>
> <그러나 때로 무관심하게 지나쳤다
> 한번은 잔돈을 찾다가 성가셔 그냥 와버렸다.>
>
> 그날 저녁 지하도 층계의
> 노란 얼굴은

나를 따라왔다.
곧바로 내 방으로 들어와
여전히 침묵하는 강요를
계속하였다

식탁(食卓)에 그림자가 무너져 내린다
위(胃)가 아파오기 시작하였다

창밖엔 비가 오는가?
꼭 감은 눈 속의 내 의식(意識)하기 싫은
의식(意識)에
또렷이 좌정(坐定)한
노란 얼굴
선량한 듯 무지한 듯 교활한 듯
말없는 침입자의 가면(假面)을
벗기고 싶다
<그러나, 그러나 무능력은 지붕 밑에 재워야 한다.>

한밤 내 꿈속에서
층계를 구르고 구르고
한없이 굴러 내리면서
후회하였다.
　　　나는 지식인(知識人)이 아니다.
　　　나는 지성인(知性人)이 아니다.
　　　나는 죄인(罪人)이다.
　　　무관심은 살인 같은 악덕(惡德)이다.
지폐가 든 지갑을
바닷물에 던지려고
허우적거렸다.

오늘 층계는
비어있었다.
먼지 속 지하도 층계
그 셋째 줄에
지난 몇 달 판박이처럼 남아있던
나의 우상은 보이지 않는다.

쏟아지는 햇살에 밀려
차디찬 난간을 꽉 잡았다.
새까만 눈동자 하나가
발길에 채여 굴러간다.

3. 시의 가치

일상의 상대적 가치 속에서 생활하게 되는 시인도 시를 통해서는 절대적 가치를 찾으려고 한다. 왜냐하면 시라는 것은 인생과 우주, 또는 대자연과 신을 노래하는 차원 높은 예술의 표현 형태이기 때문이다. 위대한 시인은 사물을 노래하는 정도에서 만족하지 않는다. 그 사물을 통해서 인생과 우주를 탐구하고, 거기서 절대적인 가치를 추구한다.

아무리 감정이 무딘 사람이라도 자신의 사랑만은 누구에게도 없는 가장 아름다운 사랑이라고 생각할 것이다. 연인이 앉았던 벤치, 그 빈자리에 어쩌다가 낙엽이라도 한 잎 두 잎 떨어져 내리면 사랑의 덧없음, 인생의 무상함을 절실히 느끼게 될 것이다. 시인이 따로 있는 것이 아니다. 바로 이 사람이 시인인 것이다. 그가 시인과 다른 것은 느끼되 표현하지 못하거나 표현하지 않는다는 점일 뿐이다. 사람은 누구나 시인이 될 소질을 지니고 있다.

봉오리는 언젠가는 꽃으로 피어나듯이 감정의 용솟음 뒤에는 반드시 발산의 충동이 따르게 마련이다. 그것을 언어로 표현할 때 시는 창작된다. 그러나 아무리 좋은 영감이라도 여과되지 못한 감정의 발산만으로는 시로서 성립되지 않는다. 여기에 시를 창조하는 어려움이 있다.

시는 보다 높고 넓은 전체목적을 위해서 노력하는 사람에게 존재한다. 시는 삶을 영위하는 하나의 수단이지 결코 목적은 아니다. 그러므로 인간의 고뇌, 시대의 아픔 같은 진실성이 부여되지 않는 시란 손끝에서 만들어진 글일 수밖에 없다. 감정만의 노출로는 시가 성립되지 않기 때문이다.

시는 고결한 영혼만이 도달할 수 있는 천국의 길과도 같다. 그래서 시인은 내부에서 제 나름의 신앙을 기른다. 그것이 반드시 종교적인 의미에서의 신앙과 일치되는 것은 아니지만, 시인은 언제 어디서나 기도의 자세를 잃지 않는다. 하지만 환경에 따라 그런 몸가짐을 흐트러뜨릴 때 시인은 세상을 부정적으로 보고 죽음에 대해서도 회의적이다. 이와는 달리 내부에 종교를 수용하는 시인은 글을 쓰면 쓸수록 자신의 영혼이 보다 아름답게 순화된다고 믿기 때문에, 결국 죽음까지도 긍정적으로 보게 된다.

이런 관점에서 볼 때 인생은 시를 통해서 빨래된다고 해도 과언이 아니다. 윤동주尹東柱의 시를 대하고 있으면 승화된 기도의 언어들이 반짝이는 별빛처럼 투명하게 가슴에 와 닿는다.

윤동주는 이육사李陸史와 더불어 민족주의적인 색채가 강한 시인이지만, 그는 민족도 자연을 바라보는 것과 같은 눈으로 애틋한 사랑과 연민의 정을 노래하고 있다. 따라서 그는 저항의 시인이면서도 정서적인 부드러움을 잃지 않는 서정시인이었고, 종교적인 인상을 풍기지 않으면서 신앙의 깊이를 느끼게 하는 시작詩作의 묘미를 보여 주었다. 시의 가치를 찾는 데 있어서 윤동주의 시를 중요시하는 소이가 바로 여기에 있다.

계절(季節)이 지나가는 하늘에는
가을로 가득 차 있습니다.

나는 아무 걱정도 없어
가을 속의 별들을 다 헤일 듯합니다.

가슴 속에 하나 둘 새겨지는 별을
이제 다 못 헤는 것은
쉬이 아침이 오는 까닭이요,
내일 밤이 남은 까닭이요,
아직 나의 청춘(靑春)이 다하지 않은 까닭입니다.

별 하나에 추억(追憶)과
별 하나에 사랑과
별 하나에 쓸쓸함과
별 하나에 동경(憧憬)과
별 하나에 시(詩)와
별 하나에 어머니, 어머니,

어머님, 나는 별 하나에 아름다운 말 한 마디씩 불러 봅니다. 소학교(小學校) 때 책상(冊床)을 같이했던 아이들의 이름과 패(佩), 경(鏡), 옥(玉) 이런 이국 소녀(異國少女)들의 이름과, 벌써 애기 어머니 된 계집애들의 이름과, 가난한 이웃 사람들의 이름과, 비둘기, 강아지, 토끼, 노새, 노루, '프랑시스 잠', '라이너 마리아 릴케' 이런 시인(詩人)의 이름을 불러 봅니다.

이네들은 너무나 멀리 있습니다.
별이 아슬히 멀듯이.

어머님,

그리고 당신은 멀리 북간도(北間島)에 계십니다.

나는 무엇인지 그리워
이 많은 별빛이 내린 언덕 우에
내 이름자를 써 보고,
흙으로 덮어 버리었습니다.

따는 밤을 새워 우는 벌레는
부끄러운 이름을 슬퍼하는 까닭입니다.

그러나 겨울이 지나고 나의 별에도 봄이 오면
무덤 위에 파란 잔디가 피어나듯이
내 이름자 묻힌 언덕 우에도
자랑처럼 풀이 무성할 게외다.

이것은 윤동주尹東柱의 시「별 헤는 밤」이다. 가을 하늘에 무수히 반짝이는 별을 헤이면서 마음속에 이는 온갖 상념들을 외로움과 동경의 정서로 읊어 나간 이 시는 별을 매개로 하여 어머니에 향한 그리움을 표출하고 있다. 여기서 어머니는 '이름자를 썼으나 흙으로 덮어 버려야 하는' 현실이며, '자랑처럼 풀이 무성'하기를 바라는 이상인 동시에 '책상을 같이 했던 아이들'의 고향이기도 하다. 이 시에서 우리가 배워야 할 것은 평범한 말에서도 보석과 같은 영롱한 광채를 낼 수 있다는 점이다.

III. 시의 본질적 조건

시를 이야기하기 위해서는 무엇보다 여기에 필요한 요소가 무엇인가를 생각하고, 시의 본질적인 조건을 제시하는 것이 순서일 것 같다. 자기

의 사상 감정을 율동적인 운문韻文으로 표현하는 이 독특한 표현 방법을
시의 본질적 조건에 입각하여 분류해 보고자 한다.

1. 시와 정서

정서란 어떠한 사물을 관찰할 때 일어나는 감정의 파장이며, 변화의 매
듭을 뜻한다. 시에 있어서 정서는 가장 기본적인 조건이라 말할 수 있다.

사람의 심리상태를 지知, 정情, 의意의 3요소로 나누거나 희노애락喜怒
哀樂 등으로 구분하게 되는데, 이 모든 것을 포괄한 것이 정서이다.

또한 정서란, 자극을 받게 되면 신체적인 변화를 갖게 마련이다. 정서는
시의 생명과도 같다. 정서가 고갈된 시는 물 없는 샘처럼 생명감이 없다.

주지주의를 표방하는 시인들의 작품을 제외하고는 대부분의 모든 시
는 반드시 정서적 요소를 지니고 있기 때문에 우리는 필연적으로 그 정서
와 만나게 된다. 그 정서를 이끄는 것이 바로 영감이다. 시에 었어서의 에
스프리는 창작의 기본 요체이다. 직감直感 또는 직관은 시인의 예리한 감
성작용에서 얻어진다. 아무리 훌륭한 영감을 얻었다 하더라도 표현능력
이 따르지 않으면 쓸모가 없게 된다. 유산流産은 생명체가 아니기 때문이
다. 시인이 시를 창작하기 위해서는 우선 다른 사람들이 미처 느끼지 못
하는 정서, 사물에 대한 남다른 통찰력이 선행돼야 한다. 정서는 영감을
낳고, 통찰은 예지를 낳는다. 영감과 예지가 조화를 이룰 때 비로소 시정
신에 접근하게 된다.

시인은 다양한 체험과 풍부한 상상력 못지않게 천부天賦의 소질이 따라
야 하지만, 이보다도 중요한 것이 정서를 발산함이 없이 축적해 두는 일
이다. 정서란 어디까지나 시정詩情의 에너지이기 때문에 충분히 발효醱酵
되지 않으면 안 된다. 그래서 내부에 축적된 정서를 잠재력으로 시인의
체험과 상상이 합치, 순환循還될 때 시는 비롯된다. 체험은 작품을 이룩하

는 소재에 불과하다. 그 소재가 작품이 되기 위해서는 제재로 선택되는 심리적 과정을 거쳐야 함은 물론이다.

러스킨(Ruskin John:1819~1900)은 시를 가리켜, "정서를 일으키게 하는 고상한 밑뿌리를 상상으로 암시한 것"이라고 말하고, 그 고상한 정서를 사랑(love)·기쁨(joy)·존경(veneration)·찬탄(admiration)·미움(hate)·분노(indignation)·공포(horror)·슬픔(grief) 등으로 분류하였다. 문학은 어디까지나 기억이나 상상에 의해서 과거의 체험을 되살리는 정서적 효과를 나타내는 것이기 때문에 시에 있어서 정서란 매우 중요한 위치를 차지한다.

2. 시와 상상

제임스 윌리엄(James William: 1842~1910)은 상상想像을 재생적 상상과 생산적 상상 두 가지로 나누고 있다. 지각知覺을 그대로 재현시키는 것을 재생적 상상이라 하고, 지각의 잔상殘像이나 기억된 심상을 분해, 결합하고 변화시킴으로써 얻어지는 것을 생산적 상상이라고 말하고 있다. 시인은 철학적 상상 속에서 살기를 원하기 때문에 상상은 중요한 영향을 미친다.

우리들에게는 어떤 우연한 기회에 사라졌던 아름다운 사물의 모습이 되살아나는 경우가 있게 되는데, 이것을 가리켜 심상이라 한다. 이 심상에는 시각적인 것과 청각적인 것, 촉각적인 것, 그리고 후각적인 것과 미각적인 것 등이 있다. 이러한 계열작용을 사고思考라고 한다. 이 사고는 연상작용을 거쳐 일어나게 된다. 따라서 상상은 독립된 작용이 아니라 감각, 지각, 인상, 정서, 직관 등과 밀접한 관계를 가지고 있다.

시인은 상상이라고 해서 무에서 유를 만드는 게 아니라 그 시인의 지각이나 체험을 통해서 작품을 잉태한다.

러스컨(Ruskin John: 1819~1900)은 상상에 대해서 다음과 같이 세 가지로 나누어 설명하고 있다.

첫째, 사고의 대상이 한정돼 구체적 또는 대상적 상상에 속하는 것으로서 직관적 상상(imagination penetrative)을 들 수 있다. 이는 내면의 정신을 꿰뚫고 중심을 파악하려는 데 특징이 있다.

둘째는 연상적 상상(imagination associative)이다. 한 관념으로 말미암아 파생되는 또 하나의 관념으로서 심상을 결합, 새로운 형체를 창조하는 과정을 말한다.

셋째로 꼽을 수 있는 것이 정관적 상상(imagination contemplative)이다. 대상을 정관하는 가운데 사상과 정서가 나타나서 예술적 체험으로 통일되는 과정을 가리킨다.

모든 예술은 상상이 구체적으로 표현되는 세계라고 말할 수 있겠는데, 특히 시에 있어서 상상의 날개를 무한히 펼치게 될 때에 그 예술적 가치가 한층 두드러지게 된다.

3. 시와 사상

시에 있어서 사상이란 무엇인가. 사상이란 인생과 우주, 즉 세상에 존재하는 모든 사물에 대한 새로운 해석을 의미한다. 문학에 있어서의 사상이 성립되려면 모든 사물에 대한 제 나름대로의 해석, 또는 주장이 요구된다. 따라서 사상다운 사상이 되기 위해서는 그 사물에 대한 보편 타당한 인식이 따르지 않으면 안 된다. 사물의 인식과정의 사유思惟가 빚은 결과를 사상이라 한다면, 그 사상은 반드시 진리성을 내포하기 마련이다.

사상에는 주관적 사상과 객관적 사상이 있다. 아무리 순수하고 보편적인 사상이라 하더라도, 일단 시인의 내부세계에 들어가면 객관성을 잃게 마련이다.

객관적 사상이란 모든 사물이 지닌 바의 성격을 의미한다. 광의의 의미로서는, 창조되어진 모든 사물에는 그 원인이 되는 근원적 로고스(사상)가 있다는 논리다. 태초에 신의 로고스에 의해서 모른 피조물이 창조되었다는 데서 유래한다. 이와 같이 사물이 지닌 바의 성격을 객관적 사상이라 할 수 있다. 아울러 객관적 사물이 시인의 인식과 사유를 통하여 재구성되고, 재창조되게 되면 주관적 사상으로서의 시작과정에 이르게 된다.

주(主)여. 때가 왔습니다. 여름은 참으로 위대했습니다.
해시계 위에 당신의 그림자를 얹으십시오.
들에다 많은 바람을 놓으십시오.

마지막 과실(果實)들을 익게 하시고
이틀만 더 남국(南國)의 햇볕을 주시어
그들을 완성시켜, 마지막 단맛이
짙은 포도주(葡萄酒) 속에 스미게 하십시오.

지금 집이 없는 사람은 이제 집을 짓지 않습니다.
지금 고독(孤獨)한 사람은 이후로도 오래 고독하게 살아
잠자지 않고 읽고 그리고 긴 편지를 쓸 것입니다.
바람에 불려 나뭇잎이 날릴 때 불안스러이
이리저리 가로수(街路樹) 길을 헤맬 것입니다.

라이너 마리아 릴케(Rainer Maria Rilke: 1875~1926)의 「가을날」은 자연에의 축복과 신의 은총이 충만한 시이다. 구절마다 소망과 구원의 이미지가 번뜩인다. 그 예로서 '들에다 많은 바람을 놓아 달라'는 소망이나 '이틀만 더 남국의 햇볕을 달라'는 간구의 표현을 들 수 있다. 어찌 보면 지극히 평범한 바램이다. 이러한 심상은 그 시인이 지닌 종교적 사상성에서 연유한다.

여기에서는 바람이나 햇볕을 받을 수 있느냐가 중요한 것이 아니라, 신(主)을 신뢰할 수 있는 평화로운 마음가짐, 사물에 대한 무한한 애착, 그리고 그 시인이 염원하는 진실한 구도의 자세가 문제된다.

오 주여, 내가 당신께로 가야 할 때에는
축제(祝祭)에 싸인 것 같은 들판에 먼지가 이는 날로 해주소서.
내가 이곳에서 그랬던 것처럼,
한낮에도 별들이 빛날 천국(天國)으로 가는 길을
내 마음 드는 대로 나 자신
선택하고 싶나이다.
내 지팡이를 짚고 큰 길 위로
나는 가겠나이다. 그리고 내 동무들인 당나귀들에게
이렇게 말하겠나이다 ─ 나는 프랑시스 잠,
지금 천국으로 가는 길이지. 하나님의 나라에는 지옥이 없으니까.
나는 그들에게 말하겠나이다 ─ 푸른 하늘의 다사로운 동무들이여,
날 따라들 오게나. 갑작스레 귀를 움직여
파리와 등에와 벌들을 쫓는
내 아끼는 가여운 짐승들이여……

내가 이토록 사랑하는 이 짐승들 사이에서, 주여,
내가 당신 앞에 나타나도록 해주소서.
이들은 머리를 부드럽게 숙이고
더없이 부드러워 가엾기까지 한 태도로
그 조그만 발들을 맞붙이며 멈춰섭니다.
그들의 수천의 귀들이 나를 뒤따르는 가운데,
허리에 바구니를 걸친 당나귀들이
나를 뒤따르는 가운데
곡예사(曲藝師)들의 차(車)나, 깃털이나 양털로 만든 차를 끄는 당나귀들이
나를 뒤따르는 가운데,
등에 울퉁불퉁 양철통을 실었거나

물 든 가죽 부대 모양 똥똥한 암당나귀를 업고
지친 발걸음을 옮기는 당나귀들이
나를 뒤따르는 가운데,
파리들이 귀찮게 둥글게 떼 지어 달려드는,
피가 스미는 푸르죽죽한 상처들 때문에 조그만 바지를 입힌 당나귀들이
나를 뒤따르는 가운데,
주여, 나는 당신 앞에 이르겠나이다.
주여, 내가 이 당나귀들과 더불어 당신께 가도록 해주소서.

소녀들의 웃음 짓는 피부처럼 매끄러운
살구들이 떨고 있는, 나무들 울창한 시내로
천사(天使)들이 우리를 평화 속에서 인도하도록 해주소서.
그래 영혼들이 사는 그 천국에서
내가 당신의 그 친국 시냇물에 몸을 기울일 때,
거기에 겸손하고도 유순한 그들의 가난을 비추는 당나귀들과
영원한 사랑의 투명함에
내가 닮도록 해 주소서 .

　　프랑시스 잠(Francis Jammes: 1868~1938)의 시「당나귀와 함께 천국
에 가기 위한 기도」이다. 어떠한 사물에 내재한 객관적 사상도 시인의 사
유를 거쳐서 시작과정을 통과하게 되면, 그 시인의 독특한 주관적 사상에
의해서 새로운 변화를 가져오게 된다. 그렇다고 해서 그 사상이 완전히
없어지는 게 아니라 새로운 시적 차원의 것으로 승화되는 것이다.
　　시에 있어서 사상이 완전히 배제된 작품은 감상의 찌꺼기로 떨어질 가
능성이 높다. 반면에 사상을 너무 지나치게 내세우게 되는 경우에는 관념
의 수렁으로 전락하게도 되는 것이므로, 시에 있어서 사상의 수용은 인간
의 본질적인 문제로서 고려하지 않으면 안 된다.
　　시란, 보편적인 사물 속에서도 그 사물이 지닌 바의 성격(사상)을 인식
과 사유의 과정을 거쳐서 걸러내게 된다. 즉 그 사물의 인식에 새로운 상

상의 날개를 달아주고, 정서의 옷을 입혀 새로운 차원으로 탄생시킨다는 얘기다. 따라서 시의 내용과 형식, 에스프리esprit와 테크닉technic이 서로 유기적인 관제를 갖고 효과적으로 조화를 이룰 때 비로소 하나의 작품이 만들어지는 것이다.

감정이 사상을 앞지르게 되면 감상적이고 낭만적인 작품이 되기 쉽다. 사상의 노출도 마찬가지다. 사상이 감정을 밀어내게 되면 설교적이고 계몽적인 작품이 되는 것은 당연한 이치다. 그렇기 때문에 시에 있어서는 특히 사상과 감정이 조화되지 않으면 안 된다.

이상과 같이 종교성을 지닌 두 시인 릴케와 잠의 작품을 살펴보았다. 이제, 산업화 과정에서 일어나는 비인간화 현상을 날카롭게 꿰뚫어 보면서, 동심과도 같은 천진난만함(innocence)으로 인간회복을 꾀해 독창적인 시세계를 추구했던 윌리엄 블레이크(William Blake: 1757~1827)의 시 「범」을 살펴보기로 한다.

범이여! 범이여! 칠흑 숲 속에
너의 눈은 휘황하게 불붙나니,
어떠한 불멸(不滅)의 손이, 또 영안이
너의 그 무서운 균정(均整)을 이룩하였느냐?

어느 먼 심해(深海)에서 또 하늘에서
너의 그 두 눈의 불이 처음 피어올랐느냐?
어떠한 날개로써 감(敢)히 높이 날았느냐?
어떠한 손으로써 포착하였느냐?

너의 심장(心臟)의 힘줄을 굽힐 수 있는 것은
어떠한 힘이며 어떠한 재주이냐?
또한 너의 심장이 뛰기 시작하였을 때,
손발은 어떻게 무서워지느냐?

어떠한 망치였더냐? 철쇄(鐵鎖)였더냐?
너의 두뇌는 어떠한 용로(熔爐) 속에 있었느냐?
어떠한 철상(鐵床)이었더냐? 어떠한 무서운 손아귀가
그 무시무시한 공포(恐怖)를 쥐었느냐?

별들이 그들의 창(槍)을 내려던지고,
그들의 눈물을 천계(天界)에 퍼부을 때,
조물주는 자기의 창조를 보고 미소했던가?
양(羊)을 만드신 그가 과연 너를 만드셨느냐?

범이여! 범이여! 칠흑 숲 속에
너의 눈은 휘황하게 불붙나니,
어떠한 불멸의 손이, 또 영안(靈眼)이
너의 그 무서운 균정(均整)을 이룩하였느냐?

　블레이크는 인간의 순수한 생명의 에너지를 중요시하였다. 그는 이 에너지를 통하여 잃어버린 하모니를 돌려받을 수 있다고 생각했다. 그리하여 타락한 오탁의 세계에서 이 에너지는 범의 분노로 나타난다. 그는 상실한 전원의 기쁨을 돌려줄 자는 범이라고 생각했던 것이다. 범은 자연에 있어서의 충동을 나타낸다. 경험의 세계에서의 파괴적인 충동은 억압된 현실을 타파하는 건강한 에너지를 뜻한다. 앞의 「범」이라는 시에서 나타난 바와 같이, 그러한 힘은 불의 이미지를 동반한다.
　이 시에서의 양羊과 범虎의 대치는 단지 순수와 경험의 대조로서 제시된 것이 아니라, 역설의 해결로 제시된다. 이 시는 진실로 인간다운 인간의 삶을 희구하는 내용의 사상성을 지니고 있다. 그는 시를 통하여 산업사회가 안고 있는 해독을 제거하고 상실된 질서를 회복하려고 투쟁한다. 그의 독특한 상상력으로 하여금 억압으로부터 벗어나 끝없이 열린 영혼의 세계를 제시하게 한다.

블레이크는 상상력의 세계, 사랑의 세계, 조화의 세계를 위해서는 대립된 힘들의 필연적인 투쟁이 있어야 한다고 생각했던 것이다. 그리하여 그는 순수와 경험의 세계를 거쳐 조화로운 통합을 시도하였다. 우리들은 그의 종교적이요 철학적인 내용의 투철한 사상 속에 신비로 감추어진 시에서 열려진 영혼의 세계를 탐색할 수 있게 된다. 그의 열린 영혼의 음성에서 "한 알의 모래 속에 세계가 있고, 한 송이 들꽃 속에서 천국을 볼 수 있다"고 하는 우주적 신비를 접하게 된다.

여기에서는 종교적 내지는 철학적인 용어가 사용되지 않았음에도 불구하고, 그 내용에 있어서 종교이요 철학적인 차원과 신비가 깃들어 있음을 보게 된다. 그것은 사상이 시화, 또는 예술적으로 미화(작품화)되어 있음을 의미한다. 어떠한 내용을 담은 차원 높은 사상이 시화되어 있을 때, 여기에서는 '왜'가 아닌 '어쩐지'의 영상이 살아난다. 이 '어쩐지'는 무한한 상상력을 제공하는 까닭에, 그 상상의 에너지로 하여 새로운 상상의 세계가 열리게 된다. 따라서 시에 있어서의 '어쩐지'의 영상이란 놓쳐서는 안 될 중요한 요소가 된다 하겠다.

> 한 송이의 국화꽃을 피우기 위하여
> 봄부터 솟적새는
> 그렇게 울었나 보다.
>
> 한 송이의 국화꽃을 피우기 위하여
> 천둥은 먹구름 속에서
> 또 그렇게 울었나 보다.
>
> 그립고 아쉬움에 가슴 조이던
> 머언 먼 젊음의 뒤안길에서
> 이제는 돌아와 거울 앞에 선
> 내 누님같이 생긴 꽃이여

노오란 네 꽃잎이 피려고
간밤엔 무서리가 저리 내리고
내게는 잠도 오지 않았나 보다.

누구나 익히 아는 서정주徐廷柱의 시「국화 옆에서」이다. 쉽게 읽혀지는 시이면서도 이 작품에는 무엇인가가 들어있다는 느낌을 준다. 평범 속의 비범이라고 할까, 쉽게 읽었는데에도 그 속에 무엇인가가 남아있는 것 같아서 책을 덮지 못하고 곰곰이 생각하게 하는 시, 이런 작품은 언제까지나 애송되는 까닭에 영원성을 유지하게 된다. '노오란 네 꽃잎이 피려고 간밤엔 무서리가 저리 내리고'가 뜻하듯이, 한 송이의 국화가 피기 위해서는 수없는 산고産苦의 진통이 따랐을 것이다.

이 시인은 '거울 앞에 선 누님 같은 꽃'을 피우기 위해 먹구름 속에서 울어야 했던 천둥의 아픔에 무한한 애정을 보내고 있다. 꽃이 피는 산고의 뒷전에서 잠을 이루지 못했을 따스한 어버이의 마음, 이것은 곧 시인의 마음이기도 하다. 이와 같이 세상일이란 정성을 필요로 한다. 여기에 이 시의 교훈이 있다. 인생에 새로운 해석을 내리는 시의 예술성이야말로 얼마나 아름다운가.

IV. 시의 종류

1. 내용적 분류

시는 주관시와 객관시로 분류하는 방법과 서사시, 서정시, 서경시, 극시 등으로 분류하는 두 가지 방법이 있다. 여기에서는 뒤의 경우인 네 가지 분류 방법을 택하여 얘기하고자 한다.

a. 서사시

서사시敍事詩는 운문으로 된 장편 서사문의 일종으로, 신이나 영웅의 행적을 중심으로 민족적 집단의 운명적 사건을 객관적인 입장에서 장중하고도 웅대하게 읊은 장시를 말한다. 아리스토텔레스에 의하면, 서사시 (epic)는 희곡의 성질을 가지고 있으나, 희곡보다는 그 영역이 훨씬 넓고, 희곡과는 달리 시간과 공간을 초월하여 여러 장소의 사건을 동시에 서술할 수 있는 장점이 있다고 했다.

서사시는 원시적 서사시(primitive epic)와 문학적 서사시(literary epic)의 두 종류로 나뉜다. 전자를 가리켜 민족서사시, 또는 영웅서사시라고 하고, 후자를 가리켜 예술서사시라고 한다. 원시적 서사시는 어떤 개인에 의한 창작이 아니라 영웅의 전설이 구전으로 전승되어 내려온 것인데, 그것을 최초로 완성시킨 시인이 호메로스이다. 그의 「일리아스(Ilias)」와 「오디세이아(Odysseia)」가 바로 여기에 해당된다.

문학적 서사시는 민족의 영웅을 읊었다 하더라도 시인의 예술적 의식으로 창작된 것을 말하는데, 예를 들면 베르길리우스의 「아에네이스(Aeneis)」, 단테의 「신곡(Divina Commedia)」, 밀턴의 「실락원(Paradise Lost)」 등이 그 것이다.

작자가 분명하고 개성적 독창성이 있는 문학적 서사시는 그 내용으로 보아 궁정 서사시, 기사 서사시, 종교적 서사시, 세속적 서사시, 전기적 서사시, 모험서사시 등으로 나누는 것이 타당하다. 그런데 근대에 와서는 시민적 서사시도 있으나, 자아의식의 발달과 함께 문학적 서사시는 근대 소설로 발전했다.

서사시의 구조는 3부로 분류된다. 제1부는 스토리가 클라이맥스climax를 준비하는 과정에서 시작하며, 제2부는 클라이맥스에 이르기 전까지의 사건을 서술하고, 제3부는 클라이맥스가 형성되는 단계에서 시작하여 그 대단원으로 결말을 이룬다.

서사시의 특색은 어디까지나 객관적이며 설화적인 데 있다고 할 수 있다. 허드슨(Hudson, William Henry: 1841~1922)은 이를 성장의 서사시(EPic of growth)와 예술의 서사시(Epic of art)로 분류하기도 하였다. 즉 서사시는 신화나 전설 또는 민요나 무용담을 모은 것으로, 일리아스와 오디세이아를 비롯하여, 영국의 「베이어 울프(Beowulf)」, 독일의 「니벨룽겐의 노래 (Das Nibelungenlied)」 등을 들 수 있다.

예술의 서사시는, 영웅이나 신화를 제재로 한 것으로 성장의 서사시와 다를 바 없으나 학문적으로 파고드는 게 다른 점이다. 예를 들면 밀턴(Milton, John: 1608~1674)의 「실낙원(Paradise Lost)」, 베르길리우스(Vergilius, Pubius Maro: B.C. 70~19)의 「아에네이스(Aeneis)」, 타소(Tasso, Torguato: 1544~1595)의 「예루살렘의 해방(Geruuslemme Liba-rata)」 등이 여기에 속한다.

b. 서정시

서정시抒情詩는 일반적으로 시인 자신의 주관적 체험을 그 고조된 감정의 상태에서 직접적으로 표백하는 것으로서 문학의 기본 유형을 이루고 있다, 이 서정시에 있어서는 모든 경험의 소재가 자아에 흡수되고 주관화되어 정취가 풍부한 것으로 형성된다. 이 자아 중심적, 주정적 성격은 자연히 감정의 파동에 호응하는 리듬 내지는 운율의 형식을 취하게 한다.

서정시는 주아성主我性과 현재성에 있어서 예술적 특질이 풍부한 장르라 할 수 있을 것이다. 서정시의 흐름을 든다면 실질적으로는 포우(Poe, Edgar Allan: 1809~1849)에서 시작되어 보들레르, 말라르메로 계승되었다가, 1920년 이후에는 발레리나 브레몽(Henri Bremond: 1865~1933)에 의해서 강력히 창도된 이래 근대 서정시의 하나의 극을 이룬 것으로 알려져 있다.

서정시에는 ① 가요(歌謠, Song), ② 찬가(Hymne), ③ 디티람브 (Dithyramb), ④ 오드(Ode), ⑤ 엘레지(Elegy), ⑥ 아이딜(Idyll), ⑦ 벨러드(Ballad), ⑧ 로망스(Romance), ⑨ 에피그램(Epigram), ⑩ 풍자시(諷刺詩, Satire), ⑪ 패러디

(Parody), ⑫ 칸쪼네(Canzone), ⑬ 미네장(Minnesang), ⑭ 사상시(思想詩, Gedankenlyrik), ⑮ 산문시(散文詩, Prose-poem) 등이 있다.

그이의 아름다운 눈동자 가에
보드라운 웃음 떠오르면
신(神)이여,
나는 그대 무릎에 엎드린 포로.

빛나는 그이 눈동자 앞에
나는 그리움의 모닥불을 피운다.
그이 내 앞에 나타나시면
아아 진정 신의 은총,
그러나 사람은 물거품,
그대 발아래 엎드려
나는 하염없이 한숨 쉰다.

아아 신이여, 빛을 주시옵소서 .
내 바라는 것은 오직 하나 뿐,
어느 때에 보람이 있을 것인가.
그대 나의 곁으로 가까이 오시면
아늑한 행복 스스로 오리라.

나의 애달픈 이 심정
아직 그이 모르신다면
신이여, 그이께 전해 주셔요,
사랑의 횃불로
괴로운 밤을 뜬눈으로 새우기
빛 잃은 이내 몸 여위어만 가오니
신이여, 구원의 손길 내밀어 주시옵소서.

조반니 보카치오(Giovanni Boccaccio: 1313~1375)의 시 「그이의 아름다운 눈동자」이다. 이 작품에서 풍기는 바와 같이, 시인 자신의 주관적인 정서의 표출이 서정시의 형태로 나타나 있음을 알게 된다.

> '헬렌', 나에게 있어서 그대의 아름다움은,
> 옛날 '나이찌아'의 목선과도 같습니다.
> 방랑(放浪)에 지친 나그네를 태우고
> 향기로운 바다를 조용히
> 고향 바닷가로 실어다주던 그 배와도 같이.
>
> 오랜 세월 절망의 바다에서 나에게
> 그대의 윤기 나는 검은 머리와,
> 단정하고 전아(典雅)한 그 모습은
> 샘의 여신(女神) '나이에드'로서
> 이렇듯 애타게 그립습니다.
> 그것은 지난날의 희랍의 영광,
> 그 옛날의 '로마'의 영화를 생각하게 합니다.
>
> 보라, 저기 눈부신 창(窓)가에
> 손에는 '수마노' 등불을 밝히고,
> 그대 소상(塑像)처럼 서있는 것이 보입니다.
> 아! 성지(聖地)에서 내려온
> 마음의 미신(美神) '싸이키'여!

포우의 시 「헬렌에게」이다. 방랑극단의 배우를 아버지로 둔 그는 어릴 때 고아가 되어 담배 상인의 집에서 양육되었으나, 아이가 없는 부인의 지나친 사랑으로 말미암아 양부養父와 불화하였다. 이 시는 그가 어린 나이로 친구의 젊은 어머니를 열애熱愛하였던 게 계기가 되어 창작된 작품이라고 한다.

서정시는 다음과 같이 몇 가지의 유형으로 나눌 수도 있다.

① 단순 서정시(Simple lyric): 감정을 솔직하게 단적으로 나타내는 것.

② 열광적 서정시(Enthusiastic lyric): 열광적인 노래(Dithyramb)나 열광적인 단가(Ode).

③ 반성적 서정시(Reflective lyric): 순수한 정열적인 것에 지적인 요소가 가해진 것.

이 외에도 제재에 따라서 종교적 서정시, 애국적 서정시, 연애 서정시, 자연서정시, 애도서정시, 제연祭宴서정시 등으로 나누기도 한다.

또한 시는 마음의 상태가 외부로 표출되는 예술적 표현 형식이기 때문에, 그 마음의 상태로 분류할 수도 있다.

① 주정적인 것.

　ㄱ. 감각을 주로 한 것

　ㄴ. 정서를 주로 한 것

　ㄷ. 정조를 주로 한 것

② 주지적인 것.

　ㄱ. 기지를 주로 한 것

　ㄴ. 지혜를 주로 한 것

　ㄷ. 예지를 주로 한 것

③ 주의적인 것.

　ㄱ. 의지를 주로 한 것

　ㄴ. 의사를 주로 한 것

앞에서 이미 열거한 바와 같이, 서양에서는 송시頌詩(Ode), 만가輓歌, (Elegy), 풍자시諷刺詩(Satire), 소네트Sonnet 등이 활발히 시도되고 있다.

　　신기하여라, 안개 속을 헤매어 보면,

　　풀섶이며 돌덩이며 저마다 외롭고야

　　어느 나무도 다른 나무를 볼 수 없으니,

　　모두가 고독한 것이어라.

나의 삶도 광명이 있을 적엔,
세상은 벗들로 가득 찼건만
허나 이제 주위에 안개가 내리니
모두들 사라져 자취 없어라.

뭇 사람들로부터 소리 없이 자기를 갈라놓은
그러나 피할 수도 없이
덮싸는 이 어둠을 모르고서야
뉘 슬기롭다 이를 것인고.

신기하여라 안개 속을 헤매어 보면
우리들 인생의 고독함이여!
아무도 서로 알아주는 이 없으니
모든 사람은 고독한 것이어라.

　　헤르만 헤세(Hesse, Hermann: 1877~1962)의 「안개 속」은 문명에 대한 회의懷疑가 신비로운 자연과의 조화로서 시적 승화를 이룬다. 현대 문명사회에 있어서 인간과 인간의 관계가 안개로 상징되는 어떤 상황에 의해서 틈이 생기고 고독할 수밖에 없음을 암시하고 있다. 독일의 시인이요 소설가인 그가 이러한 시를 쓰게 된 것은 자연에의 동경이 현실적으로 조화되지 못한 갈등에서 비롯된 것으로 보인다. 그는 부드러운 서정의 소유자였으나 전쟁을 체험하고 정신병이 악화된 아내와의 이별 등 내외의 분열과 고뇌의 극한 상황이 작품경향을 일변시킨 결과를 가져왔다고 할 수 있다.

c. 서경시

　　서경시敍景詩는 자연의 풍경을 주관적인 감정을 삽입하지 않고, 있는 그대로 읊은 시를 말한다. 그러나 여기에서는 일체의 풍물경상風物景象이 주관적인 기분에 융합되어 감정이 상정되는 까닭에 시인 자신의 주관적인 감정이 완전히 배제되었다고는 말할 수 없다.

> 흰 달빛
> 자하문(紫霞門)
>
> 달 안개
> 물 소리
>
> 대웅전(大雄殿)
> 큰 보살(菩薩)
>
> 바람소리
> 솔 소리
>
> 범영루(泛影樓)
> 뜬 그림자
>
> 흐는히
> 젖는데
>
> 흰 달빛
> 자하문
>
> 바람 소리
> 물 소리.

　박목월朴木月의 시 「불국사(佛國寺)」에는 흰 달빛, 자하문, 달 안개, 대웅전, 범영루 등의 서경이 손에 잡힐 듯 투명한 언어로 나타나 있다. 여기에는 불국사에 관련된 사물들이 객관적 서경으로 묘사되고 있을 뿐이며, 시인 자신의 주관적 감정이 직접적으로 개입되지는 않고 있다.

d. 극시

극시劇詩란, 서정시의 요소와 서사시의 요소가 연극적으로 연결된 것이라고 할 수 있다. 즉 극시는 연극적인 요소를 지닌 시를 말한다. 극시(dramatic poetry)는 희곡과 같은 뜻으로서 넓은 의미의 시에 있어서는 서정시, 서사시와 더불어 3대 장르의 하나로 구분된다. 그리고 좁은 의미로서는 극의 형식을 취하거나 극적 수법을 사용한 경우이다.

극적 효과는 다이얼로그, 모놀로그, 블랭크 버스Blank verse, 긴박한 시츄에이션 등을 사용하여 이루어진다. 뛰어난 극시를 쓴 사람으로는 브라우닝, 셸리, 바이런 등이 있다.

때로는 시극(詩劇: 포에틱 드라마), 레제 드라마(영어로 클로젯 드라마) 등과 혼돈하여 쓰이는 경우도 있다. 극시는 고대 그리스 시대부터 중세기를 거쳐서 문예부흥기까지 이어져 발전해 왔으며, 근대에 와서는 극시 대신 산문극이 등장되기도 했다.

2. 형태적 분류

시의 형태란 정형시에 있어서는 정형의 양상, 자유시나 산문시에 있어서는 정형 아닌 양상을 띤다. 정형성을 지니고 있으면 정형시가 되는 것이며, 정형성을 지니지 않으면 자유시나 산문시가 된다고 생각하면 틀림이 없다.

a.정형시

정형시定型詩란 일정한 운율을 나타내기 위하여 일정한 규칙(음수율·음위율·음성율)에 의해 이루어지는 시를 말한다. 한시의 절구, 율시, 배율을 비롯하여 서양의 소네트Sonnet, 우리의 시조 등이 여기에 속한다.

솔 아래 아희들아 네 어른 어데 가뇨
약(藥) 캐러 가시니 하마 돌아오련마는
산중에 구름이 깊으니 간 곳 몰라 하노라

— 박인노(朴仁老) 작

산촌(山村)에 밤이 드니 먼듸개 즈저온다
시비(柴扉)를 열고 보니 하늘이 차고 달이로다
저개야 공산(空山) 잠든 달을 즈져 무삼 하리요

— 천금(千錦) 작

    이상 두 편의 예만 보아도 알 수 있는 바와 같이, 우리의 시조는 엄격한 의미에서 완전한 정형시라고 할 수는 없으나, 그 안에 정형적인 성격을 띠고 있음을 부인할 수는 없다.

첫날에 길동무 만나기 쉬운가
가다가 만나서 길동무 되지요.

날 끓다 말아라 가장(家長)님만 임이랴,
오다가다 만나도 정붙이면 임이지.

화문석 돗자리 놋촛대 그늘엔
칠십년 고락을 다짐 둔 팔베개.

드나는 곁방의 미닫이 소리라
우리는 하룻밤 빌어얻은 팔베개.

조선의 강산아 네가 그리 좁더냐,
삼천리 서도(西道)를 끝까지 왔노라.

삼천리 사도를 내가 여기 왜 왔나,

남포(南浦)의 사공님 날실어다 주었소.

집 뒷산 솔밭에 버섯 따던 동무야
어느 뉘집 가문에 시집가서 사느냐.

영남의 진주는 자라난 내 고향
부모 없는 고향이라우.

오늘은 하룻밤 단잠의 팔베개
내일은 상사(相思)의 거문고 베개라.

첫닭아 꼬꾸요 목놓지 말아라
품속에 있던 임 길차비 차릴라.

두루두루 살펴도 금강 단발령
고갯길도 없는 몸 나는 어찌 하라우.

영남의 진주는 자라난 내고향
돌아갈 고향은 우리 임의 팔베개.

이상은 김소월金素月의 시 「팔베개 노래」이다. 3·4조가 간혹 섞였으나 대부분이 3·3조로 이루어져서 민요적인 가락의 맛을 한결 짙게 풍기게 한다.

b. 자유시

자유시에는 일정한 형식이 없이 내재적 음율만을 지닌다. 그리고 형식적 규칙에 얽매이지 않는 게 특징이지만, 내용에 있어서는 보다 높은 차원의 언어와 리듬을 가지고 있다. 형식에 있어서는 산문적 자유성을 얻고, 내용에 있어서는 운문적 율조를 얻어 조화를 이루게 될 때 자유시는 생겨나게 된다.

송화(松花)가루 꽃보라 지는
뿌우연 산협(山峽)

철그른 취나물과 고사릴 꺾는
할매와 손주딸은 개풀어졌다.

할머이
<엄마는 하마 쇠자라길 가지고 왔을까?>
<·····································>

풋고사릴 지근거리는
퍼어린 이빨이 징상스러운 산협(山峽)에

뻐꾹
뻐꾹 뻐억 뻐꾹
　　　　　　　　　　　－ 신석정(辛夕汀)의 시「산중문답(山中問答)」

이 시는 뻐꾸기 소리를 마지막으로 끝난다. 송화가루 꽃보라 지는 뿌우
연 산협, 송화는 소나무 송松자에 꽃 화花자, 소나무 꽃가루를 말한다. 그
게 남풍이 불어오니까 봄바람에 털리기 때문에 뿌옇게 보이게 된다. 그러
니까 "송화가루 꽃보라 지는 깊은 산골짜기에, 철그른 취나물과 고사릴 꺾
는 / 할매와 손주딸은 개풀어졌다." 여기에서의 '철그른'이라는 말은 철을
그르친, 철을 놓친, 철이 지난, 철을 넘겼다는 말이다. 철이 지나버린 고사
리나 취나물은 쇠어서 먹을 수가 없다. 이미 철이 지나서 쇠어버린 고사
리와 취나물을 왜 뜯을까? 먹을 것이 없기 때문에 그거라도 먹어보려고
뜯는다. 이미 쇠어버린 것을 먹어보려고 뜯는다.
　그런데 할머니와 손녀딸이 개풀어진다고 되어 있다. 쓰러졌다면 힘 있
게 넘어진 거지만, 개풀어진 것은 기운이 없어서 슬그머니 주저앉아 버리

는 그런 형국이다. 풀이 물에 풀어진다거나 엷은 천이 물속으로 들어갈 때 풀어지는 것처럼 개풀어지는 형태를 말한다. "엄마는 하마 쇠자라길 가지고 왔을까." '쇠자라기'는 소주 내린 찌꺼기를 말한다. 소주 내린 찌꺼기, 쇠자라기는 독하기 때문에 개나 돼지도 먹지 않는다. 개나 돼지도 먹지 않는 쇠자라기를 사람이 먹으려고 한다. 일제 때라든지, 해방 후에는 그랬다.

"풋고사릴 지근거리는 / 퍼어런 이빨이 징상스러운 산협(山峽)에" 산중에서 허기져서 배가 고프니까 먹어본 거다. 먼지바람 자연 그대로니까 지근거릴 것이다. 그러니까 말할 때는 풀물이 든 이빨이 퍼렇게 징그럽게 보일 것이다. 징그럽다는 말을 전라도 방언으로는 징상스럽다고 한다. 이러한 상황이라면 보는 이의 관점에 따라서 여러 얘기가 가능하겠다. 가진 자, 있는 자를 증오하는 진보 좌파 성향의 사람은 자본가의 욕심으로 부가 편중되어서 부익부 빈익빈이 심화되어서 이런 비극적인 사회 현상이 나타난다고 선동하는 글을 쓸 수도 있을 것이다. 불평등 사회 모순을 지적하거나 고발하기도 할 것이다.

그러나 신석정 시인은 그런 사회 현실과 상관없이 "뻐꾹 / 뻐꾹 뻐억 뻐꾹—" 이렇게 뻐꾸기 우는 소리로 끝낸다. 인간의 처절한 비극적인 사회 현실을 돌려서 대자연의 풍경 묘사로 마친다. 여기에는 노장사상의 영향을 받은 것으로 보인다. 무위자연이 스며있기 때문이다. 인간의 처절한 슬픔을 그리면서도 자연에 동화시켜서 악감정이 나지 않고 순수하게 여과하여 처리하는 묘미를 보이고 있다. 여기에는 참여와 순수의 조화가 있다고 본다. 여기에는 참여도 있고 순수도 있다. 참여 자체를 가지고 비판하고 갈등구조를 증폭시키는 게 아니라 갈등이 유발될 수 있는 비극적인 현실을 뻐꾸기 소리라는 자연의 성유聲喩로 여과시키고 에둘러서 우리 마음을 순화시키려 하고 있다.

신석정 시인의 심층심리 내부에는 이웃(인간)을 비참한 현실로부터 구원하고자 하는 측은지심이 발동하고 있겠거니와 작품 전체에서 볼 때에는 서정성과 참여성의 균형 있는 조화를 보이고 있다 하겠다.

신석정 시인 하면 자연을 사랑하는 전원시인으로 알려져 있다. 그런데 그는 순수 시인이면서도 참여 시인이다. 데모를 주동하는 그런 참여가 아니라 순수한 작품에서 참여하는 그런 참여 시인이다. 신석정 시인은 스스로 참여시인임을 밝힌 바 있다. 신석정 시인은 1972년 1월에 발행된 『문학사상(文學思想)』 창간호에 발표한 「시정신과 참여의 방향」이라는 제목의 글에서 "시인에 있어서의 행동이란 바로 작품 활동을 하는 것이라고 나는 생각한다. 순수 서정시를 쓰건 참여시를 쓰건 그것은 그 시인의 가장 구체화된 행동임에 틀림없다."고 썼다. 그러니까 신석정 시인의 참여론은 "시인에 있어서 행동이란 바로 작품 활동을 하는 것"으로 요약할 수 있겠다.

c. 산문시

산문시는 우선 무엇보다도 내용에 있어서 시가 되느냐, 아니면 평범한 산문이 되느냐에 달려있다. 내용에서 시가 된다는 것은 곧 시인의 시정신이 산문의 형태로 나타나는 것을 말하므로 여기에서는 반드시 작가의식이 분명해야 한다. 따라서 산문시가 일반 문장과 형태상으로 다른 점은, 그 담겨진 내용에 고도로 압축된 시정신이 들어있다는 점이다.

산문시(prose poem)는 시적 요소를 갖춘 산문체의 서정시로서, 정형시처럼 외형적 운율이나 자유시와 같은 현저한 리듬도 없다. 심지어 연聯과 행行의 구분도 분명하지 않은 것이 그 특색이라 할 수 있다.

산문시라는 말은 에드거 앨런 포우와 베르트랑의 영향을 받은 보들레르가 「파리의 우울」이라는 시집을 냈는데, 여기서 그가 처음 사용한 데서 비롯됐다고 한다. 그 후, 말라르메, 프랑시스 잠, 클로델, 구르몽 등이 썼고, 러시아에서는 투르게네프가 쓴 것으로 전해지고 있다.

우리나라의 본격적인 산문시집으로는 한용운韓龍雲의 「님의 침묵」, 정지용

鄭芝溶의 「백록담(白鹿潭) 등이 꼽힌다.

특히 서정주徐廷柱의 시 「질마재 실화(神話)」에 나오는 '석녀石女 한물댁 한숨'을 보면 압축된 시정신이 어떻게 산문시의 형태로 표현되고 있는가를 알 수 있다.

아이를 낳지 못해 자진해서 남편에게 소실(小室)을 얻어 주고, 언덕 위 솔밭 옆에 홀로 살던 한물댁은 물이 많아서 붙여졌을 것인 한물이란 그네 친정 마을의 이름과는 또 달리 무척은 차지고 단단하게 살찐 옥같이 생긴 여인이었습니다. 질마재마을 여자들의 눈과 눈썹, 이빨과 가르마 중에는 그네 것이 그 중 단정(端正)하게 이쁜 것이라 했고, 힘도 또 그 중 아마 실할 것이라 했습니다. 그래, 바람 부는 날 그네가 그득한 옥수수 광우리를 머리에 이고 모시밭 사잇길을 지날 때, 모시잎들이 바람에 그 흰 배때기를 뒤집어 보이며 파닥거리면 그것도 "한물댁 힘 때문이다"고 마을 사람들은 웃으며 우겼습니다.

그네 얼굴에서는 언제나 소리도 없는 멧비식할 웃음만이 옥 속에서 핀 꽃같이 벙그러져 나와서 그 어려움으론 듯, 그 쉬움으론 듯 그걸 보는 남녀노소들의 웃입술을 두루 위로 약간씩은 비끄러올리게 하고 그 속에 웃 이빨들을 어쩔 수 없이 잠간씩 드러 내놓게 하는 막강(莫强)한 힘을 가졌었기 때문에, 그걸 당하는 사람들은 힘에 겨워선지 그네의 그 웃음을 오래 보지는 못하고 이내 슬쩍 눈을 돌려 한눈들을 팔아야 했습니다. 사람들뿐 아니라 개나 고양이도 보고는 그렇더라는 소문도 있어요. "한물댁같이 우끼고나 살아라" 모두 그랬었지요.

그런데 그 웃음이 그만 마흔 몇 살쯤하여 무슨 지독한 열병이라던가로 세상을 뜨자, 마을에는 또 다른 소문 하나가 퍼져 시방까지도 아직 이어 내려오고 있습니다. 그 한물댁이 한숨 쉬는 소리를 누가 들었다는 것인데, 그건 사람들이 흔히 하는 어둔 밤도 궂은 날도 해어스름도 아니고 아침 해가 마악 올라올락말락한 아주 밝고 밝은 어느 새벽이었다고 합니다. 그리고 그것은 그네 집 한치 뒷산의 마침 이는 솔바람 소리에 아주 썩 잘 포개어져서만 비로소 제대로 사운거리더라고요.

그래 시방도 밝은 아침에 이는 솔바람 소리가 들리면 마을 사람들

은 말해 오고 있습니다. "하아 저런! 한물댁이 일쩍암치 일어나 한숨
을 또 도맡아서 쉬시는구나! 오늘 하루도 그렁저렁 우끼는 웃고 지낼
라는가부다."고……

— 서정주의 시 「질마재신화」 중 일부

V. 시의 의식과 표현 형태

시는 색채의식과 음향의식, 그리고 형태의식 등 여러 의식적 표현이 혼
연일체가 된 조화의 예술이다. 그런데, 작자에 따라서는 색채의식이나 음
향의식, 또는 형태의식에 더욱 짙은 표현을 나타내기도 한다.

이 세 가지 의식의 형태를 고루 갖추고 있으면서 그 내면의식의 짙은
향수가 효과적으로 표출된 작품이 정지용鄭芝溶의 「향수(鄕愁)」이다.

넓은 벌 동쪽 끝으로
옛이야기 지줄대는 실개천이 휘돌아 나가고
얼룩백이 황소가
해설피 금빛 게으른 울음을 우는 곳,
―그 곳이 참하 꿈엔들 잊힐리야.

질화로에 재가 식어지면
뷔인 밭에 밤바람 소리 말을 달리고,
엷은 조름에 겨운 늙으신 아버지가
짚벼개를 돋아 고이시는 곳,
―그 곳이 참하 꿈엔들 잊힐리야.

흙에서 자란 내 마음
파아란 하늘 빛이 그립어

함부로 쏜 화살을 찾으려
풀섶 이슬에 함추름 휘적시든 곳,
―그 곳이 참하 꿈엔들 잊힐리야.

전설(傳說) 바다에 춤추는 밤물결 같은
검은 귀밑머리 날리는 어린 누이와
아무러치도 않고 예쁠 것도 없는
사철 발 벗은 안해가
따가운 햇살을 등에 지고 이삭 줍던 곳,
―그 곳이 참하 꿈엔들 잊힐리야.

하늘에는 석근 별
알 수도 없는 모래성으로 발을 옮기고,
서리 까마귀 우지짖고 지나가는 초라한 지붕,
흐릿한 불빛이 돌아앉아 도란도란거리는 곳,
―그 곳이 참하 꿈엔들 잊힐리야.

1. 시의 색채의식

먼저 시의 색채의식을 파악하기 위해 탐미적 정신지상주의 시인인 변
영로卞榮魯의「논개(論介)」를 살펴보기로 한다.

거룩한 분노(憤怒)는
종교(宗敎)보다도 깊고
불붙는 정열(情熱)은
사랑보다도 강하다.

아, 강낭콩꽃보다도 더 푸른
그 물결 위에

양귀비꽃보다도 더 붉은
그 마음 흘러라.

아릿답던 그 아미(娥眉)
높게 흔들리우며
그 석류(石榴) 속 같은 입술
죽음을 입맞추었네!

아, 강낭콩꽃 보다도 더 푸른
그 물결 위에
양귀비꽃보다도 더 붉은
그 마음 흘려라

흐르는 강물은
길이길이 푸르리니
그대의 꽃다운 혼
어이 아니 붉으랴?

아, 강낭콩꽃보다도 더 푸른
그 물결 위에
양귀비꽃보다도 더 붉은
그 마음 흘러라!

　　이 시는 기생 논개論介가 나라를 위하여 진주 남강에 왜장을 끌어안고 투신한 그 불타는 애국충절을 찬양한 작품이다. 논개를 그리는 데 있어서 '석류 속 같은 입술', '양귀비꽃보다도 더 붉은 마음'이라고 아름답게 표현했다. 특히 여기에서 두드러지게 나타나는 것은, 시각적 색채의식과 함께 사물로 연결되는 시적 이미지의 대구법의 형상화이다.

　　시의 색채의식을 좀더 구체적으로 파악하기 위해서 낭만주의적인 색채가 짙은 장영창張泳暢의 시「만경강의 노래소리」를 음미해 보기로 한다.

내 코피를 쏟아 보아도
도무지 붉어지지 않는 강물이었다.

사발만한
노오란 해바라기 꽃은
강을 지키지 않고 기어이 쓰러져 버렸다.

흰나비 하나
산맥 위 바람을 찾아
가늘은 선(線)으로 가버리면……

갈기 갈기 찢어진 흰구름 아래
우수수─
갈대밭은 머리를 풀고 몸으로 울었다.

빨간 채송화가 피어있는 자리는
몇해 전 붉은 댕기─처녀의 시체가 밀려왔던 자리다.

바다가 왈칵 이 강으로 기어오르던 만조(滿潮)의 밤,
등불 들고 병들어 바위 위에 서서 울던
여자를 싣고 간, 검은 뱃놈들의 노랫소리가 있었다.

　　여기에서 보여주는 색채의식은 코피, 강물, 사발, 해바라기, 흰나비, 산
맥, 흰구름, 갈대밭, 머리, 채송화, 붉은 댕기, 밤, 등불, 바위, 검은 배 등으
로서, 주로 흑백黑白과 적청황赤青黃의 3원색을 골고루 전개시키고 있다.
언어의 색감을 보다 짙게 표출한 색채의 구체적 사물을 정리해 보면 다음
과 같다.
　　검정(黑)……밤, 검은 배
　　흰색(白)……사발, 흰나비, 흰구름, 갈대밭, 바위

빨강(赤)……코피, 채송화, 붉은 댕기, 등블

파랑(靑)……강물, 산맥

노랑(黃)……해바라기

작품에 가장 많이 나타난 사물의 색채는 흰색과 붉은색이다. 선璿으로 상징되는 흰색의 사발에서 우리 고유의 토속적인 순수성 및 종교성을 느낄 수 있다면, 나비와 흰구름에서는 자유와 평화 또는 허무의식을 엿볼 수 있을 것이며, 갈대밭에서는 세월을, 바위에서는 의지를 엿볼 수 있을 것이다. 붉은색의 코피라든지 채송화에서 생명감이나 피해 또는 불안의식을 감지할 수 있고, 붉은 댕기에서는 여인의 숙명을, 등블에서는 어둠을 내쫓고 싶어 하는 빛의 원망願望을 읽을 수 있으리라고 본다. 이 시에서 검은 배와 해바라기라는 두 사물 사이에는 심각한 문제의식이 깔려 있음을 알 수 있다.

검은 배에서는 피해의식의 아픔을 느끼는 대신, 쓰러진 해바라기에서는 자의식을 엿볼 수 있다. 여기에서는 시각적 색채의 효과 외에 우수수— 왈칵 등 청각적 음향 효과도 꾀하고 있지만 이 시인은 보다 시각적 색채 효과에 더욱 큰 관심을 보이고 있다. 여기에 '만경강'이라는 시각성과 '노래소리'라는 청각성을 대비시켜 리듬의 파장 효과를 동시에 거두고 있다. 여기에서 좀더 살펴보면, 이 시인은 강의 수난사적 숙명을 회화적인 색채(사물)로 밀도 있게 깔아가고 있음을 발견하게 된다.

이 시에 등장하는 만경강은 고향의 강이요, 추억의 강인 동시에 '코피를 쏟아 보아도 도무지 붉어지지 않는 강물' 같이 그 푸름이 변하지 않는 강이다. 그러나 '갈기갈기 찢어진 흰구름'과 연결되는 '흰나비 한 마리'란 너무도 연약한 자유일 수밖에 없다.

이 시인은 극한 상황에서 오는 진한 슬픔을 울음으로 터뜨리기 보다는 자신이 쏟은 코피로서 다른 사물들을 보는 그림의 표현방법을 선택하고 있다.

2. 시의 음향의식

깊은 내용의 주제성과 함께 청각적 음율성을 살린 작품으로서 한용운韓
龍雲의 「님의 침묵(沈黙)」과 홍사용洪思容의 「나는 왕이로소이다」가 있다.
이 두 작품은 산문체 문장으로서 산문시라 할 수 있겠는데, 시인의 독특하
고도 진솔한 목소리가 리듬을 살려 읽는 이들에게 큰 감명을 안겨 준다.

> 님은 갔습니다. 아아 사랑하는 나의 님은 갔습니다.
> 푸른 산빛을 깨치고 단풍나무 숲을 향하여 난 작은 길을 걸어서 참
> 어 떨치고 갔습니다.
> 황금(黃金)의 꽃같이 굳고 빛나던 옛 맹세(盟誓)는 차디찬 티끌이
> 되어서 한숨의 미풍(微風)에 날아갔습니다.
> 날카로운 첫 키스의 추억(追憶)은 나의 운명의 지침(指針)을 돌려놓
> 고 뒷걸음쳐서 사라졌습니다.
> 나는 향기로운 님의 말소리에 귀먹고 꽃다운 님의 얼굴에 눈멀었습니다.
> 사랑도 사람의 일이라 만날 때에 미리 떠날 것을 염려하고 경계하
> 지 아니한 것은 아니지만, 이별은 뜻밖의 일이 되고, 놀란 가슴은 새로
> 운 슬픔에 터집니다.
> 그러나 이별은 쓸데없는 눈물의 원천(源泉)을 만들고 마는 것은 스
> 스로 사랑을 깨치는 것인 줄 아는 까닭에, 걷잡을 수 없는 슬픔의 힘을
> 옮겨서 새 희망의 정수박이에 들어부었습니다.
> 우리는 만날 때에 떠날 것을 염려하는 것과 같이 떠날 때에 다시 만
> 날 것을 믿습니다.
> 아아 님은 갔지마는 나는 님을 보내지 아니하였습니다.
> 제 곡조를 못 이기는 사랑의 노래는 님의 침묵(沈黙)을 휩싸고 돕니다.
> — 한용운(韓龍雲)의 시 「님의 침묵」

읽어서 느낄 수 있듯이 이 시는 물이 흐르듯 자연스러운 언어로 유로流
露되고 있다. 잔잔하게 속삭이듯 흐르다가도 때로는 격정적으로 구비치

는 음악적인 호소력이 대단한 공감대를 형성한다. 여기에서 사무치게 하는 '님'은 무엇일까? 그것은 떠나가 버린 그 무엇의 정체이다. 그것은 불타요, 자연이요, 일제에 빼앗긴 조국의 표상이다. 그러므로 그 '님'이 상징하는 이미지는 보다 신비로운 차원으로 승화된다.

우주의 진상眞相을 종교에서 찾았고, 자연법칙을 생성하는 생물의 생태에서 관조했으며, 불타는 조국애를 생활철학의 실천으로 꽃피우려 했다. 그는 조국의 애한哀恨과 동거하면서 신비로운 시어로써 향수를 달래다 사라진 민족의 별이요, 불타의 사리요, 순수이념의 영토였던 것이다.

나는 왕(王)이로소이다. 나는 왕이로소이다. 어머니의 가장 어여쁜 아들 나는 왕이로소이다. 가장 가난한 농군의 아들로서……

그러나 시왕전(十王殿)에서도 쫓기어난 눈물의 왕이로소이다.

"맨 치음으로 내가 너에게 준 것이 무엇이냐" 이렇게 어머니께서 물으시며는

"맨 처음으로 어머니께 받은 것은 사랑이었지요마는 그것은 눈물이더이다"하겠나이다. 다른 것도 많지요마는……

"맨 처음으로 네가 나에게 한 말이 무엇이냐" 이렇게 어머니께서 물으시며는 "맨 처음으로 어머니께 드린 말씀은 '젖 주세요'하는 그 소리였지요마는, 그것은 '으아!' 하는 울음이었나이다" 하겠나이다. 다른 말씀도 많지요마는……

이것은 노상 왕에게 들리어 주신 어머니의 말씀인데요.

왕이 처음으로 이 세상에 올 때에는 어머니의 흘리신 피를 몸에다 휘감고 왔더랍니다.

그 날에 동내(洞內)의 늙은이와 젊은이들은 모다 "무엇이냐"고 쓸데없는 물음질로 한창 바쁘게 오고 갈 때에도 어머니께서는 기꺼움보다도 아무 대답도 없이 속 아픈 눈물만 흘리셨답니다.

빨가숭이 어린 왕 나도 어머니의 눈물을 따라서 발버둥질치며 "으아!" 소리쳐 울더랍니다.

그날 밤도 이렇게 달 있는 밤인데요.

으스름 달이 무리스고 뒷동산에 부헝이 울음 울던 밤인데요.

어머니께서는 구슬픈 옛이야기를 하시다가요, 일없이 한숨을 길게 쉬시며 웃으시는 듯한 얼골을 얼른 숙이시더이다.

왕은 노상 버릇인 눈물이 나와서 그만 끝까지 쉽게 울어버리었소이다.

울음의 뜻을 도무지 모르면서도요.

어머니께서 조으실 때에는 왕만 혼자 울었소이다.

어머니의 지우시는 눈물이 젖먹는 왕의 뺨에 떨어질 때이면 왕도 따라서 시름없이 울었소이다.

열한살 먹던 해 정월 열나흗날 밤, 맨재덤이로 그림자를 보러 갔을 때인데요, 명이나 긴가 짜른가 보랴고

왕의 동무 장난군 아이들이 심술스럽게 놀리더이다. 모가지 없는 그림자라고요.

왕은 소리쳐 울었소이다. 어머니께서 들으시도록, 죽을까 겁이 나서요.

나뭇군의 산타령을 따라가다가 건넌산 비탈로 지나가는 상둣군의 구슬픈 노래를 처음 들었소이다.

그 길로 옹달우물로 가자고 지름길로 들어서며는 찔레나무 가시덤 풀에 처량히 우는 한 마리 파랑새를 보았소이다.

그래 철없는 어린왕 나는 동무라 하고 좇아가다가, 돌뿌리에 걸리어 넘어져서 무릎을 비비며 울었소이다.

할머니 산소 앞에 꽃 심으러 가던 한식(寒食)날 아침에 어머니께서는 왕에게 하얀 옷을 입히시더이다.

그리고 귀밑머리를 단단히 땋아주시며

"오늘부터는 아모쪼록 울지 말어라"

아! 그때부터 눈물의 왕은!

어머니 몰래 남모르게 속 깊이 소리 없이 혼자 우는 그것이 버릇이 되었소이다.

누—런 떡갈나무 우거진 산길로 허물어진 봉화(烽火)뚝 앞으로 쫓긴 이의 노래를 부르며 어실렁거릴 때에, 바위 밑에 돌부처는 모른 체하며 감중연하고 앉았더이다.

　아—뒷동산 장군바위에서 날마다 자고 가는 뜬구름은 얼마나 많이 왕의 눈물을 싣고 갔는지요.

　나는 왕이로소이다. 어머니의 외아들 나는 이렇게 왕이로소이다.

　그러나 그러나 눈물의 왕! 이 세상 어느 곳에든지 설움이 있는 땅은 모다 왕의 나라로소이다.

— 홍사용(洪思容)의 시 「나는 왕이로소이다」

　감상주의적 애상이 흐르는 작품이다. 여기에서는 인간의 본래적인 존재가치에 대한 문제가 제기된다. 생명의 근원에 관한 본질적 의미를 주정적主情的인 리듬의 언어로써 형상화하고 있다.

3. 시의 형태의식

　시는 상징된 언어 속에 숨겨진 의미의 세계이다. 따라서 색채어나 음향어, 형태어의 분절을 분석해 보는 것도 의의가 있다. 상징어로서의 형태성이란 자연물과 인공물로 이루어진다.

　낙엽은 폴란드 망명정부의 지폐(紙幣)
　포화(砲火)에 이지러진
　도룬 시의 가을 하늘을 생각케 한다.
　길은 한 줄기 구겨진 넥타이처럼 풀어져
　일광(日光)의 폭포 속으로 사라지고
　조그만 담배 연기를 내어 뿜으며
　새로 두 시의 급행차가 들을 달린다.

포플라 나무의 근골(筋骨) 사이로
공장의 지붕은 흰 이빨을 드러내인 채
한 가닥 구부려진 철책(鐵柵)이 바람에 나부끼고
그 우에 세로판지로 만든 구름이 하나.
자욱-한 풀벌레 소리 발길로 차며
호을로 황량(荒凉)한 생각 버릴 곳 없어
허공에 띄우는 돌팔매 하나.
기울어진 풍경의 장막(帳幕) 저 쪽에
고독한 반원(半圓)을 긋고 잠기어 간다.
　　　　　　- 김광균(金光均)의 시「추일서정(秋日抒情)」

　사물의 형태어를 통하여 가을날의 서정을 형상화한 작품이다. 가령, 낙엽을 표현하는 데 있어서 '폴란드 망명정부의 지폐'라는 언어를 끌어들임으로써 '낙엽'의 무가치, 그리고 무가치하기 때문에 아무렇게나 흩어진 무질서한 전쟁의 극한 상황을 을씨년스러운 분위기로 나타내고 있다.

　특히 '길은 한 줄기 구겨진 넥타이처럼 풀어져'라든지, 담배 연기를 내어 뿜으며 들을 달리는 급행차, 흰 이빨을 드러내는 공장의 지붕, 세로판지로 만든 구름, 허공에 띄우는 돌팔매 등 여러 사물의 형태어를 찾아 재구성함으로써 새로운 시적 감각을 불러일으키게 한다.

　이 시는 마지막 연聯에서 '허공에 띄우는 돌팔매'가 '기울어진 풍경의 장막 저쪽에/ 고독한 반원을 긋고 잠기어 간다'고 했는데, 시인은 돌팔매가 반월을 그으며 떨어지는 그 곡선을 통해 고독, 애수, 좌절, 절망 등의 어두운 감정을 표출하고 있다.

　이와 같이 모든 사물은 저마다 의미를 지니고 있다. 그러나 그 사물도 생명감을 불어넣지 않고는 죽은 것이나 다름없다. 여기에 입김을 불어넣는 것이 시인의 사명이다. 그것이야말로 시를 캐는 이미지의 광맥이 아닐 수 없는 것이다. 그래서 시인은 발뿌리에 걷어 채이어 굴러가는 하나의

돌멩이마저도 소홀히 보지 않는다.

　일본의 미래파 시인 히라또(平戸廉吉)의 시 「비오(飛烏)」의 일부분이다. 비상飛翔하는 날짐승(까마귀)의 움직이는 형태가 잘 나타나 있다. 미래파의 경향이 말해주는 것처럼, 기성의 예술 전통을 반대하고 동적 감각의 새로운 형식을 추구한 것으로서 꿈의 아름다움을 표현하려는 의도가 두드러진 작품이다.

白 白 白 白 白 白 白 白 白 白 白 白 白 白
い い い い い い い い い い い い い い
少 少 少 少 少 少 少 少 少 少 少 少 少 少
女 女 女 女 女 女 女 女 女 女 女 女 女 女

白 白 白 白 白 白 白 白 白 白 白 白 白 白
い い い い い い い い い い い い い い
少 少 少 少 少 少 少 少 少 少 少 少 少 少
女 女 女 女 女 女 女 女 女 女 女 女 女 女

白 白 白 白 白 白 白 白 白 白 白 白 白 白
い い い い い い い い い い い い い い
少 少 少 少 少 少 少 少 少 少 少 少 少 少
女 女 女 女 女 女 女 女 女 女 女 女 女 女

白 白 白 白 白 白 白 白 白 白 白 白 白 白
い い い い い い い い い い い い い い
少 少 少 少 少 少 少 少 少 少 少 少 少 少
女 女 女 女 女 女 女 女 女 女 女 女 女 女

```
白 白 白 白 白 白 白 白 白 白 白 白 白 白
い い い い い い い い い い い い い い
少 少 少 少 少 少 少 少 少 少 少 少 少 少
女 女 女 女 女 女 女 女 女 女 女 女 女 女

白 白 白 白 白 白 白 白 白 白 白 白 白 白
い い い い い い い い い い い い い い
少 少 少 少 少 少 少 少 少 少 少 少 少 少
女 女 女 女 女 女 女 女 女 女 女 女 女 女
```

이것은 일본의 초현실주의 시인 하루야마(春山行夫)의 시이다. 그는 <白
い少女>(하얀 소녀)의 시행을 14행으로 나열해 놓았다. 그리고 이 시에 대
해서 다음과 같이 설명한다.

이것은 방법론적으로 규정된 포름의 세계이다.

독자는 이것을 <'하얀 소녀'의 매스게임>으로 해석하든가, 혹은

<'하얀 소녀'의 군집>

<'하얀 소녀'의 정열>

<'하얀 소녀'의 X Y>

<X ···················>

<Y ···················>

이와 같이 해석할지도 모른다. 하지만 그것은 자유다. 우리가 이러한
시에서 보편적으로 인식되는 것은, 아름답게 정렬된 '하얀 소녀'의 질서이
며, 그러한 감각을 주는 질서적 형태인 것이다.

중국의 시인 백추白萩의 「유랑자(流浪者)」에는 외롭고도 고독한 유랑
인의 모습이 그 언어와 함께 회화적으로 나타나 있다. 이 시에는 지평선
에 서 있는 능수버들의 고독이 시각적인 언어의 배열을 통해 적절히 표현

되고 있다. 이 시인은 지평선에 외로이 서 있는 능수버들이라는 대상을 놓고, 어떤 과거의 업과를 생각하고 있음이 분명하다. 여기에서 능수버들은 어떤 그리움의 대상이나 유랑자를 의미할 수도 있고, 바로 시인 자신일 수도 있다. 왜냐하면 이 시인은 지평선상에 외로이 서 있는 한 그루의 능수버들에서 자기의 심상心象을 발견하고 있기 때문이다.

그러므로 대상적 사물인 능수버들을 그의 관념의 일부로 보지 않으면 안 된다.

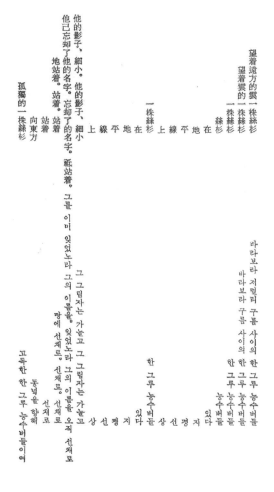

VI. 시적 상상력의 착상

쉴러는 시를 가리켜 "상상의 표현"이라 했다. 그런가 하면 러스킨은 "고상한 정서의 고상한 지반을 상상에 의하여 암시하는 것"이라 했으며, 키블은 "충만한 감정과 상상을 뿜어내는 것"이라고 정의했다. 여기에서 중요시 되는 것은 상상이다. 시인의 상상이 표현되고, 암시되고, 뿜어내어지는 것이 바로 시이기 때문이다. 그러나 이것만이 시를 정의하는 대표적인 말이라고 단정할 수는 없다. 다만 시의 정의에 상당히 접근된 말이라고 할 수는 있을 것이다.

왜냐하면 시라는 것은 한 마디로 이것이다라고 꼬집어 말할 수는 없는 것이기 때문이다. 이것은 마치 인생은 무엇이냐 하는 물음에 대한 해답만큼이나 어려운 문제이다. 그러나 다음과 같이 설명할 수는 있을 것이다.

시는 잘 익은 술과도 같다. 술이 잘 익으려면 누룩이 썩어야 한다. 누룩은 사상이나 시정신으로 비유할 수 있다. 누룩 속에 술의 성분이 들어 있듯이, 시인의 의식 속에는 시가 될 수 있는 요소가 있다. 그것은 종교적 차원과 철학적 사색 또는 사회의식 따위의 여러 가지 체험과 기능이다.

좋은 술이 되려면 누룩이 곱게 썩어야 하듯이, 여러 경험의 요소들이 갈등과 여과의 과정을 거칠 때 추상의 이미지는 보다 투명한 시어로 승화된다. 여기에 시인의 고뇌가 따른다. 가령, 종교적 이념은 시를 보다 차원 높은 세계로 끌어올릴 수 있는 정신적 에너지가 있는 데 비하여, 그 지나친 형식은 시를 굳어지게 하고 떫게 하는 요소를 지니고 있다.

그런 까닭에 시인은 상상을 요리하는 주체자로서의 고뇌가 나타나게 되는 것이다. 술독에 채워진 누룩이 발효되기 위해 부글부글 피어오르는 것과 같이, 시인의 의식세계에서는 선택된 온갖 사물들이 용해되는 과정을 거치게 된다. 그런데 이 단계에서 성급하게 걸러낼 때 설익은 술일 수밖에 없다. 의식의 세계에서 끓어오르는 분노라든지 슬픔, 또는 그 반대의 감정을 성급하게 표현하려 들면, 떫은 시가 될 수밖에 없는 이치다.

그러므로 술독에 고인 누룩이 그 숨막히는 어둠 속에서 참고 기다리는 기간이 필요하듯이, 시인은 그가 떠올린 영감의 세계가 익을 때까지 기다려야 한다. 그리하여 마침내는 잘 익은 술독에서 잘 익은 진곡주를 떠내는 것처럼, 잘 익은 인생의 썩음을 통하여 아름다워진 마음에 고여 있는 의식의 진액을 떠내는 데서 시는 이루어진다.

물론 여기에 운율이라든지, 언어의 호흡 등 기술이 포함되겠지만 이것은 다음 문제이다. 시인의 마음속에 고여있는 언어의 진액, 의식의 진액이 어떤 동기를 만나 표출될 때 그것은 내용을 지닌 작품으로서의 가능성을 지닌다.

나는 어느 골목길에서 계란을 삶아 파는 여인을 본 적이 있다. 찐계란의 껍질을 벗겨 소금을 찍어 먹고 가는 사람들도 보았다. 날계란이 끓는 물 속으로 들어가는 순간, 그 생명체는 죽고, 나의 의식 속에서는 평소 막연히나마 간직하고 있던 상념들이 꿈틀거리는 것을 느꼈다. 나의 주관적인 상상의 날개는 의식의 창공을 날아 하나의 시어로 다듬어져 갔다.

나는 여기서 계란의 부화과정을 생각해 내었다. 계란의 부화과정은 그렇게 아름다울 수가 없다. 명주실꾸리같이 가는 핏줄이 흐르고, 기묘한 모양의 날개가 생긴다. 이것을 확대시켜서 생각한다면, 천만 갈래의 강이 흐르고, 천만 줄기의 산맥이 굽이친다. 나의 상상은 우주적인 의미를 지닌 생명체가 끓는 물속에서 질식하는 아픔을 연출한다.

그 다음은 세상에 나온 병아리의 봄나들이에 관한 상상이다. 개나리 꽃잎 물고 봄나들이 나가는 그 노란 빛깔의 병아리는 귀엽다 못해 앙증스럽기까지 하다. 잔설이 녹은 보리밭에 그 귀여운 발자국을 남기면서 삐용 삐용 걸어가는 모습은 그렇게 귀여울 수가 없다. 그런데 그러한 가능성을 가진 계란이 끓는 물속에서 죽어가고 있는 것이다.

제3차적인 상상의 세계는 새로운 차원으로의 비약이다. 그것은 나의 상상 속의 천진성과 경험의 부스러기들로서의 내 이상과 현실이다. 나 자신 속에 내재된 생명창조의 날계란, 그 부화되고 싶어 하는 날계란의 욕망이 꿈틀거리고 있다. 그러나 그러한 천진난만한 꿈은 마치 끓는 물속에서 익어가는 날계란처럼, 나의 순수성을 파괴시키는 현실적 경험의 세계에서 나로 하여금 질식하게 한다.

제4차적인 상상은 여기에서 방향을 달리하여, 병아리와 닭의 문제로 급회전한다. 순진함을 상실한 나의 경험세계는 병아리의 천진함을 상실한 닭의 몰골과도 같다. 나의 관념 속에서의 닭은, 현실적으로 거름자리(퇴비장)를 후비는 동안에 발톱과 부리가 날카로워진 데 대한 자성적 회한을 갖게 된다. 병아리의 천진함을 잃어버리고 수단에 의해 살아가는 비본래적 자아의 확인인 셈이다.

여기에서 다시금 펼쳐지는 제5차적인 상상의 세계는 순수를 상실한 닭의 죽음이다. 때를 알고, 또 때를 알려야 할 사명을 지닌 여명의 계명성鷄鳴聲, 새벽의 주인은 사라지고, 치킨센터나 삼계탕, 또는 닭곰탕 집으로 팔려가는 식품용 닭들의 몰골이다. 이러한 닭의 몰골은 바로 인간성을 상실한 채 죽어가는 사람의 모습으로 연결된다.

거리에서 계란을 삶아서 파는 광경을 바라보면서 내가 떠올린 이 다섯 단계의 상상은 시를 가능케 하는 하나의 모티브가 된다. 이러한 시적 발상은 상상력의 착상에서 얻어진다. 이것이 시의 부화과정이다. 이와 같은 상상의 모티브에 의해 이루어진 작품의 한 예로 김준태金準泰의 「참깨를 털면서」를 들 수 있다.

산그늘 내린 밭귀퉁이에서 할머니와 참깨를 턴다.
보아하니 할머니는 슬슬 막대기질을 하지만
어두워지기 전에 집으로 돌아가고 싶은 젊은 나는
한번을 내리치는 데도 힘을 더한다.
세상사에는 흔히 맛보기가 어려운 쾌감이

참깨를 털어대는 일엔 회한하게 있는 것 같다.
한번을 내리쳐도 셀 수 없이
쏴아쏴아 쏟아지는 무수한 흰 알맹이들
도시에서 십년을 가차이 살아본 나로선
기가막히게 신나는 일인지라
휘파람을 불어가며 몇 다발이고 연이어 털어댄다.
사람도 아무 곳에나 한번만 기분좋게 내리치면
참깨처럼 쏴아쏴아 쏟아지는 것들이
얼마든지 있을 거라고 생각하며 정신없이 털다가
<아가, 모가지까지 털어져선 안 되느니라>
할머니의 가엾어하는 꾸중을 듣기도 했다.

이 시에는 상실한 순수성, 천진함을 회복하고자 하는 시인의 순수한 욕구가 행동으로 나타나 있다. 순수성을 상실한 곳은 도시였기 때문에 여기에서는 그것을 시골에서 되찾으려고 한다. 그리고 그 순수성을 상실케 한 도시의 어떤 대상들에게 향하는 분노를 참깨를 터는 동작에서 대치시키고 있다.

Ⅶ. 현대시의 난해성

현대시는 왜 난해한가, 하는 질문을 받을 때가 있다. 그럴 때마다 나는 그에 대한 답변으로 두 가지 이유를 내세운다. 하나는 시인의 책임이요, 다른 하나는 독자의 책임이다. 시의 난해성에 대해서 시인 자신이 책임을 져야 할 점으로서는, 시인이 난해한 시를 쓰는 경우이다.

물론 난해한 시가 모두 나쁘다거나 좋다고 잘라서 말할 수는 없다. 그러나 얘기할 수 있는 것은, 난해시를 낳게 하는 배경, 즉 사회 현실이 아무리 난해한 시를 가능케 한다 하더라도 시인은 그것을 걸러내는 언어의 연금술이 전제되어야 한다는 점이다.

그 다음의 문제는 복잡해진 사회 현실과 의식구조에 있다. 더우기 표현의 자유가 제약을 받을 때는 엉뚱하게도 난해성의 양상으로 나타난다. 그런데 이해하기 곤란한 것은 의식적으로 난해하게 쓰는 경우이다. 이러한 시를 가리켜 설익은 시, 혹은 떫은 시라고 할 수 있다.

또 한 가지 이유는 독자에게도 책임이 있다는 사실이다. 독자의 의식수준이 문제가 되는 것은 물론이다. 시인의 처지에서는 난해하게 쓰지도 않았는데, 독자가 이해하지 못하는 경우도 있다. 시가 난해하지도 않은데, 난해하다고 무작정 외면하는 독자에게도 문제가 있다 하겠다.

> 파도야 어쩌란 말이냐
> 파도야 어쩌란 말이냐
> 임은 뭍같이 까딱 않는데
> 파도야 어쩌란 말이냐
> 날 어쩌란 말이냐

이 시는 유치환柳致環의 「그리움」이다. 웬만한 독자라면 이 시 정도는 이해할 수 있을 것이다. 그러나 이해하지 못하는 독자도 있을 것이다.

이 시에서는 언어를 통한 직접적인 전달보다는 그 내용과 분위기로 이해하는 편이 쉽다. 비교적 짧은 시이지만, 이 시에는 '어쩌란 말이냐'로 반복되는 그리움의 이미지가 짙게 깔려 있다. 내용으로 봐서 이 시인은 멀리 떨어져 있는 임을 그리워하고 있음을 알 수 있다.

여기에서 생각하게 되는 미적 상상력이란 '파도'와 '뭍'이 주는 이미지의 전개이다. 특히 작품에 '그리움'이 잘 표현되어 있는 까닭은 역시 파도와 '뭍'의 상반된 대조적 성격의 사물에서 오가는 상상의 가능태에 있다.

이 시에서 연상되는 것은 무엇인가. 이 시에 설정된 사물로 보아서 이 시인은 파도가 보이는 곳에 자리해 있음을 알 수 있다. 여기에서 파도가 주는 이미지는, 임을 생각하게 하고 그리워하게 하는 자극의 움직임이다.

파도는 한 곳에 가만히 있지 못한다. 그 유동성이 시인의 그리움을 한층 촉진하는 효과를 거두고 있지만, 시인 자신은 '임은 뭍같이 까딱도 않는데'라고 파도의 충동을 거부함으로써 그 역설적 부정이 이 시를 효과적으로 살려내고 있다.

いちめんのなのはな　　いちめんのなのはな　　いちめんのなのはな
いちめんのなのはな　　いちめんのなのはな　　いちめんのなのはな
いちめんのなのはな　　いちめんのなのはな　　いちめんのなのはな
いちめんのなのはな　　いちめんのなのはな　　いちめんのなのはな
いちめんのなのはな　　いちめんのなのはな　　いちめんのなのはな
いちめんのなのはな　　いちめんのなのはな　　いちめんのなのはな
いちめんのなのはな　　いちめんのなのはな　　いちめんのなのはな
いちめんのなのはな　　いちめんのなのはな　　いちめんのなのはな
いちめんのなのはな　　いちめんのなのはな　　いちめんのなのはな

이것은 일본 시인 야마무라(山村暮鳥)의 「풍경(風景)」이다. '순은(純銀)의 모자이크'라는 부제가 붙은 이 시는 시종일관 'いちめんのなのはな'(전면의 유채꽃)이라는 글만을 9행씩 3연을 늘어놓고 있다.

이 시를 처음 대하는 사람들은 이상한 시라고 생각할 것이다. 그래서 무슨 장난질이냐고 힐난할지도 모른다.

이 시는 끝까지 읽으려고 할 것이 아니라, 유채꽃밭 풍경을 관조하는 기분으로 가볍게 보는 것이 좋을 것이다. 열을 진 문자의 집합을 통해 아름다운 유채꽃밭의 풍경을 한눈에 볼 수 있기 때문이다. 지면 전체가 온통 유채꽃밭으로 그림처럼 펼쳐져 보인다.

이 시는 시각적인 유채꽃밭의 이미지를 계산에 넣고 지은 것으로서 독창적인 특유의 수법이 돋보인다. 이처럼 좋은 시를 주관적인 편견이나 무지로 인해 제대로 감상하지 않고 외면하는 사람이 있다면, 그 책임은 어디까지나 독자에게 있다.

鋸齒鋸齒鋸齒鋸齒鋸齒鋸齒鋸齒鋸齒鋸齒
在黝暗的口腔中森然示威的惡狼之牙
鋸齒鋸齒鋸齒鋸齒鋸齒鋸齒鋸齒鋸齒鋸齒
這是我們的刑場，面對着前方
一排銃槍深沈冷漠的眼，虎虎眈視
我們以一座山的靜漠停立在刑台上
這是最後的戰爭

톱니톱니톱니톱니톱니톱니톱니톱니톱니
깜깜한공중의산림에위엄을보이는악랄한이리의이빨
톱니톱니톱니톱니톱니톱니톱니톱니톱니
이것은우리들의형장인가, 얼굴을들어전방을보라
한 열의 총구가 냉혹한 눈처럼 호시탐탐 노려보고 있었다.
우리는 산의 정막처럼 사형대 위에 서있었다.
이것은최후의전쟁이다.

이 시는 중국의 시인 뻬이치이유(白萩)의 「배가 찢어 터지는 나무(爆裂 腸臟的樹)」중 앞부분이다. 이 시에는 한 마디로 설명할 수 없는 전쟁이나 죽음, 인생의 어떤 숙명적인 문제의식 같은 것이 짙게 깔려 있다.

물론 이 시를 읽고 어리둥절해할 독자도 있을 것이다. 이러한 경우, 문제되는 것이 시인과 독자의 접근이다. 문자라고 하는 것은 하나의 약속인 까닭에 그 부여된 전달의 기능을 제대로 발휘하지 않으면 안 된다. 전달 기능을 제대로 발휘해야 만이 시인 자신만을 위한 시로 그치지 않는다.

시는 설명이 아니라 표현이다. 그렇다고 독자의 요구대로 시를 쓴다면 그 시는 이미 죽은 것이나 다름없다. 그것은 마치 미인을 관조하려는 것과 확인하려고 하는 차이로 비유할 수 있다. 시란 저만치 거리를 두고 서 있는 미인을 바라보듯, 느끼는 대로 감상하면 된다. 그 미인의 아름다운 이유를 분석할 필요는 없다. 만약 확인하려 든다면 그 아름다움은 사라지고 만다.

시도 마찬가지다. 시는 분석하는 처지에서보다는 거리를 두고 관조하는 위치에서 바라보는 것이 이상적이다. 그러기 위해서는 시가 쉬워져야 한다.

제3장

소설문장

제3장 소설문장

I. 한국의 소설문장

우리나라의 작가들이 문장을 소홀히 하는 경향이 있는데, 이는 무엇보다도 우선 새로운 스타일에 대한 갈구와 수용, 그리고 그 표현을 위한 성급한 요구에서 기인된다고 할 수 있다. 한국의 소설들이 새로운 사조에 휩쓸리면서 내용을 중시한 나머지 문장을 소홀히 하는 경향이 생긴 것이다.

또한 쉴 새 없이 들어오는 외래 사상의 물결이 우리의 문장을 어지럽게 하기도 했다. 앞에서도 지적했듯이 우리의 소설들이 문장 자체보다도 어떠한 사상과 표현 기교에 치우치면서부터 문장에 혼란이 일어났던 것이다. 문장의 기초가 잡혀 있지 않아도 그 사상이나 방법이 특이하여 알려진 작품들이 더러 있기는 하다. 새로운 사상을 담으려고 할 때 새로운 표현방법이 필요하고, 새로운 기술이 요구된다는 것은 더 말할 나위가 없다. 정통적인 정확한 문장보다는 새롭고 발랄한 소설문장이 새로운 발전을 보여 왔다고 할 수 있다.

정확한 문장의 바탕 위에서 표현의 길을 개척해야 하는 게 소설문장이라면, 그 토대 위에서 새로운 어휘, 방법, 기술 등 새로운 매력과 생명을 지녀야 한다. 문장의 정확한 기반이 없이 새로움만을 앞세우는 문장은 그 명이 짧기 마련이다. 이러한 부류의 소설은 한때 붐을 일으킬지는 몰라도 얼마 가지 않아서 자취를 감추고 말 것임이 분명하다.

따라서 어떠한 사상이나 방법이 대두되는 것과 상관없이 항상 문장의 기초를 다지는 것이 좋은 소설을 쓰게 하는 첩경이 될 것이다.

　"글쎄 말이오. 세상놈들이야말로 東으로 가라면 西으로만 달아나는 비뚱그러진 놈 뿐이외다. 조선말이 있고 조선글이 있어도 한문이나 서양놈의 허꼬부라진 말을 해야 사람 구실을 하는 이 쌍놈의 세상이 아닙니까"

　한마디씩 남의 동의를 얻으려는 것처럼 나를 똑바로 내려다 보며 잠깐씩 말을 멈추다가 나중에는 열중한 변호사처럼 쉴 새 없이 퍼붓는다.

　"네, 그렇지 않습니까. 네! 그것도 읽을 줄이나 알았으면 좋겠지만 가령 天地 玄黃하면 하늘 천―이렇게 읽으니 一大라 써 놓고 왜 하늘 대하지 않습니까. 창궁(蒼穹)은 우주간(宇宙間)에 유일(唯一) 최대(最大)하기 때문에 창힐(蒼頡) 같은 위인(偉人)이 一大라고 쓴 것이 아니오니까. 또 흙야 할 것을 따지 하는 것도 안 될 것이외다. 따란 무엇이오니까. 흙이 아니오, 그러기에 흙 土邊에 언재호야(焉哉乎也)라는 千字文의 왼 끝 字인 잇기 也字를 쓴 것이외다 그려. 다시 말하면 따는 흙이요 또 宇宙間에 최말위(最末位)에 處한고로 흙土에 千字文의 최말자(最末者)되는 잇기 也字를 쓴 것이외다."

　우리들은 신기히 듣고 섰다가

　"그러면 쇠金字는 어떻게 되였길래 金가를 그렇게 하나님께서 그처럼 사랑하시나요?"하며 Y가 물었다.

　"옳은 말씀이외다. 예―, 참 잘 물으셨쐬다……."

　깜박했더라면 잊었을 것을 일깨워 주어서 고맙고도 반갑다는 듯이 득의(得意) 만면(滿面)하여 例의 일사천리(一瀉千里)의 구변(口辯)으로 강연을 시작한다.

　"사람 人 안에 구슬 玉을 하고 한 편에 점(點) 한 개를 박지 않았오. 하므로 쇠금이 아니라 사람구실 금―이렇게 읽어야 할 것이외다."

　一同은 킥 킥, 웃었다.

　"아니외다. 웃을 것이 아니외다.……사람 구실을 할려치면 성현(聖賢)의 가르치신 것같이 仁하여야 하지 안소이까. 하므로 사람인 하는 것이외다 그려. 그 다음에는 구실이 두 개가 있어야 사람이지 두 다리를 이렇게(人 − 손가락으로 쓰는 흉내를 내며) 벌이고 선 사이에 딱 있어야 할 것이 없으면 도저히 사람값에 가지 못할 것이외다. 고자는 없어도 사람이라 하실지 모르나 그러기에 사람구실을 못하지 않습니까. 히히히……그는 하여간 그 두 개가 즉 사람이 사람값에 가게 하는 보패(寶貝)가 아닙니까. 그런고로 寶貝에 제일가는 구슬 玉字에 한 點을 더 박은 게 아니오니까…….”

한 마디 한 마디마다 허리가 부러지게 웃던 A는

“그래서 金剛山에 옥좌(玉座)를 만들었습니다 그려……하하하”

하며 또 웃었다.

“그러면 女人네는 金가가 없소이다 그려?”

이번에는 H가 놀렸다. 무엇을 생각하는 것처럼 눈만 멀둥멀둥하며 앉았다가 별안간에

“올치! 올치! 그래서 내 댁내는 안가로군, 옹……히히. 여인네가 冠을 썼어 여인네가 관을 썼어……히히히.”

잠꼬대하는 사람처럼 이 사람 저 사람 쳐다보며 고개를 끄덕어리고 나서는 히히히 웃기를 두세번이나 뇌었다.

“참, 아씨는 어디 가셨나요?”

나는 「내 댁내가 安가」라고 하는 말에 문득 그의 妻子의 소식을 물어보려는 호기심이 나서 이같이 물었다.

“예? 못 보셨오? 여보 여보 英姬 어머니! 영희 어머니!……”

몸을 꼬고 엎드려서 아래를 내려다보며 부르다가 "또 나갔나!" 혼자 말처럼 바로 앉더니

“야마, 저기 나갔나 보외다.”

하고 유곽(遊廓)을 가리켰다.

“또 난봉이 난 게로군……하하하 큰일 났쇠다. 비끌어 매두지 않으면……”

A가 말을 가로차서 놀렸다.

“히히히 저기가 본대 제 집이라우.”

“저 유곽 아니요?” H도 웃으며 물었다.

"여인네가 冠을 썼으니까……하하하" 이번에는 Y가 입을 열었다.

그는 무슨 생각이 났던지 고개를 비스듬히 숙이고 앉았다가,

"예! 그 안에 있어요. 그 안에 5년이나 나하고 사는 동안에 역시 그 안에 있었어요. 히히히, 히히히."

"그 안에……그 안에!"

나는 아까 도주(逃走)를 하였다는 소문도 있다고 하던 A의 말을 생각하며 속으로 뇌어 보았다.

"좀 불러 오시구려."

"인제 밤에 와요. 잘 때에……

"그거 옳은 말이외다……잘 때 밖에 쓸데없지요. 하하하"

H가 농담을 부리는 것을 나는 미안히 생각하였다.

"히히히 그러나 너무 뜨거워서 죽을 지경이랍니다……이제는 문직이에게 죽도록 단련을 받고 울며 왔기에 불을 피우고 침대에서 재워 보냈습니다……히히히."

무슨 환상(幻像)을 쫓듯이 먼 산을 바라보며 누런 이를 내놓고 히히히 웃는 그의 얼굴은 원숭이 같이 비열(卑劣)해 보였다.

산등에서 점점 멀어 가던 햇발은 부지중(不知中)에 소리 없이 날아가고, 유곽 이층에 마주 보이는 전등 불빛만 따뜻하게 비치었다. 홍소(哄笑), 훤담(喧談), 조롱(嘲弄) 속에서 급격히 피로를 느낀 그는 어슬어슬하여 오는 으슥한 산 밑을 헤매는 쌀쌀한 가을 저녁 바람과 음흉(陰凶)하고 적요(寂寥)한 암흑(暗黑)이 검은 이빨을 악물고 획 획 한숨을 쉬며 덤벼들어 물고 흔드는 3층 위에 썩은 밤송이 같은 뿌연 머리를 움켜쥐고 곁에 누가 있는 것도 잊은 듯이 기둥에 기대어 앉았다.

東西親睦會長—世界平和論者—奇異한 運命의 殉難者—夢現의 세계에서 想像과 幻影의 甘酒에 醉한 聖神의 寵兒—五慾七垢, 七難八苦에서 解脫하고 浮世의 諸緣을 저버린 佛陀의 聖徒와 嘲笑에 더러운 입술로 우리는 작별의 인사를 바꾸고 울타리 밖으로 나왔다.

여기에 인용한 글은 1921년 『開闢』지에 발표된 염상섭廉想涉의 처녀작 「표본실의 청개구리」 중 일부분이다. 이 작품은 우리나라 최초의 자연주의

소설로서 3·1운동을 전후하여 시대적으로 가장 암울했던 무렵의 어두운 현실을 냉철히 관찰한 것으로, 당시 지식인들의 고뇌가 잘 반영되어있다.

염상섭 문학의 본질은 사실주의라고 말할 수 있을지 모른다. 그러나 구체적으로는 자연주의와 사실주의를 엄격히 구분하기가 어려운 만큼, 여러 가지 이론상의 미숙과 모순에도 불구하고 그는 역시 자연주의를 고수한 작가로 손꼽힌다.

그의 문장 특징의 하나는, 흔히 사실주의 작가들에게서 공통적으로 찾아볼 수 있듯이 '長文'으로 되어 있다는 점이다. 어떠한 대상을 치밀하고도 정확히 묘사해야 하기 때문에 자연히 많은 형용사를 동원하지 않을 수 없다. 동시에 다각적인 관찰을 요하게 되므로 문장은 자연히 길어지게 마련이다.

그는 되도록 자기감정을 배제하고 객관성에 충실하려는 냉엄한 관찰과 구체적이고도 감각적인 문장으로 끈질긴 묘사를 시도했던 것이다.

여기에 비하여 김동인金東仁의 문장은 간결하다. 그는 1919년 2월 『창조(創造)』지 창간호에 「약한 자의 슬픔」을 발표했는데, 그는 하늘이라도 찌를 듯한 긍지와 자부심을 보였다.

그는 자기의 소설이 일찍이 유례가 없는 사조와 방법에 의하여 쓰여진 가장 예술적인 작품이라고 자처했지만, 실제로는 심리주의적 방법을 도입한 데 지나지 않았다. 그의 새로움에 대한 의욕이 문장의 배려보다 선행되고 있는 것이다.

이러한 김동인의 문장은 그로부터 6년 후인 1925년 『조선문단(朝鮮文壇)』 1월호에 발표한 「감자」에 이르러 거의 완벽한 경지에 들어서고 있다. 그 당시 자연주의 작품이라고 평판이 높았던 「감자」의 결말부분을 통해 문장의 꾸밈새를 살펴보기로 한다.

마침내 새색시가 오는 날이 이르렀다. 칠보단장에 사린교를 탄 색시가 칠성문 밖 채마밭 가운데 있는 왕서방집에 이르렀다.

밤이 깊도록 왕서방의 집에는 중국인들이 모여서 별난 악기를 뜯으며 별난 곡조로 노래하며 야단하였다. 복녀는 집모퉁이에 숨어 서서 눈에 살기를 띠고 방안의 동정을 듣고 있었다.

다른 중국인들은 새벽 두 시쯤 하여 돌아갔다. 그 돌아가는 것을 보면서 복녀는 왕서방의 집안에 들어갔다. 복녀의 얼굴에는 분이 하얗게 발리워 있었다. 신랑 신부는 놀라서 그를 쳐다보았다. 그것을 무서운 눈으로 흘겨보면서 그는 왕서방에게 가서 팔을 잡고 늘어졌다. 그의 입에서는 이상한 웃음이 흘렀다—.

"자, 우리집으로 가요."

왕서방은 아무 말도 못하였다. 눈만 정처없이 두룩두룩하였다. 복녀는 다시 한번 왕서방을 흔들었다 —.

"자, 어서."

"우리, 오늘은 일이 있어 못 가."

"일은 밤중에 무슨 일."

"그래두 우리 일이……."

복녀의 입에 아직껏 떠돌던 이상한 웃음은 문득 없어졌다.

"이까짓것!"

그는 발을 들어 치장한 신부의 머리를 찼다.

"자, 가자우, 가자우."

왕서방은 와들와들 떨었다. 왕서방은 복녀의 손을 뿌리쳤다. 복녀는 쓰러졌다.

그러나 곧 일어섰다. 그가 다시 일어설 때는 그의 손에 얼른얼른하는 낫이 한 자루 들리워 있었다.

"이 되놈 죽어라, 이놈, 나 때렸니! 이놈아, 아이구 사람 죽이누나."

그는 목을 놓고 처울면서 낫을 휘둘렀다. 칠성문 밖 외따른 밭 가운데 홀로 서있는 왕서방의 집에서는 일장의 활극이 일어났다. 그러나 그 활극도 곧 잠잠하게 되었다. 복녀의 손에 들리워 있던 낫은 어느덧 왕서방의 손으로 넘어가고 복녀는 목으로 피를 쏟으며 그 자리에 고

꾸라져 있었다.

복녀의 송장은 사흘이 지나도록 무덤으로 못 갔다. 왕서방은 몇 번을 복녀의 남편을 찾아갔다. 복녀의 남편도 때때로 왕서방을 찾아갔다. 둘의 새에는 무슨 교섭하는 일이 있었다.

사흘이 지났다.

밤중 복녀의 시체는 왕서방의 집에서 남편의 집으로 옮겨졌다.

그리고 시체에는 세 사람이 둘러앉았다. 한 사람은 복녀의 남편, 한 사람은 왕서방, 또 한 사람은 어떤 한방의사(韓方醫師), 왕서방은 말없이 돈주머니를 꺼내어 십원짜리 지폐 석 장을 복녀의 남편에게 주었다. 한방의사의 손에도 십원짜리 두 장이 갔다.

이튿날 복녀는 뇌일혈로 죽었다는 한방의의 진단으로 공동묘지로 실려갔다.

이상의 예문에서 본 바와 같이 군더더기란 조금도 없는 간결한 문장이다. 김동인의 문학은 이 「감자」에서 한층 무르익어 절정에 도달한 느낌이다.

자연주의 작가로서의 김동인은 염상섭과 대조를 이룬다. 염상섭의 문장이 장문長文인데 비하여 그는 단문短文의 소유자이며, 유미주의, 예술지상주의적 경향이 두드러진 작가이다.

그는 과거사로서 종결어미를 통일하여 시제時制의 혼란을 없앴으며, 간결한 문장구성으로 명쾌한 문장 템포를 거두고 있다.

1930년대를 대표하는 작품으로서, 이효석李孝石의 「메밀꽃 필 무렵」이 있다. 한국적인 자연의 아름다움을 배경으로 인간의 애욕과 순박성을 주제로 한 이 작품은 메밀꽃이 단순히 자연적인 배경으로서가 아니라 주체와 객체를 하나로 묶는 상황, 인생의 인연, 그 매체의 상징으로 되어 있다. 일생을 길에서 사는 떠돌이 인생을 주인공으로 설정한 이 소설은 자연과 인연을 매개로 하여 한국적인 허무주의를 밑바닥에 깔면서 본연의 모습으로 돌아가려는 인간의 향수가 짙게 풍겨나고 있다.

이지러는 졌으나 보름을 갓 지난 달은 부드러운 빛을 흐뭇이 흘리고 있다. 대화까지는 팔십리의 밤길, 고개를 둘이나 넘고 개울을 하나 건너고 벌판과 산길을 걸어야 된다. 길은 지금 긴 산허리에 걸려 있다. 밤중을 지난 무렵인지 죽은 듯이 고요한 속에서 짐승 같은 달의 숨소리가 손에 잡힐 듯이 들리며, 콩포기와 옥수수 잎새가 한층 달에 푸르게 젖었다. 산허리는 온통 메밀밭이어서 피기 시작한 꽃이 소금을 뿌린 듯이 흐뭇한 달빛에 숨이 막힐 지경이다. 붉은 대궁이 향기같이 애잔하고 나귀들의 걸음도 시원하다. 길이 좁은 까닭에 세 사람은 나귀를 타고 외줄로 늘어섰다. 방울소리가 시원스럽게 딸랑딸랑 메밀밭께로 흘러간다.

—「메밀꽃 필무렵」에서

이효석이 한창 활약하던 1930년대만 해도 우리나라에는 서구의 사조思潮가 그렇게 많이는 밀려오지 않았던 시기이다. 그런 가운데에서도 그는 서구의 생활양식을 즐겼다. 그는 시인처럼 감수성이 예민한 작가로서 간결한 문장이 한층 세련미를 더해주고 있다.

이같은 작가들로 하여 한국의 소설문장은 새로운 윤기와 광택을 지니게 되었다. 소설이 언어와 문자를 매개로 하는 예술인만큼 소설에 있어서의 문장과 문체는 바로 그 생명의 요소가 된다. 요즘에 와서 우리나라에서는 문장을 소홀히 하는 경향이 생겼다. 과거에는 주로 간결하고 평이한 문장을 소설문장의 이상으로 삼아 왔으나 지금은 관념어의 남용과 보편성이 없는 신조어新造語 등으로 간결과 평이에 역행하는 긴 문장들이 많이 나타나고 있다.

오늘날 한국의 소설문장이 외국어와 그 번역으로부터 적지 않은 혜택을 받은 게 사실이지만 반면에 그 해독 또한 적지 않다. 좋은 글을 쓰기 위해서는 무엇보다 소설문장의 장단점을 확인하는 것이 중요하다. 문장 경시 경향은 마땅히 지양돼야 한다. 그러기 위해서는 소설문장의 정도正道를 밝혀 나가야 할 것이다.

II. 소설의 주제

1. 主題 (Theme)란 무엇인가

소설을 쓰려면 먼저 쓰고자 하는 그 무엇이 선행되어야 한다. 여행을 떠나려면 우선 그 행선지부터 정해져야 하듯이, 글을 쓰기 위해서는 무엇보다 목적이 뚜렷해야 한다. 이때 쓰려고 하는 그 '무엇'이 바로 소설의 주제가 된다. 주제, 즉 테마는 소설의 중심과제로서, 그 소설이 표현하고자 하는 목적이 된다. 따라서 주제는 제재나 이야기 줄거리가 아니라, 인생을 이해하고 비판하여 이를 새로운 해석으로서 재표현하려는 정신적인 과제인 것이다.

주제는 그 제재와 이야기 줄거리의 배후에서 그것을 지배하는 근본적인 통일원리가 된다. 주제에 대한 인식을 좀 더 명확히 하기 위해 김동인 金東仁의 「감자」를 그 예로 들겠다.

원래 가난은 하지만 정직한 농가에서 자라난 복녀는 열다섯 살 때 동네 홀아비에게 80원에 팔려서 시집을 간다. 그러나 남편은 무능했고 게을렀을 뿐 아니라, 그녀를 사느라고 마지막 재산인 80원도 다 써 버린 뒤였다. 그래서 이들 부부는 막벌이와 행랑살이 등으로 전전, 나중에는 칠성문 밖 빈민굴로 밀려들게 된다. 당국에서 빈민구제를 겸한 기자묘 솔밭의 송충이잡이를 벌였을 때 거기 나간 복녀는 '일 안하고 품삯 많이 받는 인부'의 한 사람이 된다. 감독에게 몸을 판 이후 빈민촌의 거지들에게까지 애교를 떨게 된 그녀는 어느 날 밤 중국인의 감자(고구마) 밭에서 감자 한 바구니를 훔쳐 나오다가 주인 왕서방에게 들킨다. 그는 화를 내는 대신 그녀의 몸을 요구하고 돈 3원을 준다. 그 후 왕서방이 어느 처녀를 마누라로 사오자, 질투를 느낀 나머지 그 결혼식 날 밤 신혼부부에게 덤벼들다가 왕서방의 낫에 찔려 죽는다.

이 살인사건은 왕서방이 복녀의 남편에게 돈 30원을 줌으로써 암장되
어 버린다.

여기에 나타난 사건은 주제를 보다 효과적으로 표현하기 위해 끌어들
인 제재일 뿐이지 결코 주제는 아니다. 즉 작가가 이런 여러 가지 제재를
내세운 것은 단순히 이야기 자체를 위해서가 아니라, 그 이야기 뒤에 숨
겨진 알맹이(주제)를 더욱 돋보이게 하기 위해서이다.

2. 주제의 성질

소설을 쓰기 위해서는 주제를 확실히 파악해 두어야 한다. 주제가 명확
치 못하면 아무리 훌륭한 문장력을 지녔다 하더라도 소용이 없다. 초점이
선명치 않은 글, 의도가 드러나 있지 않은 작품은 이미 죽은 것이다. 주제
야말로 소설의 뼈대(사상)를 이루는 핵심이기 때문이다.

또한 주제의 확실한 선택은 문제의 범위를 한정하는 중요한 기준이 된
다. 쓰고자 하는 방향이 분명치 않을 때 문장은 일관성을 잃는다.

로와젤 부인은 가슴이 두근거렸다. 가서 그 동안에 있었던 일을 이
야기할까? 그렇지! 이미 빚을 다 갚았다. 이야기 못할 것도 없지 않나?
그녀는 가까이 다가갔다.
"쟌느 아냐? 얼마만이야!"
포레스띠에 부인은 그녀를 미처 알아보지 못하였다. 이런 비천한
여자가 자기를 그토록 정답게 부르는 것에 무척 놀랐던 것이다.
"누구야?……나는 잘 모르겠는데……사람을 잘못 보지 않았어요?"
"어머! 나 마띨드 로와젤이야."
친구는 크게 소리쳤다.
"뭐! 마띨드라고……아이 가엾어라! 그런데 왜 이렇게 됐니!"

"그동안 고생 많이 했단다. 우리가 마지막 헤어진 후로 고생이 이만 저만이 아니었어. 그것도 다 너 때문이지 뭐……"

"나 때문이라니……그게 무슨 소리야!"

"왜 생각나지 않아? 저 문부성장관의 야회에 가려고 내가 빌려갔던 다이아 목걸이 말이야."

"응, 그래서?"

"그걸 잃어 버렸었잖니."

"뭐? 아니 내게 그대로 돌려주지 않았어?"

"그렇지만 그건 품질은 같지만 다른 목걸이야. 그 목걸이 값을 갚느 라고 10년이나 걸렸지 뭐야……인제 해결은 다 되었어. 어떻게 마음 이 후련한지 몰라."

포레스띠에 부인은 발길을 멈추고 서 있었다.

"그래, 내 것 대신에 다른 다이아 목걸이를 사왔단 말이지!"

"그럼. 지금까지도 그걸 몰랐구나. 하긴 똑같은 것이니까."

그녀는 약간 으스대는 듯한 순박한 웃음을 지어 보였다.

포레스띠에 부인은 크게 감동되어 친구의 두 손을 꼭 쥐었다.

"아이 불쌍해라! 마띨드! 내 것은 가짜였단다. 고작해야 5백프랑 밖 에 되지 않아……"

— 모파상 작「목걸이」의 결말 부분

작품을 읽는 동안 독자는 포레스띠에 부인의 마지막 대사에 놀라움을 금치 못할 것이다. 10년의 세월을 허무하게 보낸 여주인공의 아픔은 독자 의 아픔이기도 하다.

그러면 주제는 대개 몇 가지로 나눌 수 있을까?

ㄱ. 어떠한 사상이나 주장을 표현하는 것.

ㄴ. 내용의 중심이 되는 것.

ㄷ. 분명한 의미를 지닌 것.

ㄹ. 긍정적인 형식으로 표시되는 것.

ㅁ. 간결한 언어로 표현되는 것.

ㅂ. 구체적인 설명이 가능한 것.

ㅅ. 주제와 제목은 반드시 일치되는 것이 아님.

ㅇ. 독자의 이해 능력에 따라 쉽고도 심오하게 표현할 수 있는 것

ㅈ. 작자의 세계관이나 인생관에 따라 달라지는 것.

같은 제재라도 작자에 따라서는 얼마든지 주제가 달라질 수가 있다. 저마다 세계관 또는 인생관이 다르기 때문이다. 가령, 섬島이라는 대상이 있다고 하자. 예술가는 미적이며 정서적인 방향에서 볼 것이며, 사업가는 사업가대로 간척지공사나 관광자원 따위의 실리적인 안목에서 바라보게 될 것이다.

3. 주제와 작가의 개성

작자의 인생관이나 개성 또는 기질에 따라 주제의 설정도 달라진다. 작자의 사상과 기질에 따라 인생을 이해하는 태도도 달라짐은 물론이다. 사물을 관찰하는 각도와 표현방법도 마찬가지다.

명치시대 일본문학의 1인자로 알려진 나쓰메 소세키(夏目漱石)의 소설 「풀베개(草枕)」의 서두는 이런 점에서 큰 관심을 끈다.

산길을 오르면서 이렇게 생각했다.

이지(理智)로 움직이면 모(角)가 나고, 감정에 치우치면 흘러버린다. 고집을 세우려면 막혀버린다. 여하간에 세상은 살기가 어렵다.

살기가 어려워지면, 살기 좋은 곳으로 이사하고 싶어진다. 그러나 어디로 이사를 해 보아도 살기가 어렵다고 하는 것을 깨달았을 때 거기에서 詩가 생기고 그림이 그려진다.

세상을 만든 것은 神도 아니고 귀신도 아니다. 역시 근처에 사는 허

술한 사람들이다. 허술한 사람들이 만들어낸 세상이 살기 힘들다고 해서 찾아갈 나라도 없을 것이다 그런 나라가 있다면 사람이 아닌 것들의 나라로 갈 수 밖에 없다. 사람이 아닌 것들의 나라는 사람의 세상보다도 더욱 살기가 어려울 것이다.

이사할 수 없는 세상이 살기 어려워지면 살기 어려운 곳을 어느 정도 고쳐서 잠시 동안의 생명을 잠시 동안이라도 살기 좋게 할 수밖에는 없다. 여기에서 시인이라고 하는 천직(天職)이 생기고, 여기에서 화가라고 하는 사명이 주어진다. 모든 예술인들은 이 세상을 너그럽게 만들고, 사람의 마음을 풍부하게 하기 때문에 귀중하다.

이 짤막한 서두의 한 부분만을 살펴보아도 작가가 얼마나 인생에 충실하며 예리한 예지를 갖고 있는가를 알 수 있다. 청렴결백한 문사의 기질이 엿보이게 하는 글이다.

4. 주제와 목적의식

소설이 지닌 본래적인 사명은 독자로 하여금 인생을 깊이 인식케 하는 데에 있다. 인생을 깊이 이해하게 된다는 것은 결국 인생의 방향을 제시하는 데 큰 도움이 된다는 뜻이 된다.

소설이란 문학의 한 장르로서 인생을 탐구하고 인식시키는 방법에 지나지 않는다. 그렇다고 그 자체가 어떤 공리적인 목적이나 세속적인 의도를 가지고 있는 것은 결코 아니다. 따라서 한 작품의 주제를 그 작품의 목적으로 보아서도 안 될 것이다.

그런데 여기서 한 가지 분명히 해 두어야 할 것은, 소설도 작자의 창의력에 의해 창작되어진 작품인 이상, 전체적인 목적과 합치되는 차원의 의도라면 배격할 게 아니라 오히려 에너지로 받아들여 문학영토에 수용해야 한다는 사실이다.

5. 주제의 종류

작자마다 취급하는 문제가 다르고, 설정한 소재가 다르기 때문에 주제의 종류는 무수히 많다. 이런 전제 아래서 주제를 크게 나누면, 다음과 같이 몇 가지로 들 수 있다. 즉 인생적인 것, 사회적인 것, 정치적인 것 등이 그것이다. 인생적인 주제는 삶에 대한 고뇌와 즐거움, 생활에 대한 의의, 신과 인간의 문제, 과학과 철학, 사랑, 그리고 죽음과 생명, 인간의 심리적 갈등 등 인생 전반의 문제가 여기에 포함된다.

a. 감명적인 주제

독자에게 감명을 주려면 강압적으로 강요해서는 안 된다. 그것은 오히려 역효과를 나타내기 쉽기 때문이다. 작자가 의도한 바가 자연스럽게 전달되면 그것으로서 소설의 기능은 끝난다. 그러므로 감명문에는 주제가 결코 문장의 표면에 두드러지게 나타나는 일이 드물다.

그러므로 이러한 문장에서는 독자가 주제를 발견하기가 좀처럼 어렵다.

앞에서도 잠깐 언급했지만, 모파상(Maupassant, Henri Rene Albert 1850. 8. 5~1893. 7. 6)의 「목걸이」는 그 좋은 예가 될 것이다.

허영심이 많은 미모의 여성이 하급관리의 아내로 출가하여 항상 빈곤한 생활에 불평을 품고 있었다. 그런데 그들 부부는 어느 날 직속장관이 주최하는 무도회에 초대를 받았다. 너무도 허영심이 많은 젊은 여인은 무도회에 참석하기 위하여 모든 재산을 기울여 의장(衣裳)만은 갖추었으나 보석 목걸이만은 살 수 없었다.

그래서 마침내는 친구부인의 목걸이를 빌려가지고 화려한 무도회에 참석하였다. 그날 밤 돌아오는 길에 그 여인은 남에게서 빌려온 목걸이를 잃어 버렸다. 그리하여 하급관리인 남편과 그 아내는 고리대금을 얻어, 보석 목걸이를 새로 사서 돌려준 뒤 그 부채를 갚기 위해서 10년 동안이나 제대로 먹지도 입지도 못하면서 천신만고 끝에 아주 늙어 빠진 노인이 되었다. 그렇게 해서 간신히 부채를 갚고 난 뒤에 노상에서 과거에 목걸이를 빌려주었던 부인을 우연히 만나게 되어 그때야 비로소 목걸이를 분실했던 사실과 그 때문에 10년 동안이나 고난을 겪은 사실을 고백하게 되었다. 뜻밖의 고백을 들은 친구부인은 깜짝 놀라면서 "내가 그 때 빌려드렸던 목걸이는 서푼 짜리 가짜 목걸이였는데요"하고 대답하였다.

독자는 이 소설에서 감동과 함께 놀라움을 금치 못할 것이다. 우연히 발생되는 묘한 사건들, 엄청난 변화, 그리고 이중성을 가진 인간의 심리—이것이 곧 소설의 주제를 형성하는 바탕이 된다.

b. 보고적인 주제

어떠한 내용을 알려 바치는 경우로서 주요섭朱耀燮의 「사랑방 손님과 어머니」를 들 수 있다. 이 소설의 서두는 보고적인 주제의 성격을 잘 나타내고 있다.

아저씨가 사랑방에 와 계신 지 벌써 여러 밤을 잔 뒤입니다. 아마 한 달이나 되었지요. 나는 거의 매일 아저씨 방에 놀러 갔습니다. 어머니는 나더러 그렇게 가서 귀찮게 굴면 못쓴다고 가끔 꾸지람을 하시지만 정말인즉 나는 조금도 아저씨를 귀찮게 굴지는 않았습니다. 도리어 아저씨가 나를 귀찮게 굴었지요.

"옥희 눈은 아저씨를 닮았다. 고 고운 코는 아마 어머니를 닮았지, 고 입하고 ! 응, 그러냐, 안 그러냐? 어머니두 옥희처럼 곱지, 응?……"

이렇게 여러 가지로 물을 적도 있었습니다. 그래서 나는,

"아저씨 입때 우리 엄마 못 봤우?"

하고 물었더니 아저씨는 잠잠합니다. 그래 나는,

"우리 엄마 보러 들어갈까?" 하면서 소매를 잡아 댕겼더니 아저씨는 펄쩍 뛰면서,

"아니, 아니, 안 돼. 난 지금 분주해서." 하면서 나를 잡아끌었습니

다. 그러나 정말로는 무슨 그리 분주하지도 않은 모양이었어요. 그러기에 나더러 가란 말도 않고 그냥 나를 붙들고 앉아서 머리도 쓰다듬어 주고 뺨에 입도 맞추고 하면서,

"요 저고리 누가 해주었지?……밤에 엄마하구 한 자리에서 자니?"
라는 등 쓸데없는 말을 자꾸만 물었지요! 그러나 웬 일인지 나를 그렇게도 귀애해 주던 아저씨도 아랫방에 외삼촌이 들어오면 갑자기 태도가 달라지지요, 이것저것 묻지도 않고 나를 꼭 껴안지도 않고 점잖게 앉아서 그림책이나 보여 주고 그러지요. 아마 아저씨가 우리 외삼촌을 무서워하나 봐요.

하여튼 어머니는 나더러 너무 아저씨를 귀찮게 한다고 어떨 때는 저녁 먹고 나서 나를 꼭 방안에 가두어 두고 못 나가게 하는 때도 더러 있었습니다. 그러나 조금 있다가 어머니가 바느질에 정신이 팔리어서 골몰하고 있을 때 몰래 가만히 일어나서 나오지요. 그런 때에는 어머니는 내가 문 여는 소리를 듣고야 팟닥 정신을 채려서 쫓아와 나를 붙들지요. 그러나 그런 때는 어머니는 골은 아니 내시고,

"이리 온, 이리 와서 머리 빗고……" 하고 끌어다가 머리를 다시 곱게 땋아 주시지요.

c. 설복적인 주제

설복적說服的인 주제는 무엇보다 주장이 명백하지 않으면 안 된다. 그것이 명백하지 않고는 상대를 설득시킬 수 없기 때문이다.

따라서 이러한 글은 주제가 문장 표면에 두드러지게 나타난다. 예술을 위한 예술을 주장하였던 에드거 앨런 포우의 소설 「검은 고양이」의 결말은 여기에 합당한 좋은 예가 될 것이다.

"여러분!"하고 경관들이 계단을 올라갈 때 나는 참다못해 입을 열었다. "여러분들의 의심이 풀어져 무엇보다도 기쁩니다. 자! 그러면 여러분들의 건강을 빌며 경의를 표합니다. 그런데 여러분, 이 집은요─ 이 집은 말이죠, 아주 그 구조가 썩 잘 되어 있답니다. (아무거나 자꾸

만 지껄이고 싶은 격렬한 욕망에 싸여 무얼 어떻게 얘기하고 있는지 나도 몰랐다.)—특별히 잘 지어진 집이라 할 수 있겠죠. 이 벽들은 말이죠—아, 여러분들 그만 가시렵니까?—견고하게 쌓여져 있답니다." 하며 여기서 일단 말을 멈추고는 괜히 미친놈의 발광처럼 나는 내가 가지고 있던 작대기로 아내의 시체가 있는 바로 그 부분을 힘껏 갈겼다.

그러나 하나님, 악마의 손아귀로부터 나를 구해줍소사! 때린 소리의 반향이 채 가시기도 전에 그 소리에 따라 무덤 속에서 나오는 듯한 소리가 들려왔다. 처음에는 어린애의 울음소리와 같은 이어졌다 끊어졌다 하는 소리가 들리던 것이 갑자기 길고 높은 그러면서도 아주 이상하고도 잔인한 비명으로 계속 변해갔다.—그것은 지옥에 떨어진 고통 받는 자의 입과 그에게 형벌을 주고 기뻐 날뛰는 악마들의 입으로부터 동시에 흘러나온 지옥으로부터의 고함소리며 공포와 승리가 서로 엉켜 슬피 울부짖는 비명이었다.

내 기분 같은 것은 얘기하기에도 어리석은 일이다. 정신이 아뜩해서 나는 비실거리며 자꾸만 벽 쪽으로 넘어질 것 같았다. 계단 위로 올라가던 경관들도 그 순간 깜짝 놀라 잠시 우두커니 서 있더니 다음 순간에는 열두 개의 굳센 손이 한꺼번에 달려들어 담을 헐기 시작한다. 담은 한꺼번에 무너지고 이미 대부분이 썩고 핏덩이가 엉겨 붙은 시체가 여러 사람들 눈앞에 불쑥 나타났다. 그 머리 위에는 시뻘건 큰 입을 벌리고 불 같은 외눈을 부릅뜨고 있는 그 무서운 고양이가 앉아 있었다. 나에게 살인을 하게 시킨 것이나, 비명을 내서 경관들에게 탄로나게 한 것이나, 그 모두가 이 고양이의 간악한 책동이었다. 나는 이 괴물도 시체와 함께 벽속에 쑤셔 박고 발라 버렸던 것이다.

6. 주제 설정의 문제

주제는 한 작품을 지배하는 통일 원리이다. 그 작품의 가치는 설정된 주제의 품위와 그 주제를 어느 정도로 진실하게 표현하였는가 하는 점으로 결정된다.

ㄱ. 주제는 항상 새로운 의의를 가져야 한다

작가가 어떠한 감격, 즉 인생에 대한 새로운 의미를 발견하게 되었다 하더라도, 그 감격이 지금까지 아무도 발견하지 못했던 새로운 의미의 것이 아니면, 그것은 주제로서의 가치가 없다.

그러므로 주제는 항상 새로운 의의를 지니는 것이어야 한다. 여기에서의 새로운 의의라는 말은 괴상하고 특이한 제재를 뜻하는 것이 아니라, 평범한 사건을 취급하더라도 새로운 각도에서 해석하고 비판함으로써 새로운 의미를 발견하지 않으면 안 된다는 말이다.

문학을 인생 탐구의 방편으로 보는 까닭도 문학은 결국 본질적으로 새로운 인생을 개척하는 데 목적을 갖고 있기 때문이다.

1921년에 노벨문학상을 받은 바 있는 아나톨 프랑스(France, Anatole 1844. 4. 16~1924. 10. 12)의 소설 「성모(聖母)의 마술사(魔術師)」는 이 점을 실증하는 한 예가 될 것이다.

바르나베라는 이름을 가진 마술사가 우연한 기회에 수도사가 되었으나 특별한 지식이 없어 성모의 예배에 정진하지 못함을 탄식, 고뇌의 나날을 보내다가 마침내 특기를 되살려 성모를 즐겁게 한다는 내용이 담긴 소설이다.

　　그는 방법을 이리저리 강구해 보았으나 찾을 수 없어 나날이 더 한층 슬퍼갈 뿐이었다. 그러던 어느 날 아침 바르나베는 아주 즐거운 듯 눈을 뜨고서는 예배당으로 달려가서 한 시간 이상이나 혼자 있었다. 저녁을 먹은 후에도 그는 예배당으로 돌아갔다.

　　그때부터 매일 사람이 없을 때는 예배당에 갔다. 다른 수도사들이 문예와 기예 기술에 바치는 시간의 대부분을 거기서 지냈다. 그는 이제 슬프지도 않았고 한탄도 하지 않았다.

　　그의 이러한 행동이 수도사들의 호기심을 일으켰다.

　　단체 속에서 바르나베 수도사는 어째서 그렇게도 빈번히 빠져 나가는 것일까 하고 모두들 수상히 여겼다.

　원장은 의무상 모든 수도사들의 행동을 전부 알고 있어야 했다. 그래서 바르나베가 혼자 있는 것을 살피려고 결심했다. 어느 날 바르나베가 평상시 같이 예배당에 들어가 있을 때 원장은 수도원의 고참수사 두 명을 데리고 방안의 동정을 문틈으로 들여다보았다.

　그런데 바르나베는 성모의 제단 앞에 머리를 아래로 하고 두 발을 공중에 뻗고 여섯 개의 구리공과 열두 자루의 비수를 가지고 마술을 하고 있었다. 성모를 위해서 자기가 가장 칭찬을 받은 재주를 부리고 있었던 것이다. 고참수사 두 사람은 이 순진한 사람이 이와 같이 제 재능과 지식을 성모를 받들기 위해서 바치고 있는 줄도 모르고 신성을 모독하는 것이라고 소리쳤다.

　원장은 바르나베가 순진한 마음을 가지고 있는 것을 알고 있었다. 그러나 바르나베가 정신이 이상해진 것이라고 생각했다. 그래서 셋이서 바르나베를 우격다짐으로 예배당에서 끌어내려고 했다. 그러나 그때 세 사람은 성모가 제단의 계단을 내려와서 푸른 만또 자락으로 마술사의 이마에서 방울져 내리는 땀을 씻어 주는 것을 보았다. 그러자 원장은 얼굴을 포석에 대고 엎드리면서 다음과 같은 말을 외쳤다.

　"마음이 청결한 자는 복이 있나니 저희가 하나님을 볼 것이다!"

　"아—멘!"하고 고참수사들은 땅에 입맞추며 대답했다.

ㄴ. 역량에 맞는 주제를 설정해야 한다

　작가는 우선 그 주제가 자기의 역량으로 감당할 수 있는가를 생각해 보고 능력에 맞는 것을 택하는 것이 현명하다. 그러기 위해서는 작가 자신의 체험을 살리는 방향으로 가는 것이 좋다.

ㄷ. 관념적인 주제는 피해야 한다

　소설은 사회생활의 구체적 표현이므로 그 생활에 내포된 인생의 새로운 의미를 발견하는 노력의 결정체여야 한다. 그러므로 작가가 받은 예술적 감격을 독자의 감수성에 호소하는 것은 당연한 일이다.

작가 자신이 감격하지 못한 주제일수록 관념으로 빠지기 쉽다. 상투적인 표현이 독자를 공감시키지 못함은 두말할 나위도 없다.

Ⅲ. 소설의 구성

소설의 구성은 제재를 선택하여 그것을 가장 효과 있게 소설화하는 과정을 말한다. 그래서 흔히 플롯Plot이라 말하고, 그것을 건축의 설계도에 비유하기도 한다. 건물을 지을 때에 설계도가 필요하듯이 소설에는 반드시 플롯이 따라야 한다.

즉 건축에 있어서의 설계가 소설에서는 구성인 것이다. 유능한 설계사나 목수는 완성 후의 건물을 눈앞에 떠올릴 수 있다. 그와 마찬가지로, 유능한 작가는 소설을 어떻게 전개시키고, 어떻게 결말을 지어야 할 것인가를 머릿속에 명확히 떠올릴 수 있어야 한다. 구성(plot)은 곧 소설의 뼈대인 것이다.

1. 구성의 요소

소설의 구성을 가장 단순하게 원형적으로 분석하면,

누가‥‥‥‥인물‥‥‥‥성격

무엇을‥‥‥‥사건‥‥‥‥행위

언제, 어디서‥‥‥‥배경‥‥‥‥장면

등 세 가지 요소로 나누게 된다.

이상의 3요소가 소설 구성의 기본임은 두말할 필요가 없다. 설정된 주제를 이야기로 엮어 나가기 위해서는 우선 인물과 사건, 환경을 적절히 배치해야 한다. 그래서 소재를 어떻게 발전시켜 나갈 것인가의 구상이 끝나면 집필단계에 들어간다.

소설의 목적이 주제를 표현하는 데 있으므로, 구성은 반드시 주제를 중심으로 통일되어야 함은 두말할 나위도 없다.

모든 사건에는 인과관계가 있다. 거기에는 논리성이 전제되어야 한다. 인과관계가 없는 사건은 소설 구성에서 제외할 수밖에 없다. 그러므로 구성은 집필 이전에 작가의 머릿속에 완전히 무르익고 있어야 한다.

2. 구성의 전개

주제를 선명하게 떠올리기 위해서는 사건 전개에 속도를 가해야 한다. 우연히 발생한 사건이라도 어떤 필연성에 입각한 구성으로서의 인과관계를 갖기 때문에, 반드시 논리적인 전개가 요청된다. 구성의 전개를 구성 그 자체로 착각해서도 곤란하다. 왜냐하면 어떤 소설은 이러한 전개방식을 무시한 경우도 있기 때문이다.

소설의 전개방식은 사람에 따라서 4단계설이나 5단계설, 혹은 6단계설 등으로 분류할 수 있다. 그러나 이것은 어디까지나 아리스토텔레스Aristoteles의 시작, 중간, 결말을 보다 세분細分한 것에 지나지 않기 때문에 여기에서는 4단계로 나누어 말하고자 한다.

ㄱ. **발단(發端 exposition)**: 소설의 서두부분으로서 사건의 실마리를 풀어나가는 부분이기 때문에 여기에서 소설의 성패가 좌우된다 해도 과언이 아니다. 이 부분에서 실패하게 되면 그 뒤의 결과는 뻔하다.

여기에서는 우선 무리가 없어야 한다. 독자들이 흥미를 가질 수 있도록 강한 전제가 배려되지 않으면 안 된다. 발단은 작품의 첫인상을 좌우하므로 소홀히 할 수 없는 것이다. 그러므로 이 부분에서는 넌지시 암시해 둘 필요가 있다. 에드거 앨런 포우(Poe, Edgar Allan 1809. 1. 19~1849. 10. 7)의 소설 「검은 고양이」는 특히 발단에서 성공한 예로서 높이 평가되고 있다.

내가 지금부터 펜을 들어 기술하려는 아주 끔찍하고도 가장 솔직한 이야기에 대하여 나는 다른 사람이 믿어 주기를 바라지도 애원하지도 않겠다. 내 모든 감각 기관까지도 그것을 부인(否認)하려 들 때 하물며 다른 사람에게 믿어 달라는 것은 매우 어리석은 미치광이의 잠꼬대일 것이다. 허나 나는 미친 것도 아니고 그렇다고 꿈을 꾸고 있는 것도 아니다.

나는 내일이면 이 세상을 떠날 몸이다. 그러므로 오늘 내 마음의 무거운 짐을 모두 풀어버릴 생각이다. 오직 나의 목적은 어느 평범한 가정에서 일어난 일련(一連)의 사건을 자세한 설명을 빼 버리고, 솔직하고 간결하게 세상사람들에게 알려주고 싶은 것이다.

ㄴ. 분규(紛糾 Complication): 앞의 발단부분을 이어받아 사건을 심화하여 전개시키는 부분으로서 갈등과 서스펜스Suspense가 본격적으로 나타나게 된다. 결국 성격과 사건이 복잡해지면서 뒤에 나올 해결의 실마리를 이루어 나간다. 따라서 여러 이야기가 얽혀지면서 사건은 심화되고 성격이 더욱 명확해진다.

이때 작가는 복선伏線을 이용하여 독자의 긴장을 고조시키고 아울러 복잡해진 사건이나 인물의 성격을 하나로 귀일시키지 않으면 안 된다. 발단 이후의 사건과 앞으로의 클라이맥스, 그리고 마지막 대단원大團圓을 향한 인과관계를 계산하고 전개시키는 준비가 필요하다.

어느 날 밤, 늘 잘 다니던 단골술집에서 곤드레가 되어 집에 돌아오니까 풀루토란 놈이 내 앞을 피하는 것 같았다. 나는 고양이를 붙잡았다. 그랬더니 나의 갑작스러움에 깜짝 놀란 고양이는 내 손을 할퀴어 손등에 가벼운 상처를 내었다. 일순간에 나는 악마와 같은 분노의 화신이 되어 내 자신까지도 잊어버렸다. 내 영혼까지도 단번에 내 몸 밖으로 사라지고 악마도 못 당할 찐 주(酒)로 중독된 사심(邪心)이 전신 마디마디에 퍼졌다. 나는 조끼 주머니에서 칼을 빼어 들어 공포에 떠는 고양이의 목을 붙잡고 눈두덩 깊숙히 한쪽 눈을 태연히 도려냈다. 이 잔인무도한 폭행을 기록하노라니, 나는 얼굴이 화끈하며, 온몸이 떨리고 소름이 끼친다.

……中略……

되풀이하거니와 나의 사악한 감정으로 인해 최후의 파멸은 기어이 오고야 만 것이다. 아무 죄도 없는 고양이에게 학대를 계속해서 내 마음 속에 번민을 주고, 결국은 고양이를 죽이게까지 나를 몰고 간 것은 단순히 악을 위해 악을 범하려는 이 헤아릴 수 없는 영혼의 욕망이었다.

어느 날 아침, 나는 고양이의 목을 매 가지고 태연자약(泰然自若)한 마음으로 그것을 나무 가지에 걸었다. ―눈물을 흘리면서 마음 한 구석에 말할 수 없는 후회를 느끼며 목을 매단 것이었다. ―고양이가 나를 사랑하고 있었고, 고양이가 나에게 분노를 일으킬만한 아무런 이유도 없었다는 것을, 또한 이렇게 하는 것이 죄악을 범하는 짓이라는 것도 알았기 때문에 나의 불멸(不滅)의 영혼을 ―만약 그런 일이 있을 수 있다면―대자비(大慈悲)하신 신(神)의 무한한 은총으로도 구해낼 수 없는 심연(深淵) 속에 빠뜨릴 최악의 죄악이라는 것을 알았기 때문에 나는 고양이의 목을 나무 가지에 맨 것이었다.

이 처참한 짓을 한 그날 밤, 불야 ! 하는 소리에 나는 잠을 깼다. 내 침실 커튼에 불이 옮겨 붙고 집은 온통 불길에 싸였다. 아내, 식모, 그리고 나는 가까스로 이 불길 속으로부터 빠져 나왔다. 피해는 막대해서 온갖 재산은 단숨에 날아가 버렸다. 나는 그 후부터는 절망의 늪에서 해매지 않으면 아니 될 신세가 되어 버렸다.

이상의 글은 에드거 앨런 포우의 소설 「검은 고양이」 중에서 분규에 해당되는 부분이다. 여기에서는 사건이 더욱 깊어지고 고양이와의 인과관계에 갈등과 불안, 긴장감 등이 본격적으로 나타나 있음을 알게 된다.

ㄷ. **클라이맥스(climax)**: 분규의 갈등이 절정에 달하는 부분을 말한다. 이 클라이맥스는 행동의 최고점이기 때문에 새로운 전환점이 되기도 한다. 그러므로 작가는 작품의 극적 효과를 상승시키기 위해서 이 절정絶頂을 어디에 둘 것인가를 고심하게 된다.

> 우리들은 가난해서 할 수 없이 헐어빠진 집에서 살고 있었는데, 어느 날 집 일로 아내는 나를 따라 지하광에 들어왔다. 고양이도 험한 계단을 쫓아 내려와, 하마터면 나를 거꾸로 쑤셔박을 뻔했으므로 나는 분노가 극에 달하였다. 나는 격분에 싸여 여태까지 참고 있던 모든 공포감도 잊어버리고 도끼를 들어 고양이를 내려찍으려 하였다. 물론 내려쳤다면 고양이는 그 자리에서 박살이 났을 것인데 아내의 제지(制止)로 말미암아 뜻대로 되지 않았다. 이 간섭(干涉)으로 말미암아 나는 악마도 그리 못할 격노에 싸여 아내의 손을 뿌리치고 나는 대신 그 도끼를 아내의 머리에 내려박았던 것이다. 아내는 끽소리도 못하고 그 자리에 푹 쓰러졌다. 이 끔찍한 살해가 끝나자 나는 곧 이 시체를 감출 방법을 깊이 생각하였다. 낮이고 밤이고 간에 이웃 사람의 눈에 띄지 않게 시체를 집 밖으로 끌어낼 수 없다는 것은 뻔한 일이었으므로 여러 계획을 머리에 떠올렸다. 시체를 잘게 잘라 불에 태워 버릴까도 생각하였고 또는 지하광 밑에 구멍을 파고 그 밑에 파묻어 버릴까도 생각해 보았다. 또는 마당 우물에 던져버릴까, 아니면 상품처럼 상자에 집어넣어 포장해 가지고 인부를 시켜 집 밖으로 지고 나가게 할까 하고 궁리도 하여 보았지만, 결국 그 어느 것보다도 기발한 계획이 머리에 떠올랐다. 중세기(中世紀)의 승려(僧侶)들이 그들이 죽인 희생자를 벽에 틀어박고 다시 발라버렸다고 전해지는 것처럼 나도 벽과 벽 사이에 이 시체를 틀어박고 발라 버리리라 결심하였다.

역시 에드거 앨런 포우의 「검은 고양이」중 클라이맥스에 해당되는 부분이다. 고양이를 내려찍으려던 도끼로 아내를 살해하는 이 장면은 누가 봐도 사건의 절정임을 쉽게 알 수 있을 것이다.

ㄹ. **대단원**(大團圓 denouement): 모든 사건이 해결되는 부분으로서 주동자의 운명과 성패가 결정되는 단계이다. 이 부분은 클라이맥스와 일치하는 경우도 있지만, 일반적으로 이제까지 얽힌 사건을 설명함으로써 독자의 궁금증을 해소해 준다.

대단원도 서두 못지않게 중요하다. 만일 끝맺음이 좋지 않으면 이제까지의 노력은 물거품이나 다름없기 때문이다. 성급한 끝맺음보다는 오히려 여운을 남기는 결말이 작품의 효과를 크게 거두게 될 것이다. 여기에서 살펴본 소설「검은 고양이」는 범죄 사실이 경찰에게 탄로되어 매듭짓는 결말을 가져온다.

3. 구성의 형태

구성의 형태는 ① 주동자, ② 그의 성격, ③ 결말에 도달했을 때의 변화, ④ 인과관계를 통해 모든 것을 포괄하는 구성에 대한 논증이 고려되지 않으면 안 된다. 이 과정을 거치고 나면 행위 또는 운명, 성격, 사상 등 세 가지 범주를 세울 수 있다.

ㄱ. 행위 : 주동자의 명예, 지위, 명성, 선(善), 건강
ㄴ. 성격 : 주동자의 동기, 의도, 목표, 습관, 형태, 의지, 인품
ㄷ. 사상 : 주동자의 심리, 상태, 태도, 이성, 정서, 신념, 지각, 지식
이러한 것은 작중인물의 대화나 행위에 의해서 나타나게 된다.

a. 운명의 구성
① 행동적 구성(The action plot) : 탐정소설에서 볼 수 있듯이, 다음에 어떤 사건이 일어날 것인가에 중점을 두는 것으로서, 가장 소박한 형태의 구성이다. 그러므로 여기에서는 주로 주동자의 행동을 쫓아 사건이 전개된다.
② 인과적 구성(The punitive plot) : 이 형태는 그 성격이 근본적으로 비

정적이다. 따라서 그의 목표와 의도는 모순되는 주동자를 낳는다.

악한 소설이 그 유형이며, 우리나라의 경우, 「임꺽정전」이 이 범주에 속한다.

③ 감상적 구성(The sentimental plot) : 처음에는 불행하며, 고통을 받게 되지만 결말에 가서는 정당성이 밝혀지게 된다. 그러므로 이 형태는 고통을 겪게 되는 구성이다.

④ 연민적 구성(The pathetic plot) : 그 자신은 잘못이 없으면서도 불행에 처해 있는 연민적 주동자가 있다. 이러한 형태의 구성은 자연주의 작가들이 즐겨 다루는 형태로서 김동인金東仁의 작품 「감자」가 이 범주에 속한다.

⑤ 비극적 구성(The tragic plot) : 어떠한 사람이 불행에 빠졌을 때 그 잘못을 깨닫고 시정하려 하지만, 이미 때가 너무 늦어 어쩔 수 없는 경우를 가리킨다.

⑥ 찬탄적 구성(The extol plot) : 주동자의 고상한 성격으로 인하여 좋은 방향으로 운명이 변화되는 경우이다. 여기에서의 효과는 그러한 일을 해낸 사람에 대한 신뢰와 찬탄이다.

b. 성격의 구성

① 성숙적 구성(The maturing plot) : 여기에서는 작중인물의 성격이 처음보다 점점 좋은 방향으로 변화된다. 그런데 강직하고 직선적인 성격의 소유자는 파탄이나 불행을 초래할 위험성이 많다.

② 감화적 구성(The reform plot) : 주동자의 사상이 처음부터 비교적 완전하여 자기의 잘못을 충분히 알고 있다. 그러면서도 의지가 약하여, 알면서도 파멸로 빠져들어 가는 경우이다.

③ 실험적 구성(The testing plot) : 이 형태의 특징은 동정적이고 강인한 작중인물이 그의 고상한 목적과 습관을 위태롭게 하거나 포기하도록 압력을 받는 경우이다. 그러므로 독자들의 동정을 받기 쉽다.

④ 퇴화적 구성(The degeneration plot) : 처음에는 주동자가 야심에 차 있고 현명하지만 차츰 성격을 잃게 되면서 목표와 야심을 잃고 방황한다. 그런데 이런 경우에는 다시 원상으로 돌아가는 수도 있지만 그러한 예는 퍽 드물다.

c. 사상의 구성

① 교양적 구성(The education plot) : 사상에 있어서 전환하는 형태는 비교적 그 역사가 짧다. 보편적으로는 주동자의 개념, 신념, 태도에 따라 좋은 방향으로 변화된다. 이러한 작품의 예로 「전쟁과 평화」를 들 수 있다.

② 계시적 구성(The revelation plot) : 이 유형은 그 상황의 기본적 사실에 관한 주동자의 지능과 무지無知에 따라 결정된다.

③ 감정적 구성(The affective plot) : 이 형태의 문제는 이전보다 상이하고 보다 진실한 빛 속에서 다른 사람을 보게 되는 것이다. 그리고 그것은 감정의 변화까지 포함한다.

④ 각성적 구성(The disillusionment plot) : 동정적 주동자가 희망과 신념에 차서 출발하지만, 후에 시련과 혼란을 겪게 되며, 모든 신념을 잃고 만다.

이제까지 열거한 형태상의 분류는 어디까지나 시안적試案的일 뿐, 최종적인 것은 아니다. 우리는 이러한 유형의 분류를 통하여 구성의 개념을 명확히 파악해 둘 필요가 있다.

4. 구성의 유형

소설은 그것을 구성하는 이야기의 인과因果나 전개시켜 나가는 방식에 따라서 몇 가지의 유형으로 분류할 수 있다.

a. 단순구성(The simple plot) : 이것은 하나의 이야기로 구성된 소설을 말한다. 이야기가 단순하기 때문에 구성이 비교적 용이하다. 구성미가 적고 단조로운 느낌이 있긴 하지만, 표현이 하나의 이야기에만 집중됨으로 사건이나 인물에 깊이를 가할 수 있는 장점이 있다. 이것은 단편소설에서 흔히 쓰는 구성이며, 콩트는 대개 단순구성법에 의하여 구성된다.

b. 복잡구성(The complex plot) : 이것은 두 가지 이상의 이야기를 복합하여 구성한 작품을 말한다. 핵심이 되는 이야기 이외에 또 다시 몇 가지 부차적인 이야기를 첨가하며, 전체로서 하나의 조화를 이루면서 병진竝進시키는 구성법이다. 여기에서 부차적인 이야기는 주격적主格的인 이야기의 효과를 확대 강화하는 데 뜻이 있다.

따라서 부차적인 이야기는 주격적인 이야기에 대해 언제나 위성적衛星的인 역할을 하게 된다. 또한 복잡구성은 대개 장편소설에서 많이 사용되지만, 근대에 와서는 단편소설에도 흔히 쓰인다. 그러나 이 수법은 두 가지 이상의 이야기가 부합되고, 서로 긴밀한 관련성을 가져야 하므로 미리부터 치밀한 계획 아래 진행되지 않으면 안 된다.

c. 산만구성(The diffuse plot) : 산만구성이란 명확한 구조를 미리부터 설계하지 않고, 여러 사건을 이야기체로 산만하게 쓴 작품이다. 즉 수필식 소설이 여기에 속한다. 이러한 소설은 일정한 형식이나 인물간의 정연한 연결 또는 서두나 결말이 별로 두드러지지 않는 게 특색이다.

이 소설의 흥미는 구성이나 사건에 있다기보다는 어떤 사상事象에 대한 작자의 관찰과 이에 따른 지적 요소에 있다. 그러므로 작자의 탁월한 지적 소양이 없이는 성공하기 어렵다. 이러한 소설형식은 영국의 에세이 essay식 소설에서 흔히 볼 수 있으며, 일본의 나쓰메 소세키(夏目漱石)의 작품들이 그 대표적인 예가 될 것이다.

d. 긴축구성(The curtail plot) : 이 형식은 최초의 한 구절부터 최후의 한 구절에 이르기까지 모두가 명확한 설계도에 의하여 유기적인 관련 아래 진행되는 소설을 의미한다. 근대소설의 특색은 그러한 구성미構成美에 있다고 할 수 있을 만큼 대부분의 현대 작가들은 이 부류에 속한다. 이 수법은 반드시 예술적으로 정련精鍊되어야 하기 때문에 독자에게 주는 감명도 크다.

e. 피카레스크식 구성(The picaresque plot) : 피카레스크식 소설의 어원語源은, 서반아에서 발달했던 소위 피카로(俠盜)를 제재로 한 이야기에서 나온 것이다. 이것은 가령 아라비안나이트 모양으로 한 편 한 편의 이야기가 완전히 독립된 작품이면서도, 연주連珠와 같이 서로 논리적인 연관성을 가지도록 구성하는 양식이다. 이러한 소설은 대개 여러 개의 독립된 이야기가 동일한 하나의 이상을 추구하는 것으로 일관一貫되거나, 전체로서 논리적 통일을 이룬다.

5. 구성의 요점

a. 논리적 발전

소설 속에서 등장인물의 과거담이나 회상이 나오는 경우가 있다. 진행하는 사건 자체를 떠나서 과거로 돌아가거나 미래로 비약하기도 한다. 작가는 사건 진행을 시간적 순서대로 기록하는 게 아니라 사건의 논리적 발전을 표현하는 것이기 때문에, 사건을 굳이 시간적 순서대로 서술할 필요는 없다. 그런데 이야기는 전진적이든 회고적이든 상관없지만 논리적으로는 어디까지나 발전하는 것이어야 한다.

b. 다양성의 통일

장편소설에는 흔히 사건 진행 도중에 다른 사건이 끼어들거나, 여러 종류의 인물이 뛰어들기도 하여 복잡성을 띠지만 그 바탕에 흐르는 주류는 반드시 단일적인 것이어야 한다. 즉 소설 속의 사건과 인물이 아무리 많고 복잡하더라도 그것이 표현하려는 주목적主目的에 귀일되어야 한다는 뜻이다. 아무리 훌륭한 구성을 가졌다 하더라도 주제를 중심으로 이뤄지는 단순화가 없다면, 이는 예술적으로 구성되었다고 볼 수 없으므로 실패작이라고 보아야 한다.

c. 변화와 발전

건축에 굴곡미가 있어야 하듯이, 소설의 구성에도 변화가 있어야 한다. 소설의 구성은 소설 그 자체가 허락하는 한 우연과 필연을 교묘히 얽어 나가면서 흥미 있게 읽을 수 있도록 해야 한다. 특히 신경을 써야 할 것은 변화와 함께 발전이 있도록 배려하는 일이다. 변화만 있고 발전이 없다면 반복의 테두리를 벗어나지 못하기 때문에 흥미를 잃게 된다.

d. 필연적 발전

소설은 인생의 진실을 구상화具象化하는 방법인 만큼 조작적인 것, 허위는 피해야 한다. 작자가 자기 뜻대로 등장시킨 인물이라고 해서 필연성을 무시하고, 작자의 마음대로 그 운명을 구사驅使해서는 안 된다.

6. 진행의 형식

구성이란 작품 전개의 노정이다. 노정에는 출발과 도중이 있고, 목적지가 있다. 시초와 중간과 종말로 분류되는 이 세 가지는 소설 진행의 기본 형식이 된다. 시초는 작품의 서두로서 사건으로 보면 발단이다. 이 서두는 작품이 독자에게 주는 첫인상이므로 가장 중요하다. 발단이 진행되면 사건의 줄거리로 들어가 클라이맥스에 이르기까지 중추中樞를 이룬다. 사건전개의 정립이 클라이맥스이므로, 여기에서 작품은 일단 완성되었다고 보아도 좋다.

그러나 클라이맥스만으로는 미흡하기 때문에 사건을 마무리하는 결말이 있게 된다. 지금까지 설명한 구성의 기본형식을 정리하면 다음과 같이 요약할 수 있을 것이다.

ㄱ. 기수(起首)−착종(錯綜)−원인(遠因)

ㄴ. 중추(中樞)−사건전개−근인(近因)

ㄷ. 정점(頂點)−기수와 중추의 종합−결과

ㄹ. 종결(終結)−결과의 선명(鮮明)−대단원

이것은 기본적인 형식으로서 널리 활용되는 방법이지만 때로는 이러한 형식을 무시하고 결말에서 출발하여 클라이맥스에 도달하는 구성법도 있다.

IV. 소설의 시점

1. 시점의 분류

작가가 쓰고자 하는 구상이 머릿속에 충분히 정리되면 구체적인 인물과 사건이 논리적으로 통일되어야 한다. 그런데 같은 사건이라도 작가의 의도에 따라 구성의 각도가 달라지게 되는데 이 구성의 각도를 소설연구의 용어로는 시점視點이라고 한다.

작자가 소설을 구성하는 각도를 내적 정서표현에 주력하느냐, 혹은 외적 행위표현에 주력하느냐에 따라서 표현형식이 달라지게 된다. 소설에서 시점(The point of view)이란 누가 이야기를 끌어가느냐 하는 문제에 있으므로, 화자話者의 처지에 따라 구성의 조직, 환경의 배치 또는 이야기의 흐름 등이 달라지게 된다.

시점을 크게 나누면 주체적 내면적 지향형과 객관적 외면적 지향형 두 가지가 있다. 전자는 흔히 제1인칭 소설(내적 시점)로 나타나고, 후자는 대개 제3인칭 소설(외적 시점)의 형식을 취하게 된다.

여기에서는 1인칭 소설과 3인칭 소설의 두 가지를 중심으로 이야기를 진행하고자 한다.

1인칭 소설은 작자 자신이 화자로서 직접 독자 앞에 나타난다. 이 경우 사소설私小說같이 작자 자신의 이야기를 쓰는 것과 작자 자신의 이야기가 아니면서도 작자의 이야기인 것처럼 꾸며 쓰는 방법이 있으며, 서한문체나 수기식 1인칭 소설처럼 화자 없이 작중인물 자신이 독자에게 이야기하는 수법도 있다.

2. 주관적 시점

1인칭 소설은 말할 것도 없이 '나'를 주체로 한 소설이다. 이 소설의 주인공은 '나' 자신이거나, '나'가 주인공이 아니라 하더라도 작품 진행에 있어 주인공과 직접적인 관련성을 가진 인물이 아니면 안 된다. 왜냐하면 '나'가 등장인물로서 중요한 역할을 갖지 아니하고는 1인칭 소설은 존재할 수 없기 때문이다.

1인칭 소설은 어떤 객관진실을 그리는 데 있어서도 항상 '나'라는 한 개체의 주관을 통하여야 한다. 즉 어떠한 객관진실을 그리더라도, 그것은 '나'의 입을 통하여 간접적으로 표현하는 특색을 갖고 있다.

그러던 어느 날 나는 이 부엉골로 내려오다가 저쪽에서 낯익은 누렁개(뒷골목 김생원댁의) 한 마리가 거기 어슬렁거리고 있는 것을 발견하게 되었다. 개는 나의 눈을 피하려는 듯 느티나무 뒤로 슬금슬금 돌아가려다 그만 나의 눈에 띄고 말았던 것이다. 처음엔 주춤 놀란 빛으로 컹 짖으려고 하다가 낯익은 사람이라 그럴 수도 없는지 도리어 묵중한 꼬리를 둘러 보였다. 나는 곧 그의 거동에서 무슨 곡절 같은 것이 있음을 직감했다. 그의 양쪽 귀와 두 눈은 분명히 불안을 머금었고, 그의 길다란 주둥이는 곧장 나에게 무엇을 호소하는 듯했다.

김동리金東里의 소설「먼산바라기」중 일부이다. 이 1인칭 소설도 역시 '나'가 주체로 되어 있지만 단순한 '나'가 아니다. 예문에서도 본 바와 같이 그는 완벽한 구상을 빈틈없는 문장으로 형상화시키고 있다. 그는 이 작품에서 창조적인 면과 조직적인 면을 동시에 수용할 수 있었던 까닭에, 리얼리즘 일반이 빠지기 쉬운 문학적 함정에서 벗어날 수 있었다.

여기에서 말한 함정이란 지나치게 객관적으로, 마치 사진을 찍듯이 너무 명백하게 드러내려고 하는 데서 오는 도식적 경직화를 뜻한다. 그가 여기에서 벗어날 수 있었던 것은, 사물을 객관적으로 나타내면서도 때로 주관을 개입하여 생동감을 일으키고, 생명 있는 체취를 깔고 있기 때문이다. 예문에도 나타난 바와 같이, 그의 소설문장에는 '되었다', '것이다', '보였다', '했다' 등 과거사의 단정을 치밀하게 하고 있다.

이와 같은 자아 중심의 1인칭 소설은 필연적으로 여러 가지 양식을 낳는 형태로 발전했는데, 서한체 일기체 수기체 등이 그것이다. 그런데 서한체 일기체 수기체 또는 설화체 같은 것이 모두 1인칭 소설에 속하는 것임에 틀림이 없으나 그런 것은 특수한 제재에만 사용될 뿐 정상적인 1인칭 소설은 아니다. 정상적인 1인칭 소설은 역시 '나'를 중심인물로 하여 전개되는 사소설인 것이다.

이 소설의 특징은 '나'의 오감五感을 통하여 느껴지는 객관체를 구체적으로 묘사할 수 있다는 데에 있다. 따라서 독자에게 실감을 주는 이점이 있는 반면, '나' 이외의 인간의 감정이나 정서 같은 것을 객관적으로 묘사할 수 없는 불편이 있다.

a. 서한체 소설

1인칭 소설의 주안점主眼點은 한 개인의 내적 정서와 감정을 표현하는데 있으므로 이 부류의 소설은 감정과 정서를 자유로운 입장에서 상세하게 표현할 수 있다. 같은 서한체 소설에도 ① 단 한 통의 서한으로 하나의 소설을 이룬 것과 ② 한 사람에 의하여 발송된 수많은 서한으로서 성립된 것, ③ 두 사람의 왕복서신으로 이루어진 것 등이 있다.

왕복서신의 형식으로 이루어진 서한체 소설로는 괴테(Goethe, Johann Wolfgang Von 1749. 8. 28~1832. 3. 22)의 「젊은 베르테르의 슬픔」과 도스토예프스키(Dostoevskii, Fyodor Mikhailovich 1821. 11. 11~1881. 2. 9.)의 「가난한 사람들」이 그 대표적인 예로 꼽힌다.

괴테의 「젊은 베르테르의 슬픔」중 뒷부분을 통해 잠시나마 이 형식의 매력에 접근해 보기로 한다.

"이 권총은 당신의 손을 거쳐서 왔습니다. 당신이 먼지를 닦아 주었습니다. 나는 천 번 만 번 키스합니다. 당신의 손이 닿은 것이기 때문입니다! 하늘의 성령이여, 당신은 나의 결심에 은혜를 베풀어 주셨습니다. 로테, 당신은 이 무기를 나에게 내어 주었습니다. 그 손으로부터 죽음을 건네받고 싶다고 소망했던 그 당신이 건네준 것입니다. 아아! 지금 그것을 받습니다. 나는 심부름을 보낸 하인에게 꼬치꼬치 캐어 물었습니다. 그에게 권총을 건넬 때 당신은 부들부들 떨었지요. 마지막 인사는 전혀 주시지 않았군요. 아아, 괴롭고 야속합니다. 마지막 인사가 없었다니! ─나를 당신과 영원히 결합시킨 그 때의 일 때문에 당신은 내게 대하여 마음의 문을 닫고 말았습니까? 몇 천 년이 지난다 해도 그 감명은 사라지는 것이 아닙니다! 그리하여 나는, 당신을 위하여 이토록 불타고 있는 사람을 당신은 미워할 수가 없을 것이라는 것을 사무치게 느낍니다."

식후에 베르테르는 하인에게 명하여 짐이란 짐은 모조리 꾸리게 하고, 숱한 서류를 찢고 나서는 외출을 하여 자질구레한 셈을 끝냈습니다. 그리고 집에 돌아왔다가 비가 내리고 있었는데도 다시 성문 밖으로 나가, 백작 댁의 정원에 들어가서 더욱 먼 곳까지 주위를 돌아다녔습니다. 그리고 해가 질 무렵에야 돌아와서 다음과 같이 썼습니다.

"빌헬름, 나는 들과 숲, 하늘에 마지막 작별인사를 하고 왔다. 자네도 안녕! 어머니, 용서해 주세요! 빌헬름, 아무쪼록 어머니를 잘 위로해 드리게! 하나님의 은혜가 자네들 위에 내리도록! 내 물건은 모조리 정리했다. 잘 있거라! 더욱 행복하게 된 다음에 다시 만나자."

"당신한테는 나쁜 짓을 했습니다. 아무쪼록 용서해 주십시오. 당신 가정의 평화를 무너뜨리고 두 분 사이에 불신을 심어 놓았습니다. 안녕히! 그러나 그것도 마지막입니다. 나의 죽음으로 하여 당신이 행복해지기를 빕니다! 알베르트! 알베르트! 그 천사를 행복하게 해 드리시오! 그리고 당신 위에 하나님의 축복이 내리시도록!"

그날 밤 베르테르는 다시금 서류를 뒤적여서 이것저것 많이 찢어서는 난로에 집어넣고 몇 개의 꾸러미는 봉인을 하여 벨헬름 앞으로 주소 성명을 썼습니다. 그 속에는 짧은 논문과 단상(斷想) 따위도 들어있었는데 편지도 그 중 몇 가지는 보았습니다. 10시에 베르테르는 난로에 불을 지피게 하고 포도주 한 병을 가져오게 한 다음 하인을 자도록 했습니다. 하인의 방은 이 집 사람들의 침실과 같이 훨씬 안쪽에 있었지만, 이튿날 아침에 재빨리 일어나려고 옷을 입은 채 잠자리에 들었습니다. 6시에는 마차가 집 앞에 올 것이라고 주인이 말했기 때문입니다.

11시 지나서

"주위는 죽은 듯이 고요합니다. 나의 영혼도 고요합니다. 하나님, 이 마지막 순간에 이 결정과 이 힘을 내려 주신 것을 감사드립니다. 그리운 사람이여, 나는 창가에 다가서서 비바람에 날리어 날아가는 구름 너머 영원한 하늘의 검숭드뭇한 별을 쳐다봅니다. 별이여, 그대들은 절대로 떨어지지 않는다! 영원한 자가 그 가슴으로 그대들을 안아 주신다. 그리고 이 나까지도. 나는 대웅좌(大熊座)의 수레채별을 쳐다봅니다. 숱한 별들 가운데서도 내가 가장 좋아하는 별입니다. 밤에 당신과 헤어져서 댁의 대문을 나설 때 언제나 이 별은 내 정면에서 빛나고 있었습니다. 취한 듯 황홀하게 이 별을 바라보며 두 손을 치켜들고 이거야말로 지금의 내 행복에 대한 표지, 성스러운 표석(標石)이라고 생각한 적이 몇 번이었을까! 그리고 또한 지금도. ─오오, 로테, 어느 것을 보아도 어느 것을 들어도 당신이 계십니다! 나는 마치 어린애처럼 당신의 신성한 손길이 닿았던 것이라면 아무리 사소한 것이라도 깡그리 긁어모았기 때문입니다.

그리운 실루에트 그림! 이것은 기념으로 당신한테 남겨두고 갑니다. 로테, 아무쪼록 소중하게 간직해 주십시오. 천 번이나 만 번이나 입을 맞춘 이 실루에트 그림, 천 번이나 눈길을 보내서 집을 나갈 때나 돌아왔을 때는 언제나 인사한 이 실루에트 그림,

나는 당신 아버님께 편지를 써서 내 시체 처리를 부탁해 두었습니다. 묘지에는 두 그루의 보리수가 서 있지요. 안쪽 구석의, 밭을 향한 곳입니다. 그곳에 잠드는 것이 나의 소원입니다. 아버님은 나를 위하여 이 소원을 이루어 주실 수가 있습니다. 아니, 반드시 그렇게 해주실 겁니다. 당신께서도 부탁해 주십시오. 나는 믿음이 깊은 기독교 신자에게, 이 가엾은 사나이 옆에 몸을 눕혀 달라는 따위 무리한 청을 드릴 생각은 없습니다. 아아, 나는 길가라든가 아니면 쓸쓸한 골짜기에라도 묻히게 되면 고마운 일이라고 생각하고 있었습니다. 사제(司祭)와 르위 사람들은 표지를 새긴 돌 앞을 십자가를 그으며 지나가겠지만, 사마리아 사람은 한 방울의 눈물을 뿌려 주겠지요.

자, 보십시오, 로테! 죽음의 도취를 들이마실 이 싸늘하고 무서운 잔을 들고도 나는 떨지 않습니다. 이것은 당신이 건네주신 것, 나는 주

저하지 않습니다. 모두 다! 모두 다! 내 생애의 소원도 소망도 모두 다 이렇게 하여 채워지는 것입니다! 이토록 냉정하게 이토록 떳떳하게 죽음의 청동문을 두드리려 하고 있습니다. 될 수만 있다면 당신을 위해서 죽을 수 있는 행복을 가졌으면 싶었습니다. 로테, 당신을 위하여 이 몸을 버리는 행복을 누릴 수가 있다면! 당신의 생활의 평안과 기쁨을 돌이킬 수 있다면 깨끗하게 즐거이 죽겠습니다. 그러나 아아, 사랑하는 사람들을 위하여 스스로의 피를 흘리고 자신의 죽음에 의하여 친구들에게 백배의 새로운 생명의 불을 일으키는 일은 소수의 고귀한 사람들에게만 허용되어 있는 일이었습니다.

로테여, 지금 입고 있는 옷차림 그대로 나를 묻어 주기 바랍니다. 이것은 당신의 손이 닿아 청결해진 것입니다. 이 사실은 당신 아버님께 부탁해 두었습니다. 나의 영혼은 관 위에 어리어 있습니다. 호주머니 속은 뒤지지 말기 바랍니다. 아이들 가운데 있는 당신을 처음으로 보았을 때, 당신이 가슴에 달고 있었던 이 불그스레한 나비매듭의 리본. ―아이들에게 천 번이라도 키스해 주십시오.

그리고는 그들의 불행한 친구의 운명을 들려주십시오. 귀여운 아이들! 모두들 주위에 모여 있습니다. 아아, 당신과 나의 결합은 이토록 강합니다! 맨 처음 본 그 순간부터 당신을 놓을 수가 없었습니다! 이 리본은 같이 묻어 주십시오. 내 생일에 당신으로부터 받은 것입니다! 나는 무엇이든지 탐욕스럽게 원했습니다! 아아, 그러나 그 끝이 이렇게 되리라고는 생각조차 못했습니다! ―걱정하지 마십시오, 제발 걱정하지 말아 주십시오! ―총알은 재여 있습니다. ―12시를 치고 있습니다! 그럼! ―로테! 로테, 잘 있어요! 잘 있어요!"

이웃 사람 하나가 화약의 섬광을 보고 총소리를 들었습니다. 그러나 그대로 조용해졌기 때문에 특별히 신경을 쓰지 않았었습니다.

이 서한체 소설은 권총 자살한 베르테르의 매장 마무리로 끝난다. 괴테의 체험문학이 서한체 소설수법으로 훌륭히 성공하고 있다.

b. 일기체 소설

이 소설의 성격도 서한체 소설과 비슷하다. 다만 한 가지 다른 점이 있다면 서한체 소설의 경우와는 달리 독자를 염두에 두지 않는다는 점이다.

독자를 의식하지 않으므로 주인공의 심리적 비약이나 정서 표현에 제약을 받지 않지만 자칫 잘못하면 독선에 떨어지기 쉬운 단점이 있다. 또한 수기체 소설의 성격도 일기체 소설과 큰 차이가 없다.

3. 전지적 시점

1인칭 소설이 작자의 시점이 주관에 근거한 데 반하여 3인칭 소설은 작자가 소설의 내부에 들어가 작중인물들을 객관적으로 관찰하고 묘사하는 데 특색이 있다. 이 3인칭 소설은 작자의 시선이 어느 특정한 인물에만 집중되지 않고, 모든 등장인물들을 공평하게 묘사하는 형식을 취한다. 따라서 3인칭 소설은 작자가 절대적인 창조자로서의 권한을 갖는다.

'나'의 주관이 강해 편견에 빠지기 쉽고, 사건과 인물에 공평을 기하기가 어려운 1인칭 소설에 비해 3인칭 소설은 작자가 등장인물의 관계나 그 사이에서 일어나는 사건과 그들의 과거와 현재까지도 객관적으로 관찰할 수 있기 때문에 공평을 기할 수 있다. 3인칭 소설을 소위 본격소설이라고 칭하는 이유도 어려운 소재를 소설화하 데에는 그러한 수법이 보다 효과적이기 때문이다.

> 아이들이 잠들자 모두들 졸리운 모양이었다. 밤이 깊었던 것이다.
> 담배도 다 피워버렸다. 마실 것은 한 방울도 없었기 때문에 이제 할 일
> 도 없었다. 라르맹쟈는 이제 자기가 해야 할 바를 깨달았다.
> "자! 그렇지만 이젠 그만 가지 않으면 안 되겠네"하고 말했다.
> 아무도 그를 만류하지 않았다. 다만 어디서 왔느냐고만 물을 뿐이

었다. 그는 역에서 온 것이다. 처음에는 여기에서 머무르려고 했기 때문에 짐을 가져왔다는 것도 말했다. 그러나 아내가 말했다.

"그러니 애당초 나가지만 않았으면……전 이제 자리가 잡힌 걸요. 그렇지만 저는 줄곧 결혼했다 이혼했다 할 수만은 없어요."

일이 잘 되느라고 마침 열한 시 차가 있었다. 역까지는 시오리였다. 기차는 기다려 주지 않으니까 시간에 늦어서는 안 된다.

떠나기 전이면, 누구나 지금까지 서로 얘기한 모든 것을 요약해서 말하는 그런 때에, 바티스트는 이렇게 말했다.

"자네는 우리가 어떻게 사는지를 보았지. 내 세간은 여기 있고, 자네가 있던 때보다 침대가 하나 더 늘었을 뿐이네."

그는 살림살이를 라르맹쟈에게 보여 주었다. 바티스트는 몇 군데 수리를 해 주었다. 그는 아이들 방에도 데리고 갔다. 도배도 되어 있고 벽난로는 연기가 나서 다시 만들었다. 아이들은 주먹을 쥐고 자고 있었다. 모두 그쪽을 바라보았다. 라르맹쟈는 아이들의 잠을 방해할까 보아 아이들에게 키스도 제대로 하지 못했다.

"자네들은 정말 살기 편하겠군." 하고 그는 말했다.

알렉상드린느에게 작별의 키스를 했다. 그리고는 바티스트가 손을 내밀었기 때문에 그는 이렇게 말했다.

"자, 우리도 키스하세."

샤를르 루이 필립(Philippe, Charles Louis, 1874~1909)의 「귀가(歸家)」는 이러한 3인칭 소설의 특징을 잘 나타낸 소설이라고 할 수 있다.

귀가한 남편과 그의 아내와 동거하는 친구와의 관계에서 전개된 사건과 인물이 어느 한 쪽에 치우침이 없이 어디까지나 객관적으로 묘사되고 있다.

필립은 프랑스의 소설가로서, 가난한 사람들의 생활을 그리는 데에 전 생애를 바쳤다. 앞에 소개한 예문(끝말 부분)만 보아도, 이 작가가 자신의 체험을 객관적인 공감대共感帶로 형성하는 데 성공하고 있음을 깨닫게 될 것이다.

4. 순객관적 시점

3인칭 소설이 비록 1인칭 소설에 비해 사건과 인물을 취급하는 태도가 객관적이라고 하더라도 인물이나 사건의 묘사에 작자의 주관과 상상이 전혀 가미되지 않는다고는 단정할 수 없다. 그러나 작자의 주관과 상상을 엄격히 배제하고 끝까지 객관적인 태도로 기술하고 묘사함으로써 순객관적 시점에 이르게 된다. 이것이 바로 순객관적 수법이다.

즉 작자의 주관을 개입하지 않고 보고 듣고 느껴지는 그대로의 현상을 그리는 것이 순객관적 시점이라는 얘기다. 이 순객관적 시점의 장점은 작중 내용이 항상 구체적이므로, 추상적 관념에 떨어질 염려가 없다는 점이다.

그러나 그것은 다만 사건을 독자 앞에 펼쳐 보일 뿐으로 해설이나 비판의 기능이 없기 때문에, 작중인물이 아무리 고매한 사상을 지녔다 하더라도 그것을 독자에게 피력할 기회가 없게 된다. 즉 작품은 관념이 아니라 이야기이므로 그것을 꿰뚫어보는 지적 성찰이 없이는 작가가 의도하는 의도에 접근하기 어렵다. 아무튼 객관적 묘사는 인간적인 온정미가 희박한 결점을 지니고 있다.

모파상(Maupassant, Henri Rene Albert 1850. 8. 5~1893. 7. 6)의 「목걸이」나 메리메(Merimee, Prosper 1803. 9. 28~1870. 9. 23)의 「롱디노 이야기」도 이 순객관적 시점에 해당되는 작품이다. 쁘로스뻬르 메리메의 작품 「롱디노 이야기」중에서 롱디노가 항복하고 처형되는 결말 부분을 소개하면 다음과 같다.

그는 종루로 올라가서 바리케이트를 쳤다. 날이 밝자 그는 창으로 총을 쏘기 시작했다. 그리하여 헌병도 별 수 없이 이웃집으로 달아나 버리고 습격은 중단되지 않을 수 없게 되었다. 총격전은 거의 온종일 끌었다. 롱디노는 부상 하나 입지 않았으나 헌병대 쪽에서는 중상자 가 세 명이나 나왔다. 그러나 그는 빵도 물도 없었고 설상가상으로 숨막히듯 더웠다. 그는 마지막 순간이 온 것을 깨달았다. 별안간 그가 총 끝에 흰 수건을 걸어 들고 밖으로 들린 창에 나타나는 것이 보였다. 헌병들은 사격을 중지했다.

그는 말했다.

"나는 지금까지의 생활에 지쳤다. 나는 항복하고 싶다. 그러나 너희들 헌병 따위한테 나를 잡았다는 영광을 주고 싶지 않다. 현역 장교를 오도록 해라. 그러면 나는 그 장교에게 항복하겠다."

때마침 장교가 지휘하는 한 분견대가 그 마을로 들어왔기 때문에 헌병들도 롱디노의 요구에 동의했다. 사병들이 종루 앞에 전투대형으로 벌려 섰다. 드디어 롱디노가 나타났다. 그리고 장교 앞으로 나가서 또박또박한 소리로 말했다.

"내 개를 맡아 주십시오. 마음에 드실 것입니다. 그 개를 돌보아 주겠다고 약속해 주십시오."

장교는 쾌히 약속했다. 롱디노는 곧 개머리판을 부수고 아무런 저항도 없이 사병들에게 투항했다. 사병들은 그를 정중하게 취급했다. 그는 극히 냉정한 태도로 판결에 임하였고 허세란 조금도 없이 꿋꿋하게 처형되었다.

5. 종합적 시점

1인칭 소설이 갖는 주관적 시점과 3인칭 소설의 객관적 시점을 활용, 병용併用한 종합형태이다. 본격적인 1인칭 소설은 '나'가 항상 소설의 주인공이지만, 특이형 1인칭 소설에서는 '나'가 부차적인 인물에 지나지 않는다. '나' 이외에 따로 주인공이 있기 때문이다.

그러므로 이 형식은 사소설私小說로 오인하기 쉬우나 실질적으로는 3인칭 소설과 같이 객관적인 성격을 띠게 마련이다. 즉 '나'에 관해서 볼 때는 주관적이나, '나' 이외의 부분에서는 객관적이다. 사소설의 피치 못할 결함은 객관적 묘사가 불가능하다는 점이다. 특이형 1인칭 소설은 '나'라는 부차적인 인물을 통하여 주관성을 강조하면서도 주인공을 따로 설정하여 3인칭 소설의 특징인 객관적 묘사를 가능케 하는 특색이 있다.

우리는 얼마동안 한 마리의 독수리를 감옥에서 길렀다. 퍽이나 작은 독수리를 어떤 죄수가 가져왔다. 그 독수리는 심한 상처를 입어 거의 다 죽어가고 있었다.
　모두들 그 주위에 모여들었다. 오른쪽 날개가 전연 못쓰게 되고 거기에 한쪽 다리마저 지독하게 상처를 입고 있었다. 그 독수리는 성난 듯이 주위에 서서 구경하는 군중들을 노려보며, 그 뾰족한 부리를 벌렸다. 마치 죽은 목숨이나마 값있게 죽으려는 듯이.
　죄수들은 오랫동안 그것을 구경한 다음 제각기 흩어져 버리고 절름발이 독수리는 날개를 퍼더덕거리며 한쪽 발로 걸어 발목이 놓여진 구석에 가 움츠리고 있었다.
　그 독수리를 우리들은 안뜰에서 석 달 동안이나 길러 왔는데, 그는 끝끝내 그 구석에서 한 번도 나오지를 않았다. 처음에 우리들은 그를 자주 보러 갔다. 그리고 어떤 때는 사람들이 개를 데리고 가서 그를 못 견디게 굴었다. 개는 성을 내어 왕왕 짖을 뿐 무서워서인지 가지 못했다. 이러한 구경거리가 죄수들에게는 매우 큰 흥밋거리였다.

이상은 도스토예프스키(Dostoevskii, Fyodor Mikhailovich, 1821. 11. 11~1881. 2. 9)의 작품 「독수리」의 서두 부분이다. 1인칭 소설의 주관성과 3인칭 소설의 객관성을 필요에 따라 적절히 안배함으로써 표현의 대상을 효과적으로 나타내려는 수법이다.

V. 소설의 묘사

소설이 소설다운 매력을 지니기 위해서는 등장인물의 용모나 성격, 심리 또는 그 인물이 처해 있는 상황과 사회 환경 등이 정확히 묘사되지 않으면 안 된다.

1. 인물묘사

소설에 있어서 가장 중요한 요소는 인물과 사건과 환경이다. 소설은 결국 이야기이기 때문에 사건과 배경은 인물을 그리기 위한 보조수단에 지나지 않는다. 근대소설의 특징은 인간의 탐구에 있으므로 인물묘사는 소설에 있어서 가장 중요한 의의를 지닌다. 인간성을 탐구하려면 작가는 필연적으로 인간의 성격을 그리지 않을 수 없다. 소설에서의 인간탐구는 곧 성격묘사를 뜻한다. 성격묘사를 제대로 할 수 있다면 그는 이미 일가一家를 이룬 작가라 해도 과언이 아니다.

> "정말 어뜨칼래, 응?"
> 곰이가 재우쳐 물었다.
> 곱단이는 어찌할 바를 몰라하는 듯 가늘게 흐느끼기 시작했다.
> "오늘 밤으루 도망가는 수밖에 없다. 언젠가두 말했디만, 동탕지벌(양덕온천이 있는 곳)루 가기만 하믄 논농사두 질 수 있구, 밭농사두 질 수 있다. 다 알아봤다. 오늘 밤으루 우리 그리 가자." 곱단이는 그냥 가냘프게 느끼기만 했다.
> "너 그새 맘이 벤한 건 아니디?"
> 곱단이는 느낌소리가 뚝 그쳤다.
> "너 정말 맘이 벤하딘 않았디? …… 그르믄 우리 오늘밤 도망가자."
> 곱단이는 느낌을 멈춘 채 아무 말도 없었다.
> "오만 아반 걱정은 말아라. 우리가 만제 가서 자리를 잡구 모세가자꾸나. 난두 제 자식터름 길러준 할마니 할반 내버리구 가기가 가슴 아프다. 그르나 우리가 가서 자리잡구 모세들 가믄 되디 않니?"
> 곱단이는 그냥 아무 대답이 없었다.

"오늘밤 닭이 첫홰 울믄 떠나기루 하자. 닛디 말구 있다가 닭이 첫홰 울거든 나오너라. 그때 나두 올께니."

곱단이는 다시 가늘게 흐느끼기 시작하며 떨리는 목소리로,

"난 모르갔어. 어뜨카믄 도흘디."

"모르긴 멀 모르니? 내 말대루 하자."

"나만 소금당수한테 시집 안 가믄 되디 않니?……그르믄 우리가 도망을 안가두 되구……"

"모르는 소리 마라. 너의 오만 아반이 우기문 넌 안가구 못겐딘다. 오늘밤 도망을 가야디 그르티 않으믄 우린 영 헤디구 마는 거야."

곱단이는 가슴이 벅차오는 듯 다시 잠시 동안 느끼기만 하다가,

"난 모르갔어……자꾸 무서운 생각만 들구……"

"이제 맘만 결덩하믄 무섭디 않다. 나두 첨엔 자꾸 무서운 생각이 들더니 이젠 일없다."

그러나 곱단이는 가늘게 느끼기만 할 뿐, 또 아무 말도 없었다.

"그름 닭이 첫홰 울 때꺼지 맘을 덩해개지구 나오너라. 내 여게 와 기다릴께니."

그 말에 곱단이는 흐느낌 소리를 뚝 끊고,

"여긴 안돼……그르다가 누구 통세(변소)라두 나왔다가 들키믄 어뜨카니? 지금은 오마니 아바지가 집에서 니 얘길 하구 있으니 괜티 안티만……"

그리고 약간은 마음을 다져먹은 듯 또렷한 목소리로,

"그르디 말구, 전에터름 앞마당 몽석 속에 들어가 숨어 있어라."

"그름 그르디. 너 닭이 첫홰 우는 거 닛디 마라."

황순원黃順元의 「불가사리」에는 곰이라는 우람한 사내와 곱단이의 가냘픈 성격이 대조적으로 부각되고 있다. 이 예문에서 보는 바와 같이 황순원의 문장은 대조적인 인물의 특성과 함께 단문短文에서 오는 속도와 박력이 두드러진 게 특색이다. 그의 간결한 문장은 함축과 암시로서 여운을 남긴다.

a. 개성과 보편성

우리가 소설에서 과거처럼 어떠한 성인이나 위인, 또는 미인이 아니고 평범한 주인공을 요구하는 이유는 그 평범한 사람 속에 내재되어 있는 보편적 인간성을 통해 새로운 것을 탐구하려는 의식이 잠재해 있기 때문이다. 그러나 성격구성에 있어서 만인 공통의 보편적 인간성만을 그려 가지고는 추상적 관념에 떨어지기가 쉽다. 그렇다고 지나치게 개성적인 인물만을 내세우는 것도 좋지 않다. 소설에 있어서 인물설정은 보편성과 개성이 상호간에 조화를 이루면서 형성될 때 더욱 빛이 나기 때문이다.

b. 전형적 성격

소설에 있어서의 인물은 전형적인 성격을 가져야 한다는 말이 있다. 그러면 전형적 성격이란 무엇인가. 그것은 그 인물이 독자적인 개성을 발휘하는 동시에 그 개성이 시대의 요구에 상응하는 보편성과 필연성을 띤 것이어야 한다는 것을 의미한다. 소설을 쓰려는 사람에게는 전형적 성격의 창조야말로 최상의 이상일 것이다. 그런데 그 전형적 성격의 창조가 그렇게 간단한 문제가 아니다. 이 어려움을 극복해 나가기 위해서는 꾸준한 문장수련과 끈기가 요구된다.

c. 성격의 구성요소

성격은 의장衣裝이나 동작으로 나타내는 외면과, 언어나 심리 같은 내면의 양면으로 구성된다. 따라서 어떤 성격을 묘사하기 위해서는 외적 관찰의 묘사와 내적 탐색의 묘사, 그리고 내외 양면의 종합적 묘사 등 세 가지 양식 가운데서 하나를 선택해야 한다.

내적인 묘사는 주로 심리를 묘사하게 되므로 심리소설이 되며, 외적인 묘사는 풍속이나 세태를 주로 묘사하게 되므로 풍속 또는 세태소설이 된다. 그러나 대개의 경우는 이 양자를 병합하여 묘사한다. 성격의 내적 구

성에는 ① 심리, 기분, 의식 ② 정신, 사상 등이 있으며, 외적 구성으로는
① 풍채, 표정, 언어, 동작, 행위 ② 신분, 경우, 교육 등이 있다. 이는 어느
부분을 묘사하더라도 그것이 곧 사람의 성격을 말하게 된다.

2. 성격묘사

인물의 성격을 보다 효과적으로 나타내기 위해서는 그 인물의 주요한
특장特長을 설명하는 방법과 회화, 행위, 환경 등을 통하여 간접적으로 표
현하는 두 방식이 있다. 정비석鄭飛石의 소설「김군과 나」는 실내의 환경
묘사만으로도 주인공의 느린 성격을 파악할 수 있는 간접표현법의 좋은
한 예이다.

> 김군의 하꼬방은 그 안에 사람이 살고 있으니까 방이라고 부를 수
> 밖에 없기는 하지만, 솔직히 말하자면 그것은 무슨 방이라기보다도
> 영락없는 돼지우리였다. 방문을 썩 열자 방안에서는 온갖 몹쓸 냄새
> 를 한데 뒤범벅을 한 듯한 몹시 고약스러운 냄새가 코를 푹 찔렀다. 나
> 는 속이 왈칵 뒤집히도록 비위가 아니꼽고 기분이 언짢았으나, 친구
> 의 체면을 생각해서 억지로 방안에 발을 디려놓았다. 방은 서울방 치
> 고는 그다지 좁은 간살은 아니었다. 한칸방 분수로는 오히려 넓은 편
> 이기는 했으나, 한편 구석에는 방 넓이와는 어울리지 않도록 커다란
> 책상이 놓여 있고, 그 옆에는 때꾹이 괴죄죄 흐르는 이부자리가 그냥
> 깔려 있고, 그리고 나서는 얼마 남지 않은 공간에는 벗어 던진 양복이
> 니 찢어진 잡지 나부랭이니 구린내나는 양말짝이니 하는 것들이 낭자
> 하게 흩어져 있는 데다가 코를 풀어서 아무렇게나 꾸겨버린 듯한 수
> 지 뭉텡이조차 너절분하게 널려 있어서, 어느 한 구석에 엉덩이를 내
> 려놓기는 커녕, 제대로 발을 디려놓을 만한 공간조차 없었다.
> 제가 박았는지, 혹은 전에 있던 사람이 박아놓은 것인지 모르기는

하겠으나, 바람벽에는 군데군데 못이 박혀 있기는 하였다. 그러나 김 군은 벗어버린 옷을 못에 거는 일조차 귀찮은 노력이었던지, 옷들이 못에는 한 가지도 걸려 있지 않고, 모주리 방바닥에만 흩어져 있었다. 게다가 방 소제는 몇 해 전에나 했는지 책상 위에는 먼지가 뽀얗게 깔려 있고 잉크병인가 무슨 병인가가 놓여 있던 자리만이 새까맣고도 동그랗게 드러나 보였다.

직접표현법은 그것이 주해적註解的인 까닭에 이해하기는 쉬우나 자칫하면 추상성에 떨어질 가능성이 높다. 이와는 달리 간접표현법은 구체적인 사물이나 행동을 보여주므로 생동감은 주지만 표현 기교가 능숙하지 못하면 성격에 통일을 기하기가 어렵게 된다.

직접표현법에 의한 성격묘사의 한 예로서 윌리엄 서머셋 모옴(Maugham, William Somerset 1874. 1. 25~1965. 12. 16)의 소설「척척박사」를 들 수 있다. 그 일부분을 소개하면 다음과 같다.

　그는 사람을 잘 사귀는 편이어서 사흘이 지나니 배에 모르는 사람이 없게 되었다. 무엇이든 그가 도맡아서 했다. 도박을 관리하고, 경매를 맡아 보기도 했다. 스포츠 상품을 살 돈을 모으기도 하고, 투환(投環) 시합이며 골프 시합을 개최하기도 했다. 음악회를 조직하는가 하면 가장무도회를 계획했다. 언제, 어디를 가도 그가 눈에 띄는 것이었다. 정말 배에서 이 사람만큼 미움 받는 사람도 없었을 것이다. 우리는 그를 면전에다 두고도 '척척박사'라고 불렀다. 그는 이것을 그에게 아부하는 말로 여기는 것 같았다. 그러나 제일 배겨내기 어려운 것은 식사 때였다. 그때에는 한 시간을 거지반 다 그는 우리를 자유자재로 들볶았던 것이다. 그는 활발하고, 쾌활하고, 수다스럽고, 따지기를 좋아했다. 그는 어떤 일이고 간에 다른 누구보다도 잘 알고 있었다. 그의 의견에 반대라도 하면, 그건 그의 거만한 허영심에 대한 모욕으로 되는 것이었다. 아무리 보잘것없는 제목이라도 상대방을 자기의 사고방식에까지 끌어넣기 전에는 이야기의 끝장을 맺으려고 들지 않았다.

자기가 어쩌면 틀렸을지 모른다는 그런 의심은 전혀 그의 머리를 스쳐 나간 적이 없는 것같이 보였다. 그는 언제나 무엇이든 다 알고 있는 사람이라는 것을 나타내고 있었다.

등장인물의 성격이 여러모로 서술되어 있다. 그 인물을 작자가 어떻게 보고 있는가 하는 점이 단적으로 나타나 있다. 소설의 간접표현법에 의한 성격묘사의 예로서 콜드웰(Caldwell, Erskine Preston 1987. 4. 11~) 소설 「토요일 오후」를 들지 않을 수 없다.

톰 테니는 도마 위의 고깃덩이를 한쪽으로 밀어 놓았다. 그리고는 커다란 몸집을 도마 위에 눕혔다. 그는 벌렁 누워 푹 쉬고 싶었던 것이다. 그 고깃간 안에서 몸을 쭉 펴고 눕힐 수 있는 곳은 고기를 써는 도마밖에 없었다. 톰은 가끔 푹 쉬지 않으면 안 되었다. 그는 도마 끝에 한쪽 발을 일으켜 세우고 그 무릎 위에 다른 발을 올려놓았다. 그리고 엉덩이 고기 한 토막을 베개 삼아 베고 눕자 편안하고 제법 기분이 상쾌하였다. 고기는 방금 냉장고에서 꺼내 왔기 때문에 몹시 차가왔다. 톰은 잠깐 쉬고 싶어서 그렇게 하였던 것이다. 그는 발가락을 마음대로 놀리기 위해 구두를 벗어 던졌다.

톰의 가게는 별로 좋은 냄새를 풍기지 않았다. 이 집으로 고기를 사러 오는 사람들은 모두 가게 안에 무엇이 죽어 자빠졌기에 이런 냄새가 나느냐고 늘 묻는 것이었다. 이 악취는 해를 거듭할수록 더해 갔다.

톰은 씹는담배를 한 입 물고는 도마 위에 다리를 쭉 뻗었다. 가게 안을 파리 떼가 윙윙거리며 날고 있었다. 톰의 가게에서 오랫동안 살아온 게으름뱅이들을 마구 쏘는 통통한 파리들은 고깃간 문 안으로 들어오려는 몇 마리의 낯선 파리들을 들어오지 못하게 하였지만, 그 파리들은 기어코 안으로 들어와 도마 위의 새로 묻은 피에 맛을 들이게 되었다. 발이 쳐진 일이 없는 뒷문으로 날아들어 오는 방법을 알고 있었기 때문이다.

다음은, 회화를 통하여 인물의 성격을 간접적으로 묘사한 예로 정비석 鄭飛石의 소설 「청춘산맥(靑春山脈)」에 다음과 같은 구절이 있다.

"그이 누구냐? 너와 약혼했다는 남자냐?"
다시 묻는 영혜의 말에
"아니다, 얘!"
경란은 모욕이라도 당한 것처럼 날카롭게 부인하였다.
"그럼 누구야, 암만 봐두 이만저만한 사이가 아닌가 보던데?"
"누군 누구야, 그저 아는 분이지 뭐."
"그저 아는 분을 만났는데 네 표정이 그렇게 심각해져? 아까 그 순간의 네 얼굴은 나로서두 놀라리만큼 아름답구 빛나 보이던데?"
"기집애두! 무어 얼굴이 아름답구 빛나 보이구 했을라구!……수다 그만 떨어라 얘!"
경란은 그렇게 말하면서도, 내심으로는 얼굴이 정말 그토록 변했던 것일까 하고 놀라지 않을 수 없다. 얼굴이 마음의 거울이라면 신준호를 만났을 때의 제 얼굴이 빛나 보였을 것 같기도 하였다.
"정말이다 얘! 정말 그이가 누구냐?"
"응 그런 분이 있어!"

회화의 진전에 따라 묻는 처녀의 자상하고도 수다스런 성품과 극구 부인하는 처녀의 새침한 성격이 선명하게 엿보이는 글이다.

a. 신체와 자태

사람의 성격을 이해하려면 우선 먼저 그 사람의 용모나 풍채를 근거로 하는 수밖에 없다. 신체적 표현은 그 자체로서 하나의 성격을 나타내게 되지만 그것은 동시에 그 사람의 내부 상태를 인식하는 수단이므로 신체적 표현은 내부적 성격의 상징성을 띠어야 한다.

군수의 얼굴은 검으테테하였으되 키가 설명하게 큰 데다가 떡 버러진 어깨와 길고 곧은 다리의 임자이니 세비로나 입고 금테 안경이나 버티고 단장이나 두르고 나서면 그 풍채의 훌륭하기가 바로 무슨 회사의 사장이나 취체역 같이 보이었다. 그는 쾌활한 호인물이었다. 결코 남을 비꼬든지 해치지 않는다. 혹 남이 제 귀에 거슬리는 말을 해도 마이동풍으로 흘려들었다. 그는 재판소와 도청에 출입하는 기자인데 아침에 들어오면 모자를 쓴 채로 단장을 휘휘 내두르며 편집실로 왔다 갔다 하다가 누구에게 향하는지 모르게 싱긋 웃으며,

"인제 또 가 봐야지." 하고 홱 나가 버린다.

　　　　　　　　　— 현진건(玄鎭健)의 「지새는 안개」 중 일부

사십이 가까운 처녀인 그는 죽은깨 투성이 얼굴이, 처녀다운 맛이란 약에 쓰려도 찾을 수 없을 뿐인가 시들고 꺼칠고 마르고 누렇게 뜬 품이 곰팡스른 굴비를 생각나게 한다.

여러 겹 주름이 잡힌 홀렁 벗겨진 이마라든가 숱이 적어서 맘대로 쪽지거나 틀어 올리지를 못하고 엉성하게 그냥 빗겨 넘긴 머리꼬리가 뒤통수에 염소 똥만하게 붙은 것이라든지 벌써 늙어가는 자취를 감출 길이 없었다. 뾰죽한 입을 앙다물고 돋보기 너머로 쌀쌀한 눈이 노릴 때엔 기숙사생이 오싹하고 몸서리를 치리만큼 그는 엄격하고 매서웠다.

　　　　　　　　　— 현진건의 「B사감과 러브레터」 중 일부

얼굴의 모습만으로 그녀의 성격이 잘 나타나 있다. 그러한 개성에 의해서 그 인물이 독자에게 선명히 떠오르게 된다.

노인은 목덜미에 깊은 주름살이 잡힌 가느다라니 말라빠진 사람이었다. 그의 뺨에는 열대지방 바다에 햇빛이 반사되어 일으키는 가벼운 피부암(皮膚癌)같은 갈색 얼룩점이 박혀 있었다. 이 얼룩점들은 얼굴 양쪽으로 쭉 밑에까지 내려와 있었고, 두 손에는 큰 고기를 나꾸다

생긴 깊은 상처 자국이 보였다. 그러나 모두 요새 얻은 상처는 아니었다. 이 상처들은 모두 고기 없는 사막에 있는 부식지대(腐蝕地帶)마냥 낡고 오랜 것이다.

그에게 있는 모든 것이 다 낡았지만 눈만은 그렇지 않다. 그의 두 눈은 바다와 같이 푸르고 명랑하고 불굴의 투지가 깃들어 있었다.

— 헤밍웨이의 「노인과 바다」 중 일부

"빙모님은 참새만한 것이 그럼 어떻게 앨 났지요?"

(사실 장모님은 점순이보다도 귓대기 하나가 작다.)

장인님은 이 말을 듣고 낄낄 웃더니 코를 푸는 체하고 날 은근히 골 릴려고 팔꿈치로 옆 갈비뼈를 퍽 치는 것이다. 더럽다. 나도 종아리의 파리를 쫓는 체하고 허리를 굽으리며 어깨로 그 궁둥이를 확 떼밀었 다. 장인님은 앞으로 우질근하고 싸리문께로 쓰러질 듯하다 몸을 바 로 고치더니 눈총을 몹시 쏜다.

— 김유정(金裕貞)의 「봄 · 봄」 중 일부

신체의 움직임이나 그 자태가 회화적으로 잘 짜여져서 그 인물의 성격 이 직접 대하는 것처럼 인상적으로 깊게 표출되고 있다.

b. 표정과 행위

우리는 표정과 행위를 통해서도 그 성격을 선명하게 알아낼 수 있다. 소설에서 등장인물의 표정이나 행위를 그리는 것은 그 묘사를 통해 한 인 간을 창조하려는 데 목적이 있다.

"볏섬 좀 치워 달라우요."

"남 졸음 오는데, 임자 치우시관."

"내가 치우나요."

"20년이나 밥을 처먹고 그걸 못치워!"

"에이구 칵 죽고나 말디."
"이년 뭘!"

　　이것은 김동인金東仁의 소설「감자」의 일부이다. 복녀 남편의 게으른 성격이 몇 마디의 대화 속에서도 여실히 나타나고 있다.

　　## 3. 심리묘사

　　소설에 있어서의 심리묘사란 등장인물의 심리, 기분, 의식, 정신, 사유思惟 등의 표현을 말한다. 그것은 내부의 심리를 직접 표현한 것이므로 성격의 실체를 바로 노출시킨다.
　　심리묘사에는 작자가 작중인물의 언어와 행동에 의존하거나 작중의 다른 인물로 하여금 어떤 인물을 비평하거나 판단하는 방법과 작자 자신이 인물의 동기, 사상, 감정 등을 분석하여 판단하는 두 가지 방법이 있다.

　　a. 극적 심리묘사
　　소설의 심리묘사에 극적 방법을 전적으로 사용할 수는 없다. 왜냐하면 그것이 전적으로 극적 방법에 의한 작품이라면 소설이라 할 수 없기 때문이다. 극적인 요소를 다분히 내포한 심리묘사의 실례를 다음에 들어 본다.

　　　　수롱이는, 마지막으로 돈을 잃고 말았다고 아는 정도의 물결 위에 쏟아진 눈을 돌릴 길이 없이 정신 빠진 사람처럼 그냥 그냥 바라보고 섰더니, 쏜살같이 언덕켠으로 달려오자 아무런 말도 없이, 벌벌 떨고 섰는 아다다의 중동을 사정없이 발길로 제겼다.
　　　　"훙앗!"
　　　　소리가 났다고 아는 순간, 철썩 하고 감탕이 사방으로 튀자 보니, 벌써 아다다는 해안의 감탕판에 등을 지고 쓰러져 있다.

"이— 이— 이……

수롱이는, 무슨 말인지를 하려고는 하나, 너무도 기에 차서 말이 되지를 않은 듯 입만 너불거리다가 아다다가 움직하는 것을 보더니 아직도 살았느냐는 듯이 번개같이 쫓아 내려가 다시 한 번 발길로 제겼다.

"풍!"

하는 소리와 같이 아다다는 가꿉선 언덕을 떨어져 덜덜덜 굴러서 물속에 잠긴다. 한참만에 보니 아다다는 복판도 한복판으로 밀려가서 숫구어 오르며 두 팔을 물 밖으로 허우적거린다. 그러나, 그 깊은 파도 속을 어떻게 헤어나랴! 아다다는 그저 물 위를 둘레둘레 굴며 요동을 칠 뿐, 그러나, 그것도 한순간이었다. 어느덧 그 자체는 물속에 사라지고 만다.

주먹을 부르쥔 채 우상같이 서서, 굽실거리는 물결만 그저 뚫어져라 쏘아보고 섰는 수롱이는 그 물 속에 영원히 잠들려는 아다다를 못 잊어 함인가? 그렇지 않으면, 흘러버린 그 돈이 차마 아까와서인가?

짝을 찾아 도는 갈매기 떼들은 눈물겨운 처참한 인생비극이 여기에 일어난 줄도 모르고 '끼약끼약'하며 흥겨운 춤에 훨훨 날아다니는 깃(羽)치는 소리와 같이 해안의 풍경만 도웁고 있다.

계용묵桂鎔默의 소설 「백치 아다다」의 결말 부분이다. 우리들은 이 소설의 비극적인 분위기를 통해서 작중인물의 심리(위기)를 읽을 수 있다.

b. 분석적 심리묘사

소설에 있어서의 심리묘사는 분석적 방법에 의하는 게 보통이다. 즉 작자가 전지적 시점에 입각하여 등장인물의 심리를 분석적으로 묘사하게 된다.

(아들이 돌아온다. 아들 진수(鎭守)가 살아서 돌아온다. 아무개는 전사했다는 통지가 왔고 아무개는 죽었는지 살았는지 통 소식도 없는데 우리 진수는 살아서 오늘 돌아오는 것이다.)

생각할수록 어깻바람이 날 일이었다. 그래 그런지 몰라도 박만도(朴萬道)는 여느 때 같으면 아무래도 한두 군데 앉아 쉬어야 넘어설 수 있는 용머리재를 단숨에 올라채고 만 것이다. 가슴이 펄럭거리고 허벅지가 뻐근했다. 그러나 그는 고개 마루에서도 좀 쉴 생각을 하지 않았다. 들 건너 멀리 바라보이는 정거장에서 연기가 물씬물씬 피어오르며 삐익—하고 기적 소리가 들려왔기 때문이다.

아들이 타고 내려올 기차는 점심때가 가까워서야 도착한다는 것을 모르는 바 아니었다. 해가 이제 겨우 산등성이 위로 한 뼘 가량 떠올랐으니 오정이 될려면 아직 차례 멀은 것이다. 그러나 그는 공연히 마음이 바빴다.

(까짓것 잠시 앉아 쉬면 뭣할 것이고.)

손가락으로 한 쪽 콧구멍을 찍 누르면서 팽하고 마른 코를 풀어 던졌다. 다른 쪽도 그렇게 했다. 그리고 휘청 휘청 고갯길을 내려가는 것이었다. 내리막은 오르막에 비하면 아무 것도 아니었다. 대구 팔을 흔들라치면 절로 굴러 내려가는 것이었다. 만도는 오른쪽 팔만을 앞뒤로 흔들고 있었다. 왼쪽 팔은 조끼 주머니에 아무렇게나 쑤셔 넣고 있는 것이다.

(삼대독자가 죽다니 말이 되나, 살아서 돌아와야 일이 옳고 말고, 그런데 병원에서 나온다 하니 어디를 좀 다치기는 다친 모양이지만, 설마 나같이 이렇게사 되지 않았겠지,)

만도는 왼쪽 조끼 주머니에 꽂힌 소맷자락을 내려다보았다. 그 소맷자락 속에는 아무것도 들은 것이 없었다. 거저 소맷자락 그것뿐이 어깨 밑으로 덜렁 처져 있는 것이다. 그래서 노상 그쪽은 조끼 주머니 속에 꽂혀 있는 것이다.

(볼기짝이나 장단지 같은 데를 총알이 약간 스쳐 갔을 따름이겠지. 나처럼 팔뚝 하나가 몽땅 달아날 지경이었다면 그 엄살스런 놈이 견디어 냈을 턱이 없고 말고.)

슬며시 걱정이 되기도 하는 듯 그는 속으로 이런 소리를 줏어 섬겼다. 내리막길은 빨랐다. 벌써 고갯마루가 저만큼 높이 쳐다보이는 것이다.

하근찬河瑾燦의 「수난이대(受難二代)」는 전장에서 부상을 입고 돌아오는 아들을 초조히 마중하는 아버지의 심리가 잘 묘사되어 있다.

4. 환경묘사

성격묘사에 완벽을 기하려면 신체적 표현이나 심리묘사에만 의존할 것이 아니라, 그 인물과 밀접한 관계를 갖고 있는 환경까지를 그리지 않으면 안 된다. 소설에서 인물과 사건과 환경은 떼어 놓을 수 없는 중요한 것이다. 작중인물이 어떤 환경에 놓여 있으며, 어떻게 행동하고 있는가를 말하는 것은 그 성격과 사건을 이해하는 데 매우 긴요하다.

a. 환경으로서의 자연

환경묘사가 작품 구성의 중요한 요소를 차지하게 되면서부터 근대소설은 인간과 자연의 관계를 서로 조화시키는 형태로 발전하게 되었다.

> 구름이 벗겨지고 있었다. 면경(面鏡)같은 하늘에 씌워진 포장을 누군가 벗기고 있는지도 몰랐다.
> 구름은 영(嶺)너머 왕소나뭇가지 사이로 자취 없이 꼬리를 감추었다. 왕소나무 아래에는 크고 작은 세 거지(?)가 죽은 듯 자고 있었다. 키가 큰 게 남사당 시절의 화주(火主:총무, 연희, 기획담당)요 그 다음이 삐리 판쇠와 <새미>였다.
> 따가운 햇볕이 자고 있는 판쇠의 얼굴을 핥는다.
> "끙!"
> 판쇠는 기지개를 켜는지 신음을 하는 겐지 괴상한 목안엣소리를 지르고 벌떡 몸을 일으킨다.
> "거 꿈도 이상하다……"
> 판쇠는 꿈을 꾼 것이었다.

날 때부터 모르고 자란 부모의 얼굴을 꿈에 본 것이었다. 광대 내외
였다. 아버지는 물구나무를 서고 어머니는 물구나무선 아버지 위에
올라서는 것이었다.

거 괴상한 꿈도 다 있다.

"아버지나 엄마가 광댄가? 꿈도 참……"

부지중 소리를 내어 중얼거리는데 그 소리가 똑똑하게 울렸던 모양
으로 옆에 자는지만 알았던 <새미>가

"이 거랭아, 또 꿈타령이냐"

하고 부시시 눈을 비비며 일어난다.

— 이정환(李貞桓)의「영기(令旗)」중 서두 부분

b. 환경으로서의 사회

소설에 있어서 참다운 인간과 그 인생의 진실을 효과적으로 표현하기
위해서는 환경으로서의 사회를 그리지 않을 수 없다.

바로 언덕 위, 하필 길목에 벼락 맞은 고목나무(가지는 썩어 없어지
고 꺼멓게 끄슬린 밑둥만 엉성히 버틴 나무)가 서 있어 대낮에도 이 앞
을 지나기가 께름하다. 하지만 이 나무 기둥에다 총쏘기나 칼던지기
를 하기는 심상이다. 양키들은 그런 장난을 곧잘 한다. 쏘리는 매일 양
키부대에 가는 길에 언덕 위에 오면 으레 이 나무에다 돌멩이를 던져
그날 하루 '재수보기'를 해봐야 했다.

그런데 오늘은 세 번 던져 한 번도 정통으로 맞지 않았다. 아마 오
늘은 재수 옴 붙은 날인가보다.

재수 더럽다고 침을 퉤— 뱉고, 쏘리는 언덕 아래로 내려갔다. 언덕
아래 넓은 골짝에 양키부대 키캄프들이 뜨믄뜨믄 늘어있다.

저 맞은쪽 행길 가에 외따로 있는 캄프는 엠피(M.P)가 있는 곳이고,
그 옆으로 몇 있는 조그만 캄프는 중대장이랑 루테나랑 싸징이랑 높
은 사람들이 있는 곳이다. 켚텐 하우스뽀이인 딱부리놈이 바로 게 있
다. 이쪽 바로 언덕 아래에 여러 개 늘어선 캄프엔 맨 쫄뜨기 양키들
뿐이다. 쏘리가 늘 찾아가는 곳은 이 쫄뜨기 양키들이 있는 곳이다. 거

기엔 밥띠기(쿠크) 빨래꾼(세탁부) 이발쟁이 찔뚝이랑 몇몇 한국 사람
도 있지만, 쑈리는 그들보다 양키들하고 더 친했다. 거기 쫄뜨기 양키
들은 몇 사람만 빼놓곤 모두 몇 번씩 따링누나하고 붙어먹은 일이 있
어, 아무 때고 쑈리가 가기만 하면 '웰컴 쑈리킴'이다. '김'이라는 멀쩡
한 성을 양키들은 혀가 잘 안 돌아가 '킴'이라고 부르는 것이다.

송병수宋炳洙의 소설 「쑈리 킴」의 서두부분이다. 전쟁을 겪은 '쑈리 킴'
이라는 소년의 눈을 통하여 미군부대와 그 주변의 특수한 사회환경 및 생
활상이 적나라하게 노출되고 있다.

제4장
희곡문장

제4장 희곡문장

Ⅰ. 희곡의 본질

희곡이 문학의 한 분야임은 두 말할 나위가 없다. 이것은 희곡의 표현 수단이 다른 장르와 마찬가지로 문자를 택하고 있기 때문이다. 희곡戲曲은 일정한 인물과 사건과 주제를 가지고 있다는 점에서 소설과 가까운 면을 지니고 있다. 그러면서도 희곡은 엄밀히 말해서 소설과는 다른 문학 형식으로 무대에 상연될 것을 전제로 한 표현 형태이다. 소설이 작가가 이야기로 꾸미는 문학이라고 한다면, 희곡은 배우들의 행동을 통하여 관객에게 보여주기 위한 문학형태라 할 수 있다.

따라서 소설과 희곡은 본질적으로 차이가 있다. 소설은 객관과 주관을 겸한 문학 형식인 데 반하여, 희곡은 어디까지나 객관적인 것이다. 소설은 자유로운 사건 전개와 시간적 비약飛躍을 가질 수 있으나, 희곡은 시간과 공간적인 제약 밑에서 창작되는 문학작품인 것이다. 여러 연극학자들은 희곡이 가지는 극적 요소가 어디서 오는 것이며, 어떻게 하면 극적인 상승 효과를 거둘 수 있느냐를 연구해 왔다.

그 대표적인 주장으로 첫째, 브륀티에르Brunetière(1849~1906)의 의지 투쟁설意志鬪爭說을 생각할 수 있다. 즉 한 편의 비극에 있어서 가장 극적인 흥미가 많아지는것은 주인공이 운명이나 장애障碍에 대항하여 투쟁하려는 의지가 있을 때라는 것이다.

그 두 번째는 아처Archer(1856~1924)의 위기설危機說이다. 즉 연극이란 극의 발단부터 관객에게 긴장감을 주는 위기를 설정해야 한다는 것이다. 작은 위기가 연쇄적으로 이어지면 클라이맥스에 이른다. 이것이 큰 위기로 발전되고 극적인 흥미로 고조高潮된다.

셋째는 해밀턴Hamilton(1786~1857)의 대립설對立說이다. 대조적인 시튜에이션이나 힘의 대립으로 극적인 흥미를 느끼게 된다는 주장이다.

이 세 가지 중에서 어느 쪽이 더 극적인 요소에 접근하고 있다고 단정 짓기는 어렵다. 다만 희곡이 관객에게 긴박감이나 박력을 줌으로써 극적인 효과를 거둘 수 있다는 본질을 이해할 수 있다.

희곡이론의 역사는 아리스토텔레스Aristoteles(B.C, 384~322)의 『詩學(poetics)』으로부터 시작된다. 이 『詩學』에서 내려진 비극의 정의를 종합하면 다음과 같이 세 가지로 요약할 수 있다. 첫째, 비극이란 애련哀憐과 공포를 불러일으킴으로써 우리의 감정을 정화하는 작용이다. 둘째, 비극의 주인공은 명성이 있고 번영을 누리는 사람이라야 하며, 그러한 인물이 과오로 말미암아 불행 속으로 빠져드는 데서 생기는 비극이다. 셋째, 가장 강렬하게 흥미와 정서를 유발시켜 주는 비극적 요소는 사건의 급전急轉과 발견이다.

그는 극적 행위를 새로운 방법으로 도입시키는 일을 급전이라 했고, 발견이라고 규정했다. 여기서 발견이라 함은 뜻하지 아니한 사실의 발견인 즉, 상대방의 정체나 과거 등이 백일하에 폭로됨으로써 일어나는 새로운 인식을 말한다.

II. 희곡의 구성 및 종류

1. 희곡의 구성

희곡의 구성을 얘기하기 위해서는 희곡의 특질과 희곡의 제약을 파악하지 않을 수 없다. 희곡은 소설과 유사한 점이 많지만, 소설에 비해 많은 구속과 제약이 요구되는 숙명을 지니고 있다. 희곡은 어항이라는 무대를 떠나서는 존재할 수 없는 금붕어와도 같다.

희곡은 우선 상연에 소요되는 시간적인 제약과 일정한 무대설정이라는 공간적인 제약을 받는다. 서양의 고전극이 전제로 하는 '三一致法', 즉 ① 시간의 법칙, ② 장소의 법칙, ③ 행동의 법칙은 이 제약을 잘 설명해 주고 있다. 이것은 모든 사건이 하루 동안에 일어나야 하고, 한 장소에서 처리되어야 하며, 한 가지 사건으로 일관되어야 한다는 뜻이다.

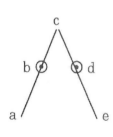

희곡은 건축과 마찬가지로 조직적이며 이론적인 구성을 필요로 한다. 관객에게 설득력을 주고, 갈등과 공명共鳴을 불러일으킨다는 것은 중요한 일이다. 흔히 사람들은 프라이타크Freytag의 『희곡의 기법』에서 3점설三點說이나 피라밋型 구성법을 곧잘 이용한다.

도표에서 보는 바와 같이 C를 하나의 정점(클라이맥스)으로 하여 극적 흥미가 고조되어 가는 상황을 피라미드型으로 나타낸 이 3점설은 다시 다음 5단계의 과정으로 구분 할 수 있다. 즉 ⓐ 발단, ⓑ 전개, ⓒ 정점, ⓓ 파국, ⓔ 종말이 그것이다. 이것을 좀 더 간략하게 하면 ① 제시, ② 진행, ③ 클라이맥스 등 3단계로 설명할 수 있다. 여기에서는 앞서 분류한 5단계의 과정을 중점적으로 설명하고자 한다.

발단發端이란, 사건의 시작으로서, 소개나 도입을 가리키는 말이다. 따라서 사건이 어디서 누구에 의해 무슨 사건이 벌어졌는가라는 장소와 인물과 배경, 환경, 분위기가 명시되어야 한다. 얘기를 좀 더 구체적으로 전개시키기 위해 차범석車凡錫 작「산불」(전5막)을 그 본보기로 들겠다.

때 : 1851년 겨울부터 이듬해 봄.
곳 : 소백산맥 줄기에 있는 村落.

제1막

무 대 주위가 온통 산으로 둘러싸인 P부락. 그 가운데 비교적 널찍한 마당이 있는 梁氏의 집 안팎이 무대로 쓰인다. 무대 우편에 부엌과 방 두개와 헛간이 ㄱ자형으로 구부러진 초가집이 서 있다. 지붕은 이미 2년째나 갈아 이지 못해서 잿빛으로 시들어 내려앉았고 흙벽도 군데군데 허물어진 채로 서 있다.

안방과 건넌방 사이에 두 칸 남짓한 마루가 있고 건넌방은 제4벽이 없어 내부가 환히 보인다. 마루 안쪽엔 뒤뜰로 통하는 나무문이 나지막이 걸려있다. 부엌과 안방이 이어진 모서리 처마 밑에 낡은 옹기 항아리가 놓여 있어 낙숫물을 받을 수 있게끔 앉혀있다. 헛간은 문도 없이 다만 흙담으로 쌓아올렸고 관객쪽은 그대로 훤히 트이어서 그 안이 샅샅이 들여다보인다. 그 안에는 가마니며 짚단이며 몇 자루의 농구가 아무렇게나 놓여있다.

무대 중앙에 간신히 사람이 들어앉을 수 있는 움막이 서 있다. 이것이 뒷간인 동시에 이 집 마당과 한길과의 경계를 지어주는 표지이기도 하다. 비바람에 삭아서 끊어진 새끼 토막으로 이 뒷간과 부엌 뒤쪽을 연결시켜서 구획을 삼고 있는 셈이다.

뒷간 옆으로 오르막길이 있어 무대 안쪽으로 통하며 이 길은 다시 무대 상하수로 뻗친 길과 교차된다. 그러므로 한길 위에 서 있노라면 이집 마당이 눈아래 내려다보임과 동시에 멀리 배경으로 소맥산맥의 산줄기와 험준한 천왕봉이 바라보인다.

무대 좌편 한길 아래에 최씨네의 초가집이 도사리고 앉았다. —자형의 집으로 부엌을 사이에 두고 발이 두 개 나란히 보일 뿐 마당 안팎엔 별로 보이는 것이 없다. 다만 대문이 서 있어야 할 자리에 어울리지 않게 사철나무가 서 있다. 지형상으로 보아 등장인물들은 상하수 어디에서나 등장할 수 있다.

때는 구정이 가까워지는 겨울의 저녁 때, 사방이 산이라 보기에 포근해 보이지만 사실은 분지(盆地)가 되어서 눈이 많고 추위가 혹심한 고장이다.

막이 오르면 뒷산에서 까마귀 우는 소리가 요란하다. 멀리 바라보이는 하늘과 산에는 석양의 마지막 입김이 지금 막 사라지고 있다. 그러나 이 집 안팎에는 이미 산 그림자와 어둠이 내린 지 오래 전이다.

마당 한복판에 멍석을 깔고서 그 주변에 동네 아낙네들이 제각기 식량 보따리를 들고 둘러서 있다. 멍석 위에 양씨가 올라앉아서 한 사람씩 차례로 내미는 곡식 아니면 감자를 되질해서는 각각 나누어 부어 놓는다.

그 옆에서 등잔불을 켜고 점례點禮가 공책에다가 치부를 하고 몇 사람은 가마니에 담는다. 남자라고는 등에 업힌 젖먹이와 안방 창에서 상반신을 내민 채로 곰방대를 물고 있는 金老人 뿐, 모두가 부녀자들이다. 추위도 추위려니와 차림새는 한결같이 허수룩하고 불결하다. 노인네들은 마루에 앉아 있고 젊은이들은 마당에 서 있기도 하고 몇 사람은 짝지어 쭈그리고 앉아서 쑥덕공론을 하는 축도 있다.

양 씨 : (홉되로 쌀을 되다 말고) 아니, 이건 한 홉도 안 되는구먼 그래!
　　　　　(하며 최씨를 쳐다본다.)
최 씨 : (거만하게) 그것도 큰 맘 먹고 퍼 왔어! 우리 살림에 쌀 한 홉이
　　　　　면 어디라고……(하며 외면한다.)
양 씨 : 누군 쌀 귀한 줄 몰라서 그런가. 반회에서 일단 공출하기로 작
　　　　　정한 일이니까 홉은 채워야지……어서요, 사월이네!
최 씨 : (비위가 상한 듯) 그것밖에 없는 걸 어떻게 하란 말이우!
양 씨 : (쓴웃음을 뱉으며) 궁하기는 매한가지지……그러지 말고 어서

채워 와요⋯⋯쌀이 없으면 보리, 보리가 없으면 감자라도⋯⋯

최 씨 : (성을 불쑥 내며) 없는 곡식을 나보고 도둑질하란 말이우?

양 씨 : (약간 비위에 거슬린 듯) 사월이네! 악담도 작작 하우? 누가 도 둑질해 오랬소?

최 씨 : 글쎄 없어서 못 내겠다는데도 꾸역꾸역 우기니까 하는 말이지,

양 씨 : 사월이네 보다 더 못 사는 집에서도 아무 말 없이 내놓는 걸 가 지고 뭘 그래요? 어서 가져와요.

최 씨 : (불쑥 일어서며) 싫으면 그만 두구랴! 흥! 강 건너 마을까지 간 신히 추수한 쌀이에요!(하며 양씨 손에 들린 흡되를 가로채어 자기 치마폭에다 쌀을 쏟고는 흡되를 양씨의 눈앞에다 내동댕 이친다. 그 서슬에 되가 양씨의 손등에 부딪친다.)

양 씨 : 아얏! (하며 반사적으로 손등을 만진다.) 아니, 이 여편네가 미 쳤나? (하며 성난 눈초리로 쳐다본다.)

최 씨 : (매섭게 노려보며) 뭣이 어째!

양 씨 : 눈깔은 어디다가 쓰라는 눈깔이야!

(이때 모든 사람들의 시선이 두 사람에게로 집중된다.)

최 씨 : 아니, 못된 소갈머리에 웬 시비야, 시비가. 응?

양 씨 : 내가 언제 시비를 했어? (하며 일어선다.)

(지금까지 말없이 지켜보고 있던 점례가 비로소 사이에 들어 선다.)

점 례 : 어머니, 그만 좀 해 둬요!

양 씨 : 에미야⋯⋯너도 봤지? 우리가 어쨌다는 거야? 응?

최 씨 : (입가에 조소를 띠며) 흥! 잘난 이장인가 반장을 맡았다고 세도 를 부리긴가? 까마귀 똥도 약이라니까 칠산 바다에 찍 한다더 니⋯⋯원⋯⋯(하며 비웃는다.)

여기에서는 사건의 발단으로서 도입부분이 잘 나타나 있다. 주요 등장
인물과 함께 때와 장소가 선명하게 부각되고, 무대의 배경, 환경, 분위기
도 잘 명시되어 있다.

전개展開되는 사건의 방향이 폭넓고 두드러지게 설명됨으로써 앞으로
있을 사건에 기대와 관심을 모으게 한다.

이 작품은 공비共匪들이 장악하고 있는 산간벽촌을 무대로 남편 없이
삶을 지탱해 가는 여인들의 갈등을 그리고 있는데, 특히 제2막부터는 규
복圭福이라는 공비의 등장으로 이야기는 좀 더 구체적으로 전개된다.

따라서 점례가 규복(공비)을 숨겨주면서부터 갈등은 새로운 양상으로
심화되어 간다.

규 복 : (매달리며 간절하게) 나 좀 살려줘! 은혜는 잊지 않겠오! 나는
　　　　빨갱이가 아니야 ! 나는 아무것도 몰라!
점 례 : 그럼 천왕봉에서? (하며 새삼스럽게 훑어본다.)
규 복 : 예? 예! 그러니 어서 나를 살려줘! 어디에 숨으면 돼?

　　　　(정례는 잠시 생각에 잠기더니 규복의 어깨를 잡아 일으킨다.)

점 례 : 내 어깨를 붙잡아요!
규 복 : (채 알아듣지 못하며) 예?
점 례 : 서둘러요. 사람들이 온다니까! 어서……

　　　　(점례는 규복을 이끌 듯하며 무대 우편 대밭 쪽으로 급히 퇴장
　　　　한다. 잠시 무대가 비더니 양씨가 숨을 헐떡거리며 등장)

양 씨 : 아가! 아가! 잠이 들었나?

　　　　(죽창을 마루에 걸쳐 세우며 옷을 턴다. 눈이 펑펑 쏟아진다.)

양 씨 : (방문을 열어 보고 아무도 없음을 알자) 이상하구나 벌써 야경
에 나갈 차례는 안 되었을 텐데……

(이때 우편에서 점례가 나오다가 양씨를 보자 몹시 당황한다.)

점 례 : 어머니, 벌써 오셨어요?

양 씨 : 아니, 한밤중에 대밭엔 왜?

점 례 : 예……저 죽창이 없어서 대를 꺾을까 하구요.

양 씨 : 죽창은 내가 가지고 간다고 그랬잖아? 저기 있다.

점 례 : (마음의 동요를 감추려고 애쓰며) 홋호……참 그렇군요……내
정신 좀 봐!

양 씨 : 별 일 없었지?

점 례 : 예? 예……참 아까 깡통은 왜 흔들었어요?

양 씨 : 글쎄 함덕이네 얘기는 분명히 뭣이 산쪽에서 내려와 도망쳤다
고 수선을 떨지만 누가 믿을 수가 있니 ?

점 례 : 원래 그분은 겁이 많잖아요?

양 씨 : 그러기 말이다! 우리들이 똑똑히 봤느냐고 물었더니 제 눈을
빼라면서 우기는구나 글쎄……홋호……

점 례 : 어머니, 어서 방에 들어가 쉬세요.

양 씨 : 오냐……어서 가봐라……모두들 기다리더라. (하며 방으로 들
어간다.)

(무대에 혼자 남은 점례는 허공의 일점을 쳐다보며 걸어 나온다.)

점 례 : 분명히……빨갱이가 아니라고 그랬어……어디서 왔을까?

(그녀는 괴로운 듯이 허공을 향해 고개를 들어 눈을 감는다.
눈이 함부로 얼굴에 쏟아진다. 멀리서 개짖는 소리)

희곡은 여기에서 일단 제2막이 끝나고 제3막으로 이어진다. 발단의 경우와는 달리 이야기가 확산되면서 한 인물을 향해 더욱 심각하게 전개된다. 그러므로 여기에서부터는 사건의 양상이 복잡해지기 시작한다. 프라이타크의 3점설에 따르면 이 부분은 진행에 해당될 것이다. 사건은 물론 합리적이고 필연적이어야 함은 두말할 나위가 없다.

클라이맥스는 인물과 인물 사이의 대립이나 갈등이 최고조에 이르러 하나의 위기나 긴박감을 형성하는 데 있다.

여기에서는 마을로 숨어든 공비를 사이에 두고 과부인 점례와 사월이가 성의 유희를 일삼다가 국군 병사의 방화로 탄로가 나게 되는 데에서 정점에 도달하는 양상을 보인다. 다음의 예문은 파국으로 몰아가는 과정을 잘 나타내 주고 있다.

점 례 : (미칠듯이) 안돼요! 거기 들어가면 안돼요!

양 씨 : 아이고! 우리 집이 망한다! 우리 집이⋯⋯(하며 덤비자 옆에서 들 말린다.)

(잠시 후 총소리가 연달아 일어나자 대나무에 불붙는 소리와 함께 연기가 퍼져 나온다. 점례와 양씨는 넋 나간 사람처럼 말없이 뒷걸음쳐 나간다. 거기엔 절망이라기보다 공허감이 더 짙다.)

쌀례네 : 정말 아까운 대밭이었는데⋯⋯

이웃아낙乙 : 이제 얼마 안 있으면 죽순이 한참인데⋯⋯아깝지⋯⋯

이웃아낙甲 : 어이구⋯⋯우리 살림은 하나씩 하나씩 없어지기만 하지, 느는 것은 나이뿐이니.

(하늘엔 불꽃이 모란보다 더 곱게 물들어 간다. 여기저기서 사람들이 모인다. 훨훨 타오르는 불길 앞에서 그저 혀만 차고 있는 허탈한 얼굴들.)

점 례 : (갑자기 일어서며) 선생님! 선생님! 안돼요! (하며 뛰어가려 하자 몇 사람이 붙들고 말린다.)

쌀례네 : 참어! 점례! 정신을 차리라니까!

점 례 : 나도 같이 타 죽을 테야! 대밭으로 보내 줘!

양 씨 : (이제 지칠대로 지쳐서) 아이구! 이 자식아! 이럴 줄 알았으면 차라리 그때 네 말대로 팔아나 버릴 것을!

> (이때 "저놈 잡아라 —" "누구야" 하며 외치는 군인들의 목소리 그와 함께 총소리가 연달아 일어난다. 모두들 겁에 질려서 오른 편으로 몰려간다. 점례는 그 자리에 서 있다.)

이 부분은 희곡의 최고 절정으로서의 전환점이 된다. 그동안 복잡 미묘하게 엉키어 있는 사건의 해결을 위해 필연적으로 요구되는 장면이라 할 수 있다. 여기에서는 클라이맥스, 즉 흥미와 긴장이 고조된 절정과 사건의 전환이라는 두 가지의 측면이 동시에 요구된다. 단순한 클라이맥스가 아니라, 극의 전환점을 향해 상승하는 당연한 설정인 것이다.

파국破局이란, 긴장에서 평온平穩으로 전환함으로써 생기는 새로운 극적 전화轉化를 말한다. 그리고 여기에서는 또 하나의 위기나 긴장을 가지게 한다. 사건을 해결하기 위한 이 단계는 마지막 종말을 맺기 위한 준비의 단계라고도 할 수 있다.

> **김노인** : 오늘은 귀가 신통히도 잘 들리는구나……무슨 사냥이냐? 멧돼지 고기에 소주는 제맛이다만……

> (이때 사병 A와 B가 총에 맞아 의식을 잃은 규복을 질질 끌고 나온다. 군중들 사이에 새로운 파동이 퍼진다. 규복을 무대 한 복판에 눕힌 다음 사병은 군중을 휘둘러본다.)

사병A : 이 사람이 누구요?

　　　　(아무도 대답이 없다.)

사병B : 이 마을 사람이 아니오?

이웃아낙甲 : 우리 동네에서 사내 냄새가 없어진 지는 벌써 이태나 된
　　　　　　　걸요.

　　　　(사병 두 사람은 이상하다는 듯이 고개를 갸우뚱거리며 뭐라
　　　　고 소곤거린다.)

이웃아낙乙 : 정말 귀신 곡할 일이지? 그 대밭 속에 사내가 숨어있다니?

이웃아낙甲 : 혹시 산에서 내려온 사람 아닐까?

　　　　(사병A가 급히 한길 쪽으로 퇴장한다.)

사병B : 대밭에다 움을 파고 오랫동안 살아온 흔적이 있던데 아무도
　　　　모른단 말이오?

　　　　(서로가 고개를 좌우로 젓는다. 점례는 멍하니 내려다보고만
　　　　있다.)

양 씨 : 우리 대밭에 사내가? (점례에게) 너도 못 봤지?

점 례 : (고개만 저을 뿐 대답이 없다.)

쌀례네 : 이상한 일이지…… (하다 말고 양씨에게 눈짓을 하자 그것이
　　　　　무슨 전염병처럼 퍼져 최씨에게로 집중된다. 아까부터 반신
　　　　　반의의 상태에 있던 최씨가 자기에게 시선이 집중되고 있음
　　　　　을 의식하자 화를 낸다.)

최 씨 : 왜 나만 보고 있어? (하며), 옳지 내 딸이 이 사내하고 정을 통했
　　　　단 말이지? 좋아! 그럼 내가 데리고 나와서 담판을 지을 테니!

(하며, 사월을 부르며 자기 집으로 간다. 이때 가까이 와서 시체를 들여다본 김노인이 무릎을 탁 치며 소리를 지른다.)

김노인 : 이놈은 바로 새로 들어온 머슴이구먼!
일 동 : (약속이나 하듯) 머슴?
양 씨 : (큰 소리로) 아버님 아는 사람이에요?
김노인 : 응……우리 집 머슴 아니냐?
양 씨 : 노망했어! 노망! 우리가 머슴 부릴 팔자예요?

(일동은 크게 웃는다. 이때 최씨의 비명 소리가 들리며 밖을 내다본다.)

최 씨 : 사람 살려요! 우리 딸이……우리 딸이!
쌀레네 : 사월이가?

(군중은 우하니 그쪽으로 몰려간다. 최씨의 통곡 소리가 높아 가고 애기 우는 소리도 간간이 들린다.)

이웃아낙甲 : 양잿물을 먹었어? 저런……

앞에서 본 바와 같이, 그것은 지금까지의 사건들을 원인으로 한 결과로서 나타난다. 물론 이 해결의 단계에서도 사건이 일어날 수 있지만, 그것은 어디까지나 그동안 진행되어온 사건의 인과적 귀결을 지어야 하는 까닭에 어떤 새로운 사건을 다시 시작할 수는 없는 것이다. 또한 김노인이 규복(공비)을 머슴으로 얘기할 수 있는 것은, 그가 과거에 본 일이 있는 복선伏線에서 연유되기 때문이다.

종말終末은, 파국과 동시에 처리되는 경우도 있으나, 그것은 연극이 가지는 파문波紋이며 여운이다. 이것은 연극의 긴장이 스쳐간 뒤의 위기이며, 작가의 작품에 대한 해석이기도 하다. 희곡 「산불」의 마지막 장면을 소개하면 다음과 같다.

> (점례는 말없이 규복의 시체 옆에 다가와서 손발을 반듯이 제 자리에 놓는다.)

사병A : 손을 대지 말아요!
점 례 : (거의 무표정하게) 내가 손을 댄다고 시체가 되살아나서 말을 하진 않을 거예요. 모든 것은 재로 돌아가 버렸으니까……(하 며 서서히 일어선다.)

> (하늘이 피보다 더 붉게 타오르자 규복의 얼굴에도 반영이 되 어 한결 처참하게 보인다. 멀리서 까치 우는 소리. 마루 끝에 앉아 있던 김노인이 또 밥을 재촉한다.)

김노인 : 밥은 아직 멀었냐? 오늘은 귀가 터질 것 같구나.

> (최씨의 곡성이 높아간다.)

— 幕 —

여기, 마지막 장면에서는, 귀머거리요 노망기가 있는 김노인이 밥재촉을 하게 함으로써 전쟁의 극한 상황이 몰고 온 인생의 처절한 비극을 냉각시킨다. 이러한 냉각행위는 오히려 역설적으로 애틋한 감정의 파문과 여운을 자아내게 한다.

2. 회곡의 종류

희곡을 다각적으로 분류해 보면 다음과 같은 종류로 가름할 수 있다 하겠다.

a. 형태면의 분류

보통극과 음악극 및 연쇄극連鎖劇으로 가름할 수 있다. 보통극은 배우와 연기를 비롯하여 무대장치와 조명효과 등의 요소를 통하여 회곡을 무대 위에 연출하는 종합예술의 하나이다. 가극歌劇이라고도 불리는 음악극은 대사에 음곡을 붙이며 배우의 동작은 무용적이다. 이것은 순가극(오페라), 음악극(심포닉 · 드라마와 뮤지컬 · 플레이), 무용극, 창극, 쇼 등으로 식별할 수 있다. 연쇄극은 막간에 영화나 환등기를 혼용하여 실연實演과 영화를 서로 번갈아 연속시키는 특수한 연극으로서 극적 진행을 도와준다.

b. 매체면의 분류

매체면에서 보면, 극에는 연극 본연의 무대극이 있고, 카메라와 영사기를 매체로 한 영화극이 있으며, 전파를 통한 방송극, 그리고 보고 들을 수 있는 TV극이 있다.

c. 구성면의 분류

구성면으로 볼 때 극에는 고대극과 근대극 및 현대극으로 분류할 수 있다. 고대극은 그 제재를 대개 실화나 전설에서 가져왔으며, 극중인물은 영웅이나 왕이 등장하는 예가 허다하였다. 구성방법은 시간과 장소와 사건의 통일을 기해야 하는 제한이 있으므로 구성은 단순형을 원칙으로 했다.

근대극에 있어서 제재는 같은 시대의 현실에서 취재하였고, 일반시민이 등장하였으며, 법칙을 무시한 구성법 아래 플롯은 복잡형을 사용하는 예가 허다하였다.

현대극은 그 제재를 인간의 주변 전체를 총망라하여 취재하고 상징적인 표현방법을 선택함에 따라 구성은 법칙에 매이지 않게 되었다. 따라서 플롯은 단순형과 복잡형을 혼용하게 된다. 과거에는 인간의 운명을 다루었으나, 현재는 존재의 문제로 바뀌어지고 있다. 이 점이 특이하다.

d. 본질면의 분류

희곡에는 비극과 희극, 희비극, 그리고 소극笑劇, 활극이 있다. 내용 자체가 비극적으로 전개되어 사건이 끝나는 비극에 비하여, 희극은 사건의 결과가 타협적이며 평화적으로 해결된다. 희비극은 사건의 변화가 단순하지 않고 비극형태에서 희극형태로, 희극형태에서 비극형태로 전개되는 것을 말한다.

소극은 희극의 경지를 초월하여 웃음을 자아내게 하는 연극이며, 활극은 극적 전개가 활발하고, 장면과 장면이 비약하므로 통쾌하게 전개되어 나가는 연극을 가리킨다.

e. 구조면의 분류

장막극과 단막극 및 촌극寸劇으로 분류된다. 극이 2막 이상인 장막극에 비하여 단막극은 1막으로 되어있다. 촌극(단막극)은 보다 규모가 작은 것을 뜻한다.

f. 문체면의 분류

희곡문체는 산문체로 된 산문극과 운문체로 된 운문극 그리고 율문체로 된 율문극을 들 수 있다.

g. 형식면의 분류

형식면에 있어서는 정태극正態劇과 이태극異態劇으로 가름된다. 정태극은 일반적인 연극 본연의 형식으로 진행되는 연극을 말하며, 이태극은 특수한 표현형식으로 이루어지는 연극을 말한다. 이것은 무언극, 인형극, 가면극, 영회극影繪劇 등으로 나눌 수 있다. 무언극은 대사를 일체 사용하지 않고 배우의 행동으로 표현하는 형식을 취한다. 인형극은 인형의 동작으로 이끌어 나가는 표현형식의 것이다. 물론 인형을 조종하는 사람은 따로 있다. 그리고 대사는 다른 사람의 녹음을 사용하거나 조종자 자신이 직접 말을 하는 두 가지 경우가 있다.

h. 성격면의 분류

관념극과 과학극으로 나뉜다. 작가의 관념을 주관적으로 표출한 관념극은 인간의 이상을 표면화한 이상극, 인과적으로 사건을 해석하고 구성한 인과극, 그리고 심리적으로 사건을 처리한 심리극 등이 있다.

과학적인 입장에서 극화한 단막극은 모든 것을 해부학적으로 구성한다. 해부극과 생리학적 견지에서 모든 것을 처리하는 생리극이 그것이다.

i. 의도면의 분류

사상事象을 다른 것으로 비유한 풍자극을 비롯하여 두려움에 빠져들게 하는 공황극恐慌劇, 흥미 취향의 의도로 엮어진 흥미극, 익살을 제재로 한 골계극滑稽劇, 유머(고상한 익살)러스한 것을 제재로 한 해학극諧謔劇, 놀라움을 추구하게 한 경이극이 있는가 하면, 동물이나 식물로 하여금 사건을 다루게 하는 우화극 등이 있다.

j. 사조면의 분류

사조면에서 분류하면 사실주의적 입장의 사실극寫實劇, 자연주의적 입장의 자연극, 상징주의적 입장의 상징극, 표현주의적 입장의 표현극, 낭만주의적 입장의 낭만극, 이상주의적 입장의 이상극, 고전주의적 입장의 고전극, 형식주의적 입장의 형식극, 신파적 입장의 신파극, 그리고 전위파적 입장의 전위극 등이 있다.

k. 제재면의 분류

어떠한 문제성을 띤 것을 제재로 한 문제극, 해당 나라 민족의 특정적인 것을 제재로 한 민족극, 국민의 문제를 제재로 한 국민극, 일반 시민의 문제를 제재로 한 시민극이 있으며, 시대적인 문제를 제재로 한 시대극, 정치문제를 제재로 다룬 정치극, 사회문제를 제재로 다룬 사회극, 교육적인 문제를 제재로 다룬 교육극, 도덕적인 문제를 제재로 다룬 도덕극, 종교적인 문제를 제재로 다룬 종교극(각 종교별로 나눌 수도 있다), 가정적인 문제를 제재로 다룬 가정극, 전쟁을 제재로 다룬 전쟁극, 탐정적 내용을 제재로 한 탐정극, 모험적인 것을 제재로 한 모험극, 실화적인 것을 제재로 한 실화극(여기에는 기적극과 신비극이 있다), 역사적 사실이 제재가 되는 역사극, 남녀의 애정문제가 제재가 되는 애정극, 여성들의 문제가 제재가 되는 여인극, 전원의 생활이 제재가 되는 전원극, 전기의 사실이 제재가 되는 전기극 등이 있다.

l. 가치성의 분류

여기에서는 예술극과 통속극으로 구분된다. 예술적으로 가치가 있는 예술극에 비하여 통속극은 예술상의 가치보다 흥미를 추구한 것이 특징이다.

m. 장소면의 분류

연극은 옥내극, 옥외극, 반옥반외극, 소극장극, 대극장극, 이동극 등으로 분류된다.

n. 목적면의 분류

순수극과 경향극으로 나눌 수 있다. 순수예술을 추구하기 위해 무대화하는 순수극에 비하여, 경향극은 순수성을 떠나 하나의 수단으로서 이용되는 경우를 말한다. 종교극, 교화극, 정치극 등이 이에 포함된다.

o. 대상면의 분류

희곡의 대상은 일반 대중을 상대로 하는 대중극과 직장을 상대로 한 직장극, 그리고 학생을 상대로 한 학생극으로 분류할 수 있다.

p. 지역면의 분류

동양극과 서양극으로 나눌 수 있다. 동양극은 동양 전체의 극을 말하는 것으로서 각국별로 다시 분류할 수 있을 것이다. 이 동양극과 대치된 입장에 놓인 서양극은 또 서양의 각국별로 분류된다.

q. 풍조면의 분류

신극과 구극으로 분류된다. 신극은 현대적 감각에 의해 구성되어 있는 극을 가리키며, 구극은 신극과 상반된 극으로 과거의 구성체제의 극을 말한다.

r. 유도면의 분류

유도면誘導面에서는 정극靜劇과 동극動劇으로 가름하게 된다. 심리적으로 이끌어 나가는 정극은 내적인 움직임이 강한데 비하여, 동극은 외적 동작으로 다양성 있게 전개되는 것이다.

s. 기질면의 분류

대륙극과 해양극으로 구분된다. 이것은 대륙적 기질을 담은 형태와 해양적 기질을 담은 극으로 설명된다. 대륙극인 경우에는 대륙이 무대가 되며 해양극인 경우에는 바다가 무대가 된다.

t. 태도면의 분류

순정극과 폭로극으로 구분된다. 순정적인 입장에서 깨끗하고 올바르게 표현한 순정극에 비하여 폭로극은 사회문제를 주제로 한 것이다.

이 밖에도 사상면의 분류로서 우익극(민주주의), 좌익극(공산주의)으로 나눌 수 있고, 연령상의 분류로서 아동극과 소년극, 장년극으로 분류할 수 있으며, 신체적인 분류로서는 맹인극과 농아극, 그리고 내용이나 기법상의 문제로서 상업극과 실험극을 들 수 있을 것이다. 상업극을 가리켜 직업적 연극이라 하는 데 비하여, 실험극은 연극을 연구과제로 삼는 태도를 갖는다.

III. 희곡의 조건

희곡에 있어서 극적 효과를 가져오기 위해서는 극적 대립이 뒤따르지 않으면 안 된다. 훌륭한 희곡에는 반드시 명확하게 대립되어 있는 행동이 그려지기 마련이다. 그 대립은 인간과 인간의 대립인 경우도 있고, 인간과 사회와의 대립, 인간과 신과의 대립인 경우도 있다. 또는 자기 자신 속에 있는 성격적인 취약성이나 양심과의 대립인 경우도 있다. 이러한 대립이 사건을 낳고, 그 사건이 다시 새로운 대립을 만들 때 극적인 갈등은 고조된다.

누구나 연극을 보았거나 희곡을 읽었을 때 어딘가 허전하고 불만을 느낀 경험이 있을 것이다. 이러한 느낌은 희곡의 대립되는 행동의 선이 약하든가, 등장인물의 성격이 애매한 결과이지만 그 밖에도 무대에서 보여주어야 할 장면을 보여주지 않은 채로 사건을 전개하는 경우도 있다.

어떤 예술이건 그것을 창작하는 측과 감상하는 입장 사이에는 일종의 조건이 형성된다. 예술가는 그 조건 속에서 자기가 표현하고자 하는 내용을 일정한 형식이나 형태로 이루어내지 않으면 안 된다.

여기에서 조건이라고 하는 것은, 가령 배우들이 관객에게 보이도록 움직여야 한다든가, 그 말이 분명히 전달되도록 한다거나, 대화는 응축凝縮된 직접적인 의미를 가진 것이어야 한다든가, 또는 스토리의 전개는 실제의 생활에 있어서의 그것보다도 긴밀하고 보다 빠른 템포tempo를 가진 것이어야 한다는 따위들이다.

이제까지 희곡의 조건들을 간략하게 얘기했다. 그러나 이러한 조건이 구비된다고 해서 훌륭한 희곡이 되는 것은 아니다. 희곡이 주관과 객관의 혼합으로 이루어지는 소설의 경우처럼 작가의 인생관을 용이하게 삽입할 수는 없다고 하더라도, 그 인생관이 필요 없는 것은 아닌 까닭이다. 희곡에 있어서 작가는 오히려 다른 장르의 예술가보다 인생관이 뚜렷해야 한다. 희곡은 객관에 의존하기 때문에 작가의 인생관을 발현하기가 그리 쉽지 않다.

연극예술에 있어서는 인간과 인간, 인간과 신, 인간과 자연, 인간과 한계 상황, 또는 인간과 그에 얽힌 어떠한 주체적 상황이 그 초점이 되어 있다. 연극은 인간 주체의 예술이기 때문에 인간이 그려져야 한다. 따라서 여기에서는 인생의 문제가 곧 테마가 된다.

IV. 희곡의 요소

우리들이 이 세상을 살아가다 보면 극적인 일들을 경험하게 된다. 어떠한 경험이나 체험을 통해서 극적인 일과 만나게 되는데, 이러한 경우는 긴장된 사건이나 인간의 이야기가 그 핵심을 이룬다. 희곡에서 중시되는 것은 갈등이다. 인간은 끊임없는 투쟁 속에서 살고 있으며, 내면적이건 외면적이건 간에 어떤 갈등 속에서 살아가기 때문이다. 그러므로 어떤 운명이나 사회를 막론하고 모두가 투쟁과 갈등의 대상이 될 수 있다.

미국의 평론가 쿠퍼Charles W. Cooper는 모든 이야기에는 인물과 동작, 대사, 배경, 구성, 주제 등 여섯 가지의 요소가 있다고 하였다. 즉 ① 인물은, 그것이 짐승이거나 어떤 물건이건 간에 일단 인격화의 과정을 거쳐야 한다. 인물은 성격묘사라는 기교가 필요하다. 졸렬한 연극이나 희곡일수록 성격묘사가 결여되어 있거나 극히 평면적이다. 여기에 반해서 우수한 희곡은 그 묘사가 지극히 입체적이고 강하다. ② 동작은 인물의 움직임을 말하는 것으로서 인간의 감정과 의사를 강하게 나타낸다. ③ 대사는, 미묘하고도 심오한 생각이라도 이의 힘을 빌지 않으면 안 되는 부분이다. ④ 배경은, 사건이 일어난다거나 인간이 움직이는 환경으로서 필요하다. 즉 모든 동작의 바탕이 되어야 할 환경이 제시되어야 한다. ⑤ 구성은, 여기에서 인물들의 상호관계나 그들이 이끌어가는 사건의 연관을 말한다. ⑥ 주제는, 연극이나 희곡이 제시한 어떤 의의를 말한다. 가령 작가가 말하고자 하는 의도나 어떤 특별한 교훈의 제시가 바로 주제인 것이다.

이를 다시 정리하면 희곡(극)에서 작가는 동작과 감정을 기본으로 인물, 대사, 배경 등을 제시해야 하며, 어떤 갈등이나 투쟁을 보여주어야 한다는 말이 된다. 작가는 또한 어떤 암시나 의의를 제시할 수도 있다.

V. 인물묘사와 대사

1. 인물묘사

희곡이 이야기를 효과적으로 전개하는 하나의 방법이라면, 그 이야기 속에서 작용하는 인물의 역할은 대단히 중요하다. 그것이 짐승이든 어떤 사물이든 인격화해서 등장하게 되기 때문이다. 극에 있어서 일반 대중에게 가장 강하고 즉각적인 호소나 효과는 동작이지만, 항구적인 가치는 인물묘사에 의존한다는 주장이 있는데, 이는 타당한 주장으로 보인다. 위대한 극작가들이 인물의 한 유형을 창조해낸 결과로서 내세울 수 있는 것이 햄릿과 노라의 경우이다. 이 인물들은 허구虛構의 차원을 넘어 그 이상의 역사적인 의미를 지니고 있다. 그것은 실감으로 살아 움직이는 또 하나의 인간인 것이다.

인물묘사에는 일반화된 인물과 개성적인 인물 두 가지 종류가 있다. 전자를 가리켜 평면적인 인물이라고 한다면, 후자는 입체적인 인물이라고 할 수 있을 것이다. 전자와 같은 유형은, 어떤 뚜렷한 개성 없이 판에 박은 듯이 묘사된 인물을 가리킨다. 가령 총을 잘 쏘는 악한, 말을 잘하는 간신, 잠바 차림의 형사, 연약한 처녀 등은 판에 박힌 인물에 속한다. 이러한 인물은 어디까지나 플롯에 따라가는 부수적인 것으로서 존재할 뿐이다.

그러나 개성적인 인물은 판에 박힌 인물이 아니라 개성을 가진 인물을 의미한다. 이러한 인물이 등장하는 극에서는 그 인물에 대한 관심이 플롯에 대한 관심보다 더 큼을 관중들은 느낀다. 역사적으로 위대한 작가들은 이처럼 부각되는 인물들을 창작해 내고 있다. 그런데 인물창작에 한 가지 빼놓을 수 없는 조건이 연기자(배우)이다. 희곡 작가는 언제나 무대는 물론, 인물을 재연할 수 있는 배우를 염두에 두지 않으면 안 된다.

2. 대사

대사臺詞는 동작이나 표정이나 제스처로서만은 표현할 수 없는 생각을 표현하는 데 가장 중요한 방편이 된다. 관중에게 가장 강하게 어필하는 것이 동작임은 물론이다. 그러나 인간의 고매하고도 심오한 사상 감정을 동작으로 나타내기는 도저히 불가능하다. 특히 문학적인 가치를 기준으로 할 때 대사는 더욱 중요하다.

대사의 역할은 ① 동작을 전진시키며 그 의의를 설명해 주고 ② 대사 이외의 다른 방법으로 알릴 수 없는 사실을 관중에게 말해주며 ③ 감정을 자극시켜 준다. 그리고 또 ④ 성격을 표현해 주며, ⑤ 가능하면 미적인 가치를 내포해 준다.

따라서 대사는 필요한 이야기를 명확하게 전달해야 하며, 감정이 진실되게 표현될 수 있도록 신경을 써야 한다. 또 대사는 인물의 지위나 성격에 어울리지 않으면 안 된다. 노동자나 무식한 사람들이 대학교수나 지식인이 쓰는 말을 예사로 사용하거나, 예수나 석가, 공자와 같은 성인들이 깡패들의 상소리를 함부로 사용하는 것은 어울리는 대사라고 할 수 없다.

지방어(방언)를 사용하는 경우에는 일관성이 있어야 한다. 특수한 목적을 위하는 경우 이외에는 될 수 있는 대로 방언을 대사로 사용하지 않는 것이 좋다. 그리고 대사는 경제적이고 간결해야 한다. 희곡은 시간이 제한되는 만큼 무엇보다 말의 절약이 필요하다. 한 마디의 말로 몇 가지의 의미를 암시할 수 있는 것이 대사의 묘미이기 때문이다. 이같이 대사의 여러 요소를 두루 갖추고 있는 작품으로서 유치진柳致眞의 「버드나무선 동리의 풍경」을 들 수 있다. 1막으로 된 이 작품은 짙은 서정성과 함께 사실주의적인 경향을 띤 향토극으로서 가난한 시골 사람들의 처절한 슬픔과 그 분위기가 효과적으로 표현되고 있다. 참고로 이 작품을 소개하기로 한다.

나오는 사람들
　　계 순
　　그녀의 어머니
　　그녀의 할머니
　　학 삼(이웃)
　　성 칠(이웃)
　　두 리(계순의 친구)
　　명 선(계순의 친구)
　　덕조 어머니
　　초동 갑, 을
　　동네 아이들

때 193×년대의 농촌

무 대

　　오른편에 계순의 집. 마당과 흙마루. 마당에는 평상 하나. 흙마루에는 입을 벌리고 있는 방문. 마당을 둘러싸고 있는 토담은 무대 중앙까지 뻗쳤다. 토담은 반 이상 허물어졌으며, 그 적당한 곳에 흔적뿐인 출입문.
　　왼편에는 언덕, 거기에 황톳길이 있어, 이 동네 초동으로 하여금 뒷산으로 오르내리게 한다.
　　언덕 밑에는 오솔길. 왼편에서 시작하여 무대 한 편 우물 옆을 지나서 오른편 계순의 집 뒤로 꼬부라진다. 중앙에는 서낭당. 그 옆에는 버드나무 한 그루, 수수히 높은 하늘을 어루만지고 있고, 초겨울을 맞이한 그 가지에는 떨어지다 남은 단풍잎 몇, 불안스럽게 떨고 있다.

　　막이 열리면 그림자 땅 위로 기는 석양 때.
　　고령으로 눈이 잘 안 보이는 계순의 할머니, 평상 위에서 도토리를 까고 있다. 어디선지 명쾌한 속요가 들려온다. 아마 계순이가 우물에서 머리를 감으며 홍홍거리는 콧노래인 듯. 한동안. 이윽고 동네 처녀 명선이 물을 길어 이고 바쁜 듯이 우물터에서 나타난다. 맨발이며, 몸에는 걸레 같은 옷을 걸쳤으나매우 명랑해 보인다. 그녀가 무대를 왼편으로 횡단하려 할 때머리 감던 계순이 머리를 상투같이 틀어쥐고 나타난다.

계 순 : 명선아, 너 논두렁 앞을 지나가다가 저 멀리 좀 바라봐 다고, 우리 어머니 오나 ―

명 선 : (힐끗 쳐다보더니 경멸하는 듯 입을 삐쭉하며 나가 버린다)

계 순 : 애개개 ― 저 년이 왜 저래? 대답도 해 주지 않구―

덕조 어머니 앞서고, 그 뒤에 동네 아이들 오솔길에서 내려온다.

덕조어머니 : (힘없는 눈으로 주위를 둘러보며) 후유! 인젠 어디루?

한 아이 : (명랑하게) 덕조 어머니, 저 구천동 골짜구니로 가볼까?

덕조어머니 : (대답도 하지 않고 한 아이가 가리키는 방향으로 나간다)

할머니 : (평상에 앉은 채) 상기도 덕조를 못 찾았냐?

한 아이 : 야아. (하며 다른 아이들과 함께 덕조 어머니의 뒤를 따라 퇴장)

할머니 : 어찌 됐을까? 덕존?

계 순 : 누가 아나요? 어제 나간 애가 여태 안 돌아온다니까. 늑대한테물려 갔거나, 그렇잖음―

할머니 : 미친 년! 늑대는 무슨 늑대?! 아마 까불다가 어디 낭떠러지 같은 데서 떨어졌을 거야. 죽은 성칠이처럼. 성칠이두 약초는 캐지 않구 저의 동무녀석들끼리 까불다가 고만 낭떠러지에서 떨어져 죽었다지 않던?

계 순 : (할머니의 말을 듣는지 마는지 콧노래만 홍홍거린다)

할머니 : 당최 왜 그 애들이 그런 위태로운 덴 올라갈까?

계 순 : 할머니두! 그런 델 올라가야 값비싼 약초를 캐지. 뭐든 좋은 걸

수록 사람의 손이 안 닿는 데 있거든. 우리 계집애들도 그런 델 막 오르내리는데 사내 녀석들이 뭇 올라가?

할머니 : 너희들두 ?

계 순 : (자랑껏) 아암.

할머니 : 에이구, 참—

동네 처녀 두리, 물동이를 이고 등장.

두 리 : (계순이를 보고 달려와서) 계순아, 너 서울 간다지?

계 순 : (아주 자랑껏) 아암! 나 머리 빗고 옷 갈아입고 오늘 해거름에 막차로 떠난단다. 우리 어머닌 내가 입고 갈 옷을 찾으러 읍내 장엘 갔어. 참 좋은 비단 옷이래.

두 리 : (부러워서) 에그, 어쩌면! 너는 땡잡았구나! 좋은 옷 입고, 좋은 밥 먹고, 좋은 구경하고, 그리고 게다가 돈은 돈대로 말할 수 없이 벌겠지? 꿩 먹고 알 먹고 꿩 털에 눈 닦는다더니, 그 말이 꼭 너를 두고 한 말이로구나.

계 순 : 너무 그리 부러워 하지 말아라. 괜히 눈에 독 오를라.

두 리 : 아이, 화나 죽겠네, (머리만 색색 긁으며 우물터로 가버린다.)

계 순 : 오호호호……저 년 봐! 오금이 가려워서 죽겠나보지.

할머니 : (고개를 들고) 이년아, 허파에 바람이 들었니? 계집애가 행길 에서 왜 그리 시시덕거려?

계 순 : (그만 샐쭉해져서) 헹!

할머니 : 머리나 다 골랐니?

계 순 : (상투를 틀면서 쏘는 듯) 몰라요!

할머니 : 바쁜데 대강 해 두렴. 인젠 거기만 가면 싫어도 아침저녁으로 머리 감고 분세수가 일일 테니까.

계 순 : (금방 좋아지며) 할머니, 참, 서울서는 설날이 아니래두 연지 찍고 분 바른다지? 그리구 계집애들이 거리로 막 쏘다니구—

할머니 : 할 일이 없으니까 그렇지, 우리네는 이렇게 흙바가지가 되도 록 일에 묻혀 있지마는—

계 순 : (공상에 취한 듯) 아아—참 좋겠다!

할머니 : 히히히……좋아?

계 순 : 그럼 좋지 않구? 할머닌 나서 한 번이나 연지 찍고 분 발라본 적이 있어요?

할머니 : 뭣 때문에 귀신같이 사람의 쌍판에다 연지는 찍구, 분을 발라? 사람의 얼굴이란 타고난 그것만 해두 보기 흉한데—

계 순 : (혀를 끌끌 차며) 제가 못 해본 노릇이라 괜히 샘이 나니까.

할머니 : (힘없이 웃으며) 허허허……이년아, 세 끼 밥 천신도 못하는 우리네 하고 분하고가 무슨 상관이 있다고 샘이 나냐?

계 순 : 그래두 나는 할머니가 처녀 적에 얼마나 분 바르고 싶어했는지 다 알아요.

할머니 : (하염없이 웃으며) 허허허……그년두 참—

계 순 : 에그, 어머니두! 빨리 옷을 가져와야 떠나기 전에 한 번 입어 보기나 할 텐데—

할머니 : 이년아, 지금은 그렇게 철없이 찢구 까불지만 나중에 기차에나 올라 타봐라. 그런 정신이 바로 돌아와서 콩알 같은 눈물이 막 쏟아질 테니까.

계 순 : (입을 삐쭉해 보이며) 에, 피이—뭣 때문에 내가 운담? 이 놈의 동네는 우리에게 죽도루 일만 시켜 먹구 우릴 본체만체하는데—

할머니 : 그래도 산 설고 물 선데 가 있어 봐라. 하늘 밑에 제 고향보다 더 좋은 곳은 없을 테니까.

계 순 : 그만둬요, 동네 계집애들은 모두 내가 부러워 야단인걸.

우물 쪽에서 동네 처녀 명선이와 두리, 물을 길어 이고 나온다. 명선은 열심히 두리를 달랜다.

두 리 : (글썽거리다가 갑자기 얼굴을 싼다, 울음보가 터진 것이다)

명 선 : (두리를 달래며) 뭐가 그리 부러우냐? 그년이 팔려가는 건데 뭐 별 수 있을 줄 아니?

두 리 : (돌아선 채 느낄 뿐이다)

계 순 : 호호호……할머니, 저것 봐요. 저년들 부러워하는 건—

할머니 : 이년이! 이 까놓은 도토리 갖다 물에나 담귀라.

계 순 : 음.

할머니 : 네가 먹고 잘 마지막 죽이다.

계 순 : (도토리를 맡아 보며) 정말─(부엌 안으로 들어간다)

명 선 : (두리더러 여전히 달래며) 이 못난 것아! 남의 손에 팔려가는 계순이 년이 그렇게 부러우냐? 남의 손에서 남의 손으로 이리 저리 팔려 다니다가 급기야는 어디서 어떻게 미끄러졌는지 저 도 모르게 흉악한 개구렁텅이에 거꾸로 처박혀버리고 말걸.

두 리 : 그러면 우리는 여기서 어떻게 산담? 기나긴 올 겨울을 또 우리는 어떻게 넘긴담? 우, 우리는─ (말을 맺지 못하고 흑흑 느낀다)

명 선 : (하마터면 따라 울 뻔했다. 그러나 그 격동을 눈물로써 표현하 기 전에 기를 쓰고) 에이, 빌어먹을! (하고 부르짖는다. 누구에 게 내던지는 소리일지 정확히 알 수는 없다)

나가려는 명선을 두리가 따르려 할 때 왼편에서 그녀의 아버 지 학삼 등장. 그는 기갈에 지쳐서 정신이 멍청하다. 키는 크 나 말이 느릿느릿 하고 무감각하게 보인다. 살려는 숙명적인 본능을 물리치지 못하고 개똥 삼태기를 메고 갈고리를 들고 나온 것이다. 거름에 쓸 개똥을 주워 모으며─

학 삼 : (두리의 우는 것을 보고, 명선이 보고) 명선아, 개가 왜 저래?

명 선 : 몰라요! (하고는 학삼의 시선을 피하여 나가버린다)

학 삼 : (두리더러) 에키, 못난 것 같으니라구! 그 우는 꼴보기 싫다! 빨 랑 빨랑 물이나 길어라.

두 리 : (훌쩍거리며 나간다)

학 삼 : 에이 지긋지긋해! (하며 허리를 구부려 개똥을 주우려 한다)

할머니 : 학삼인가보구나. 어디 가는 길인가?

학 삼 : 개똥 주우러 나왔어유.

할머니 : 개똥?

학 삼 : 금비값이 어떻게 비싼지 농사를 지었자 어디 수지가 맞습니 까? 그래 부지런히 개똥이나 주워 모으고 있지요. 그래야만 내 년 농사에 재미를 좀 볼 테니까.

할머니 : 참 끈기도 좋으이. 그렇게 쪼들려도 그래두 살려구 개똥 삼태
　　　　기를 들고 나왔으니—

학 삼 : 그야, 성미대로 하려면 그만— (하고 부들부들 떨다가) 그러나
　　　　어디 별 수 있습디까? 그래, 그저 참지유. 그리구 개똥이나 줍
　　　　지유. 오는 해나 바라보구—

할머니 : (힘없이) 허허허……

학 삼 : 허지만 할머니, 요즘은 어찌된 일인지 제기랄! 그 놈의 개똥조차
　　　　귀합니다그려. 오늘 온종일 돌아다녔는데두 겨우 이거밖에—

할머니 : 인심이 야박해지니까, 개까지—

학 삼 : 똥두 어수룩하게 누어 주지 않는 모양이지유?

할머니 : 허허허……개란 놈두 우리 농삿군보다 영리하거든.

계 순 : (부엌에서 나와 문턱에 있는 빗자루를 찾아 들고 도로 들어간다)

학 삼 : (소리를 좀 낮추어서) 참, 계순인 서울로 가기로 아주—

할머니 : 음. 그렇다네. 복실이하고, 그만이하고, 그리고 간난이하고
　　　　같이. 허지만 저런 천둥벌거숭이가 남의 손에 넘어가서 어떻
　　　　게 사는지. 보내긴 하면서도 난—

학 삼 : 걱정 없어유. 요즘 아이들이 나이 열여섯이면 속에 늙은이가
　　　　들어앉았는 걸— 그런데 계순이 몸값으로 이번에 얼마나?

할머니 : 십원짜리가 두 장하고, 오원짜리가 한 장이라나—

학 삼 : (눈이 둥그래지며) 그러믄 이십 오원이게유? 어이구, 바로 송아
　　　　지 값이로구나.

할머니 : (일하는 손을 멈추고 날카롭게) 어느 미친년이 열여섯 해 동
　　　　안이나 키운 송아지를 이십 오원에 판담? 건너 마을 봉선이네
　　　　집에서도 작년 정월에 난 송아지를 삼십원에 팔았다는데—

학 삼 : 사람을 송아지에다가 비할라구유? 당찮아유! 지금 세상에는
　　　　그중 천한 게 사람이래유. 보십시유. 군에서는 해마다 종자소
　　　　가 어떠니, 돼지병 보는 의사가 왔느니 갔느니 하지 않아유?
　　　　하지만 우리네 사람을 위해선 무엇 하나 해줍디까?

할머니 : (성난 목소리로) 그럼, 십원짜리 두 장하고 오원짜리 한 장에
　　　　제 자식을 내준 게 잘한 노룻이란 말이지?

학 삼 : 커다란 걸 집에 두면 뭐합니까? 얼마 안 있으믄 무서운 겨울이

올걸. 그 때 빈창자 움켜잡고 호박같이 부은 얼굴로 바람소리
나 들으며 저 껌껌한 방구석에서 입맛만 다시고 마주보고 앉
았는 것보다 낫지유.

할머니 : (주먹을 쥐며) 에이, 개 같은! 세상에 그런ㅡ. 온!

학 삼 : (주먹을 피하며) 할머니, 왜 이렇게 화를 내시유? 당신의 손녀
를 어디 내가 팔아먹었수? 팔아먹은 사람은 내가 아니구 당신
넨데ㅡ

할머니 : (글썽거리며) 에이구, 내가 미친년이지. 제 자석 내주는 걸 가
만 보구 있는 내가ㅡ

학 삼 : 쉬!

가벼운 휘파람 소리. 계순, 방에서 머리를 이쁘게 빗고 나온다.

계 순 : 할머니, 잘 빗었지?

할머니 : (얼른 진무른 눈을 씻으며) 이 감자나 가져가서 죽이나 부어
라. 아까 그 도토리에다 보릿겨를 섞어서ㅡ

계 순 : 할머니, 운 게 아냐?

할머니 : 왜?

계 순 : 눈 밑이 빨개.

할머니 : 눈이 진물러서 그래.

계 순 : 할머니, 행여나 내가 팔려간다고 울어서는 안 돼. 떠나는 사람
을 두고 눈물을 흘리면 사우스럽대.

할머니 : 미친 계집애두!

학 삼 : 나는 가우. (휘청거리며 퇴장)

계 순 : (학삼의 뒷모양을 한참 바라보더니) 할머니, 왜 두리 아버지는
저래? 꼭 무슨 철거운 허수아비같지 않아?

할머니 : 살려구 자꾸 곤두박질치면 칠수루 자꾸자꾸 거센 물결 속으
로 떠밀리기만 하니까, 고만 지쳐서 그럴 거야. 저래도 어려
서 네 애비하고 책끼고 서당에 다니고, 점심밥 싸 들고 새 보
러 다닐 때에는 까만 눈가엔 아지랑이 같은 총기가 떠돌던
학삼이더니, 한 해가 가고 두 해가 가는 동안에 고만ㅡ

계 순 : 그런데, 할머니, 참 서울에서도 새 보러 다닐 수 있을까?

할머니 : 글쎄, 모르지. 서울에도 밭이 있는지?

계 순 : 오호호……(하고 무엇을 생각했는지 혼자 웃는다)

할머니 : 얘가 왜 저래?

계 순 : 할머니, 하루는 명선이하고, 두리하고 셋이서 조 이삭 줏으러 저 너머 김 참봉네 밭엘 가지 않았겠어? 그 때, 그 밭에는 어떻게 까마중이 많았던지! 모두 이렇게 익어서 먹같앴어. 그걸 셋이서 한참 동안 따 먹고 고갤 넘어 오다가 고만 고단해서 소나무 밑에서 잠이 들어 버렸던 모양이야. 잠결에 내 귀가 가려웁겠지. 그래 귀를 비비며 눈을 떠보니까, 에그, 창피해! 산에서 나무해 가지고 내려오던 사내자식들이 우릴 둘러 싸고서 연성 내 귀를― 그리고는 우리가 멋도 모르고 자꾸 이렇게 귀를 터는 걸 보고선 킥킥거리는 거야. 그 때 어떻게 부끄러웠는지―

할머니 : (미소 지으며) 이년아! 너도 부끄러운 때가 있었니?

계 순 : 암! 더구나 덕조는 내 입술이 그 총중에 가장 새까맣다고 아주 놀려대겠지. 그래 내가 쫓아가서 막 후두들겨 주었지,

산길에서 한가로운 초동들의 노랫소리 들린다.

할머니 : 웬 노랫소리냐?

계 순 : (귀를 기울이다가) 봉이하고 돼지야. 쟤들 내려오거든 좀 물어 보렴. 덕조가 어찌됐는지.

노랫소리 차차 가까와지더니 십육칠 세쯤 되는 초동 둘이 언덕에서 내려온다.

계 순 : 얘들아, 너희들 땔나무 많이 했구나.

초동갑 : 불길이 좋은 솔밤송이도 이렇게 많이―

계 순 : 어머나?

초동을 : 너 이것 누구네 건지 알겠어? (하고 자기 지게 위에 얹힌 또 하나의 지게를 보인다.)

계 순 : (한참 보더니) 아이구, 이게 바로 덕조의─

초동갑 : 나하고 둘이서 찾아냈다누─바로 범바위 밑에서─

계 순 : 뭐?

초동을 : 범바위 밑에는 달고 물 많은 칡이 많지 않어? 아마 덕조는 칡을 파노라고 괭이로 칡뿌리를 걸어 잡아당기다가 그만 쏠려서─

계 순 : 에그 맙소사!

할머니 : 저걸 어쩌나?

초동을 : 계순아, 너도 우리하고 덕조 집엘 가자. 덕조 어머니가 날 붙들고 울면 어떻게 해 ?

계 순 : 덕조 어머니는 아까 저 구천동 골짜기로 올라갔는걸.

초동을 : 옳다! 그러면 그 아주머니 없는 틈에 들여놓고 그만 내빼버리자꾸나.

초동갑 : 그래 .

　　　초동 갑, 을, 계순의 집 뒤로 돌아서 퇴장.

할머니 : (불안에 사로잡혀 공간을 노려보다가 어이없는 듯) 허허 허……낱마다 아침저녁으로 저 언덕을 타고 다니며 부르던 덕조의 노랫소리도 이제는 마지막이구나.

계 순 : (말없이 사립문 가에 섰다가 갑자기 자지러지게 웃으며) 내 귀를 덕조가 그 총중에서 가장 많이 간지럽혔어. 그리고는 날 자꾸 놀려댔단 말야. 내 입술이 제일 새까맣다고─

할머니 : (자기의 고요가 계순의 철없는 웃음에 유린당하니까) 이년아! 그게 어떻단 말야? (하고 악을 쓴다)

계 순 : 아이 깜짝이야!

할머니 : 넌 얼른 네 갈 차비나 차려!

　　　계순 어머니, 보퉁이를 들고 왼편에서 등장. 사십여 세의 뼈대 가 굵고 튼튼한 과부다.

계 순 : (그녀의 어머니가 사립문에 들어서자마자 달려가 보퉁이를 빼

앗으며) 아이, 어머니 왜 이렇게 늦었어?

어머니 : 오늘도 옷이 덜 되지 않았겠니? 그래 할 수 없이 다 되도록 기다렸지. 그래서 꽤 지체가 됐는데, 오다가 또 저 아래서 덕조네를 만났단다.

할머니 : 덕조네를?

어머니 : 예. 저 산길로 질러 오느라니까 구천동 골짜기 그 천야만야한 앞산 비탈을 정신 척 놓고 하염없이 바라다보고 선 사람이 있겠지요.

할머니 : 그럼, 금방 나무하던 아이들이 덕조 지게를 찾아갔는데— 그것도 모르고—

계 순 : (다른 정신없이 보퉁이를 끌러) 어머니, 이것 봐! 이것이 저고리지?

어머니 : 그래. (한 가지씩 쳐들어 보이며) 이것이 저고리, 이것은 치마, 이건 목수건, 이건 혁대, 이건 댕기, 이건 버선, 그리고 이것이 얼굴에 바르는—

계 순 : 아이! 분까지 사왔어? 어머니, 입어 볼까?

어머니 : 머리는 감았지?

계 순 : 아암.

어머니 : 자, 방에 가서—

계 순 : 음. (방으로 들어간다)

할머니 : (홀로 무슨 공상에 사로잡혀 며느리더러) 애야, 내겐 어쩐지 무서운 생각이—

어머니 : (의아해서) 예?

할머니 : 너도 잊지 않았겠구나. 지금부터 다섯 해 전, 그때도 오늘과 같이 가을날씨가 따뜻했다. 우리는 아무 일 없이 하루를 지내고 수리조합 제방공사에 역사 나간 아이애비를 기다리고 있었지. 같이 모여서 저녁이나 먹으려고—그러자 조금 있노라니까, 아! 지금도 내 눈앞에 선하다.

저 사립문이 쩍 열리더니, 가마니를 덮은 들것이 하나 들이닥치지 않았니? 같이 따라온 수리조합 서기가 들것을 멍히 바라보고 섰는 내 앞에 보따리를 내놓더니, 지금 꼭 네가 하듯이 이것은 저고리, 이것은 허리끈, 이것은 바지, 이것은 버선……

어머니 : (견딜 수 없어 소리친다) 어머니! 사우스럽게 죽은 그이의 얘기는 왜? (새파랗게 질린 입술이 바들바들 떤다)

할머니 : (아랫입술을 깨물고 글썽거리며) 우리는 하늘에 너무도 버림을 받았고, 그리고 우리 동네는 너무도—

계 순 : (방에서 유쾌하게) 호호호……어머니! 이 버선 안 들어가! (하며 나타난다)

어머니 : 여기 앉아라. (앉혀 놓고 버선을 신겨 준다) 에미 읍내에 간 동안에 성칠이 아저씬 안 왔던? 그이가 와야 널 기차에 태워 줄 텐데—

계 순 : 손에 돈이 좀 붙으니까 또 술집에 들어박혔나봐.

술 취한 성칠의 노랫소리 들리더니, 성칠이, 계순의 집 뒤로부터 등장. 노란 수염의 짤달막한 키. 많은 풍상을 겪었으나, 생활의 쓰라림을 항상 낙천적인 웃음으로 받아넘기려 든다.

성 칠 : (들어오면서) 얼씨구나 지화자! 엊저녁에도 걸인 사위 어사란 말이 웬말이야? 꿈이더냐? 생시더냐? 꿈이거든 깨지 말고 생시거든—

어머니 : 아이, 이것 봐요! 계순이가 곧 떠나야 해요.

성 칠 : 이런 정신 봐!

어머니 : 도대체 기차 시간은?

성 칠 : 가만 있자. (고개를 들어 해를 재어 보고) 일없어. 일 없어요. 버드나무 그림자를 재어보면 알지 않우? 저 그림자가 서낭당 위에 떨어질 땐 열두시 반 차, 밭두렁 옆으로 가로 누우면 네 시 차. 그 다음에 언덕길로 올라서야— (버드나무의 그림자 끝을 찾더니) 아이구, 다 됐는데, 시간이—

어머니 : 저것 봐!

성 칠 : (당황하여) 계순이 어딨수? (하며 찾더니 부른다) 얘 계순아! 큰 일났다, 계순아!

계 순 : (방에서 마루로 나와 선다. 말끔히 새 옷으로 갈아입었다. 얼굴
　　　 에는 분, 목에는 인조견 목도리 등으로 단장을 갖추고)—

성 칠 : (눈을 흡뜨고 감탄하여) 아이구! 이야말로 신선 선녀의 하강이
　　　 로구나! 기막히게도 눈부신데—

어머니 : (글썽거리며) 이렇게 꾸미고 보니까, 우리 계순이도—

성 칠 : 아무렴, 일색이구 말구요. 이 모양으로 서울 장안 대로를 아실
　　　 랑거리면 큰 사고 나지. 큰 사고 나구말구. 그 미끈미끈한 서울
　　　 총각놈들이 막 녹아날 테니, 일이 적을 순 없단 말이야.

어머니 : (흑 느끼려 한다)

성 칠 : (눈이 둥그래지며) 아니?!

어머니 : (울음을 참으며) 아뇨. 어서 데리고 가 주우.

성 칠 : 나 혼자?

어머니 : 내가 따라 나가 봐야 괜히……

할머니 : 계순아, 사람이란 남산 봉화뚝에 살더라도 몸만 편하면 제일
　　　 이다.

성 칠 : (나가면서) 걱정 맙쇼. 제 멋에 진국으로 제대로 살면 몸도 편
　　　 하죠.

　　　 계순은 무거운 걸음으로 사립문을 나선다. 두서너 발 걷더니
　　　 울음이 터진다. 계순 어머니와 할머니는 눈물을 안 보이려고
　　　 애쓴다.

성 칠 : 하하하— 계순이마저 울어버렸구나. 에잇, 못난이!

어머니 : 계순아, 제발 부탁이다. 어디서 무슨 일에 몸이 팔리든지 부
　　　 디 우리가 사는 이 버드나무 선 동네를 잊지 마라. 이 동네엔
　　　 얼마나 기막힌 사연이 많은가를—

성 칠 : 암, 맘을 단단히 해서 우리네 손자놈들에겐 이런 꼴을 다시 안
　　　 뵈게 해야지. 하하하……빌어먹을!

할머니 : 잘 가거라.

성칠, 계순을 데리고 왼편으로 퇴장. 계순 어머니 우두커니 바라보고 섰다가 계순의 뒷모양이 사라지자 시어머니의 품에다 머리를 박고 한동안 소리를 내며 흑흑거린다.

할머니 : (자기도 모르게) 아아, 하느님! (며느리를 꼭 껴안아 준다)

덕조 어머니, 힘없이 등장. 무섭게 질린 얼굴. 손에는 짚신 한 짝을 들었다. 동네 아이들 그녀의 뒤를 따랐다.

덕조모 : (우두커니 서서, 힘없는 눈으로 바라보더니 쓸쓸히 웃으며) 계순네!
계순모 : 아아, 덕조네!
덕조모 : (입술만 실룩거린다)
계순모 : 어찌됐누?
덕조모 : 이걸―구천동 골짜기를 샅샅이 헤매서 겨우 이걸―.(하며 손에 들었던 헌신을 한 짝 들어 보인다)
계순모 : 그 짚신 한 짝만?
덕조모 : 음―
계순모 : 그럼 걔가 산에서 뒹굴어질 때 몸은 바위틈이나 나뭇가지에 걸리구 신발 한 짝만―
덕조모 : 글쎄, 어떻게 됐는지 누구라 알겠어? (멍하니 서 있다가 갑자기 눈알이 시뻘개지며) 아이, 맙소사! 토끼 새끼도 못 올라간다는 그 가파른 앞산 허리에 그 놈이 목을 빠뜨리고 거꾸로 매달려 있을 것을 생각하면―
계순모 : 아이, 왜 그런 흉악한 생각을―
덕조모 : 그 자식을 키우노라고 품팔이를 할 때나 품앗이를 갈 때나 산으로 들로 이 등이 썩는 줄도 모르고 달고 다녔는데― (글썽거리며) 계순네, 자식을 낳으려고 열 달 동안이나 부른 배를 추스르고 그걸 키우려고 안 나오는 젖꼭지를 물려 가며 애태우던 마음은 그것을 죽이는 심정에 비하면 아무것도 아니었구려.

계순모 : (참다못해 얼굴을 싸며 홱 돌아서 버린다)

덕조모 : (힘없이 웃음을 지으며) 허허허……그 자식이 지난 추석에 그렇게도 고무신을 신고 싶어했었는데― 이런 털메기를 신켜서―그―그만―

계순모 : (눈물을 씻으며 위로하듯) 덕조네! 덕조네! 덕조네 한 사람이 자식을 잃은 게 아니라우. 우리 계순이도 그예― (그러나 울음을 참는다)

덕조모 : (조용히 고개를 들고 한 마디, 한 마디씩) 하느님, 이렇게 뜻없이 자식을 잃어버려야 되겠습니까? 그렇다면 뭣 때문에 우리는 자식을 낳겠으며, 그 자식을 낳았다고 무얼 자랑하겠습니까? 예?

계순모 : (하늘의 응답을 들으려는 듯 계순 할머니와 못박힌 채 섰다)

덕조 어머니, 발길을 계순의 집 뒤 오솔길로 가만히 옮긴다. 그 모양은 의지의 고갯길을 넘어 고행의 가시밭을 밟는 사람의 가장 엄숙한 순간을 보인다. 저녁놀이 차차 붉어지며 낙엽이 하나, 둘 떨어진다. 하염없이 외양간으로 발을 옮기며 어미소를 찾는 새끼소의 울음소리, 뎅그렁거리는 어미소의 방울소리. 이 소리들이 외로이 들릴 때 새빨갛게 타던 저녁놀 차츰 사라지며 고요히 막이 내린다.

(1933년 작)

제5장
수필문장

제5장 수필문장

Ⅰ. 수필의 의의

수필이란 따를 수隨자와 붓 필筆자가 하나로 모아져서 이루어진 말이다. 이 말의 뜻은 문자가 가리키는 바와 같이 "붓을 따라서…"라든지, "붓 가는 대로…"의 뜻을 지닌다. 따라서 수필이란 그 말이 지니는 사전적인 풀이는 "붓 가는 대로…"나 "붓을 따라서…"라는 뜻이 된다. 즉 "붓 가는 대로 쓰는 글"이라 하겠다. 그러나 과연 "붓 가는 대로 쓰는 글"이라고 규정할 수 있을까. 여기에 수필문학이 안고 있는 문제점과 새로운 해석, 그 정립이 요구된다.

수필은 첫째, "어떠한 형식도 필요로 하지 않는 글"이다. 그러므로 수필은 어떠한 제약이나 질서에 구애받음이 없이 자유롭게 쓸 수 있는 데에 특징이 있다. 둘째는, 자기를 말하는 문학이요, 문장이라는 점이다. 그래서 흔히 누구든지 쓸 수 있는 글이라고 한다. 즉 누구든지 보고 느끼고 생각한 것을 기록하면 수필이 된다는 것이다. 셋째, 소재가 다양하다. 누구든지 보고 느끼고 생각한 것을 어떤 형식의 구속을 받지 않고 쓸 수 있으므로 수필의 소재가 되는 것은 인간이 사유할 수 있는 그 전반에 걸친다. 그러므로 천태만상으로 전개되는 인간의 생활 속에서 발견되는 소재들이 수필의 대상이 된다.

이 세 가지 요소는 수필의 특징이 되어 왔다. 그러나 이제까지 얘기한 이 세 가지 요소라고 하는 것은 어디까지나 일반적인 성격을 가늠해 본

것이지 수필의 기본원리로 규정한 것은 아니다. 왜냐하면 그것은 어디까지나 과정적으로 인식되어온 것일 뿐, 어떤 절대적인 불변의 것이라고는 할 수 없기 때문이다. 수필이라는 독립된 장르가 있는 이상 그 나름의 골격은 갖춰야 하지 않을까. 가령, 수필에 있어서 무형식의 형식이라든지, 무기교의 기교를 생각하지 않아도 되는 것일까. 그리고 수필은 자기를 말하는 문학이라고 했는데, 그렇다면 '나' 이외의 것을 말하는 문장은 수필 문장이 아니란 말인가.

문학의 모든 장르와 마찬가지로, 수필에 있어서도 '나'가 아닌 타인의 이야기를 객관적으로 기술하는 경우도 있으며, 또 있을 수 있는 일이다.

그러면서도 또한 다른 각도에서 본다면 타인으로 지칭되는 제삼자뿐만이 아니라, 모든 작품이란 완전한 객관이 있을 수도 없게 된다. 즉 아무리 객관적으로 다룬 글이라 하더라도, 거기에는 작자 자신의 주관이 완전히 배제되었다고는 말할 수 없다. 아무리 타인의 이야기를 객관적으로 기술한 글이라 할지라도 그것이 일단 작품이 된 이상 그 작자의 견해에 입각해서 표현되기 때문이다.

이미 말한 바 있듯이 시나 소설은 일정한 형식이 있지만, 수필은 일정한 형식이 없기 때문에 비교적 자유스럽게 집필되어진다. 수필에 담겨지는 내용 또한 일정한 구애를 받지 않으므로 제재가 거의 무한하다고 볼 수 있다. 하지만 수필은 문학을 전문으로 하는 사람만의 전용물이 아니기 때문에 문학의 영역을 넓히는 구실을 하기는 하지만, 한편으로는 문학정신을 흐려놓는 결과를 가져온 것이 사실이다.

이 점에 대해서 수필의 문학성을 옹호하고 나선 정진권鄭震權씨는, 치밀한 구상을 중시하면서, "한국현대수필문학은 그 형식면으로 볼 때 3단 내지 병렬구성을 취하는 시적 방법의 서술적 산문으로서 15매 내외의 길이"라고 전제하고, 그 내용으로 볼 때 객관적으로 제시된 사물 구조를 용인하면서, 객관적으로 제시된 사물+주관적으로 반응한 정신의 구조로 된 문학이라고 결론을 내리고 있다.

김진섭金晉燮 수필가의 수필론은 한층 좋은 참고가 되리라 믿는다.

> 시나 소설이 일정한 형식을 구비(具備)하듯이 수필은 여하한 형식도 필요로 하지 않는다. 수필은 산만(散漫)과 무질서와 무형식을 그 특징으로 삼고 있는 것으로, 스스로 느끼고 보고 들은 바를 기록하면 되는 것이기 때문에, 소설을 소설가가 쓰고 시를 시인이 쓰는 것 같은 한정된 일가(一家)의 자격을 수필은 처음부터 요구하지 않는다. 다만 자기를 말하는 문장이기만 하면 그것이 곧 수필이요, 사람에게 감상이라는 것이 있는 이상 누구라도 써서 되는 것이 곧 수필일 것이다. 그러나 확실히 이런 점은 있다. 누구라도 쓰기 쉽고 또 쓰면 되는 안이한 문장이므로 사실은 남의 눈에 뜨이게 잘 쓰기가 어렵다면 어려운 것이 또한 수필이 아닌가 하고 나는 생각한다.
>
> 수필은 이와 같이 제약도 없으며 질서도 없으며, 계통도 없이 자유롭고 산만하게 쓰인 모든 문장까지도 포함할 수 있는 까닭으로 수필은 흔히 비문학적인 인상을 주는 것이지만 사실 문학은 자기의 협애(狹隘)한 영역 안에 수필이라 하는 것의 자유분방하고, 경묘소탈(輕妙疏脫)하고, 변화무쌍한 양자(樣姿)를 포용하기 어려운 감이 없지 않다.
>
> — 김진섭 작 「수필소설」의 일부

이 예문에서 본 바와 같이 수필은 붓 가는 대로 쓰이어진 글이라 하지만, 그렇다고 질서가 없고 형식이 없는 혼돈된 글이 아니다. 질서가 없는 것 같으면서도 엄연한 질서가 있고, 형식이 없는 것 같으면서도 형식이 있으며, 논리에 구애되지 않는 것 같으면서도 비논리 속에 논리가 있는 것이 이 수필이다.

김소운金素雲의 수필 「특급품(特級品)은 이러한 여러 요소들을 잘 반영한 작품이다. 뿐만 아니라, 인생에 있어서 새로운 해석을 제시하므로 인해서 어떠한 고차원까지를 생각하게 한다. 이 수필을 읽어 나가면 깨닫게 될 것이다. 처음부터 정석定石을 놓아가는 품이 비범하다. 바둑을 두는 순서가 일정하게 정해질 리 만무하지만, 자세히 들여다보면 거기에는 자로 잰 듯한 형식과 논리가 깔려있음을 알게 된다.

일어(日語)로 '가야'라는 나무―자전(字典)에는 '비(榧)'라고 했으니 우리말로 비자목(木)이라는 것이 아닐까. 이 '가야'로 두께 여섯 치, 게다가 연륜이 고르기만 하면 바둑판으로는 그만이다. 오동(梧桐)으로 사방을 짜고 속이 빈―돌을 놓을 때마다 떵! 떵! 하고 울리는 우리네 바둑판이 아니라, 이건 일본식 통나무 기반(碁盤)을 두고 하는 말이다. '가야'는 연하고 탄력이 있어 2,3국(局)을 두고 나면 반면(盤面)이 얽혀서 곰보같이 된다. 얼마동안을 그냥 내버려 두면 반면은 다시 본디대로 평평해진다. 이것이 '가야' 반(盤)의 특징이다. '가야'를 반재(盤材)로 진중(珍重)하는 소이는, 오로지 이 유연성을 취함이다. 반면에 돌이 닿을 때의 연한 감촉―가야반이면 여느 바둑판보다도 어깨가 마치지 않는다는 것이다. 아무리 흑단(黑檀)이나 자단(紫檀)이 귀목(貴木)이라고 해도 이런 것으로 바둑판을 만들지는 않는다.

내가 숫제 바둑줄이나 두는 사람 같다. 실토정(實吐情)이지만 내 바둑 솜씨는 겨우 7,8급, 바둑이라기보다 이건 고누다. 비록 7,8급이라 하나 바둑판이며 돌에 대한 내 식견은 만만치 않다. 흰 돌을 손으로 만져 보아서 그 산지와 등급을 알아낸다고 하면 다한 말이다. 멕시코의 1급품은 휴우가(日向)의 2급품보다도 값이 눅다. 이런 천재적인 기능을 책이나 읽어서 얻은 지식으로 대접한다면 좀 섭섭하다.

각설(却說)―'가야'반(盤) 1급품 위에 또 한층 뛰어 특급품이란 것이 있다. 용재(用財)며, 칫수며, 연륜이며 어느 점이 1급과 다르다는 것은 아니나, 반면에 머리카락 같은 가느다란 흉터가 보이면 이게 특급이다. 알기 쉽게 값으로 따지자면 전전(戰前) 시세로 1급이 2천원(돌은 따로 하고) 전후인데, 특급은 2천 4, 5백원……상처가 있어서 값이 내리는 게 아니라 되려 비싸진다는 데 진진한 묘미가 있다. 반면이 갈라진다는 것은 기약치 않은 불측(不測)의 사고이다. 사고란 어느 때 어느 경우에도 별로 환영할 것이 못 된다. 그 균열의 성질 여하에 따라서는 1급품 바둑판이 목침(木枕) 감으로 전락해 버릴 수도 있다. 그러나 그렇게 큰균열이 아니고 회생할 여지가 있을 정도라면 헝겊으로 싸고 뚜껑을 덮어서 조심스럽게 간수해 둔다 (갈라진 균열 사이로 먼지나 티가 들어가지 않도록 하는 단속이다.) 1년, 이태……때로는 3년까지 그냥 내버려 둔다. 계절이 바뀌고 추위, 더위가 여러 차례 순환한다. 그 동안에 상처 났던 바둑판은 제 힘으로 제 상처를 고쳐서 본디대로 유착해 버리고, 균열진 자리에 머리카락 같은 희미한 흔적만이 남는다.

'가야'의 생명은 유연성이란 특질에 있다. 한번 균열이 생겼다가 제 힘으로 도로 유착 결합했다는 것은 그 유연성이란 특질을 실지로 증명해 보인, 이를테면 졸업 증서이다. 하마터면 목침감이 될 뻔한 불구병신이, 그 치명적인 시련을 이겨내면 되려 한 급이 올라 '특급품'이 되어 버린다. 재미가 깨를 볶는 이야기다. 더 부연할 필요도 없거니와, 나는 이것을 인생의 과실과 결부시켜서 생각해 본다. 언제나, 어디서나 과실을 범할 수 있다는 가능성, ―그 가능성을 매양 꽁무니에다 달고 다니는 것, 그것이 인간이다.

과실에 대해서 관대해야 할 까닭은 없다. 과실은 예찬하거나 장려할 것이 못 된다. 그러나 어느 누구가 "나는 절대로 과실을 범치 않는다"고 양언(揚言)할 것이냐! 공인된 어느 인격, 어떤 학식, 지위에서도 그것을 보장할 근거는 찾아내지 못한다. 어느 의미로는 인간의 일생을 과실의 연속이라고도 볼 수 있으리라. 접시 하나, 화분 하나를 깨뜨리는 작은 과실에서, 일생을 진창에 파묻어 버리는 큰 과실에 이르기까지, 여기에도 천차만별의 구별이 있다. 직책상의 과실이나 명리(名利)에 관련된 과실은 보상할 방법과 기회가 있을지나 인간 세상에는 그렇지 못할 과실도 있다. 교통사고로 해서 육체를 훼손했다거나, 잘못으로 인명을 손상했다거나…….

그러나 내 얘기는 그런 과실을 두고가 아니다. 애정윤리의 일탈(逸脫)……애정의 불규칙동사……애정이 저지른 과실로 해서 뉘우침과 쓰라림의 십자가를 일생토록 짊어지고 가려는 이가 내 아는 범위만으로도 한둘이 아니다. 어떤 생활, 어떤 환경 속에도 '카츄샤'가 있고 나다니엘 호오돈의 비문자(緋文字)의 주인공은 있을 수 있다. 다만 다른 것은 그들 개개의 인품과 교양, 기질에 따라서 그 십자가에 경중(輕重)의 차(差)가 있다는 것뿐이다.

　—남편은 밤이 늦도록 사랑에서 바둑을 두고 노는 버릇이 있었다. 그 사랑에는 남편의 친구들이 여럿 모여 있었다. 그 중 하나가 슬쩍 자리를 비켜서 부인이 잠들어 있는 내실로 간 것을 아무도 안 이가 없었다. 부인은 모기장을 들치고 들어온 사내를 잠결에 남편인 줄만 알았다. 그 부인은 그날로 식음을 전폐하고 남편의 근접을 허락치 않았다. 10여일을 그렇게 하다가 고스란히 그는 굶어서 죽었다……. 구체적인 예를 들추지 않으려고 하면서도 실례를 하나 들어본다. 십수 년 전에 통영(統營)에서 있었던 실화이다. (입을 다문 채 일체 설명 없이 그 부인은 죽었다는데 어느 경로로 어떻게 이 진상이 세상에 알려진 것인지, 그것은 나도 모른다.)

　이렇게 준엄하게, 이렇게 극단의 방법으로 하나의 과실을 목숨과 바꾸어서 즉결 처리해 버린 그 과단(果斷), 그 추상열일(秋霜烈日)의 의기에 대해서는 무조건 경의를 표할 뿐이다. 여기에는 이론도 주석도 필요치 않다. 어느 범부(凡夫)가 이 용기를 따르랴! 더욱이나 요즈음 세태에 있어서 이런 이야기는 옷깃을 가다듬게 하는 청량수요 방부제이다. 백번 그렇다 하더라도 여기 하나의 여백을 남겨두고 싶다. 과실을 범하고도 죽지 않고 살아있는 이가 있다 하여 그것을 탓하고 나무랄 자는 누구인가? 물론 여기도 확연히 나누어져야 할 두 가지 구별이 있다. 제 과실을 제 스스로 미봉(彌縫)하고 변호해 가면서 후안무치(厚顏無恥)하게 목숨을 누리는 자와, 과실의 생채기에 피를 흘리면서 뉘우침의 가시밭길을 걸어가는 이와 —. 전자(前者)를 두고는 문제 삼을 것이 없다. 후자(後者)만을 두고 하는 이야기다.

　죽음이란 절대다. 이 죽음 앞에는 해결 못할 죄과가 없다. 그러나 또 하나의 여백—일급품 위에다 '특급품'이란 예외를 인정하고 싶다.

　남의 나라에서는 '차타레이즘'이 얘깃거리가 되어 있다. 그러나 우리들은 로렌스, 스탕달과는 인연 없는, 백년, 2백년 전의 윤리관을 탈피 못한 채 새 것과 낡은 것 사이를 목표 없이 방황하고 있는 실정이다. 어느 한쪽의 가부론(可否論)이 아니다. 그러한 공백시대 (空白時代)인데도 애정윤리에 대한 관객석의 비판만은 언제나 추상같이 날카롭고 가혹하다.

전쟁이 빚어낸 비극 중에서도 호소할 길 없는 가장 큰 비극은, 죽음으로 해서, 혹은 납치로 해서, 사랑하고 의지하던 짝을 잃은 그 슬픔이다. 전쟁은 왜 하는 거냐? "내 국토와 내 자유를 지키기 위해서!" 내 국토는 왜 지키는 거냐? 왜 자유는 있어야 하느냐?…… "아내와 지아비가 서로 의지하고, 자식과 부모가 서로 사랑을 나누면서 떳떳하게, 보람 있게 살기 위해서"이다. 그 보람, 그 사랑의 밑뿌리를 잃은 전화(戰禍)의 희생자들…… 극단으로 말하자면, 전쟁에 이겼다고 해서 그 희생이 바로 그 당자에게 보상되는 것은 아니다. 그들의 죽은 남편이, 죽은 아버지가 다시 돌아오는 것은 아니다. 전쟁미망인, 납치미망인들의 윤락을 운위하는 이들의 그 표준하는 도의의 내용은 언제나 청교도의 그것이다. 그러나 그러한 채찍과 냉소를 예비하기 전에, 그들의 굶주림, 그들의 쓰라림과 눈물을 먼저 계량할 저울대(衡)가 있어야 될 말이다.

신산(辛酸)과 고난을 무릅쓰고 올바른 길을 제대로 걸어가는 이들의 그 절조(節操)와 용기는 백번 고개 숙여 절할 만하다. 그렇다 하기로니 그 공식, 그 도의(道義) 하나만이 유일무이의 표준이 될 수는 없다.

어느 거리에서 친구의 부인 한 분을 만났다. 그 부군은 사변의 희생자로 납치된 채 상금 생사를 모른다. 거리에서 만난 그 부인—만삭까지는 아니라도 남의 눈에 띌 정도로 배가 부른—그이와 차 한 잔을 나누면서, "선생님도 저를 경멸하시지요. 못된 년이라고……" 하고 고개를 숙이는 그 부인 앞에서 내가 한 이야기가 바로 이 바둑판의 예화이다.

과실은 예찬할 것이 아니요, 장려할 노릇도 못 된다. 그러나 그와 동시에 과실이 인생의 '올 마이너스'일 까닭도 없다. 과실로 해서 더 커가고 깊어가는 인격이 있다. 과실로 해서 더 정화(淨化)되고 굳세어지는 사랑이 있다. 생활이 있다. 누구나 할 수 있는 일은 아니다. 어느

과실에도 적용된다는 것은 아니다. 제 과실의 상처를 제 힘으로 다스
릴 수 있는 '가야반(盤)'의 탄력—그 탄력만이 과실을 효용한다. 인생
이 바둑판만도 못하다고 해서야 될 말인가?

　　　　　　　　　　　　　— 김소운(金素雲)의 「특급품(特級品)」

II. 수필과 에세이

수필隨筆이라는 한자漢字말이 처음 등장한 것은 송나라 때의 학자 홍매
(洪邁 : 1123~1202, 字는 景盧, 號는 容齋)의 저술인 『용재수필(容齋隨筆)』
에서이다.

　　　豫習懶 讀書不多 意之所之 隨卽記錄 因其後先 無復詮次 故目之曰隨筆

그저 생각나는 대로 기록했을 뿐 다시 선후先後를 손보는 것도 아니기
때문에 수필이라 이름을 붙였다고 했다. 우리나라에서는 이조李朝 영 · 정
조英 · 正祖 때의 실학파의 거두 연암燕岩 박지원朴趾源의 『열하일기(熱河
日記)』 중에 「일신수필(馹迅隨筆)이라는 것이 있다.

에세이essay라는 말을 처음 쓴 사람은 몽테뉴(Michel Eyquem de Montaigne
1533~1592)였다. 그는 프랑스의 사상가이며 모랄리스트였다.

관직에서 물러난 그는 만년에 고향인 뻬리고드Perigood의 몽떼뉴城에
살면서 인생과 자연을 관조하여 자기 스스로의 생애에서 얻은 체험과 결
정된 사색의 조각들을 솔직하게 적었다. 에세이는 몽테뉴에 의해 문학의
장르로 정립되고, 바로 영국에 영향을 미쳐 베이컨(Francis Bacon 1561~
1626)이 발전의 기틀을 삼게 되었다. 동양의 수필이나 서양의 에세이는
그 어원語源이나 출발이 거의 같은 양상이나 성격을 띤 것이면서도 달리

구분되기도 한다.

서양의 포멀 에세이formal essay와 인포멀 에세이informal essay를 구별해 놓고 보아도 우리의 수필 사이에는 많은 간격이 있음을 알 수 있다. 사회적인 제반 문제를 의론적, 경구적警句的으로 객관성 있게 귀납歸納하는 포멀 에세이나, 인생의 내부 내지는 영적인 문제를 명상적 설화적으로 주관에 의해 사색하는 인포멀 에세이로 구별될 수 있다. 전자를 베이컨Bacon으로 상징할 수 있다면, 후자는 몽테뉴Montaigne로 대표될 수 있다. 이 두 가지의 스타일을 보다 구체적으로 확인하기 위해 대조적인 문장을 다음에 인용해 보기로 한다.

학문은 즐거움을 돕는 데에, 장식용에, 그리고 능력을 기르는 데에 도움이 된다. 즐거움으로서의 주효용(主效用)은, 혼자 한거(閑居)할 때에 나타난다. 장식용으로서는 담화 때에 나타나고, 능력을 기르는 효과는 일에 대한 판단과 처리 때에 나타난다. 숙달한 사람은 일을 하나하나 처리하고, 개별적인 부분을 판단할 수 있을지 모른다. 그러나 일에 대한 전반적인 계획·구상·통제에 있어서는 학문 있는 사람이 제일 낫다.

학문에 지나친 시간을 소비하는 것은 나태(懶怠)다. 그것을 지나치게 장식용에 쓰는 것은 허세다. 하나에서 열까지 학문 법칙으로 판단하는 것은 학자의 버릇이다. 학문은 천품(天稟)을 완성하고 경험에 의하여 그 자체가 완성된다.

그것은 천부의 능력이 마치 천연 그대로의 식물과 같아서 학문으로 전지(剪枝)를 할 필요가 있기 때문이다. 그리고 학문이 경험에 의하여 한정되지 않으면 그것만으로는 거기에 제시되는 방향이 너무 막연하다. 약빠른 사람은 학문을 경멸하고, 단순한 사람은 그것을 숭배하고, 현명한 사람은 그것을 이용한다. 즉 학문의 용도는 그 자체가 가르쳐 주는 것이 아니라, 그것은 어디까지나 학문을 떠난, 학문을 초월한 관찰로써 얻어지는 지혜에 속하는 문제이기 때문이다.

반대하거나 논박(論駁)하기 위하여 독선하지 말라, 또는 믿거나 그

대로 받아들이기 위하여, 혹은 얘기나 논의의 밑천을 삼기 위하여 독서하지 말라. 다만 재량하고 고찰하기 위하여 독서하라. 어떤 책들은 그 맛을 볼 것이고, 어떤 책은 그 내용을 삼켜 버릴 것이고, 어떤 소수의 책은 씹어서 소화해야 한다. 즉, 어떤 책은 다만 그 몇 부분만을 읽을 것이고, 어떤 책은 다 읽긴 하더라도 세밀하게 주의해서 읽을 필요는 없고, 어떤 소수의 책은 정성껏 주의해서 통독해야 한다는 뜻이다. 어떤 책은 또한 대리를 시켜서 읽게 할 수도 있고, 다른 사람이 만든 발췌문을 읽어도 무방하다. 그러나 그것은 어디까지나 대수롭지 않은 제목, 저급(低級)한 종류의 책에 대한 얘기다. 그 밖의 경우 개요만을 추출(抽出)한 책은 마치 보통의 증류수와 같아서 무미건조한 것이다. 독서는 충실한 인간을 만들고, 담화는 재치 있는 사람을 만들고, 문필은 정확한 사람을 만든다. 그러므로 글을 적게 쓰는 사람은 기억력이 강해야 하고, 담화를 별로 않는 사람은 임기응변의 재치가 있어야 하고, 독서를 적게 하는 사람은 모르는 것도 아는 것처럼 보일 만한 간교한 꾀가 있어야 한다.

역사는 사람을 현명하게 하고, 시작(詩作)은 지혜를 주고, 수학은 섬세하게 하고, 자연과학은 심원하게 하고, 윤리학은 중후하게 하고, 논리학과 수사학은 담론에 능하게 한다. 학문은 발전하여 인격이 된다. 그뿐 아니라, 적당한 학문으로 제거할 수 없는 지능의 장해고장이란 있지 않다. 그것은 마치 육체의 질병에 대해 거기에 적합한 치료운동이 있는 것과 같다. 예를 들면, 투구(投球)는 결석병(結石病)과 신장(腎臟)에 좋고, 사격은 폐(肺)와 가슴에 좋고, 가벼운 보행은 위에 좋고, 승마는 머리에 좋은 것 등이다. 그러므로 만일 누가 사고의 침착성이 없다면, 수학을 배우게 하는 것이 좋다. 그것은 머리가 조금이라도 산만해지면 처음부터 다시 시작해야 하기 때문이다. 만일 식별력이 없고 차이를 발견하는 능력이 부족하다면, 스콜라 철학자를 연구케 하는 것이 좋다. 그들은 "머리털 하나라도 갈라 보려 하는 치밀한 사람들"이기 때문이다. 만일 문제를 충분히 음미하고 한 가지 것을 증명하고 예증(例證)하기 위하여 다른 것을 제시할 능력이 불충분하다면, 법률의 판례(判例)를 연구하게 하는 것이 좋다. 이와 같이 모든 정신적

결함에는 거기에 각기 특수한 요법이 있는 것이다.

— 베이컨의 「학문(學問)」

학문에 대한 작자 나름대로의 해석이 다양하게 나타나 있다. 비교적 참신한 내용을 가지고 무게 있는 해석을 내리면서도 객관적인 표현에 의해서 경문학적硬文學的인 느낌을 주는 글이다. 사색적이며 보편적인 논리를 전개한 지적인 문장이 특징이다. 이에 비하여 몽테뉴의 수필은 가볍고 부드러운 느낌을 주는 경수필輕隨筆로서 연문학적軟文學的인 성격을 지닌다. 여기서는 우주적인 표현으로 나타나 보다 정서적이라는 점을 용이하게 알 수 있다.

'토지가 아무리 비옥하더라도 그대로 놀려두면 여러 가지 잡초들만 무성하게 자라므로 그 땅을 쓸모 있게 이용하기 위해서는 논밭을 만들어 씨를 뿌릴 수 있게 하여야 하는 것처럼 또한 여자들은 멋대로 두면 못난 후손을 마구 낳아 놓으므로 혈통이 좋은 훌륭한 아기를 낳으려면 다른 좋은 씨앗을 받도록 하여야 하는 것처럼, 정신에 있어서도 이치는 마찬가지다. 만일 정신이 그것을 속박하고 구속하는 그 어떤 것에 몰두하지 않으면 그것은 이리저리 막막한 상상의 들판을 맥없이 헤매게 된다.

청동(靑銅) 그릇에 담긴 물이 흔들려,/ 햇빛이나 달그림자를 반사하면/ 빛이 사방에 흩어져 공중에 날며,/ 저 높다란 벽에 부딪는다. (베르길리우스)

이러한 동요動搖 속에서 정신은 온갖 잡생각과 망상을 일삼는다.

환자의 몽상처럼/ 그들은 헛된 생각을 꾸며댄다. (호라티우스)

뚜렷한 목적을 갖지 않은 영혼은 갈피를 잡지 못한다. 왜냐하면 흔히 사람들이 말하는 바와 같이 사방 어디에 있다는 것은 아무 데도 없다는 것과 마찬가지이기 때문이다.

막시무스여, 어디에나 있는 자는 아무 데에도 없는 자이니라!

나는 최근에 은퇴하여 내 여생을 편안하게 혼자서 살아가려고 작정하고 나니 이렇게 한가한 마음으로 자기 일에만 전념하고 자기 안에서 안정을 도모하는 것보다 정신에 대해 더 좋은 일은 없는 것 같다. 나이가 들어 더욱 성숙해지면 보다 쉽게 그것이 이루어지기를 바라는 바이다. 그러는 나는, 한가함은 언제나 정신을 산만하게 한다(루카누스).는 것을 알고 있으므로 오히려 풀어 놓은 말처럼 몇 백 갑절이나 더 많은 일거리를 끌어오고자 한다. 또한 나는 여러 가지 헛된 생각과 부질없는 수작을 닥치는 대로 목적도 없이 계속하여 해 나가면서 그 허망하고 괴상한 꼴을 마음껏 관찰하기 위해 이런 것을 쓰기 시작하였다. 때가 지나면 나의 정신이 그것 때문에 자신을 부끄럽게 생각하게 되기를 희망하면서……

— 몽테뉴의 「태만(怠慢)에 대하여」

이상의 두 수필은 중수필重隨筆과 경수필輕隨筆로서 각자 다른 세계를 지니고 있다. 사회적인 문제에서 출발하여 객관적으로 표현한 것이거나, 개인적인 신변문제에서 출발하여 주관적인 견해로 표현한 것이든 그것은 어떠한 인생에 대한 새로운 해석을 가능케 한다. 수필을 객관적, 사회적 유형 쪽으로 넓혀감과 함께 아무렇게나 쓰는 사이비 수필을 제거함으로써 지성을 기반으로 한 정서적이며 신비적인 이미지로서의 독자성을 지켜나가야 할 것이다. 이것은 곧 수필의 예술성을 살려 나가는 길이기도 하다.

Ⅲ. 수필의 본질

시 · 소설 · 희곡 · 평론과 더불어 하나의 문학 장르로서 독립되는 수필이란 대체 무엇일까. 이에 대해 한 마디로 대답한다는 것은 무리일 것이다.

시가 운율적 관조적이요, 소설이 서술적 설명적이며, 희곡이 조직적 활동적이라면, 수필은 무형식의 형식으로서 인생을 얘기한다고 할 수 있다.

그러므로 수필에는 우선 아름다운 시가 있어야 한다. 날카로운 풍자는 물론 가벼운 유머가 있어야 하며, 따끔한 비평과 진솔眞率한 고백이 있어야 한다. 인생을 관조한다는 것은 인생을 깊고 넓게 해석하는 어떤 차원의 눈을 가져야 한다는 뜻이다.

수필의 본질을 좀 더 구체적으로 파악하기 위해 백철白鐵의『文學槪論』에 언급된「수필의 본질」을 살펴보기로 한다.

　　……수필은 우선 문학 형식으로 보아 소설이나 시나 희곡과 대조해서 어떤 것인가 하면, 다른 것의 명확한 형식에 비하여 수필은 그 형식이 일정하지 않고 자유스러운 것이라는 점이다. 예를 들면 비평적인 논문을 비롯하여 수상록 · 서간문 · 자서전 · 서평 · 사설 같은 형식들이 모두 수필 류에 속하는 것인데, 말하자면 그것이 어떤 대상에 대한 자기 견해 · 인상 · 관찰 · 신념 · 편견 · 공상 등을 자유스럽게 표시한 것이다.

　　그리고 제재의 성질로 보아서도 별다른 제한이 없고 그 세계가 광대하다. 인간성에 관한 것이나 관습이나 역사나 예술이나 교육 · 과학 · 정치 · 경제 · 종교 · 스포츠 등의 모든 방면의 것이 수필의 제재가 될 수 있는 것이다. 그 어떤 특정한 내용이나 주제의 의미에 따라서 수필을 정의하기는 어려운 일이다.……

　　그러나 그것이 아무리 산만하고 자유스럽다고 해도 우리는 과거 및 현대의 수필에 대한 여러 가지 예를 참조하여 수필의 문학으로서의 기본적인 조건을 몇 가지 생각할 수 있다.

첫째는 그것이 산문으로 쓰이어진 문학이란 것이다. 예외로 옛날은 모우프의 「인간론(Essay on man)」과 같이 시형식으로 된 평론적인 것도 있으나 현대에 와서는 이미 그런 수필은 존재할 수 없고 원칙적으로 그것은 산문으로 쓰이어져야 한다.

둘째는 그것이 아무리 무형식이고 개인적이라 하지만 기본적으로 대우성 (對偶性)의 문학이다. 말하자면 의견표시이며 대화적이며 교훈적이다. 이것은 수필이 근원에 있어서는 대화에서 시작되었다는 사실과 관련된 뜻이다. 가령 몽테뉴와 같이 자기 개인을 말하는 것을 작자의 근본 의도로 삼은 수필에 있어서도 객관적으로 그것은 대화적인 독백의 문학에 불과한 것이다.

— 백철의 「수필의 본질」에서

수필이 붓 가는 대로 쓰는 글이라고 해서 무질서해도 된다는 뜻은 결코 아니다. 논리에 구애받지 않으면서도 그 속에는 엄연한 논리가 있고, 룰이 있다. 형식에 구애받지 않으면서도 형식을 갖추는, 즉 비논리의 논리라고 할까, 무형식의 형식 같은 것이 수필에는 있다.

따라서 수필이란 가장 쓰기 쉬우면서도 가장 쓰기 어려운 글인지도 모른다. 쓰기가 쉬울 것 같으면서도 빼어나게 잘 쓰기가 어려운 수필은 그만이 지니는 독특한 세계가 있다. 수필론을 수필체로 쓴 피천득皮千得의 글은 여기에 좋은 참고가 될 줄 믿는다.

수필(隨筆)은 청자(靑磁) 연적이다. 수필은 난(蘭)이요, 학(鶴)이요, 청초하고 몸맵시 날렵한 여인이다. 수필은 그 여인이 걸어가는 숲속으로 난 평탄하고 고요한 길이다. 수필은 가로수 늘어진 페이브먼트가 될 수도 있다. 그러나 그 길은 깨끗하고 사람이 적게 다니는 주택가에 있다. 수필은 청춘의 글은 아니요, 서른여섯 살 중년 고개를 넘어선 사람의 글이며, 정열이나 심오한 지성을 내포한 문학이 아니요, 그저 수필가가 쓴 단순한 글이다.

수필은 흥미를 주지마는 읽는 사람을 흥분시키지는 아니한다. 수필은 마음의 산책이다. 그 속에는 인생의 향취와 여운이 숨어 있는 것이다. 수필의 색깔은 황홀 찬란하거나 진하지 아니하며, 검거나 희지 않고 퇴락하여 추하지 않고, 언제나 온아우미(溫雅優美)하다. 수필의 빛은 비둘기 빛이거나 진주빛이다. 수필이 비단이라면 번쩍거리지 않는 바탕에 약간의 무늬가 있는 것이다. 그 무늬는 읽는 사람 얼굴에 미소를 띠우게 된다.

수필은 한가하면서도 나태하지 아니하고, 속박을 벗어나고서도 산만(散漫)하지 않으며, 찬란하지 않고 우아(優雅)하며 날카롭지 않으나 산뜻한 문학이다. 수필의 재료는 생활 경험, 자연 관찰, 또는 사회현상에 대한 새로운 발견, 무엇이나 다 좋을 것이다. 그 제재가 무엇이든지 간에 쓰는 이의 독특한 개성과 그때의 무드(기분)에 따라 누에의 입에서 나오는 액(液)이 고치를 만들듯이 수필은 써지는 것이다. 수필은 플롯이나 클라이맥스를 필요로 하지 않는다. 가고 싶은 대로 가는 것이 수필의 행로이다. 그러나 차를 마시는 것과 같이 이 문학은 그 차가 방향(芳香)을 갖지 아니할 때에는 수돗물 같이 무미(無味)한 것이 되어 버리는 것이다.

수필은 독백(獨白)이다. 소설가나 극작가는 때로 여러 가지 성격을 가져 보아야 된다. 셰익스피어는 햄릿도 되고 폴로니아스 노릇도 한다. 그러나 수필가 램은 찰스 램이면 되는 것이다. 수필은 그 쓰는 사람을 가장 솔직히 나타내는 문학 형식이다. 그러므로 수필은 독자에게 친밀감을 주며, 친구에게서 받은 편지와도 같은 것이다.

덕수궁 박물관에 청자(靑磁) 연적이 하나 있었다. 내가 본 그 연적은 연꽃 모양을 한 것으로, 똑같이 생긴 꽃잎들이 정연(整然)히 달려 있었는데, 다만 그 중에 꽃잎 하나만이 약간 옆으로 꼬부라졌었다. 이 균형 속에 있는 눈에 거슬리지 않은 파격(破格)이 수필인가 한다. 한 조각 연꽃잎을 꼬부라지게 하기에는 마음의 여유를 필요로 한다.

이 마음의 여유가 없어 수필을 못 쓰는 것은 슬픈 일이다. 때로는 억지로 마음의 여유를 가지려 하다가는 그런 여유를 갖는 것이 죄스러울 것 같기도 하여 나의 마지막 十分之一까지도 숫제 초조와 번잡에다 주어 버리는 것이다.

— 피천득(皮千得)의 「수필(隨筆)」

1. 무형식의 형식

수필의 특징은 앞에서도 말한 바 있듯이 무형식의 형식에 있다고 할 수 있다. 어떤 틀에 얽매이지 않으면서도 그 나름의 골격을 갖춰야 하는 그런 장르이다. 다음에 인용하는 글은 그 좋은 본보기가 될 것이다.

오늘 아침 출근길에 文鳥 한 마리가 죽어서 길섶에 버려져 있는 것을 보았다. 무서리가 내린 강변에 어린 물새 한 마리가 죽어 쓰러진 것을 보고 치마폭에 싸다가 양지에 묻어 주던 소녀가 생각난다. 이듬해 봄에는 그 무덤을 찾아가 풀꽃을 뿌려주던 그 친사의 동심이 오늘 황량한 내 가슴에 강물로 출렁인다.

강마을 아이들은 강변의 물소리를 익히며 자란다. 강물소리에도 계절이 깃들어 봄이 오고 가을이 간다.

강물에도 생명이 있다. 추운 겨울 얼음이 겹으로 강 위에 깔려도 강의 어딘가에는 숨구멍이 있다. 이 생명의 구멍으로 강물은 맑은 하늘의 정기를 호흡하며 겨우내 쉬지 않고 흐른다. 겨울의 강물소리는 마음으로 듣는다. 차가운 강바람이 素窓을 칠 때 떨리는 문풍지에서 문득 오열(嗚咽)처럼 흐르는 강물소리를 듣는다.

雨水가 지난 어느 날 새벽, 쩡 하고 나루터 빙판에 금가는 소리가 나면 비로소 강마을의 한 해는 시작되는 것이다. 강이 풀리면 금조개 빛깔의 겨울 강물이 청자빛으로 변해가고 잠에서 깬난 물고기들은 꼬리를 쳐본다. 강마을의 봄은 강물의 빛깔과 물소리에서 오는 것일까. 막 껍질을 깨고 난 병아리의 삐약거리는 소리가 강변에서 번져 나오면 산과 들은 곧장 강물빛깔을 닮아 간다. 강마을 아이들은 감동과 사랑으로 이 신비로운 질서에 동화하면서 기다림과 설레임으로 봄을 맞는다.

봄이 오면 이른 아침의 강나루는 아이들의 공동 소세장(梳洗場)이다. 팔다리를 걷어붙이고 김이 무럭거리는 강물을 휘저으며 묵은 때를 씻는다. 부리가 길고 몸매가 날씬한 물새가 저만치 수면을 스치고 허공을 찌르듯 솟아오른다. 가지색 날개 깃에 아침 햇빛이 부딪쳐 찬란할 때 동심은 봄이 온 기쁨에 넘쳐 물새로 비상(飛翔)한다. 기나긴 봄날을 함께 놀아 줄 동무가 찾아 온 것이다. 감격과 환희를 가득 싣고.

강마을 아이들의 놀이는 곧 강물에의 애무(愛撫)다. 조약돌을 주워 강심에 팔매질을 해본다. 풀잎배, 나뭇잎배, 때로는 나무껍질로 만든 배를 물 위에 띄워 보낸다. 어쩌면 미지의 세계로 한없이 가고픈 동심을 띄워 보내는 것이리라. 때로는 낚시를 드리워 고기를 건져 올리고, 강조개를 캐내기도 한다. 그러나 캐내고 건져 올리는 것이 어찌 강조 개며 고기뿐이랴.

아이들은 강마을에 있어야 할 자연의 일부라 할까. 강물과 모랫펄, 물새와 고기떼, 산과 들, 나룻배와 하늘 그리고 아이들, 그 어느 하나도 없어서는 안 될 자연의 조화다. 이 자연의 조화에 깊은 애정을 느낄 때 아이들의 마음속에는 고향 의식이 싹튼다. 훗날 뿔뿔이 흩어져 저마다 삶의 길목을 고달프게 걷다가, 어느 날 밤 가슴 속에 흐르는 강물 소리를 듣고 문득 향수에 젖으리라.

여름의 강마을은 조물주의 장난이 허락된 방종(放縱)의 도시라 할까. 목이 타는 한발로 모래펄을 사막으로 만드는가 하면 큰 홍수가 나서 한 마을을 자취도 없이 쓸어 가기도 한다. 그러나 하동(河童)들은 그런대로 마냥 즐겁다. 열사(熱砂)의 강변에서 가뭄을 잊고 마음껏 물에서 노는 것은 즐겁다. 동화 속의 왕국을 모래성으로 쌓아 올려, 공상의 날개를 펼쳐보는 것은 더욱 즐겁다. 홍수가 나면 산마루에 올라 함성과 군마와 쇠북소리를 내며 밀어닥치는 바다 같은 흙탕물의 장관(壯觀)에 넋을 잃는다. 날씨가 고르면 강마을은 밤낮이 없는 이방인(異邦人)의 거리로 변한다. 낯설은 풍습이 강마을 아이들의 눈을 난시(亂視)로 만들어 놓는다. 철이 바뀌면 이방인들은 훌쩍 떠나가 버려도 그들이 버려둔 풍습의 유산은 동심의 한 모서리에 갈등 같은 묘한 멍을 오래 남겨둔다.

강마을에는 추수가 없다. 농토가 귀한 이 마을 사람들은 열심히 고기를 잡거나 목기(木器)며 죽세품(竹細品)이며 돗자리를 만들어 추수 없는 서러움을 달랜다. 그러나 아이들에게는 풍요한 추수가 있다. 강물은 많은 사연과 그림자를 싣고 끝없이 흐른다. 갈대가 하늘거리는 강변에 모여 앉아 강물의 여로(旅路)를 곰곰이 생각해 보면 어느덧 저마다의 가슴 속에도 강물이 출렁인다. 강 건너 아득히 먼 산 너머로 해가 지는 것을 바라보거나, 구름 사이로 깜박깜박 보이는 기러기 떼들을 지켜보는 것, 또는 집에 돌아갈 것을 잊고 바람소리 나는 대나무숲을 마음껏 배회해 보는 것, 이런 것들이 모두 강마을 아이들에게 지순(至純)의 꿈을 길러 주는 것이리라.

　나는 어린 시절을 강마을에서 자랐다. 남해대교(南海大橋)에서 섬진강을 따라 70리, 뱃길로 한나절을 가면 포구가 있다. 이 H포구 어느 산기슭에 울먹이며 물새 한 마리를 묻어 주던 소녀도 이제는 불혹(不惑)의 유역(流域)을 흐르고 있을 것이다. 낙엽으로 지는 세월 속에서 얼마나 많은 애환의 기슭이며 영욕의 여울목을 그녀는 지나갔을까. 사랑도 미움도 서러움도 희열도 어쩔 수 없이 흘러간다는 강물의 슬기를 사무치게 느꼈으리라. 강물의 흐름이 곧 여래(如來)의 마음인 것을.

— 김규련(金奎鍊)의 「강마을」

김규련金奎鍊의 수필 「강마을」이다. 그 내용과 형식, 또는 제재나 구성이 어떠한 틀에 매이지 않으면서도 표현이 자유스럽다는 것을 알 수 있다. 이 글이 쉽게 읽혀지면서도 사색의 깊이를 안겨주는 것은 풍윤한 시적 언어들이 일으키는 음향의 파장과 인생을 관조하는 주제의식에 있다. 여기에서는 서정적인 안목에서 인생을 관조하고 있음을 알 수 있다. 수필이란 그가 지니는 형식의 자유성이 광범위한 까닭에 자기의 세계를 지니면서도 때로는 다른 장르와 서로 넘나드는 생리를 지니기도 한다.

　독자는 이 수필을 읽고 그 무엇인가를 느끼게 될 것이다. 그 느낌을 주는 그 무엇이 주제라 한다면, 그 주제를 효과적으로 전달하기 위해 조립한 언어를 구성이라 할 수 있다. 수필은 그 구성형태가 확연히 나타나는 것은 아니다. 마치 조립된 철근이 건축물에 가려 보이지 않으면서도 중심을 유지하는 것처럼, 수필은 균형 있는 조화 속에서 질서를 유지하는 그 무엇에 의해서 이루어진다. 여기에서 말한 그 '무엇'이란 중심이 되는 사상, 주제일 수도 있고, 창작의도일 수도 있다.

2. 개성의 표현

어느 문학 작품을 막론하고 개성을 요구하지 않는 것은 없다. 수필은 더욱 그러하다. 몽테뉴가 "오직 내가 그린 것은 나 자신이다. 나 자신의 결점이 여기에 있는 그대로 읽혀질 것이다"고 말한 것처럼, 수필은 작자의 개성이 솔직하게 표현되어야 한다. 또 그렇지 않아서도 안 될 것이다.

> ……필자는 가장 단소(短小)한 체구를 타고 났다. 이 사실은 필자에게 비극이 되는 일도 있고, 희극이 되는 일도 있으며, 때로는 희비 교착(交錯)의 혼성극(混成劇)이 되는 일도 있다. 어떤 친구는 이수광(李晬光) 볼 쥐어지르게 나를 놀려댄다.
>
> "웬 안경이 하나 걸어오기에 이상도 하다 하였더니, 가까이 닥쳐 보니까, 아 자넬세 그려." 하는 말은 우선 약과로 들어야 하고 (6·25사변 전까지는 근시로 말미암아 안경을 썼었다), 무슨 회합에 불행히 사회를 맡아 보게 되거나, 목침돌림 차례가 와서 일어서게 되면,
>
> "자네는 서나 앉으나 마찬가지니 앉아서 하게."
>
> 하는 반갑지 않은 고마운 말도 가끔 듣게 된다. '대추씨'라는 탁호(卓號)를 받게 된 것은 단단하다는 의미 외에 작다는 뜻이 더 많이 내포되었다는 것을 빤히 짐작하게 되었고, 일찍이 소인구락부(小人俱樂部)―주로 교원으로 성립됨―의 패장을 본 일이 있었으나, 내 위인(爲人)이 격겨서가 아니라 키가 가장 작았기 때문이었다. 이런 것은 다 말로만인지라 그다지 탓할 것도 없고, 마음에 꺼림칙할 것이 조금도 없다. 그저 마이동풍격으로 흘려만 보내고 받아만 넘기면, 뱃속은 편할 대로 편하여 천하태평이다.
>
> 그러나 가장 질색할 노릇은 무슨 구경터 같은 데서 서서 볼 경우에,

키가 남보다 훨씬 크다면, 사람 우리테 밖에서 고개만 넘석하여도 못 볼 것이 없을 터인데. 나와 같이 작은 키로는 구경군들의 옆구리를 뻐기고 두더지처럼 쑤시고 들어가서 제1선에 진출하지 않으면 안 된다. 그러니, 우리 현대의 공중도덕의 수준에 있어서는, 나로서 이러한 모험을 감행하려면, 우선 건곤일척(乾坤一擲)의 결심과 대사일번(大死一番)의 노력이 필요하므로, 대개는 애당초부터 단념하고 말게 된다.

내가 만일 구경을 즐기는 벽(癖)이 있었더라면 그보다 더 불행은 없었을 것이다. 어떤 추렴을 내서 먹는 자리가 있다 하자. 체소(體小)한 필자는 본래 먹는 분량도 적거니와, 먹는 템포조차 이 세상에 그 유례가 다시없을 만큼 느리기 때문에, 내 젓가락이 음식 그릇에 두 번째 들어가기 전에 한 두럭이 다 달아나고 말게 된다. 돈은 돈 대로 내면서도 음식은 맛도 채 못보고 물러나게 되니 억울하기가 한이 없다.

먹는 데뿐이 아니다. 입는 데도 마찬가지다. 옷감은 키 큰 사람의 것보다 절반쯤 밖에 아니 들 터인데 값은 언제든지 전액에서 1푼의 에누리도 없다. 구두를 사도 한 모양이다. 내가 일찍이 모 회사에 근무하고 있을 적의 일이다. 선우전(鮮于全)씨라는 분이 지배인으로 있었는데, 이분의 키는 푼치(分寸) 틀림없이 나의 갑절은 되었었다. 한번은 양복 장사를 불러서, 한 벌 맞추기로 하고 절가(折價)를 하여 놓았다. 나의 칫수를 다 잰 다음, 누구에게든지 한 값이냐고 따졌더니 양복점 주인은 두말없이 오케이를 하였다. 그때에 선우 선생이,

"나도 한 벌 맞춥시다."

하고 일어서니, 양복점 주인이 입을 딱 벌리고 한참 쳐다보다가,

"선생님은 특별 예외로 하여 주십시오."

하는 것이었다. 그러나 우리들이 우겨대서 같은 값으로 한 일이 있었다. 이렇듯 키 큰 이가 나의 덕을 본 일이 있었지만 내가 키 큰 이의 덕을 입은 일은 꿈에도 없었다. 요컨대 나는 결국 양복에 있어서나, 구두에 있어서나, 항상 키 큰 이를 보조(補助)하여 주면서 살고 있다.

　　　　　　　　　　　— 이희승(李熙昇)의 「오척단구(五尺短軀)」 중 일부

이 글은 이희승의 수필 「5척단구」중 그 일부분이다. 이 작가는 처음부터 자기 자신을 적나라하게 드러내놓고 이야기한다.

이수광李睟光의 지봉유설芝峯類說에서처럼, 단소短小한 체구의 그는 비대肥大한 사람을 은근히 비웃고 있다.

지봉유설芝峯類說이란 난장이短小者가 비대한 사람을 비웃는 말(상마즉수각 입문선타두 연제감작촉 즉족가탱－上馬卽垂脚 入門先打頭 燃臍堪作燭, 則足可撑. －말을 타니 다리가 땅에 끌리고, 방으로 들어가다 이마부터 부딪는도다. 배꼽에 불을 켜면 양초 대신이 될 것이요, 다리는 잘라서 사앗대를 삼을 만하도다.)이다. 비대한 사람이 난장이를 비웃는 말(착립난간족 천화기몰두 노봉우적수 욕도개위주－ 着笠難看足, 穿靴己沒頭. 路逢牛跡水, 欲渡芥爲舟.－갓을 쓰니 발이 보이지 않고, 신을 신으면 정수리까지 들어가고 마는도다. 길을 가다 쇠발자국 물만 보아도 겨자씨 껍질로 배를 삼아 건너려는도다)도 있는데, 이 말을 인용하면서 저자는 단구短軀에 얽힌 얘기를 재미있게 풀어 나간다.

수필을 가리켜 글을 쓴 이의 심적 나상心的裸像이라고도 하거니와 자신을 숨김없이 드러내 놓음으로써 읽는 이들에게 큰 공감을 살 수 있다는 데에 수필다운 매력이 있다고 할 것이다.

3. 유머와 위트

유머와 위트는 수필뿐만 아니라, 모든 문학에 걸쳐 요구되지만, 수필에서는 보다 더 큰 역할을 필요로 한다. 수필문장이 단순한 기록에 그친다면 독자의 흥미를 끌지 못할 것임은 두 말할 나위가 없다. 깊이 있는 아이러니나 유머는 웃음 속의 눈물을 자아내게 하는 데에 있다.

김교신金教臣의 수필 「담뱃대(煙竹)」는 유머러스한 맛을 보여주는 작품으로서 눈을 끈다. 그 앞부분을 소개하면 다음과 같다.

진위(眞僞)를 보증하기까지는 어려우나 어렸을 때 들은 말이다. 아라사 사람들이 조선 사람의 담뱃대를 해부하였더라는 것이다. 대체로 문명한 선진 제 국민들은 무장한 군대가 앞선 뒤에 상인이 따라가거나 혹은 개개인이 피스톨 그 밖의 호신용 무기를 몸에 지니고라야 외국 영지 특히 시베리아 같은 황야에 들어설 것인데, 조선인만은 조직체의 무력적 수호가 없을 뿐만 아니라, 그 몸에 아무런 보신용구도 가진 것이 없이 다만 담뱃대 하나씩만 들고 편편단신(片片單身)에 만주와 시베리아의 넓은 들을 횡행활보하니, 짐작컨대 그 담뱃대 속에는 반드시 비상한 장치가 있을 것이다. 평상시엔 담뱃대로 사용하나, 일단 위급한 경우엔 그 대 속에서 6연발 혹은 10연발의 탄환도 튀어나올 수 있도록 되었기에 저 담뱃대 하나만 스틱처럼 흔들며 송화강을 오르내리고 바이칼호를 넘나드는 것이 아니냐고 추측했더라 한다. 서양의 활동사진을 한번이라도 본 일이 있는 사람은 아라사 사람들에게 이만한 상상력이 있는 것도 별로 기이한 일이 아닌 것을 알 수 있다. 그러므로 저희들이 예리한 메스로써 담뱃대 하나를 해체하여 물뿌리, 대, 대쪽지의 세 부분을 세밀히 검토해 보았지만 예기했던 발사장치는 찾아 볼 수 없고, 오직 악취분분한 니코틴(댓진)만이 대 속에 차 있음을 발견했을 때 자못 실색했더라고 한다. 듣고 다시 생각하면 과연 백의인(白衣人)들의 신천적(信天的) 대담성도 놀랄 만한 것이 없지 아니함을 스스로 깨닫는다. 우리의 무심한 담뱃대는 오랫동안 아라사 사람들에게 한 가지 수수께끼가 되었다.

― 김교신(金敎臣)의 「담뱃대」 앞부분

4. 문체의 품위

수필은 무기교의 기교로써 위트와 멋이 있어야 한다. 수필은 쓰는 이에 따라 맛이 다르다. 독특한 문체로 품위가 있어야 한다. 수필이란 필자의 개성이 나타나는 인격의 반영이요, 사상의 결정結晶인 바 그것은 오로지 품위 있는 문체를 통해서 나타나게 된다.

파스칼(Pascal, Blaise1623~1662)이 말한 "자연스러운 문체"라는 것도 글을 쓴 이의 사상 감정이나 인격이 자연스럽게 표현된 개성미로서의 품위를 말한 것으로 보인다.

계용묵桂鎔黙의 「낙관(落款)」은 개성미로서의 품위를 보인 한 예가 된다.

서화(書畫)를 좋아하는 어떤 벗이 하루는 어느 골동점(骨董店)에서 추사(秋史)의 초서병풍서(草書屏風書) 여덟 폭(幅)을 샀다.

"나 오늘 좋은 병풍서 한 틀 샀네. 돌아다니면 있긴 있군!"

그 벗은 추사의 병풍서를 구하게 된 것이 자못 만족한 모양이다.

"돈 많이 주었겠군. 추사의 것이면……"

"아아니, 그리 비싸지두 않아. 글쎄 그게 단 50원(圓)이라니까 그래"

추사의 병풍서 한 틀에 50원이란 말은 아무리 헐하게 샀다고 하더라도 당치 않게 헐한 값 같으므로,

"그러면 추사의 것이 아닐 테지. 속지 않았나? 추사의 것이라면 한 폭에도 50원은 더 받아먹겠네."

하고 의심쩍게 말을 했더니,

"괜히 추사의 글씨가 아니라는구만. 마루 병풍을 붙였다가 뗀 것인데 그 글씨 폭은 지지리 더러워지고, 가장자리로 돌아가면서 붙였던 눈썹지 자리만 하얀 자국이 있는 것만 보더라도 그건 옛날 게 분명한 게야."한다. 이 소리에 나는 더우기 그 글씨가 의심스러웠다.

"이즘 고물(古物)인 것처럼 그런 가공들을 해서 많이들 팔아먹는다는데, 그 눈썹지 가장자리가 하얗다는 것과 50원이란 헐한 값과를 미루어 보면, 글쎄 그게 추사의 친필이라고?"

"아아니! 그렇게만 자꾸 의심할게 아니라니까. 내게 추사의 필첩이 있었는데 거기에 찍힌 낙관(落款)과 이 병풍서에 찍힌 그것과 조금도 틀림이 없거든."

하고, 그는 틀림없는 추사의 친필로 단정을 하고 조금도 의심하려고 않는다.

그러니 나도 확실히는 모르면서 아니라고 그냥 우길 수는 없어서,

"그럼 글씨 전문가에게 시원스럽게 한번 감정을 받아 보지?" 하고 나도 사실은 그 진부가 궁금해서 이런 제의를 했더니, "그야 어렵지 않지. 그럼 내 가서 한번 감정을 받아 보겠네." 하면서 그는 현재 생존해 있는 모모씨의 글씨도 여러 폭(幅) 샀던 것을 추사의 것과 아울러 다 싸 가지고 어느 서도 대가(書道大家)를 찾아가서 감정을 받기로 했다.

내 의심이 틀림없이 맞았다.

추사의 것뿐만 아니라 현 생존자의 것들까지 진짜 친필은 하나도 없다고 그 대가는 말하더란다.

그러면서 추사의 글씨를 가지고 하는 말이 추사의 글씨를 방불케 하는 것으로 솜씨는 오히려 추사보다 능숙한 데가 있어 보이나, 도장이 추사의 것이 아니니 아무 가치가 없는 것이란 말을 하더란다.

그래서 이 글씨가 추사의 글씨보다 났다면 추사 이상의 가치를 인정해야 할 것이 아니냐고 했더니, 그는 웃으면서

"어찌 글씨의 능(能)·불능(不能)으로 가치가 있게 됩니까? 이왕 얻은 그 필자의 명성(名聲) 여하로 글씨의 가치가 인정되는 것이지요. 낙관(落款)이 추사의 진짜 낙관이어야 값이 나갑니다."

하고 추사의 글씨보다 오히려 나은 점이 있다고는 하면서도 그 대가는 그 글씨를 조금도 아까와 하는 기색이 없이 더 더듬어 볼 필요도 없다는 듯이 밀어 던지더란다.

하필 글씨에 있어서 뿐 아니라 모든 것에 있어서 이렇게 되는 것이 사실이지만 새로이 잘한다는 것이 이미 얻어 가지고 있는 그 명성을 누르기 힘든다. 확실히 그 가치의 판단에 명철한 두뇌도 그 명성 앞에서는 눈을 감는 것이 상례다. 그렇기 때문에 이미 자라난 그 명성의 그늘 밑에서 흔히 새싹이 마음대로 오력(五力)을 펴지 못하고 시들어 버리는 예를 보아도 오거니와 이 가짜 추사가 추사의 글씨보다 자기의 것이 분명 낫다는 것을 알고 있다면, 그러면서도 추사의 이름으로 글씨를 써서 팔아먹지 않아서는 안 된다면 그 창조적 고민이 얼마나 클 것일까 생각을 하며,

"추사의 글씨보다 능숙하다니 잘 보관해 두게, 그 사람이 출세하면 그것도 만냥짜리는 될 테니까."

하고 웃었더니,

"보관이 다 뭐야! 거 참 흉측한 노릇이로군!"

하고 그 벗은 그 글씨 뭉치를 아무러한 미련도 없이 다시 보자기에 싸더니 골동품점으로 가지고 나가서 이조 자기의 화병 한 개로 바꾸어 왔다.

그 벗 역시 그 추사의 글씨에 혹해서 그 글씨를 사려고 하였던 것이 아니라, 그 글씨 필자의 명성, 다시 말하면 추사의 명성을 사려고 하였던 한 사람인 것을 알 수가 있었다.

— 계용묵(桂鎔黙)의 「낙관(落款)」

5. 제재의 다양성

수필의 영역은 광범위하고 다양하다. 그것은 인생과 사회, 우주 만물 등 어떠한 사물이거나 제재가 될 수 있다. 즉 수필은 무엇이라도 담을 수 있는 용기容器라고 볼 수 있을 것이다. 무엇을 취급하든지간에 쓴 이의 자유로운 선택에 의해서 집필되어지는 까닭이다.

김동리金東里는 그의『문학개론(文學槪論)』에서 수필과 평론을 구분하여 "……평론(문학평론)의 대상은 문학이요, 수필의 대상은 사유思惟의 전 영야全領野……라고 하였다. 즉 수필의 제재가 되는 것은 사람이 사유할 수 있는 모든 영역에 있음을 의미한다. 수필의 제재는 반드시 문학적인 것이 아니어도 좋다. 경제를 말하든 과학을 말하든 그 필자의 심경이 새로운 해석으로 표현되면 문학적인 가치를 가져오게 되는 것이다.

수필의 소재는 마치 백화점과 같은 것이므로 무엇이든지 취사선택할 수 있는 영역의 것이다. 그러면서도 일상의 사소한 그 제재의 하나하나는 작자의 투철한 통찰력을 통하여 용해된 진액으로 승화되지 않으면 안 된다.

한국전쟁이 휴전협정에 들어가 교착 상태에 놓였을 무렵의 이야기다.

어느 전초고지 참호 속에서는 우리 국군 이등병과 흑인 이등병들이 어울려 막걸리 판이 벌어졌다. 이 탁주는 참호 속에서 우리 병정들이 담근 것이다.

한 잔, 두 잔, 권커니 잣커니 하는 사이에 거나해진 병정들은 한 두 마디 영어단어 "드링크 오케 유 넘버 원"과 손시늉만을 가지고도 서로 가슴에 지닌 우정과 회포를 쏟아 놓기에 아무런 불편이 없었다.

흥이 이렇게 하여 최고조에 달했을 무렵, 그 중 흑인 병정 한 명은 옆에 앉은 우리 병정을 껴안으며 감격에 못 견디겠다는 듯 무어라고 자꾸만 긴 말과 형용을 반복하는 것이었다.

껴안긴 우리 병정은 "오케"의 연발을 했으나 그 흑인 병사는 그것만으로는 자못 불안하고 안타까운 모양이다.

"이 깜둥이 새끼가 나를 좋기는 좋다는 모양인데 원 알아들을 수가 있어야지?"

우리 병정은 이렇게 뇌까리며 또 한 잔 들이켰다.

이때에 마침 각 참호를 순찰하던 부대장 R대령이 나타났다. 이런 때에 상관이란 병정들에게 있어서 귀찮은 존재다.

그렇게 안타까워하던 흑인 병정도 입을 다물지 않을 수 없게 되었다.

그런데 이 R대령(故 李鎭鍊)이란 분이 본시 모주꾼이요, 그 혼한 가죽 장화 한번 못 얻어 신고 장군이 되면 자전거에다 별판을 달고 다니겠다는 고런 파격적 인품이라 그 자리에 주저앉아 함께 어울려 버리고 말았다.

처음에는 경계하던 흑인 병사도 차차 신명을 회복하자 또 다시 자기의 심정을 토로하게끔 되었고 마침내는 R대령에게 이를 통역하여 전달해 줄 것을 자청해 왔다.

그 흑인 병사의 그리 통하고 싶던 사연을 여기 간추려 보면, "너와 나와는 어머니가 다르고, 고향이 다르고, 인종이 다르고, 생일도 다르고, 피부 색깔도 다르고 이렇게 모두가 다른데, 오직 같은 게 둘 있으니 그것은 이등병이라는 것과 죽을 날짜가 같은 것이다. 그러니 모두가 다 달라도 죽을 날짜가 같은 종신(終身) 형제라, 이렇게 가까운 사이가 어디 있겠느냐?"라는 것이었다.

구상具常시인의 수필 「전우라는 것」 중 그 일부이다. 이 얼마나 재미있는 발견인가. 이 흑인 이등병의 입에서 우연히 튀어 나온 이 말은 훌륭한 잠언箴言인 동시에 좋은 소재요 제재인 것이다. 이와 같이 아무리 사소한 이야기라 하더라도 수필에 있어서는 훌륭하게 인생을 얘기할 수 있는 까닭에 제재의 폭은 다양해지는 것이다.

IV. 수필의 종류

수필이 지니는 그 형식의 자유성과 제재의 다양성 내지 필자의 독특한 개성의 표로성表露性 등으로 볼 때 그 종류를 가름하기란 쉬운 일이 아니다. 그러나 어떤 일정한 분류기준에 의해서 가름할 수는 있다.

1. 3종류설

일본의 히사마쓰(久松潛一)는 「수필과 문학의식」이라는 글에서 수필을 다음과 같이 3종류로 나누고 있다.
① 문학적 수필
② 문학론적 수필
③ 지식적 수필
여기에서는 문학에 관한 것만을 대상으로 하여 분류하고 있음을 알 수 있다. 그러나 수필의 내용이나 제재가 될 수 있는 것은 문학만이 아니므로 광의의 의미에서의 수필의 종류를 말한 것으로는 볼 수 없다.

2. 5종류설

일본의 도가와 (戶川秋骨)는 그의 『現代隨筆論』에서 경수필硬隨筆과 연수필軟隨筆의 두 종류로 가름하고, 오늘날 에세이라면 오직 연수필에 있음을 강조했다. 그리고 이 연수필을 다시 다음과 같이 5종으로 가름하고 있다.

① 작자 자신의 경험 또는 고백 따위로 자기반성이라고 할 수 있는 것.
② 인생 및 인성人性에 관한 고려(考慮) 또는 사견(私見)이라고 할 수 있는 것.
③ 일상의 사소한 일에 대하여 관찰한 것.
④ 자연 즉 천지, 산천, 초목, 혹은 금수, 충어(蟲魚) 등에 관한 것.
⑤ 인간사에 대한 작가의 의견이라고 할 수 있는 것.

수필이 지니는 다양성에 비추어 볼 때 이 분류도 정확한 것이라고는 할 수 없다. 무엇인가 미흡한 느낌이 없지 않다.

3. 8종류설

평론가 백철白鐵은 그의 『文學槪論』(1961년 이전의 舊稿版)에서 수필을 그 내용별로 다음과 같이 8종류로 가름하였다.

① 사색적 수필
② 비평적 수필
③ 스케치 수필
④ 담화(談話)수필
⑤ 개인 수필
⑤ 연단(演壇)수필

⑦ 성격 수필

⑧ 사설(社說)수필

그러나 1961년에 펴낸 『문학개론』(新稿版)에서는 이러한 분류 대신 2종류로 크게 나누고 있다. 따라서 앞의 8종류설도 수필에 완전히 접근된 것이라고는 볼 수 없다.

4. 10종류설

수필의 종류를 보다 세분한 것으로서는, 미국백과사전)(The Encyclopedia Americana 1961)의 경우가 있다.

① 관찰수필

② 신변수필

③ 성격수필

④ 묘사수필

⑤ 비평수필

⑥ 과학수필

⑦ 사색수필

⑧ 담화수필

⑧ 서간수필

ⓒ 사설수필

이와 같은 분류는 수필의 내용을 놓고 가름한 것으로서, 단순히 몇 가지로 나누어 규정지을 수 있는 성질의 것이 아니기 때문에 대부분의 학자들은 수필을 크게 나눠 두 가지로 보는 견해도 있다. 이 2종류설은 많은 사람들에게 공감을 주고 있는 것이 사실이다.

5. 2종류설

① 중수필(重隨筆 formal essay)

② 경수필(輕隨筆 informal essay)

중수필에 해당하는 포멀 에세이formal essay는 베이컨적 에세이로서 경수필硬隨筆을 의미한다. 이 수필은 객관적이며 압축된 것으로 격언적인 성질을 지닌다. 이 수필의 형식이란 딱딱하고 논리적이다. 이 수필은 현대로 오면서 다양화되어 가령 논설이나 논평이라는 이름으로 일컬어지는 것도 나오게 되었다.

경수경輕隨筆에 해당하는 인포멀 에세이informal essay는 몽테뉴적 에세이로서 연수필軟隨筆을 가리킨다. 이 수필은 그 내용에 있어서 객관적 진리나 지식의 전달을 목적으로 하지 않고, 독자에게 기쁨을 주는 것을 목적으로 한다. 한가한 시간에 집필되는 글로서 독자의 마음을 늦추게 하는 글이다.

또한 무엇을 증명하거나 설득시키려 들지 않는다. 정연한 논리적 전개를 필요로 하지 않으며, 오히려 원회遠廻와 탈선脫線을 하다가 제 길을 찾아 들어서는 버릇이 있다. 작은 사물들을 자유롭게 관찰하고 가볍게 씀으로써 아이디어를 살리는 예술이다.

이와는 달리 소설가 김동리金東里는 그의 『文學槪論』(1952)에서 수필을 미셸러니Miscellany와 에세이Essay 두 종류로 나누어 설명하고 있다. 미셸러니는 잡다한 신변잡기, 각종의 감상, 잡문 등을 의미하는 까닭에, 부드럽고 정서적인 점에 있어 가장 시에 가까운 문장이지만, 에세이는 소논문이나 논설 등으로 통용되느니만큼 어디까지나 논리적이요 토의적인 지적 문장이라고 할 수 있다.

그러므로 시인이나 작가 혹은 다른 부문의 각종 예술가들이 쓰는 수필은 대개 미셸러니에 속하는 것이 많고, 학자 · 교육자 · 사상가가 쓰는 수필은 대부분 에세이에 속하는 것이 많다고 하였다. 이러한 주장은 명칭만 다를 뿐이지 결국 ① 미셀러니는 인포멀 에세이의 개념으로서, ② 에세이는 포멀 에세이의 개념으로 구분지어 설명할 수 있다. 이 두 분류를 좀 더 쉽게 대비對比시켜 구분해 보면 다음과 같이 파악될 수 있다.

중수필 (重隨筆, 硬隨筆)

가. 비교적 무거운 느낌을 주는 것.

나. 딱딱한 느낌을 주는 것, 즉 경문학(硬文學)적인 것.

다. 베이컨적인 수필.

라. 사회적 · 객관적인 표현이 많은 것.

마. 일반적 · 사회적인 문제에서 출발한 것.

바. '나'가 드러나 있지 않은 수필.

사. 보편적 논리나 이성으로써 짜여져 있는 것.

아. 소논문, 소논설이라고 불 수 있는 것.

자. 사색적인 것.

차. 지적인 문장.

카. 학자 · 교육자 · 사상가 등이 쓴 것에 많다.

경수필(輕隨筆, 軟隨筆)

가. 비교적 가벼운 느낌을 주는 것.

나. 부드러운 느낌을 주는 것, 즉 연문학적(軟文學的)인 것.

다. 몽테뉴적인 수필.

라. 개인적 · 주관적인 표현이 많은 것.

마. 개인적인 신변문제에서 출발한 것.

바. '나'가 드러나 있는 수필.

사. 개인의 감정이나 심리 등이 중심이 되어 짜여져 있는 것.

아. 신변잡기적인 것.

자. 정서적인 것.

차. 시에 가까운 문장.

카. 문인을 비롯한 각종 예술가들이 쓴 것에 많다.

V. 수필의 작법

1. 소 재

수필을 쓰는 데 있어서 창작의 원료가 되는 것을 소재素材라고 한다. 이 소재라고 하는 것은 수필뿐만이 아니라 모든 예술창작의 기본적인 재료가 된다. 여기에서 소재라고 하는 것은 수필의 대상이 되는 일체를 가리키는 것으로 필자의 내면세계로서의 온갖 사상이나 감정은 물론 외부 세계에 나타난 온갖 사물도 포함된다고 말할 수 있다.

한 편의 수필이 이루어지려면 먼저 소재가 선택되어야 한다. 그 선택된 소재를 수집蒐集 정리해야 함은 물론이다. 따라서 훌륭한 수필을 쓰려면 소재를 풍부하게 수집해서 정리하며, 다시 필요한 것만을 골라서 정리하는 요령을 익혀야 한다.

수필의 소재는 ① 평범한 것 같아도 새로운 것. ② 범위가 넓고 다양하며 주제에 필요한 것, ③ 작품이 이루어진 뒤에 독자에게 공감이 갈 수 있는 것 등으로 요약해서 말할 수 있을 것이다. 시대가 변천變遷해 갈수록 소재도 변하기 마련이다.

2. 제 재

　소재는 예술작품에 있어서 원재료原材料가 되는 것이라면 제재題材는 소재와 주제의 중간에서 소재를 주제에 중개仲介시켜 주는 역할을 한다. 소재가 수필 창작의 기본적인 재료로서 자연이나 인간사의 경험 등 우주의 온갖 만상萬象이 포함된 무제한의 영역이라 한다면, 제재의 범위는 그보다 협소한 영역의 것이다. 그런데도 제재는 없어서는 안 될 불가결不可缺의 중심재료가 된다. 지난 세월을 돌이켜 보면 잊혀 지지 않는 일들이 수없이 많다. 이렇게 우리가 떠올릴 수 있는 모든 사물들은 모두 수필의 좋은 제재가 된다.

　　학교에 갓 들어간 아이들은 외우라고 주는 숫자들이 새로 만난 급우들 마냥 낯설다. 글자에 아직 수량의 뜻이 없기 때문에 제각기의 모양이 표정만 드러낸다. 가령 2,3,7은 왼편을 바라보는 얼굴이고 6이나 10은 오른쪽을 보며, 8은 정면으로 아이들을 보고 웃는다는 식이겠다. 5는 성난 듯 아래턱을 내밀고 2는 무릎을 꿇고 앉아 있으며 9는 고개를 치켜드는 등 아이들에 따라 여러 가지 인상을 받는다. 물론 공부를 하게 되면 이런 실용성 없는 모습들은 이내 뒤로 밀려나고 수량성이 앞서게 되지만.
　　그런데 성인에게도 숫자들이 눈을 뜨고 얼굴을 내밀 때가 있다. 계산에 지쳤다든가 할 때 숫자들이 말을 잘 안 듣고 답도 안 내준다. 그리고는 제각기의 독특한 표정이 장부 위에 퍼뜩퍼뜩 살아난다.
　　대체로 짝수들이 홀수보다 점잖은 느낌을 준다. 1,3,5,7은 어딘지 모나고 뚝뚝하지만 2,4,6,8등은 부드럽고 우호적인 느낌이다. 무엇이든 똑같은 것 둘을 나란히 놓으면 미적(美的)인 느낌이 있기도 하려니와 짝꿍끼리 맞아들어 가는 것이 뭔지 에로틱한 안정감을 주는 건지도 모른다.
　　차례로 수를 하나씩만 더해 가는 1에서 10까지의 숫자인 데도 계산서에는 무색 무명하게 수량만을 나타내는 것이 아니라 제각기의 성질을 부려가며 서투른 운산을 매끄럽게도 하고 깔끄럽게도 해 준다. 그 구성(構成)에서도 선명하게 다른 갖가지의 색깔과 얼굴들이 다채롭게 살아난다.

슬금슬금 내비치다가도 눈여겨보면 숨어 버리는 이런 표정들을 살펴보면, 먼저 1은 계산에 어려움을 하나도 주지 않기 때문에 쉽고 고분고분하다. 다른 수를 제 편으로 끌어오지 못하고 다른 수에 끌려 다니기 때문에 순한 막둥이같이 수동적이다.

다음의 2도 계산에서 말썽을 부리지 않기 때문에 역시 순하고 호감이 간다. 세상에는 쌍이 되어 있는 것이 많아서 이 숫자야말로 조화와 협동의 맛을 풍긴다.

3에 이르면 성질이 판연히 달라진다. 삼각형의 날카로운 느낌이 방출된다. 다른 수에 더해 주거나 빼어내 오기가 약간 힘들기 때문에 앙칼진 성질을 가진 것처럼 보인다. 그러면서도 유니크한 멋이 있어 세련된 아름다움과 귀족 같은 품위를 풍긴다.

숫자 중에서 가장 탄탄하고 믿음직스러운 얼굴이 4이다. 네 기둥으로 서 있는 안정감이 있고 모든 형태 중에서 가장 안정되고 편리한 사각형의 표정이다. 구성으로도 조화의 2를 두 번이나 가지니 균형감의 왕자이다.

축구 선수같이 동작이 빠르고 밤알같이 야무지면서 친구같이 다정한 것이 5이다. 사람의 손가락이 다섯이니까 5는 10 다음으로 수를 묶는 단위가 된다. 그래서 작은 수들이 5로 얼른 뭉쳐지는 데다가 5에서 쉽게 풀어져 나온다. 그리고 5자신이 다른 수와 쉽게 합성이 되며 다른 수에서 쉽게 떨어져 나오는 독립성과 활동성을 갖는다. 이렇게 능동적으로 다른 수의 작용을 걸어 묶어주고 넘겨주니 계산을 하다가 5만 보면 호감이 간다. 구구 외기에서도 5단은 거저먹기니 정이 안 갈 수가 없다.

사람이 다루는 수는 끝없이 크고 많으나 직관적으로 이해한다는 데서는 사람도 알을 세는 두루미와 별로 다를 게 없어서 고작 1,2,3이다. 혹은 손가락 안의 4나 5 정도랄까. 아무리 억대의 수가 와도 우리는 속으로 정도를 정하여 그런 작은 수로 돌려서 파악한다. 그래서 6보다 3이 둘, 혹은 2가 셋이라는 느낌을 속에 갖는다. 혹은 계산 때는 그 정도를 5＋1로 감각하는 것이 편리하다. 그런데 약간 새침하던 3이 둘 나란히 섬으로써 여간 매끄러운 모습으로 바뀌는 것이 아니다. 그리하여 6은 화려한 장식과 변화 있는 조화를 가지며 교향곡과 같이 아름다운 구성을 느끼게 한다. 성장한 남녀들이 손을 잡고 춤을 추는 무도회와도 같은 호화로움이다.

7은 모든 수중에서 가장 쌀쌀하고 깔끄럽고 뚝뚝하다. 조잡하고 배타적이고 반항적이기까지 하다. 차라리 그보다 한 둘이 더 많은 8이나 9는 손쉬운 1이나 2와 관계 지워 쉽게 넘어가는데 7은 잘 떨어져 나오지를 않는 3을 떼어다가 붙여 주어야 가까스로 넘어가기 때문에 다루기가 힘들다. 구성으로 보아도 4와 3, 또는 5와 2등의 이분자(異分子)의 합성으로서 시끄러운 불협화음을 울린다. 가시가 수없이 돋아 있는 숫자다.

7보다 하나 더 많아지면 조화와 질서의 임금님 8이 된다. 동서남북 어디로 보나 반듯반듯 하니 한 치의 흐트러짐도 없으며 속이 유리알 같이 환하게 들여다 보여 결정체(結晶體)의 균제미(均齊美)가 눈부시다. 다듬고 맞추어서 지은 웅장한 건축물과 같다.

어려서 수를 배울 때 하나에서 아홉이나 열에 이르기가 매우 벅차다. 높은 층층대를 오르듯 아홉을 거쳐 열에 이르면 쉬는데 그 전의 까마득한 높이가 9이다.

10은 가장 큰 수이지만 딱 묶어 한 옆으로 내놓을 수 있어 끝맺음의 개운함이 있다. 마치 1과도 같이 단출한 느낌이면서 갈증에 냉수같이 시원하다. 모든 계산은 10을 중심으로 이루어지며 모든 수는 10을 향하여 움직인다. 종착역의 휴식과 안정을 갖는다.

숫자들을 한 차례 순례하고 나니 서로 가까운 성질을 갖는 것들이 있는 것 같다. 합해서 10이 되는 두 수들은 성질이 비슷한 것이다. 1과 9, 2와 8, 3과 7, 4와 6은 닮았고 5는 10을 닮았다. 그러고 보면 차례로 숫자를 따라가는 것은 사다리를 오르는 일이 아니라 인생길과도 같이 원을 그리는 일이라 하겠다.

이런 덧없는 상상이지만 숫자들의 여러 표정들을 한데 모아 늘어놓고 보면 또한 아기자기한 맛이 풍긴다.

1은 短調 孤獨 容易

2는 順從 友好 調和

3은 銳利 高踏 美貌

4는 調和 健康 安定

5는 活潑 堅實 社交

6은 華麗 繁華 流動

7은 粗雜 不調和 排他

8은 秩序 均齊 友好

9는 高邁 無關心 秘密

10은 無味 包容 安靜

물론 이런 인상들은 사람에 따라 다르게 마련이다. 그리고 손가락
이 다섯인 사람과 달리 발가락이 넷인 새나, 다리가 여섯인 곤충이 계
산을 하기 시작한다면 수의 질서가 달라지니까 숫자들의 얼굴도 모두
바뀔 것이다.

우리는 세상살이에서 많은 사람을 접촉하고 그들에게서 여러 가지
인상을 받는다. 그런데 사람 아닌 숫자에서도 이렇게 사람의 인상을
은연중 느끼게 되는 것이다. 우리는 수량의 정확성을 물으면서도 순
진한 외아들, 상냥한 소녀, 새침한 미녀, 안정감을 주는 침착한 친구,
기민하고 마음씨 좋은 실제가(實際家), 눈부시게 아름다운 우아한 여
인, 심술궂은 고집장이, 찾아가면 항상 반겨주는 속시원한 양식가(良
識家), 무관심한 노인, 조용하고 너그러운 부자와 같은 사람들을 만난
다. 그런데 실은 장사를 잘 할수록 돈만 보고 사람을 안 보듯이 계산을
잘 할수록 이런 거추장스런 표정은 느끼지 않는다.

— 진웅기(陳雄基)의 「숫자들의 표정」

여기에서는 특이한 제재를 선택하고 있다. 숫자들의 표정을 예리하게
관찰해 가면서 작자 나름의 해석을 내리고 있다. 이색적인 제재가 데리고
온 경이감과 함께 보편타당한 주장이 공감을 불러일으키게 한다. 이 정도
의 제재는 주제를 드러냄에 있어서 충분한 요소를 지닌다고 할 수 있다.

3. 주 제

수필을 쓰려고 할 때 그 작품의 중심이 되는 사상을 주제主題라고 한다. 영어나 독일어로는 테마Theme라 하며, 작품 속에 형상화된 중심 사상을 뜻한다. 따라서 그 주제가 완전히 용해되어 표현되어야 함은 물론이다.

주제는 작자에 의해 선택된 제재에 대한 그 나름대로의 해석인 동시에, 가치 평가이며, 의미부여意味賦與라고 보아야 할 것이다. 글을 쓸 때에는 반드시 쓰고자 하는 무엇이 있어야 하는 바, 그 쓰고자 하는 그 무엇이 곧 주제가 된다. 주제는 소재와 제재를 선택하고, 소재와 제재의 배열排列에 대하여 구체적으로 참여하고 언어의 유기적 통일성과 긴밀성을 유지해 준다. 대개 주제와 제목이 일치하는 수도 있지만, 그렇지 않은 수도 있다.

주제는 작가의 인생관이나 세계관 또는 사상에서 이루어지지만 그것이 곧 인생관이나 세계관은 아니다. 이는 오직 수필 속에 구체적으로 형상화된 의미이며, 독특한 작가 자신의 해석이기 때문이다. 문덕수文德守는 그의 저서 『신문장강화(新文章講話)』에서 명확한 주제의 설정은 작문의 스타트가 된다고 전제하고, 주제 설정의 기준을 다음과 같이 말하고 있다.

① 주제는 되도록 한정되어야 한다.
② 자기가 관심을 갖고 또 자기 힘으로 처리될 수 있는 것이라야 한다.
③ 읽는 이도 관심을 갖고 또 그것을 능히 이해할 수 있는 것이라야 한다.
④ 이미 정해놓은 분량, 매수를 초과하지 않도록 해야 한다.
⑤ 주제를 드러내는 데 필요한 소재를 쉽게 구할 수 있어야 한다.

우리가 자기의 사상 감정을 수필로 표현하는 경우, 이는 수필이라는 형태를 통하여 독자에게 무엇인가를 전달하고 싶은 의도를 가지고 있기 때문이다. 독자에게 전달하려는 그 '무엇'이 주제라고 한다면, 그 '무엇'은 바로 부화과정에 있는 계란의 배자胚子와도 같은 핵심(사상)이므로 대단히 중요시되지 않으면 안 된다. 박두진朴斗鎭의 「나의 생활설계도」는 좋은 본보기가 될 것이다.

詩人과 農夫를 겸할 수는 없을까? 그렇게 뛰어나게 山·水가 고운 곳이 아니래도 좋다. 수목이나 무성하여 봄 가을 여름 겨울로 계절의 바뀜이 선명(鮮明)하게 감수(感受)되는 양지바르고 조용한 산기슭이면 족하다. 이러한 곳에 나는 내가 내 손으로 설계한 한 일여덟 간쯤의 간소한 집을 짓고 내 힘으로 지을만한 얼마쯤의 전지(田地)를 마련해서 시업(詩業)과 농사를 겸한 생활을 해보고 싶다. 취미나 운치나 도피나 은둔의 일시적인 허영으로가 아니고 좀 더 투철하게 이것이 내 천업(天業)이요, 천직(天職)이니라 안심하고 조금만치의 억지나 부자유 부자연이 없이 훨씬 편하고 건실하고 즐거운 심정과 청신 발랄한 탄력(彈力) 있는 의욕으로서의 詩·農一元살이를 해보고 싶은 것이다.

내가 다루는 논밭의 거리는 주택에서 물론 가차와야 한다. 아침저녁으로 잔손이 많이 가야 하는 밭, 농지(農地)의 거리는 논보다도 더 가까이 바로 주택 울 안팎이면 더욱 좋다. 면적은 논이 댓마지기 밭이 한 7백평쯤―주택의 정원은 별다른 인공적인 설계 조작을 필요로 하지 않는다. 자연생(自然生) 그대로의 수목을 주로 하되 적어도 한 5백평쯤은 안아 들여야 한다. 높은 곳 山에서 내려오는 골짝물을 그대로 졸졸대며 뜰안에 흐르게 하고 음료(飮料)로 쓰는 물도 그대로 생생하게 돌틈에서 쪼개 낸다.

청대, 사철 같은 상록수를 산울로 삼되 월계(月桂) 넝쿨장미를 섞어서 올리고 창(窓) 가까이는 모란, 풍(楓), 목련, 석류, 파초, 황국(黃菊), 백합, 난(蘭)들을 심어 화단을 모으고 울 안팎 혹은 밭두렁 일대로는 힘이 미치는 데까지 감, 능금, 포도, 수밀도 등의 과일을 심어 열게 하는 한편 온 주택 지대 일대에다가는 필요한 소채와 과목과 곡종(穀種)이 심기는 외에 공백마다 온갖 1년생 잡화초를 깡그리 막 노가리로 뿌려서 제대로 어울려 일대(一大) 야생화원(野生花園)이 되게 한다. 밭에는 우선 소채(蔬菜)로 무, 배추, 캬벳, 부추, 쑥갓, 시금치, 아욱, 파, 마늘,

오이, 호박, 가지, 고추를 비롯하여 감자, 토마토, 고구마, 완두콩, 참외, 수박들을 심고 잡곡(雜穀)으로 적두팥, 돔부, 녹두, 대추, 밤, 콩, 참깨, 들깨, 수수, 차조들을 되도록 골고루 다채(多彩)하게 가꿔 수확한다.

농사로는 보통 메벼뿐만 아니라 인절미와 차시루떡을 해먹는 찰벼 농사도 지어 낸다. 이렇게 해서 나는 내 손으로 이마에 땀을 흘려가며 거둔 소산물로 자급(自給)을 해가며 정결하고 검소한 불안이 없는 생활을 가져보고 싶은 것이다. 육축(六畜)으로는 젖 짜는 양(羊)을 두 마리쯤과 흰 산란용(産卵用) 닭을 열댓마리 쳐서 알을 내먹고 뒤안에는 꿀벌을 너댓통 놓고 청밀을 따낸다. 이렇게 하자면 어쩌면 내가 혼자로는 좀 너무 바쁠른지도 모르지만―. 아무튼 나는 누구누구들 가까운 친구들을 청해 와도 꼭 내가 심어 가며 거둔 이 자작농산물(自作農産物)을 대접하되 아무개는 인절미, 아무개는 차시루떡, 아무개는 약밥, 아무개는 증편, 아무개는 팥단자, 아무개는 수밀도 화채, 아무개는 감주, 아무개는 수정과 또 이렇게 그 친구 친구의 즐기는 것을 주로 해서 장만해 내기로 한다. 또 온갖 할 수 있는 대로의 편의를 도모 제공하여 친구들이 며칠씩 와서 묵으며 글과 그림 구상 제작을 마음 놓고 해 갈 수 있도록 한다.

한편 내가 쓰는 글은 詩를 적어도 한 달에 역작(力作)으로 두 편, 수필 수상(隨想)이 서너편, 다른 창작과 연구논문을 두어 달 혹은 서너 달에 한번 정도씩 쓰되 특히 농사일이 한가한 추운 三冬은 꾸욱 들어앉아 창작에만 전력한다. 또 늦가을로부터 이른 봄까지의 농한기(農閑期)에는 훌쩍 한두 번씩 저 부전고원(赴戰高原)이나 금강산 같은 곳으로 마음 맞는 친구들과 장거리 여행도 꾀해 본다. 그래서 써서 발표하는 글들은 다 책이 될 만큼 모여지면 이내 척척 목곳하고 아담하게 책으로 만들어 출판이 되는 것을 즐거움으로 할 수 있도록 그렇게 순조롭게 되어지라는 것이다. 이렇게 해서 내 지금의 계획으로는―계획이야 못할까―적어도 내 저서로 시집이 세 권 혹은 다섯 권, 단편집이 서너 권, 장편이 일곱 권, 수필 수상집(隨想集)이 각 서너 너덧권, 그밖에 다른 논문이 두어권, 이렇게 쯤은 내 생애에 가져보자는 것이다. 물론 이것도 욕심껏 말하면 최소한도다. 그러자면 나는 내가 글을 쓰는 것과 농사를 짓는 일을 병행(竝行)해 나가되, 때로는 농사하는 재미에 취하고 골몰해서 글쓰는 일이 좀 등한해진대도 할 수가 없는 일이다.

또 그와 반대의 경우가 온대도 나는 어쩌는 수가 없다. 가령 가다가 내 사색과 번민과 숙고와 몸부림이 실로 내 유일한 생의 의의를 보람 있는 이 내 문학의 전진성과 성숙에 대한 명제(命題)에 관한 것일 때 나는 하루 밤 이틀 밤을 전전(轉輾)하며 밝혀 새워 앓아도 좋고 또는 가다가 내가 내 시와 다른 새로운 창작에의 불붙는 의욕과 야심으로 또는 피나는 각고(刻苦)와 팽팽한 긴장과 황홀한 무아의 경지에서 혹은 무엇에 둘린 것 같은 고도(高度)한 발열상태(發熱狀態)에서 며칠 낮 며칠 밤을 침식을 버리고 겨루어 낸단들 어떠냐 하는 말이다. 그러므로 해서 내가 짓는 田土의 농작물이 그대로 며칠쯤 성(盛)해가는 김 속에서 묵어간다 한들 또한 어쩌랴 하는 말이다.

그러나 이렇게 사노라면 자연, 나는 내가 홀로 별을 바라보는 시간, 기도를 드리는 시간, 시를 쓰는 시간, 묵상을 하는 시간, 화초와 농작물 육축(六畜)들을 가꾸는 시간이, 또는 새소리 물소리 바람소리에 귀를 기울이는 시간이 그렇게 끊은듯이 또박또박 따로따로일 수가 없다. 그것은 실로 초라한 대로나마 내 이 시의 생활은 내 전자아(全自我)와 내 전대상(全對象)! 객지세계(客地世界)와의 머리카락 하나만큼의 간격도 있을 수 없는 지속적이요 긴장한 대결행위로서 내가 감각, 감수(感受), 체험되고 내 세월 속에 투영되어 오는 온갖 필·우연(必·偶然) 유·무의식간(有·無意識間)의 계기와 사단(事端)과 사물들의 추이과정(推移過程)은 아무리 거칠고 억세고 심각격렬하고 또는 비근하고 대수롭지 않은 말초적인 것이라 할지라도 그것은 다 저절로 나대로의 한 개성, 나대로의 주체, 나대로의 한 활달한 사고(思考) 범주 안에 잘 취사되고 섭취 순화비약되고, 조화되고, 통일되고, 생활화된 청신하고 오직 정신 영양으로서 부단히 문학 위에 승화 발현(發現)될 것이기 때문이다.

이렇게 시를 창작하고 농산물을 애지중지 가꿔 키움으로써 어쩌면 나는 사랑으로 이 우주를 지으시고 역시 사랑의 능력으로 이를 섭리 주재하시는 하나님의 놀라우신 은총의 사업도 가장 가까운 데서 가장 생생하게 참여하여 찬앙(讚仰) 할 수 있는 그러한 분외(分外)의 특권과 기쁨까지를 누려볼 수가 있는 것이다. 땀을 흘리며 밭에 엎드려 일하는 쉰 일참에 시원한 바람맞이 나무그늘 밑에 앉아 도시 혹은 다른 먼 데 벗으로부터 보내온 다정하고 도톰한 편지를 받아 뜯어보는 반가움이라든지 잉크 냄새도 싱싱한 신간 문예물 잡지 단권 책들을 흙 묻은 손으로 받아보는 그 맛은 지금 상상만 해 보아도 만족 이상의 것이다. 옥수나 감자나 쪄다 놓고 먹으면서 벌레 우는 여름 별 밤을 마당에 깔아논 멍석에 누워 같은 농사를 하는 이웃 친구들 혹은 노농(老農)들과 더불어 띠엄 띠엄한 소박한 얘기들을 구수하게 깊여가는 맛은 또 어떠한가. 냇물이 있으면 냇가에 나가 이들 농사하는 이웃 친구나 또는 멀리서 가끔씩 찾아와 주는 도시의 벗들과 더불어 잠뱅이 하나로만 훌훌 벗어 버리고, 엇! 피리피리……엇! 붕어붕어……하고 이리 닫고 저리 따라 그물 밑이 묵근하도록 물고기를 몰아 잡아 서늘한 숲그늘에서 천렵(川獵)놀이를 하는 맛도 또 어떨 것인가.

　　　　　ー시 · 농일원(詩 · 農一元)살이

　어쨌던 먼 인류들의 첫 고향은 수림(樹林)이요 들이다. 더구나 내가 자란 모향(母鄕)은 먼지와 기름때가 묻은 도회(都會) 구석이 아니라, 하늘이 참 맑고 바람이 많고 별이 많고 나무가 많고 물이 많은, 새들이 많고, 꽃이 많고, 풀벌레가 많은 저 넓고 푸른 시골들! 조용한 산기슭에 조용하게 자리 잡고 살아가보고 싶다. 땀을 뻘뻘 흘리면서 일을 해보고 싶다. 손발이 톡톡 부르트도록 일을 해보고 싶다. 쩔쩔 끓는 들판에서 훅근 훅근한 흙냄새에만 파묻히며 일을 해보고 싶다.

　　　　　　　ー 박두진(朴斗鎭)의「나의 생활설계도」

　우리는 이 한 편의 수필이 지니는 내용을 알게 됨으로써 무엇인가를 생각하게 된다. 무엇인가를 생각하게 하는 그 '무엇'이 바로 내용으로서 주제가 되는 것이다. 우리들에게 감동을 주는 것, 내용 안에 용해되어 있는 핵심이 바로 주제가 되는 것이다.

4. 구 성

구성構成은 문장의 조직組織이라고 할 수 있다. 문장을 이루기 위해서는 하나의 설계도가 요구된다. 붓을 들기 전에 먼저 구성이라는 일정한 설계도를 가지고 그 설계도에 따라 순차적으로 문장을 전개시키면 선후先後의 균형이 잡히고 연결된 문장을 이룰 수 있게 된다.

구성이란 제재를 선택하고 그것을 다시 주제에 어긋나지 않도록 배열排列하고 결합하는 작업을 말한다. 구성의 종류에는 단순구성(單純構成 Simple plot), 복합구성(複合構成 Intricate plot), 산만구성(散漫構成 Loose plot), 긴축구성(緊縮構成 Organic plot) 등이 있다.

수필은 그 자체를 구성하는 재료를 배열하는 데 있어서 여러 가지 기본적인 형식이 요구된다.

문장의 구성상 필요한 재료를 순서에 따라 배열하는 배열식排列式 순서형順序型으로는 시간적 순서형과 공간적 순서형이 있다. 그리고 시간과 공간의 순서를 밟지 않고 소재를 단위별 또는 항목별로 배열하여 서술하는 병렬형並列型이 있는데, 이것을 나열형羅列型이라고도 한다.

다음으로 3단형과 4단형, 그리고 5단형이 있다. 3단형에는 서론 본론 결론으로 구분짓는 것뿐만이 아니라, 대전제→ 소전제→ 결론에 이르는 3단논법형이 있으며, 正 · 反 · 合의 법칙에 따르는 변증법형辨證法型이 있다. 가령 ① 저 사람은 부드럽다(正), ② 아니, 저 사람은 날카롭다(反), ③ 아니, 저 사람은 부드러우면서 날카로운 데도 있다(合)고 하는 경우가 그것이다.

'붓 가는 대로 쓰는 글'이 수필임은 분명하다. 그러나 이 말이 뜻하는 것은 무형식의 형식을 취한다는 것이지 질서(형식)를 무시한다는 것은 아니다. 비단 수필뿐만이 아니라, 모든 사물에는 반드시 일정한 길(질서)이 있기 마련이다. 수필 창작에 있어서 찾아가야 할 길을 좀 더 구체적으로 확인하기 위해 김우종金宇鍾의 「나의 수필작법」을 살펴보기로 한다.

수필은 붓 가는 대로 쓰는 글이라고들 한다. 수필의 형식을 단적으로 지적한 말이겠다. 그렇지만 많은 사람들이 수필을 잘못 쓰는 이유도 여기에 있고, 잘못 쓰면서도 누구나 쉽게 쓰겠다고 나서는 이유도 여기에 있다. 붓 가는 대로 쓴다는 말을 보충적 설명이 없이 받아들인다면 대개 그런 결과를 나타낸다. 붓 가는 대로 쓴다는 것은 아무렇게나 쓴다는 것이 아니다. 그것은 기교를 부렸으되 기교의 티를 보이지 않고 형식을 따졌으되 형식의 구속감(拘束感)을 보이지 않고 그저 저절로 그렇게 된 양 자연스러운 느낌을 주어야 한다는 것이다. 우리는 돌을 다듬어서 만든 다보탑(多寶塔)에서 당대(當代) 장인(匠人)의 능숙한 기교와 탑(塔)의 엄격한 형식을 발견하게 된다. 그렇지만 저절로 비바람에 닦이고 땅바닥에 굴러다니던 돌에서도 조형미(造形美)의 극치(極致)를 발견할 때가 있다. 거기엔 애써 연마(練磨)한 기교의 손길도 브이지 않고 어떤 유파나 사조(思潮)의 영향(影響)도 보이지 않는다. 그저 자연 그대로 이루어진 것에 지나지 않으면서도 훌륭한 조각(彫刻)이다. 수필의 형식은 이런 것이다. 그리고 물론 이런 요건은 반드시 수필에만 국한되는 것은 아니다. 詩나 小說도 기교가 눈에 띄면 이미 감동이 반감(半減)된다. 형식에 있어서도 형식 자체가 문학의 형태미(形態美)로 발전한 대표적인 것이 시조(時調)이지만 이런 경우에도 가장 훌륭한 시조는 그 형식의 구속감을 벗어나고 있을 때에만 나타난다. 황진이(黃眞伊)는 그런 구속감을 벗어나서 마치 붓 가는 대로 수필을 쓰듯 시조를 읊은 대표적인 시인이다.

수필의 이와 같은 형식과 그 작법을 흐르는 물에 비유해 본다면 더욱 설명이 쉬울지도 모르겠다. 물은 자유롭게 제멋대로 구불구불 흐른다. 막히면 돌아가고 벼랑이면 굴러 떨어지고 솟구쳤다가 다시 흐른다. 그러면서도 여기엔 일정한 루울이 있고 기교가 있다. 내려가던 물이 다시 기어 올라갈 리가 없고 이유 없이 흩어지고 뭉칠 까닭이 없다. 그러고도 조금도 그 기교와 법칙을 내색하지 않고 자연스럽게 흐르면서 아름다운 곡선미와 율동미를 마음껏 발휘하는 자연의 예술이 된다. 그러한 수필은 한국의 전통적인 수필로 말하자면 그 소재를 대개 '나'의 생활주변에서 얻고 있다. 서구적인 수필(에세이)이 대개 '나'

의 생활보다는 '우리'의 생활에서 소재를 얻고 주관보다는 객관적인 사고(思考)의 경향이 짙고, 서정적이기보다는 지적인 경향이 짙은 것과 달리 우리의 수필은 대개 그와 반대의 뉘앙스를 갖는 경향이 많다. 그런데 쓰는 사람에 따라서 얼마든지 경향이 다를 수 있고 또 자기 개성에 맞는 글을 쓰는 것이 당연하지만 어떤 경향의 수필이든 그것은 지적(知的) 감각과 정서적인 감각을 다 같이 지녀야 할 것이다. 사람에 따라서는 매우 치밀하고 사리를 따지고 사물을 관찰해 나가지만 그것이 오히려 문학작품으로서는 거부반응을 일으킬 때가 있다. 정서적인 감각으로 부드럽게 감싸고 나가는 따뜻한 분위기, 여유 있는 분위기를 안 주어 독자를 피로하게 만들기 때문이다. 더구나 독자도 알 만한 사리(事理)를 따져 나간다는 것은 깔보는 결과가 되므로 작품으로서는 실패다. 그런 대표적인 수필이 山水를 찬미하고 꽃과 달과 가로수와 하늘의 흰구름 등을 찬미하는 수필이다. 말하지 않아도 이미 아름다움을 알고 있는 것에 대해서 미끈한 문장력으로 다시 한번 찬미해 봤자 그것은 감동을 주지 않기 때문이다. 감동이란 경이감에서 우러나는 것이다. 경이감은 새로운 생활의 발견에서 나타나는 것이다. 그리고 그것을 나타내기 위해서 치밀한 논리가 따를 때 비로소 그 논리는 설득력을 지닌다.

한편 이렇게 지적이면서도 그것을 정서적인 감각으로 부드럽게 감싸야만 좋은 수필이 된다고 하는 것은 수필이 곧 문학이요, 예술이어야 한다는 뜻이다. 사물을 지적인 감각으로 관찰하고 논리를 따져 나가기만 한다면 그것은 철학이나 과학적 관찰기록이나 신문기사는 될 수 있어도 문학은 아니기 때문이다. 문학은 항상 어떤 옷을 입고 있는 무엇이다. 알맹이만으로 전부가 아니고 또 겉에 입은 옷만으로도 전부가 아니고 어떤 알맹이(內容)에다 옷(形式)을 입힌 것이다. 정서적인 분위기는 그같은 옷의 하나다. 그리고 이것은 애수(哀愁)와 환희와 찬탄과 시원함과 새콤함 등 여러 가지의 문양(紋樣)으로 구분될 수 있는 것이다. 옷이 날개라고 하듯 아무리 훌륭한 내용이라도 수필은 이같은 옷을 입혔을 때 비로소 문학적 감동을 지니게 된다. 이러기 위해서 수필은 항상 적절한 비유(譬喩)가 필요하고 위트와 유머가 필요하다.

"정신(精神)이 은화(銀貨)처럼 맑다" (李箱의 「날개」에서) 할 때 '맑다'는 내용은 銀貨의 이미지를 옷으로 걸치고 훨씬 '맑다'라는 내용을 선명하게 부각시키는 것이다.

수필은 이러한 문양(紋樣)의 옷을 입어야 되면서도 좀 더 멋진 옷의 수필이 되려면 문양 자체에도 더러는 변화가 있어야 한다. 시종일관 '……이다'나 '……다' 같은 종결어미로만 끝난 수필을 읽으면 쉽게 짜증이 날 것이다. 변화가 없기 때문이다. 수필은 강요가 아니라 여유를 보이는 문학이다. 비록 자기 소신이 있다고 하더라도 혹시 이런 것은 어떨지? 하는 겸손한 의문형도 있고 솔직한 영탄형(詠嘆形)도 있는 것이 수필의 세계다. 그런데 무조건적으로 "이런 것이다"로만 일관해서야 수필의 품위가 살겠는가? 그러니까 수필은 표현기법에도 앞뒤로 조금씩은 변화를 일으켜야 할 것이다. 그러면서 오만하지 말아야 한다. 오만엔 여러 가지가 있다. 너무 단정적인 것도 오만이다. 너무 박식한 것도 오만이다. 너무 난해하고 관념적인 것도 오만이다. 지적인 경향을 강조할 때는 오히려 오만이 매력일 경우도 있지만 대개의 경우, 특히 전통적인 우리의 수필에선 이같은 오만은 배제되어야 한다. 수필은 어디까지나 '나'의 취미, 나의 인생관의 세계라고 한다면 단정이란 금물일 수밖에 없지 않을까? 또 동서고금에 달통한 박식(博識)을 늘어놓은 수필도 있지만 지식을 전하는 자리가 아니요, 지혜를 전하는 자리이며, 단상(壇上)에서의 이론(理論)이 아니요 단하(壇下)에서의 동료끼리의 대화가 수필인 이상 그런 것은 거부되어야 수필의 품위가 산다. 또 그와 비슷하게 너무 관념적인 난해한 용어를 골라 쓰는 사람도 있다. 수필이 생활의 문학이라면 그 언어도 생활적인 것에서 골라 써야 하며 또 대개의 경우는 그같이 쉬운 말만으로도 모든 표현이 가능해진다. 그러므로 굳이 어려운 말을 골라 쓰고 생각의 깊이를 가장(假裝)하려는 것은 속이 비어 있는 오만이고 위선이므로 가장 비문학적인 수필이 될 것이다.

— 金宇鍾의 「나의 수필작법」

수필의 제목과 결구結句에 대해서 특별히 관심을 표명한 예로 박연구朴演求가 있다. 그의 두 편의 글을 인용하면 다음과 같다.

수필은 막연히 써지지는 않는 것 같다. 나의 경우는 반드시 무슨 계기가 있어야 쓰기 쉬웠다. 매우 감동스런 일을 보았다거나 억울한 일을 당했을 때 수필로 표현하고 싶은 충동을 받는다. 일생을 두고도 행복스런 순간이란 그리 많지 못하다. 더욱이나 박복한 나로서는 남들이 생각하기엔 행복 근처에도 못 갈 부스러기들이 사금(砂金)처럼 소중스러워 이걸 간수하기 위해 그 용기(容器)를 마련할 필요가 있었다. 그 용기가 바로 수필이란 형식이었다고나 할까. 어느 여인이 잠깐 보여준 미소라든가 내 딸아이들의 귀여운 모습이며, 오히려 가난해서 좋은 몇 사람의 친구들이 있어서 대화가 가능했던 것이다. 스스로가 생각해도 나야말로 이 각박한 세상을 살기에는 부적당한 존재가 아닌가 싶다. 맨 먼저 나온 짐승의 새끼를 무녀리라고 하는데 이는 바로 못난장이를 뜻하는 말이다. 그러니까 맏이로 태어난 나도 사람의 무녀리(開門)인 셈인데 어려서부터 잔병치례만 하였기 때문에 남들과 겨루는 마당에서 기를 못 펴고 자랐던 거다.

지금도 그러하지만 늘 당하고만 살았다. 어렸을 때는 닭처럼 맨날 싸움하는 것이 생활이다시피 하는 건데 나는 싸울 생각을 못하고 백기(白旗) 들기만 바빴으니 무슨 기백이 있었겠는가. 그 후로도 하여튼 몸을 써서 경쟁하는 것에는 아예 기권하고 말았다. 이것이 정신면에도 영향되어 머리를 쓰는 게임이든가 하다못해 말로 싸우더라도 으레지는 것으로 미리 치부해 버렸는데 나의 마음 밑바닥으로부터는 그때마다 '두고 보자'식의 눈흘김이 계속되었다. 이렇게 당하고만 살아서야 어디 억울해서 살 수가 없었던 것이다. 식민지 백성처럼 눈만 흘기면서 살게 되면 사시안(斜視眼)의 불구(不具)만을 초래할 뿐이라 보상의 길을 모색한 것이 바로 수필문학이었던 거다.

수필을 통해서 앙갚음을 할 수밖에 없게 되었다. 그렇다고 해서 분노의 대상을 곧바로 고발하는 식의 소아병적인 발작은 저의가 드러나는 것 같아 싫었다. 어디까지나 금도(襟度)를 보이는 척 단계 높은 승자가 되기 위해서 고발 감정을 승화(昇華)할 필요가 있었다. 그 승화가 바로 나의 수필문학이었던 것이다. 생활 주변에서 소재를 얻어 인생 전체의 의미를 나타낸 것이 되는 수필이고자 고심(苦心)을 한다. 프로 이드 선생 말을 빌리면 이른바 마조키스트라 할까, 나의 예술(수필)을 꽃피우기 위해서는 더 많은 시련을 겪을 필요가 있다고 생각할 때 다가오는 어려움들이 하나도 겁나지 않다. 생활 방편상 직업을 갖기도 하지만 내 마음은 언제나 수필을 떠나지 않았다. 길을 가면서도 책을 읽으면서도 남과 대화를 나누면서도 수필의 소재를 염두에 두고 지냈다. 수필 한 편을 써 볼 계기가 마련되면 그날부터 나의 생활은 거기에 집약되고 만다. 나의 머리는 수필의 레이다網이었다. 어느 사람도 수필 쓰는 행위를 이렇게 비유했다. "둥지를 짓기 위해 재료를 구하려 이리저리 날아다니는 새가 아니면 꿀을 얻으려고 바삐 돌아다니는 벌이라 하겠다." 그렇다. 나는 한 마리의 벌이었다. 벌은 안 다닌 데 없이 쏘다닌다. 잠자는 아기의 눈꼽을 따가기도 하는가 하면 온갖 꽃 속의 꿀을 빨아다가 자기 몸속에서 그야말로 진짜 꿀을 빚어내는 것이 아닌가. 소재가 수필 한 편을 쓸 만큼 정리가 되면 대강 순서를 정하고 악센트를 배치해 본다. 악센트란 다름 아닌 나의 기교다. 이것이 없으면 죽은 글이다. 내가 아니면 못할 기가 막힌 소리를 군데군데 양념처럼 넣어야 한다. 그런데 이 기교라는 것을 이해가 가도록 풀이할 수가 없거니와 또한 공개할 생각도 없다. 요리의 비법을 알고 나면 그 집의 단골이 줄어 들기 쉽다. 그 비슷한 요리는 다른 집에 가도 맛볼 수 있겠으니 말이다. 무슨 글이든 마찬가지겠으나 나는 수필을 볼 때 끝이 마음에 안 들면 발표를 보류하고 며칠이고 생각을 한다. 그러다가 실로 번개처럼 붙잡히는 결구(結句)가 생각나서 멋지게 마무리를 하고 났을 때의 쾌감이란 어찌 화폐의 액면 따위로 값을 정하랴.

— 박연구(朴演求)의 「꿀을 얻으려는 벌」

수필에 있어서도 제목은 중요하다. 상호가 좋아야 장사가 잘 되듯이 제목이 좋으면 우선 고객(독자)의 눈을 끌기 마련이다. 나는 제목이 마음에 안 들면 글이 잘 써지질 않는다. 가제(假題)일망정 꼭 제목을 붙이고서야 쓰게 된다. 우리집 근처의 가게 이름이 좋게 들려 언제고 한번 그 제목으로 수필을 쓰려니 하고 마음을 먹고 있었기 때문에 자연 바보와 관련된 이야기를 생각하게 된다. '멧돼지' 이야기는 어려서 산촌(山村)의 고향 고로(古老)들에게서 들은 기억을 더듬어 쓴 것이고 '곰'이야기는 어느 친구의 수필에서 얻은 지식을 활용한 것이다. 이런 이야기들은 재미는 있어도 이 수필의 생명은 될 수 없다. '돼지 저금통'에 대한 부분과 마지막의 "반대급부(反對給付)가 너무 융숭……"이 주제를 집약적으로 암시해 준 악센트가 아닌가 한다. 자기 작품을 가지고 말하는 것이 겸연쩍긴 하나 멧돼지가 호랑이를 잡을 만큼 위력이 대단하다는 이야기에다가 돼지 저금통이 위력을 발휘하면 급병난 식구를 구해준다는 이야기를 대비(對比)함으로써 이야기들의 나열에 혈맥(血脈)을 통하게 만든 것이라고 보겠다. 수필에 있어서도 마무리가 가장 중요하다. 은은한 여운(餘韻)을 느끼게 하려면 끝맺음을 어떻게 하느냐에 달려 있다. 나는 결구(結句)를 생각하고 써 가진 않지만 거의 쓰게 되면 섬광(閃光)처럼 뇌리에 짚이기도 했다. 이 수필에서는 애처(愛妻)함을 나타내고자 한 것인데 자칫하면 속물(俗物) 되기가 쉬운 만큼 직접적인 표현은 피하고 끝에 가서도 막내딸을 등장시키면서, "그리고 또……" 하는 암시적인 수법을 썼을 뿐이다.

　　　　　　　　　　　　　　　　　　— 박연구의 「바보네 가게를 쓰기까지」

　수필이 보다 수필다워지기 위해서는 보다 높은 시적 차원詩的次元을 꾀하면서 그 철학적 사색을 수필 속에 담는 일이 필요하다. 이러한 모색은 수필을 문학적 아취雅趣가 풍기게 하는 내용으로서의 사상성과 형식으로서의 예술성을 의미한다. 윤오영尹五榮의 「나의 수필작법」은 이러한 차원을 생각하는 좋은 길잡이가 될 것이다.

　　수필은 그 작품마다가 창작인 까닭에 작품이란 곧 새로운 형태를 조성한다는 뜻이 된다. 일률적인 방법은 없다. 그러므로 하나의 작품에 대한 해설이 하나의 자기 작법과 작품의 예가 될 것이다. 최종의 목적은 소설로 쓴 시가 아니면 시로 쓴 철학이지만 이것은 이상일 뿐이다. 그러나 방향은 항상 그것을 모색해 보는 것이다. 그리고 시적 이미지와 소설적 표현을 어떻게 조화시키느냐가 항상 추구하는 수련과정이 된다. 아래에 졸작「廣寒樓記」의 해설을 붙임으로써 수필 노트로 삼고자 한다.

기행문과 수필은 같지가 않다. 수필은 집중된 '폼'을 이루어야 한다. 寫景은 과장이 없는 寫實이어야 하며 부질없이 美化하다가 濃淡을 잃지 말아야 한다. 情景俱到의 妙를 얻으면 上乘이다. 시작에서 풍경보다 전설이 강함을 말함으로써 一篇의 내용은 이미 결정된다. 다음은 문에 들어서자 눈에 보이는 즉경이다. 작은 정자들을 일일이 묘사하거나 설명하면 廣寒樓가 죽는다. 烏鵲橋하면 이미 설명이나 묘사가 필요 없다. 그것은 그 이름이 景보다 강한 까닭이다. 다음은 樓上의 景이다. 처음에는 물과 숲과 섬을 靜的으로 잡고, 이어 대숲을 動態에서 파악한다. 이것이 표현의 기동성이다. '보기 좋다' 정도로 표현해둔 것은 위의 '아름답다'와의 濃淡을 위해서다. 赤壁賦 云云은 虛辭인 接續副詞를 實辭로 대치한 것이니 문장의 堅實을 취한 것이다. 그러나 荒山大捷碑의 强句가 없으면 그 말은 진부해진다. "문학의 힘이란 위대하지 아니한가"는 평이한 結句다. 그러므로 烏鵲橋의 悲歡으로 響을 내야 문장이 기복을 얻어 생동한다.

다음은 이미 春香閣에 왔다. 춘향각의 묘사는 평범하기 쉽고 춘향의 畵像에 대한 통속적인 묘사는 雅趣를 상하기 쉽다. 다만 焚香하는 문전의 모습으로 족했다. 돈을 놓고 절한 것을 焚香으로 바꾼 것은 文雅하기 위해다. 고추같이 매운 열녀를 들어 전설의 진실성을 부각시킨다. 여기서 비로소 춘향전을 중심으로 閒筆을 弄할 여유를 얻었다. 그러나 템포가 느리고 길어졌다. 그러므로 되풀이해서 강조하므로만 文勢가 살아난다. 목침의 예가 그것이다. 정념이 맺히면 목침에서도 피가 흐른다는데 춘향의 전설에 생명이 없으랴 하는 뜻이니 前文의 강조다. 춘향각을 보고, 그대로 나오면 文情이 아니다. 잠시 머뭇거리고 둘러봤어야 했다. '좌우편의 비석'은 이때의 景을 말한다. 이조 오백년 운운에서 비판과 풍자와 개탄을 곁들여 글을 맺으려 한다. 그러나 여기는 부드러운 유머로 마무리해야 글이 촉박하지 않다. "누구의 아이러니칼한 착상인고"가 그것이다.

그러나 이것으로 글 전체가 끝나면 좀 허술하다. 回程하는 이야기를 쓰면 산만하다. 감상을 쓰면 文脈이 해이해진다. 아침 장구 소리가 들려온다. 이것이다. 유구한 전설 속에서 헤매던 心緒는 문득 자신의 순간으로 돌아온다. 유구와 瞬覺, 이것이다. "구름은 먼 마을로 떠나고 境內에서 가무를 익히는 장구 소리가 등 뒤에 들려온다"는 것이 그 표현이다. 밀집한 사건으로 긴밀한 구성을 꾀하고 濃淡과 起伏으로 호흡을 조절하며 정서를 은은히 매만져 하나의 새로운 형태를 만들어 보려는 것이 이 작품의 留意點이요, 약 七面에 열네 마디 件을 담았으니 최소 지면에 최대로 많은 내용을 압축 수용하여 여한 만한 文詞를 피하며 정서를 눌러가며 이미지를 살려 보려고 노력한 것이요, 단편소설의 수법과 시적 표현을 조화시켜 보려고 시도한 것이다.

             — 윤오영(尹五榮)의「나의 隨筆作法」

지금까지 수필의 작법에 대해서 알아보았다. 수필문장은 개성적인 문장이면서 무형식의 문장이요, 유머, 위트, 비평적인 문장이며, 심미적, 철학적인 문장인 동시에 제재가 다양한 문장이라는 것도 알게 되었다. 자기의 생활과 밀접한 글이면서도 그 속에 철학이 있어야 하고, 자기를 적나라하게 드러내면서도 분명히 알 수 없는 여운이 담겨 있어야 한다는 것도 알게 되었다. 따라서 수필은 문학 장르 가운데서 가장 쓰기 쉬운 것 같으면서도 가장 쓰기 어려운 문학의 한 형태라는 것도 알게 되었다.

제6장
논문문장

제6장 논문문장

I. 논문의 종류와 요건

논문은 자기의 사상이나 의견을 논리적으로 표현한 문장이다. 필자의 견해가 부정적이거나 긍정적이거나 간에 그것은 단정적인 성질을 지닌다. 필자가 자기의 의견을 엮기 위해서는 그것을 뒷받침해 줄 수 있는 이론의 체계가 필요하다. 그리고 연구조사나 문헌자료는 논문의 뼈대를 이루는 기초가 된다. 논문을 규격화한 정보 전달의 수단으로 보는 것은 그 내용 못지않게 외형적인 체재體裁의 요건도 중요하기 때문이다.

1. 논문의 종류

논문은 주로 학술논문과 비평논문으로 크게 나눌 수 있다. 학술적인 전문 분야의 연구를 발표하는 깃이 학술논문이라면, 비평논문은 작품 또는 사상이 그 대상이 된다. 비평논문은 시평적時評的 논문과 비평적인 논문으로 구별된다. 시평논문은 어떤 시한성時限性을 갖고 정치 · 경제 · 사회 · 문화 전반에 걸쳐 분석 비평하는 글이며, 비평논문은 타인의 사상이나 의견, 작품 등에 대하여 비평한 논문이다.

리포트(보고서)는 논문이 아니지만 작성자의 의견이나 주장이 곁들여지는 경우에는 논문의 성격을 띠게 된다. 그러므로 논리의 해명이나 이론적 고찰 내지 비평이 따르는 논문과 조사, 답사, 관측, 채집, 실험 등의 자료나 현장에서 얻어진 사실이나 결과를 정리하여 보고하는 리포트는 엄연히 구분된다.

지적 독립이나 학문상의 자립은 연구자로서의 기본 요건임은 두 말할 나위가 없다. 학생에게 부과되는 논문이나 리포트는 작성자로 하여금 장차 학문연구자로서 자립할 수 있도록 기초 훈련을 쌓는 데 그 의미가 있다. 리포트의 요소가 강한 학생논문과는 달리, 리포트는 논문의 습작이라고 해도 과언이 아니다.

논문에는 졸업논문, 학위논문, 응시논문 등이 있어 그 종류가 다양하다. 논문의 자유성이나 포괄성에서 볼 때 졸업논문은 대학교육의 결산서라 할 수 있다. 따라서 졸업논문 제도가 노리는 효과는 첫째, 교수와 학생 사이의 학문적인 접촉의 증진, 둘째, 전공과목에 대한 지식의 종합, 셋째, 자주적 학문연수의 능력 함양으로 집약된다.

졸업논문은 연구성을 전제로 한 것이라 하더라도 새로운 사실을 찾아낸다기보다는 이미 알려진 사실이나 자료를 독자적인 관점에서 재음미하는 데 뜻이 있다. 그 제도가 노리는 효과는 전공과목에 대한 지식의 종합이라 할 수 있다. 여기에서는 내용 못지않게 논문의 양식과 체재가 엄격히 지켜져야 하며, 충분한 인증 또는 방증이 필요하다.

이런 점에서 대학원교육은 논문작성을 위한 과정, 또는 수단이라는 역설이 성립될지도 모른다. 왜냐하면 학위논문은 학위 취득을 목적으로 한 연구의 결과로 볼 수 있기 때문이다.

2. 논문의 요건

논문에는 일관된 논리와 독창성이 요구된다. 그렇다고 일반성을 무시하거나 소재가 반드시 새로워야 한다는 뜻은 아니다. 타인이 다룬 소재라도 그것을 다루는 방법이나 관점에 따라 얼마든지 달라질 수가 있다. 연구의 결과가 남의 것과 큰 차이가 없다고 하더라도 이론상 새로운 해석이 가능한 것이면 논문으로서 성립되는 것이다.

그런데 다음의 경우는 독창성이 결여됐기 때문에 논문으로서의 가치가 없다. ① 남의 저술을 요약한 것, ② 남의 견해나 주장을 비판 없이 옮겨놓은 것, ③ 여기저기서 인용하여 교묘하게 꾸며 놓은 것, ④ 입증되지 않은 개인적인 견해가 담긴 것, ⑤ 타인의 글에 대한 출처를 밝히지 않고 옮긴 것.

과학논문은 물론, 인문 사회계 논문에서도 정확성, 객관성과 함께 불편성不偏性, 검증성, 평이성 등 5요건이 강조되고 있다. 그릇된 정보를 퍼뜨리는 데서 생기는 해독이 크므로 우선 사실의 바탕 위에서 정확을 기해야 하고, 그 서술이 객관적이어야 하는 것이 철칙이다. 집필자의 단순한 의견이나 주관적인 생각 또는 그 자료가 바탕이 되어서도 곤란하다.

그리고 집필자의 편견이나 감정, 선입관도 금물이며, 그 진위眞僞의 관찰이나 측정이 가능하고 확정적 기술記述이 가능해야 한다. 또한 읽기 좋은 논문이 되기 위해서는 문장 자체가 평이하면서도 명확하고 간결해야 한다. 뿐만 아니라 주석註釋이 본문 안에 용해되어 눈에 거슬리지 않게 하는 것도 글을 읽히게 하는 하나의 요령이다.

II. 입안과 준비

1. 논문 작성의 태도

논문을 작성하기 위해서는 확고한 자기 사상의 기반 위에서 한 가지 테마를 성실하게 추구하는 태도가 중요하다. 그것은 곧 논문의 가치를 좌우하는 척도尺度가 되기 때문이다.

2. 논문 작성의 5단계

어떠한 주제에 관하여 조사 연구한 견해를 글로 쓴 것이 논문이라 한다면 그 논문이 완성되기까지는 대체로 ① 주제 선정, ② 자료 수집, ③ 자료의 평가, ④ 자료의 편성, ⑤ 원고 작성 등 5단계의 과정을 거치게 된다. 그러나 어느 경우이건 반드시 이 순서대로 지켜지는 것은 아니다. 연구 분야의 성격에 따라 방법이 다를 수도 있고, 집필자의 능력에 따라 얼마든지 순서가 바뀔 수도 있다.

a. 주제 선정

학생에게 주어지는 논문은 그 제목이 지정되는 경우가 많다. 이때 단일제單一題이면 취사선택의 여지가 없지만, 복수제複數題인 때는 그 선정 문제가 따른다. 때로는 제목을 주지 않고 폭넓은 주제만이 제시되기도 하므로 선정 자체가 문제된다. 지정된 단일제의 경우라도 그것을 어떠한 측면에서 파악하고 다루느냐에 따라 성패가 좌우되므로 신중히 생각하지 않으면 안 된다.

b. 자료 수집

논문에서는 문헌 자료만이 아니라 실험이나 관측, 또는 현장 조사 등으로 얻어지는 데이터, 개인이나 집단과의 면담에서 얻어낸 사실 등이 중시된다. 인문·사회계의 논문에서는 역시 문헌 자료가 중심이 되는데, 자료 수집의 첫 단계는 참고문헌을 선정하는 일이고, 다음 단계가 자료 수집의 방향이나 목표를 정하는 일이다. 각종 문헌을 읽고 여기서 얻어낸 정보를 기록하는 일, 이것이 자료 수집이다.

c. 자료의 평가

자기의 논지論旨를 전개하는 데 필요불가결한 자료를 수집하자면 이에 대한 평가 안목이 있어야 한다. 자료의 평가는 참고문헌의 선정만이 아니라 문헌에서 얻는 정보의 기록, 자료의 편성까지 포함된다.

d. 자료의 편성

아무리 좋은 자료를 많이 갖고 있다고 하더라도 정리가 되지 않으면 가치가 없다. 자료는 일정한 기준에 따라 정리 분류되고, 자료와 자료 사이에 연계성連繫性이 이루어지도록 조직화하는 일이 필요하다. 이와 같은 일이 곧 논문의 뼈대를 이루는 기본이 된다. 자기의 논지를 체계적으로 전개할 수 있느냐의 여부는 오직 이 구성 여하에 달려있다.

e. 원고 작성

조사 연구한 결과로 얻어진 여러 가지 사실과 이에 대한 연구자 자신의 비판을 종합하여 글로 표현하는 것이 곧 원고 작성이다. 원고 작성에서 강조되어야 할 것은 방증傍證을 갖추고 논리의 일관성을 꾀하는 일이다.

3. 자료의 이용

자료 없이 논문을 작성할 수는 없다. 문헌 자료가 요구되는 인문 · 사회계에서는 그 공급원이 도서관이다. 기능면에서 도서관의 장서는 일반도서와 참고도서로 구분된다. 대표적인 참고도서는 사전 · 편람 · 연감 · 색인·서지 목록 등이다. 어느 도서관이나 이 참고도서를 일정한 자리에 비치하여 열람자로 하여금 자유로이 이용하게 한다. 그러나 일반도서는 대개 서고書庫 속에 보존하고 일정한 절차를 거쳐 이용자에게 대출된다. 그런데 정기·부정기를 막론하고 계속적으로 간행되는 잡지류는 단행본보다 정보 전달이 빠르기 때문에 어느 학문에서나 소중히 여겨진다.

4. 주제선정

a. 문제의 유형

주제는 논문의 근본이므로 그 선정 여하에 따라 논문의 성패가 결정된다. 주제 선정에서 첫째로 고려되어야 할 것이 문제의 유형이다. 이에 따라 연구 방법이 차이가 나고, 논문의 성격도 달라지기 때문이다. 문제는 대체로 세 가지로 유별되는데 그 첫째가 사실 확인의 문제이다. 이것은 검증적 관찰이 가능한 개개의 사실과 그러한 사실 사이의 관계를 규명하는 일이다. 그 둘째는 가치 판단의 문제로서 그것이 어떻게 왜 일어났는가를 규명하는 일이라고 할 수 있다.

또 다른 하나는 기술에 관한 문제이다. 이것은 어떤 문제를 해결하여 목적을 달성하기 위한 것이므로 수단에 관한 문제라고도 한다. 기술이나 수단에 관한 문제는 응용과학의 영역에 속한다고 할 수 있다. 왜냐하면 순수과학에서 알아낸 지식을 인간의 효용가치에 맞춰 응용하기 때문이다. 문제를 이와 같이 유별한다 하더라도 세 유형 사이에는 밀접하고 복잡한 연관성이 있다. 그렇더라도 학문의 계열이나 분야에 따라 어느 특정된 유형의 문제만이 따로 다루어지는 것은 물론 아니다.

b. 주제 선정의 요건

주제 선정에 있어서 고려되어야 할 점은 ① 흥미를 가진 문제, ② 폭이 좁고 깊이 있는 문제, ③ 자료수집이 가능한 문제, ④ 독창성 내지 참신성이 있는 문제, ⑤ 명확한 결론의 도출導出이 가능한 문제 등을 꼽을 수 있다.

논문의 주제는 평소 관심을 가진 소재를 택하는 것이 현명하다. 관심을 가진 그 만큼 문제의 핵심에 접근하고 있는 까닭이다.

주제는 폭이 좁고 깊이 있는 것이 좋다. 주제의 폭이 넓으면 다루기가 어렵고, 논문의 초점이 흐려지기 쉽다. 가령 문화 전반에 걸쳐 다루기로 한다면 주제의 폭이 너무 막연하지만, 시간과 장소에 따라 한정시키거나 어느 특정 현상에만 국한한다면 주제는 보다 구체성을 띠게 된다.

문화→ 한국문화→ 현대 한국의 문화→ 현대 한국문화에 있어서의 변화양상, 이렇게 범위를 좁히면 초점이 뚜렷해진다. 그러나 지나치게 폭이 좁은 주제는 바람직하지 않다. 벌레→ 진드기→ 진드기의 기생양상……이쯤 되면 상당한 고도의 전문성이 요구되기 때문에 학생논문으로서는 합당하지 못하다.

논문의 주제는 그 주제를 다루는 데 필요한 자료의 수집이 가능한 것이어야 한다. 주제가 아무리 구미가 당기고 절실한 문제를 내포한 것이라도 그것에 접근하는 데 필요한 자료가 충분치 못하면 논문은 쓰이어지지 못한다. 자료 수집에는 시간과 비용 문제가 고려되어야 한다.

논문의 주제는 독창적인 것이 바람직하지만 엄밀한 의미의 독창성이란 기대하기 어려우므로 되도록 참신한 것이어야 한다. 너무 흔해 빠진 것, 이미 다루어진 것, 도저히 새로운 해석을 더할 여지가 없는 것 등은 주제로서 적합하지 못하다. 사실 확인의 문제라면 확인된 사실이, 가치판단에 관한 문제라면 판단된 가치가, 그리고 수단에 관한 문제이면 그 수단이 집약적으로 밝혀지는 부분이 논문의 결론이 되어야 한다. 논문의 의도가 분명치 못하고, 제시된 내용이 불투명했을 때는 결론에 도달했다고 볼 수 없다. 따라서 주제 선정에서는 결론 도출의 가능성이 고려되어야 한다.

c. 주제의 압축

논문의 주제를 압축한다는 것은 결국 논점이 뚜렷해야 한다는 것을 의미한다. 그러기 위해서는 다음의 도표처럼 폭넓은 주제를 좁혀가는 세분화 작업이 필요하다.

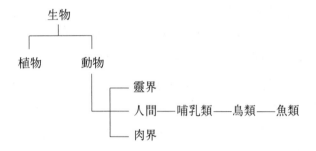

주제의 초점을 모으는 또 하나의 요령은 우선 포괄적인 주제를 놓고, 그것과 관련성이 있는 사항과 그러한 사항에서 파생되는 문제들을 열거하는 방법이다. 이때 누가, 무엇을, 어디서, 언제, 어떻게, 왜라는 의문을 제기하는 육하원칙六何原則을 적용하면 더욱 효과적이다. 포괄적이고 산만한 주제를 압축하는 결과를 기대할 수 있다.

주제의 압축을 위한 시간과 장소의 제한에 문제가 되는 것은 시간적인 개념과 장소적인 개념의 규정이다. 가령 '古代'가 일반적인 관례나 통념에 따른 시대 구분과 일치하거나 삼국시대까지 포함하는가를 분명히 하고, '한국'만 하여도 한반도를 가리키는가, 아니면 지금의 만주 일대에 존재했던 부족국가들까지도 포괄하는가에 대한 한계가 분명히 그어져야 한다.

5. 자료 수집

a. 구상요목의 시안

자료 수집이란 논문의 주제를 다루는 데 필요한 정보를 얻어내는 한 방편이다. 논문을 쓰기 위해서는 우선 주제를 정한 뒤 자기의 예비지식을 평가하고 정리하는 시간을 가져야 한다. 그 방법은 사람마다 다를 수 있지만, 손쉬운 방법의 하나는 생각나는 주제를 떠오르는 대로 우선 적어보는 일이다. 이때 굳이 순서를 따질 필요는 없다. 간략한 문장으로 적는 것이 좋다.

이 짧은 글들은 자기의 예비지식을 구체적으로 정리 · 평가하는 데 큰 도움이 된다. 구상構想에는 설명식과 항목식이 있다. 저마다 특색이 있지만 문장으로 된 설명식은 想(idea)이 흩어지거나 빠트리는 것을 방지하는 데 효과가 있고, 항목식은 전체를 일목요연하게 개관할 수 있는 장점이 있다.

b. 자료 카드

문헌을 조사해서 얻은 정보는 카드에 기록해 두는 것이 좋다. 이 방법보다 더 효율적인 것은 아직 없다. 노트는 내용의 보존에는 편리하지만 정리에는 적합하지 못하다. 카드는 검색에 편리할 뿐만 아니라 거기에 담긴 지식을 여러 가지로 규합하는 일을 가능케 하므로 매우 능률적이다.

카드의 크기는 적절한 양의 정보를 기록할 수 있는 것이면 충분하다. 대체로 엽서 정도의 크기나 대학 노트 반 정도의 크기가 될 것이다. 기록은 반드시 잉크를 사용하는 것이 좋다. 그리고 카드 한 장에는 한 가지 사항만을 기록해야 하며, 두 가지 이상 적어서는 안 된다. 기록은 알아 보기 쉽도록 정확히 해야 한다.

자료 카드에 정보를 기록할 때는 대체로 다음 네 가지 방법이 쓰인다. 어느 방법으로 기록하든 남의 것을 빌린 것이면 반드시 정확한 전거典據

가 밝혀져야 한다. 요컨대 '남의 것'임을 확연히 드러내야 하고, 자기의 견해와는 뚜렷이 구별되도록 해야 한다.

① 요약―원문의 요점만을 간추려 적는 방법이다. 원문 한 페이지가 반장이나 몇 줄로 또는 단어 하나로 요약될 수도 있다.

② 패러프레이즈(paraphrase)―원문의 뜻을 다른 말 혹은 쉬운 말로 바꾸어 놓는 것으로서 길이는 원문과 비슷하다. 해석이라기보다는 말을 바꾸어 원문을 재현하는 것이다.

③ 직접 인용―원문을 충실하게 그대로 옮겨 놓는 것인데, 특히 잊어서는 안 될 일은 따옴표(" ")의 사용이다.

④ 요약과 직접 인용, 또는 패러프레이즈와 직접 인용이 병용倂用되기도 한다. 이때의 직접 인용은 가급적 간략하게 처리한다. 자료 카드는 맨위단段에는 표제標題를 적고, 우측 상단에는 저자의 이름을 적는다.

Ⅲ. 논문의 구성

1. 논문의 기본 형식

논문에는 어떠한 틀이 있다. 그것은 대체로 서두에서 문제로 도입되는 서론과 각 방향으로 논지를 전개시키는 본론, 그리고 단정에서 연역법과 귀납법에 의한 증명의 단계를 거쳐 그 논지를 요약 정리하여 목적을 재확인하는 결론에 도달하게 된다. 논문은 그 내용에 따라 구성 형식에 독자적인 양상을 띠지만 대략 다음과 같은 과정을 거치게 된다.

2. 자료의 평가

자료는 사실이나 사건에서 직접 얻어낸 것일수록 가치가 있다. 그러므로 논문에서는 직접적이고 본원적인 자료가 바람직하다. 저자를 기준으로 자료의 신빙성을 평가하고 유익성을 판단하는 데는 대체로 세 가지 관점이 있다. 첫째는 저자가 저술에서 다루고 있는 주제에 대하여 직접적인 지식을 가진 것인가의 여부를 판단하는 일이다. 둘째는 저자의 직업이나 명성, 지위 등이 판단 기준이 될 수 있다. 전문직에 종사하는 사람, 특정 분야의 권위자, 또는 학문적인 업적이나 지위 등이 크게 참작된다. 그러나 이것이 절대적인 것은 아니다. 셋째는 저자의 출신이나 경험 또는 현재 처해 있는 환경 등을 고려하여 그가 편파적인 인물인가를 가려내야 한다.

다음으로 전통 있는 출판사는 그 자체의 명예를 소중히 여겨 기획 · 편집 제작 전반에 걸쳐 신중을 기하므로 이런 출판사가 간행한 자료는 일단 안심할 수 있다. 그러나 정보의 성격에 따라 간행 시기가 문제 되는 수가 있다. 체재를 살필 때는 첫째로 목차의 짜임새를 본다. 항목의 배열에 논리적인 모순이 있거나, 항목 간에 심한 불균형이 엿보이면 일단 내용을 의심하는 것이 좋다.

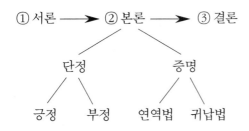

자기 논증이 논문의 기본 정신이라면, 그 논증을 어떻게 체계화하느냐가 문제 된다. 자기의 사상이나 주장, 또는 연구 결과가 독자에게 바르게

전달되고 이해되도록 하려면 주제로 설정한 문제를 어떻게 다루어야 하는가 하는 구성 방법이 고려되어야 한다. 여기에서 구성이란 논문의 외형적 체재가 아니라 본문의 유기적인 조직을 의미한다.

논문문장에서는 체계적인 논리의 전개를 기본 요건으로 하기 때문에 유기적인 조직과 통일성이 강조된다. 논문은 일반적으로 서론과 본론, 결론이라는 3단 구성을 기본으로 하는데, 서론에서는 문제를 제기하고, 본론에서는 논증한 결과를 바탕으로 서론에서 제기한 문제에 대하여 판단을 내리고, 결론에서 매듭짓는다. 아무리 복잡한 구성이라도 그것은 어디까지나 3단 구성을 발전·확대한 것에 지나지 않는다. 이것이 논문의 기본 형식이다.

그러나 서술 방식은 그 순서가 꼭 지켜져야 하는 것은 아니다. 서론이 먼저 다루어지는 것이 상식이지만 결론 부분이 독립되지 않은 채 본론에 묻히는 예도 흔히 찾아볼 수 있다. 논문은 서론에서 본론을 거쳐 결론에 이르기까지 논리 전개에 무리가 없어야 한다. 학생이나 초심자의 논문에 전통적인 3단 구성이 바람직한 것은, 그것이 무난하고 안전하기 때문이다.

a. 서 론

서론은 논문의 주안점을 밝히는 데 목적이 있다. 문제의 성격, 범위, 연구의 의의나 동기 등이 여기에 서술된다. 또는 논제와 밀접한 관련이 있는 과거의 연구가 소개되기도 하며, 연구 방법, 즉 논제에의 접근 방법이나 특수한 술어의 해설, 기본적인 자료가 밝혀지기도 한다. 서론은 될 수록 간단명료해야 한다. 서론은 논지의 지정—문제점이 무엇이며, 무엇 때문에 어떤 각도에서 어떤 방법으로 논하려는 것인지 독자를 유인하는 대목이다.

"민중은 물이요 정부는 그 속에 사는 고기(魚)라"는 말은 정권 특히 국민 정권과 민중과의 이상적인 관계를 표현하는 標語이지만 현실에 있어서는 좀처럼 실현을 보기 어려운 말이다. 무릇 일정한 정권으로서 민중의 지지를 받지 못하거나 일반 대중과 遊離하게 되는 것 이상으로 무서운 일은 없을 것이다. 한 주먹도 못 되는 소수의 지배 계층이 정권을 장악하고 백성들에게 말 없는 순종과 희생을 강요하던 전제정치하에서도 '民心이 天心'이니 '民聲이 神聲'이니 해가지고 專制者의 횡포와 자의(恣意)에도 자연적인 한계가 있어 백성의 이익을 증진하고 나아가서는 그들의 요구를 실현하여 주는 것을 정치의 요체(要諦)로 삼지 않을 수 없었다. 하물며 권력의 토대를 일반 대중에게 두고 있는 민주정치하에서 정권이란 자기 목적인 존재가 될 수 없고, 국가 사회 성원의 공동생활의 자유 복지 행복을 촉구 · 실현하여 주어야 할 수단으로서의 존재에 지나지 않는다. 정치 권력이란 민중 속에 뿌리를 박고 있어 그 속에서 성장하며 또 민중의 박수갈채의 환호리에 집행될 때 비로소 무궁무진할 것이다. 권력은 강제를 수반하는 <힘>이다. 그리고 그 <힘>은 민중을 지배하는 데 사용되는 것이지만 지배란 바로 복종을 발견하는 외에 무엇을 의미하는 것일까. 복종에는 지배자에 대한 공포에서 생기는 마지못한 복종, 대가를 요구하는 공리적인 복종, 존경심에서 우러나오는 진실한 복종, 자각심에서 유래하는 합리적 복종 등의 몇 개 유형이 있을 것이다. 그런데 민주정치하에서의 지배─복종의 관계는 M.웨버의 소위 제삼유형, 즉 합법적 지배─합리적 복종의 관계에 속한다.

이 글은 신상초申相楚의 「政權과 民衆」이라는 논문의 서론 부분이지만, 이 속에서 이 논문이 시도하려는 문제점이나 각도를 파악할 수 있을 것이다.

文教部長官 李瑄根씨는 어제 학생의 선거운동 관여문제에 대하여 언급하고 학생은 선거운동을 할 수 없으며 이를 금하기 위하여 각 학교에 단속 지시를 하겠다는 의견을 명백히 하였다. 그런데 현재 학생의 선거운동을 禁壓하고 이를 처단하는 법규라는 것은 존재하지 아니

할뿐더러 도리어 正·副統領選擧法에 의하면 이것을 용인하고 있는 趣意가 있어 보인다. 따라서 치안국장이나 중앙선거위원회가 이 문제를 중심으로 發한 경고는 아무런 법적 근거가 없는 것으로서 단지 그것은 不測한 다른 犯法 사태의 야기를 염려하는 主意的 의미로 이해하여 족한 것이다. 그러나 문교부장관 이선근씨의 의견에 이르러서는 학교장으로 하여금 교육법상의 징계를 단행케 할 不純한 효과를 가져오게 하는 것이므로 이를 방관할 수가 없다. 일반으로 말해서 각 선거 사무소에 학생이 은연중 출입한다고 할 때 경찰관은 그 신분을 조사하여 학교에 연락하고 학교장은 그 학생에게 퇴학을 명한다는 것인데 이 무슨 명랑치 못하고 부자유한 선거 풍경인가를 이선근씨는 생각해 보기를 바란다.

이 글은 1956년 4월 10일자 『한국일보』에 실린 「학생과 선거운동」이라는 사설의 서두이다. 이것은 과거 5·15선거의 문제점을 지적한 논평으로서 서두를 특별히 설정하지 않고 본론으로 끌어가는 점차유도법을 쓰고 있으나 매우 자연스럽다.

b. 본 론

본론은 논문의 근본이며, 논지의 중심이요 목적이다. 자기 연구 결과의 정확성이나 해석의 정당성을 논증하기 위해서는, 남의 견해나 주장에 대한 반증이든, 자기 것에 대한 입증이든, 충분한 증거가 갖추어지지 않으면 안 된다. 여기에는 단정과 증명이 요구되는데 단정의 방법에는 긍정적인 것과 부정적인 것이 있으며, 증명의 방법에는 연역법과 귀납법이 있다. 연역법이란 일반적으로 법칙을 지정하고 그 법칙에서 특수성에 도달하는 방법이다. 효과를 기대하기 위해서는 논리적인 수법이 고려되어야 하는 바 연역적 추리와 귀납적 추리의 방법이 선택된다.

연역법은 삼단논법의 최초의 형식인 바 그것은 하나의 명제(개념과 개념을 결합하여 하나의 판단을 빚어내는 것)에서 다른 명제를 매개媒介하여 제3의 명제를 만들어 내는 방법을 말한다. 명제에는 긍정명제, 부정명제, 규정명제, 가정명제가 있는데, 그것이 성립되기 위해서는 主部와 從部와 繫部가 필요하다. 가령 "꽃은 아름다운 것이다"라고 할 때 '꽃은' 주부이고, '아름다운 것'은 종부이며, '이다'가 계부가 된다. 또한 삼단논법에는 가정적 삼단논법과 선정적 삼단논법 등이 있는데, 가정적 삼단논법은 가정명제를 대전제로 하는 것으로서 그 형식에는 다음의 네 가지가 있다.

1. {
A이면 B이다.
A이다.
그러므로 B이다.
}

2. {
A가 아니면 B다.
A는 아니다.
그러므로 B이다.
}

3. {
A이면 B는 아니다.
B는 아니다.
그러므로 A는 아니다.
}

4. {
A이면 B이다.
B는 아니다.
그러므로 A는 아니다.
}

이상의 것을 예로 할 때 가정적假定的 삼단논법은 다음과 같은 것이 된다.

1. {
인류를 구하면 메시아이다.
그는 인류를 구했다.
그러므로 그는 메시아이다.
}

2. $\left\{\begin{array}{l}\text{범죄행위가 없으면 무죄이다.} \\ \text{그에게는 범죄행위가 없다.} \\ \text{그러므로 그는 무죄이다.}\end{array}\right.$

3. $\left\{\begin{array}{l}\text{한국인이면 백색인종이 아니다.} \\ \text{그는 백색인종이다.} \\ \text{그러므로 그는 한국인은 아니다.}\end{array}\right.$

4. $\left\{\begin{array}{l}\text{기독교인이면 성경을 본다.} \\ \text{그는 성경을 보지 않는다.} \\ \text{그러므로 그는 기독교인은 아니다.}\end{array}\right.$

그리고 선정적選定的 삼단논법이라는 것은 다음과 같은 형식으로서, 제1의 명제를 두고 제2전제에서 그것을 취하여 단안을 내리는 방식을 말한다.

1. $\left\{\begin{array}{l}\text{A나 또는 B이다.} \\ \text{A이다.} \\ \text{그러므로 B는 아니다.}\end{array}\right.$

2. $\left\{\begin{array}{l}\text{A나 또는 B이다.} \\ \text{A는 아니다.} \\ \text{그러므로 B이다.}\end{array}\right.$

3. $\left\{\begin{array}{l}\text{A나 또는 B이다.} \\ \text{B이다.} \\ \text{그러므로 A는 아니다.}\end{array}\right.$

4. $\left\{\begin{array}{l}\text{A나 또는 B이다.} \\ \text{B는 아니다.} \\ \text{그러므로 A이다.}\end{array}\right.$

여기에 대한 예를 들어보면 다음과 같은 형식이 있다.

$$
1.
\begin{cases}
\text{그는 교육자이거나 또는 언론인이다.} \\
\text{그는 교육자이다.} \\
\text{그러므로 그는 언론인은 아니다.}
\end{cases}
$$

$$
2.
\begin{cases}
\text{그는 시인이거나 또는 화가이다.} \\
\text{그는 시인은 아니다.} \\
\text{그러므로 그는 화가이다.}
\end{cases}
$$

$$
3.
\begin{cases}
\text{그는 군인이거나 또는 경찰이다.} \\
\text{그는 경찰이다.} \\
\text{그러므로 그는 군인은 아니다.}
\end{cases}
$$

$$
4.
\begin{cases}
\text{그는 목사이거나 또는 장로이다.} \\
\text{그는 장로는 아니다.} \\
\text{그러므로 그는 목사이다.}
\end{cases}
$$

삼단논법은 이와 같이 간단한 기초형식으로부터 출발한다. 복잡한 것 같지만 거기에는 대비對備의 묘미가 있다. 남의 견해나 주장에 대한 비판에는 감정이나 편견을 배제하고 충분한 예의를 갖는 일이 선행되어야 한다. 그러나 예의를 갖춘다는 것은 서술에 경칭이나 경어의 사용을 의미하는 것은 아니다.

c. 결론

본론에서 상술한 내용의 논지를 요약 재론하면서, 단정에 대한 인식을 강조한다. 결론은 간단하고 분명한 것이 좋다. 결론은 자기의 조사 연구의 범위 내에 국한시켜야지, 과대한 단정이나 독단적인 비약은 곤란하다. 자료는 거창한데 결론이 빈약하거나, 자료가 빈약한 대신 결론이 거창하다거나, 또는 당연히 주장해야 할 일을 기피하거나 사양하는 태도는 바람직 하지 못하다.

3. 자료의 편성

a. 자료의 정리

논문은 먼저 자료를 모은 다음에 구상요목을 짜야 한다. 구상요목은 설계도라기보다는 논문의 뼈대라고 할 수 있다. 자료를 정리하고 구상요목을 마련하는 것은 자료를 유기적인 하나의 통일체로 조직하기 위함이다. 이것은 논문의 형식을 결정하는 기본적인 작업이다. 자료의 정리란 자료를 몇 가지 범주로 분류하는 과정을 말하는 바, 계획성 있게 여러 가지 자료를 정리하려면 다음과 같은 요령이 효과적이다.

가. 연대순 또는 시간순—발생순으로 다루는 방법으로서, 역사의 기술記述, 한 인물의 생애를 묘사할 때 쓰이는 방법이다. 어떤 물건의 제조 방법을 설명할 때와 같이 단계순으로 처리하는 수법도 이에 해당한다.

나. 공간적 순서—도시계획이나 건축설계가 대표적인 예로서 공간적인 전개를 의미한다.

다. 비교와 대조—비교는 유사성을 알아보기 위함이고, 대조는 차이점을 찾아내기 위함이다. 비교나 대조는 사물과 사물, 사람과 사람, 혹은 관념과 관념 사이의 관계를 규명하는 방법이다.

라. 연역법—일반적인 것에서 특수한 것으로 순서를 옮긴다.

마. 귀납법—특수한 것에서 일반적인 것으로 순서가 바뀐다.

바. 인과법—원인에서 결과로 순서를 다루는 방법이다.

이상과 같은 요령으로 자료 카드를 정리하며 확정된 카드군(群)에 적절한 명칭을 붙이면 된다. 이것이 논문의 큰 대목(章)의 제목이 된다.

b. 구상요목의 결정

구상요목이 원고 집필에서 길잡이 구실을 하는 것은 모든 자료를 체계적으로 다룰 수 있게 해주며, 논제의 중요한 부분을 빠트리고 넘어가는 일이 없도록 보장해 주기 때문이다. 구상요목은 내용의 바탕이 되기는 하지만, 이것을 목차라 할 수는 없다. 왜냐하면 원고의 집필 과정에서도 이 요목이 부분적으로 변경되거나 수정될 수도 있기 때문이다. 구상요목은 단순히 서술의 순서만을 뜻하는 것이 아니라 크고 작은 제목 사이의 유기적인 관계를 나타낸다.

다음 예에서 큰제목 「I」을 기준으로 할 때, 이와 종속 관계에 있는 작은 제목들은 그 종속의 정도가 첫째, 文行의 들쭉날쭉한 인덴션indention으로 표시되고, 둘째는 기호로 나타내고 있다. A.와 B.는 I.에 대하여 종속 관계에 있고, 1.과 2.는 B.에, a.와 b.는 2.에 대하여 종속관계에 있다. 이와 같은 관계를 계층이라고 한다면 여기에 쓰인 숫자나 문자는 모두가 계층 기호이다. 이 계층(서열)이 낮거나 세분細分될수록 인덴션의 정도가 크고, 각 계층마다 기호를 달리하게 된다.

```
I. ─────────┐
   A. B. ───┤
      1. 2. ─┤
         a. b. ┘
```

하위제목下位題目은 그것이 최소한 둘 이상일 경우에만 설정할 수 있다. 가령 2,3…… 이 따르지 않는 1.이나 b.c.가 없는 a.는 무미하기 때문이다.

〔誤〕 1. 기독교
　　　 a. 장로교
　　 2. 불교

〔正〕 1. 기독교   〔또는〕 1. 기독교
      a. 장로교   2. 불교
      b. 감리교
      c. 성결교
   2. 불교

요목은 전체적인 조화와 균형이 바람직하지만, 큰 제목마다 거기에 딸린 세목(하위제목)의 수가 같아야 하거나 반드시 세목細目을 두어야 하는 것은 아니다. 대등한 관계에 있거나 중요도가 동등하게 다루어지는 것은 인덴션을 같게 하고 등위기호를 붙인다. 가령 1.과 2., a.와 b.는 각각 병렬並列시킨다. 병렬의 원칙은 제목의 문법적인 면에도 적용되어야 한다.

다음 예에서 등위기호 a.b.c.d. 중 유독 a.만은 제목이 완전한 文으로 되어 있고, c.는 '이용법'이라는 꼬리를 달고 있음은 병렬의 원칙에서 벗어난다.

〔誤〕 1. 신학 연구자료의 이용 안내
      a. 무엇을 여떻게 이용할 것인가
      b. 조직신학
      c. 역사신학의 이용법
   4. 실천신학

다음에 표시한 것은 계층기호의 대표적인 예이다. 여기에서 중요한 문제는 등위·종속에 따라 기호가 통일성 있게 주어짐으로써 계층질서를 유지하는 일이다. 논문의 분량이 많고 내용도 복잡한 경우는 편編·장章·절節 이하를 다시 1. 가. (1)…의 순서로 세분할 수 있다. 그러나 복잡하지 않는 것이면 장·절 따위의 계층표시기階層表示記를 쓰지 않는 것이 좋다. 숫자와 문자만을 적절히 사용하는 편이 보기에도 산뜻하다.

숫자와 문자만으로 된 기호에는 반드시 마침표를 찍는다(정부 공문서에는 가운데 것이 준용되고 있다).

第1編	1.	I.
第1章	가.	A.
第1節	(1)	1.
第1項	(가)	a.
第1目	①	(1)
第2目	②	(2)
第2項	(나)	b.
第2節	(2)	2.
第2章	나.	B.
第2編	2.	II

계층기호의 효과적 이해를 돕기 위해서 김종태金鍾太의 논문 내용 목차를 소개하고자 한다.

論題 : 山水畫論

I. 東洋畫 分類論
II. 山水畫論
  A. 山水畫의 意義
  B. 山水畫의 發生論
  C. 山水畫의 各論
    1. 顧愷之의 山水畫論
    2. 宗炳의 山水畫論
    3. 王微의 山水畫論
    4. 張彦遠의 山水畫論

IV. 원고 작성

1. 초 고

a. 초고 작성의 요령

원고는 원고용지에 쓰는 게 원칙이지만 처음부터 원고용지를 사용하기란 그리 쉬운 일이 아니다. 특히 논문은 경우에 따라 몇 번이고 수정을 거쳐 완성하게 되므로 초고 작성이 필요하다. 초고草稿는 원고용지보다 노트에 작성하는 것이 편리하다. 노트는 한쪽 면만을 쓰고 한 줄씩 비우는 것이 좋다. 한 면을 비워 두는 것은 탈락된 것, 추가할 것을 기입하거나, 한 단락을 완전히 고쳐 쓰고자 할 때 이용하기 위함이고, 한 줄을 띠는 것은 간단한 字句의 수정이나 첨가에 필요하기 때문이다. 원고 작성에 있어서 각주脚註를 필요로 하는 곳을 유의해야 하는 바 그곳을 표시하는 요령은 다음 세 가지가 있다.

a. 각주를 필요로 하는 文行에 인용하거나 참고한 문헌의 저자명과 페이지 수를 표시하되 글 속의 해당되는 곳에는 간단한 표식을 해둔다.
b. 글 속의 해당되는 위치에 묶음표 〔 〕 를 붙이고 인용 · 참고한 문헌의 저자명과 페이지를 밝혀둔다.
c. 글과 글 사이에 文行과 같은 길이의 횡선橫線을 上下에 긋고 그 사이에 완전한 각주를 단다.

초고에서는 앞으로 있을 개정 과정에서 각주에도 변동이 있게 될지 모르기 때문에 각주 번호를 매기지 않는다.

b. 원고의 개정

초고는 만족할 수 있을 때까지 몇 번이고 수정을 거듭해야 한다. 오자·탈자·구두점·띄어쓰기도 소홀히 할 수 없지만 가장 중요한 일은 전체의 통일성이다. 앞에서 긍정한 사실을 뒤에 가서 부정한다거나, 가볍게 다룬 사항을 다른 데서 필요 이상으로 강조한다면 통일성이 결여된 것이어서 논문으로서는 치명적이라 하지 않을 수 없다. 똑같은 설명을 몇 번이고 반복하거나, 중요한 것이 빠지거나, 적절하지 못한 인용이 있는 것은 역시 통일성의 결여이다. 또한 서론은 거창한데 내용이 빈약하거나, 필요 이상으로 각주가 많은 것도 통일성을 잃는 것이다.

초고를 검토하기 위해 읽을 때 귀에 거슬리거나 느낌이 자연스럽지 못하고 어설픈 생각이 들면 어딘가 잘못된 것으로 볼 수 있다. 초고는 세 단계로 나누어 검토하는 게 효과적이다.

첫째, 논문의 통일성을 중심으로 검토한다. 즉 대강大綱을 중심으로 검토할 때 유의할 점은, ① 내용과 그 순서, ② 내용의 경중輕重과 문장의 장단長短과의 균형, ③ 중요 사항의 누락 여부, ④ 관계가 없거나 필요치 않은 부분의 유무, ⑤ 논지의 일관성 여부 등이다. 둘째는 기록의 정확성에 대한 검토이다. 인명·지명과 같은 고유명사나 숫자 인용이 정확하게 다루어졌는가를 살핀다. 셋째는 문장 자체에 주안점을 두고 검토한다. 불필요한 반복이나 군더더기가 없는가, 문법상의 잘못 또는 어색한 표현이나 공연히 어려운 표현은 없는가를 살핀다.

2. 인 용

a. 인용의 원칙

인용이란 남의 글을 끌어대는 것이어서 인용된 것은 곧 빌려온 자료이다. 남의 것을 빌려 쓰는 것은 다음과 같은 효과를 노리는 데 목적이 있다.

a. 권위 있는 이론이나 주장, 또는 표현을 제시함으로써 자기 소론의 타당성·정확성을 뒷받침한다.

b. 남의 이론이나 견해와 자기 소론과의 차이점을 밝힘으로써 자기 소론의 정당함과 정확함을 주장할 수 있는 근거로 삼는다.

c. 어떤 문제에 대하여 여러 학설이나 견해가 있을 때 이를 비교·대조함으로써 자기의 소론所論을 전개할 수 있는 바탕을 마련한다.

인용이 이러한 효과를 거두자면 빌려온 자료가 증거로서 충분한 가치를 지닌 것이어야 하며, 논문에서 적절하게 다루어져야 한다. 아무리 권위 있는 학자의 견해나 이론도 해석이 바르지 못하거나 재치 있게 처리하지 못하면 역효과가 난다. 문학작품과 같은 저술에 대한 비평을 중심으로 하는 논문에서는 원문의 인용이 빈번할 수밖에 없다. 인용은 남의 것을 빌려 쓰는 것이므로 자기 것이 아님을 명백히 밝혀야 하고 빌려준 사람에 대한 사의 표시가 있어야 한다. 이러한 선행조건을 갖추지 않을 경우 도의적 비난은 물론이요, 표절剽竊 또는 저작권침해라는 법률상의 책임문제까지도 야기될 수 있다.

인용에는 직접 인용과 간접 인용의 두 가지 방법이 있다. 직접 인용은 ① 원문의 표현이 아니고는 다른 적절한 표현을 찾을 수 없을 때, ② 원문을 제시하지 않으면 독자가 잘못 해석을 하게 될 염려가 있을 때, ③ 자기의 것과 상충되는 견해를 더욱 뚜렷하게 노출시키고자 할 때 필요하다. 그리고 간접 인용은 요약이나 패러프레이즈Paraphrase의 수법으로 다루어진다. 요약은 원문보다 줄어들기 마련이고, 패러프레이즈는 원문을 다른 말로 바꾸는 것이므로 길어질 수도 있다. 이것도 남의 것을 빌려온 것이므로 마땅히 전거표시典據表示를 해야 한다.

b. 인용의 기술

일반적으로 짧은 인용은 지문地文 속에 짜넣고, 인용 부분이 긴 것이면 지문에서 떼어 따로 앉힌다. 이때 인용 부분의 상·하와 지문 사이는 1행을 비우고, 인용부분 전체는 지문의 좌측기선에서 우측으로 두석 자 들여 앉힌다. 이른바 인덴션indention이 필요하다. 또한 이때의 인용 부분은 타자나 인쇄에서는 지문부와 행간行間을 좁히며, 특히 인쇄의 경우는 활자도 지문보다 작은 것으로 짜는 것이 관례이다. 인용 부분을 지문과 분리해서 처리할 때 따옴표(" ")를 붙여서는 안 된다.

시를 인용할 경우 3,4행 정도면 지문 속에서 다루어도 무방하지만, 그 이상이면 지문에서 떼어 따로 앉히는 것이 좋다. 이때는 시행詩行을 인용자 마음대로 잘라 바꾸는 일이 없어야 하며, 시가 지문 속에서 다루어질 때는 斜線(/)으로 행과 행을 구분한다. 직접 인용이 지문에서 처리될 때는 반드시 따옴표(" ")를 붙여야 한다. 이때 인용 부분의 일부에 이미 따옴표가 씌어있으면(인용 속의 인용) 이것을 작은따옴표(' ')로 바꾼다. 요컨대 이 (" ' ' ")와 같이 된다. 직접 인용이라도 지문과는 따로 앉혀질 때는 따옴표를 붙이지 않으며 인용 속의 인용에 붙여진 따옴표(" ")를 작은따옴표(' ')로 바꾸지도 않는다.

쉼표(,)와 마침표(.)는 마감하는 따옴표(" ") 보다 앞서는 것이 원칙이다. 직접 인용은 원문 그대로를 옮기는 것이 원칙이지만, 중요하지 않다고 생각되는 부분은 생략할 수 있다. 이때에는 반드시 줄임표(생략부호)로 표시하여야 한다. 국문에서는 흔히 이(……)와 같은 점선이 줄임표로 쓰이지만, 영문에서는 3점줄임표(...)와 4점줄임표(....)가 쓰인다. 이 줄임표는 마침표(.)와 같은 선상에 찍는다.

시의 인용에서 한 행 전부 또는 그 이상이 생략될 때는 시행과 같은 길이의 줄임표가 쓰인다. 이것은 산문에서 한 절이나 그 이상이 생략되는 경우에도 쓰이는 예가 있다. 인용 부분에 인용자가 임의로 무엇인가를 첨가하는 것을 가필加筆이라 하는데, 이 가필은 대개 ① 모호한 대목을 독자가 알기 쉽게 밝히고자 할 때, ② 명백한 오류를 지적하거나 바로잡아 제시하고자 할 때, ③ 강조, 또는 돋보이게 하고자 할 때에 하게 된다. 인용부분에 字句를 삽입할 때는 반드시 [ ]와 같은 모난 묶음표(괄호)를 곁들여야 한다. 이때 ( )나 〔 〕또는 < >등은 허용되지 않는다.

c. 표현방법

논문뿐만이 아니라 모든 문장은 읽는 사람이 이해하기 쉽도록 표현해야 한다. 논문은 자기의 견해를 밝히는 것이므로 공연히 어려운 문자를 쓴다거나 난해한 표현을 해서는 안 된다. 논문은 情的으로 느끼기보다는 知的으로 파악하는 것이 중요하므로 이해하기 어려운 표현은 피하는 것이 좋다. 그러기 위해서는 정확한 표현이 요구된다. 모든 문장에는 물론 언어의 정확성이 강조되지만, 특히 논문의 경우는 적당한 글을 정확한 자리에 사용하는 것이 중요하다.

프랑스의 유명한 플로벨이 모파상에게 "이 세상에는 표현하고자 하는 이름씨(명사)며 어찌씨(형용사)며 움직씨(동사) 등에 있어서 오직 하나가 있을 뿐이다. 그러므로 오직 그 하나의 말을 찾아다 씀이 문학자의 할 일이다"라고 한 것은 언어의 정확성을 단적으로 강조한 말이라 하겠다.

논문을 잘 쓰려면 문장의 수식방법을 알아야 한다. 수식이라고 하면 시나 소설, 수필 등 문예작품에나 필요한 것으로 생각하기 쉽다. 그러나 논문이 아무리 머리에 호소하는 글이라 하더라도 수식을 불필요한 것으로 생각해서는 곤란하다. 그것을 배제할 때 논문은 어색해지고 무미건조하기 쉽다.

논문 표현에 필요한 수식으로서는 비유법과 인용법, 점층법 등이 있다.

비유법에는 '같이' '처럼' '듯이' '마치' 등의 말로 사물을 비교하는 직유와 은약된 은유, 관련된 사물로써 비유하는 환유, 뜻 없는 것을 빌어서 뜻을 내포시키는 풍유 등이 있다. 그리고 논문 서술에 있어서 무게를 가하는 수법으로서 고사故事나 격언 또는 유명한 학자의 설을 인용하여 논문의 효과, 권위를 꾀하는 인용법이 있다.

그 다음으로 점층법을 들 수 있겠는데, 이것은 작은 것에서 점점 큰 것으로, 얕은 것에서 깊거나 높은 것으로, 좁은 것에서 넓은 것으로 점차적인 순서를 따라 표현하는 방법이다. 이 점층법은 남을 설득說得하거나 유세誘說함에 매우 효과가 있는 수사법의 하나이다. 그러나 주의하지 않으면 자칫 옳지 않은 추리에 빠지기 쉬우므로 충분한 주의를 요한다.

이 밖에도 문장 수식의 수법으로서 대조법, 문답법, 반어법, 과장법, 반복법 등의 수사법이 있지만 여기에서는 이 정도로 그친다. 논문문장의 표현에 있어서 한 가지 덧붙이지 않을 수 없는 것은 불필요한 한자의 용어와 비표준어非標準語의 사용 문제이다. 무관심한 가운데 무식을 드러내기 쉬운 예를 들어보면 '生覺' '甚至於' '至今' '于先' '何如間' '如何튼' '勿論' '乃終에는' '到底히' '立場' '爲하여' '對하여' 등등 얼마든지 있다. 극히 불가피한 경우를 빼고는 반드시 한글로 표기하고 표준말을 사용해야 할 것이다.

3. 표기와 표현

a. 논문문장의 기본 요건

논문이 정보 전달의 한 수단이라면, 그 전달을 매개하는 것은 언어이다. 그러므로 논문에서는 언어의 문제로서의 문장기법이 중시될 수밖에 없다. 주제가 아무리 독창적이고 절실한 것이라도, 그리고 자료를 충분히 활용한 규모를 갖춘 것이라도, 자기가 의도한 바를 정확히 표현하지 못한다면 헛수고에 그치고 만다.

논문은 자기주장이나 사상, 또는 견해를 남에게 납득시키기 위하여 쓰

이어지는 것이기 때문에 자칫하면 서술이 늘어지고 표현에 군더더기가
붙기 쉽다. 문체 중에는 실용을 본위로 하는 건조체乾燥體라는 것이 있어
이런 논문에는 적합하다고 할 수 있다. 그러나 명칭이 건조체라고 해서
논문문장이 무미건조해도 좋다는 뜻은 아니다. 논문문장이 간결해야 한
다는 것은 불필요한 말의 중첩重疊을 피하라는 것이지, 논문문장이라고
해서 군이 딱딱하게 할 필요는 없는 것이다. 무엇보다 읽히는 문장이 되
려면 표현이 정확하고 명료해야 한다. 정확성과 간결성만 갖추게 된다면
평이성은 저절로 따르게 된다.

b. 문자와 수사

맞춤법과 띄어쓰기의 정확성은 물론, 오자誤字가 없어야 한다. 한글의
철자법조차 제대로 모른다면 논문 쓸 자격이 없는 사람이다. 의미의 혼동
을 막고, 뜻이 확연히 드러나게 하려는 효과를 노리는 경우가 아니면 한
자 사용은 억제하는 것이 좋다. 문장에 있어서 같은 단어, 동일한 용어의
표기는 한글이면 한글, 한자면 한자로 통일시켜야 한다. 한 단어 속에 한
글과 한자의 혼용, 가령 '論문'이나 '歷사神학' 따위는 바른 것이 못 된다.
통계적인 수치數値를 밝히기 위한 것이면 아라비아 숫자를 쓰는 것이 원
칙이고, 국정교과서의 용례用例를 따라야 함은 물론이다.

　　　○ 七顚八起 또는 칠전팔기
　　　× 7顚 8起 또는 七전八기

　　　○ 三千宮女 또는 삼천궁녀
　　　× 3千宮女 또는 三천궁녀

　　　○ 十中八九 또는 십중팔구
　　　× 10中89 또는 十중八九

수의 표기도 명확히 해야 한다. 가령 '대여섯'은 '5,6'이나 '5~6'으로 나타낼 수 있지만, '5백만 내지 6백만'을 나타낼 때 '5, 6백만'으로 적는 것이 정확하다.

c. 어휘와 표현

학술논문에서는 필요에 따라 외국어의 단어가 쓰이는 일이 흔히 있는데, 외래어가 남용되면 문장의 품위가 떨어지므로 적절한 표현이 불가능한 경우에만 써야 한다. 논문에서는 경칭이나 경어가 쓰이지 않는다.

은사의 학설이나 저술을 언급하는 경우라도 '선생'이라는 경칭을 붙이지 않는다. 자기를 낮추는 일은 동양적 미덕이지만 논문에서는 자기 비하적卑下的인 표현이나 용어는 필요치 않다. 자기의 저술을 가리킬 때 '졸고拙稿'라 하거나, 각주나 참고문헌목록에 자기 이름(저자명) 대신 '졸고'라고 쓰는 것은 잘못이다.

나라의 이름이나 국어명, 지명 등을 나타내는 말이 여러 가지 있을 때는 무엇인가 하나로 통일해서 사용해야 한다. 프랑스, 불란서, 佛蘭西, 佛國또는 라틴어, 라틴語, 羅典語 등이 그러한 예이다.

논문문장에서는 최상급의 수식을 삼가는 것이 좋다. 자기주장을 아무리 정정당당하게 진술하는 것이 논문이라 하더라도, 빠져나갈 구멍 하나쯤은 남겨두라는 것이다. 학문에 절대적인 것은 없기 때문에 단정적인 표현은 삼가는 것이 좋다. '조사 결과에 따르면' '지금까지 알려진 바로는' 등과 같은 전제로 미리 한계를 긋거나 울타리를 치는 것이 필요하다. 지나치게 단정적인 서술은 나중에 반증이 드러나면 스스로를 묶는 난처한 결과를 가져온다는 사실을 알아야 한다.

d. 문장의 통일

하나의 글(Sentence)에서는 하나의 중심 화제만 다루어져야 한다. 글 하나에 여러 가지 사항이 포함되는 경우라도 그것은 어디까지나 중심 화제를 보조하는 구실에 지나지 않아야 한다. ① 글 하나에 공연히 여러 가지를 담으려 했거나 ② 중심 화제와 관계없는 것을 넣었을 때 ③ 서로 관계가 없는 두 개의 화제話題 또는 사상을 연결하여 하나의 글로 꾸미고 ④ 밀접한 관계가 있는 사항을 둘 또는 그 이상으로 나누어 담았을 때는 글의 통일성이 상실되므로 논문이 노리는 사상의 전달을 기대할 수가 없다.

어떤 화제에 대하여 서로 관련된 다른 여러 개의 글을 한데 묶어 놓은 것을 문장의 단락(paragraph)이라 부른다. 따라서 서술의 내용이 달라지면 단락도 달라진다. 단락을 달리할 때는 文行을 바꾸고 행의 첫 자간字間을 비우고 시작한다. 이것을 인덴션indention이라 한다. 문장에 단락을 두는 것은 서술의 전후 관계를 분명히 함으로써 독자의 이해를 돕자는 데 있다. 한 단락의 길이는 다루고 있는 화제의 대소경중大小輕重에 따라 달라지므로 일정한 기준이 있을 수 없다. 길면 원고지 두세 장이 될 수도 있고, 짧은 것은 2,3행으로 끝나기도 한다. 단락이 너무 길면 내용 파악에 지장이 있고, 반대로 너무 짧아도 단락으로서의 의의가 없다. 단락段落을 가르는 데 유의할 점은 다음과 같다.

a. 단락이 적당한 길이에 이르렀다고 해서 함부로 단락을 새로이 하여서는 안 된다.

b. 각 단락마다 그 중심이 되는 화제가 첫머리에 표현되도록 궁리하면 효과적이다.

c. 단락 속의 일부에만 관계가 있는 사항이나 용어에 대한 설명은 따로 떼어 각주脚註에서 다루는 것이 좋다.

d. 새로운 단락이 시작될 때는 인덴션이라는 구분이 필요하지만 앞뒤 단락의 의미상의 관계도 분명히 해두는 것이 좋다. 이때 전이轉移를 나타내는 어구語句를 적절히 사용하면 효과적이다.

e. 도표

보통 도표圖表라고 하면 도와 표의 총칭으로 생각하기 쉽다. 그러나 정확하게 말해서 도표는 그래프 또는 차트를 의미한다. 표는 활자나 기호 또는 괘선罫線만으로 조판할 수 있지만 도는 원도原圖를 바탕으로 제판한다. 표와 도는 문장 아닌 다른 수단으로 어떤 정보를 나타낸다는 점에서는 본질적으로 동일한 성질의 것이다. 그것은 문장으로는 설명이 곤란한 것을 알기 쉽게 해주는 구실을 한다.

도나 표는 꼭 필요한 경우에만 사용해야지 문장으로 처리할 수 있는 것까지 이 방법을 쓰려고 해서는 안 된다.

하나의 표에는 하나의 주제만을 다루는 것이 원칙이다. 도와 표에는 반드시 아라비아숫자로 번호를 붙이고, 표제나 간단한 설명 문구를 달아야 한다. 번호는 논문에 실린 순서를 따른 일련번호이어야 한다. 표의 폭은 지문의 폭을 벗어나서는 안 된다. 또한 표가 한 페이지에 수용되지 않을 정도로 큰 것이어서도 곤란하다. 부득이한 경우는 표가 다음 페이지에 계속되거나 또는 좌우 두 페이지를 채우는 일도 생각할 수 있다. 가능하면 내용의 일부를 줄이고 지문에서 다루든가 두개의 표로 분리시키는 배려가 필요하다.

4. 원고의 완성

a. 원고용지 사용법

원고지를 바르게 사용하는 일이 무엇보다 중요하다. 그렇게 되면 일일이 설명을 붙이지 않아도 띄어쓰기나 인덴션indention, 문장의 단락이 저절로 이루어진다. 원고는 필자와 제작(조판)자 사이의 약속이라 할 수 있으므로 원고의 분량도 쉽게 헤아릴 수 있게 해준다. 원고의 분량을 알면 인쇄 지면을 쉽게 산출할 수 있다.

쉼표(,)나 마침표(.) 같은 부호도 한 칸을 차지한다. 영문이 혼용될 때는 활자체나 그것에 가까운 자체字體로 써야 한다. 영문은 엉성해지기 쉬우므로 한 칸에 두 자씩 써넣는 것이 좋다. 아라비아숫자도 마찬가지이다.

글을 시작할 때는 첫 칸을 비우고 둘째 칸부터 쓴다. 글의 시작은 맨처음과 단락을 새로이 할 때를 가리키는 것으로 첫 칸을 비우는 것은 인쇄할 때도 행을 바꾸어 새로이 하라는 지시이다. 이것을 잘못 알고, 글(Sentence)마다 행을 새로이 하고 첫 칸을 비운다거나, 원고용지의 장이 바뀔 때마다 첫 칸을 비우는 일이 있어서는 안 된다.

글의 행 끝에 이르러 쉼표나 마침표를 찍을 칸이 없을 때는 문제가 생긴다. 이론상으로는 이런 때 다음 행 첫 칸에 찍어야 하지만 실제로는 그렇게 하지 않고 그 행 마지막 글자와 같은 칸에 찍거나 칸 밖에 찍는다. 그리고 이때 찍힌 것이 마침표라 하더라도 다음 행에서 시작되는 글이 새로운 단락의 시작이 아닌 한 첫 칸을 비우지 않는다.

b. 원고의 정서와 정정

원고를 정서淨書하는 일은 공연한 낭비라는 말이 있다. 원고를 수정했으면 수정한 대로 내놓으면 그만이라는 것이다. 분량이 많은 원고를 고쳐 쓸 수 있겠느냐고 반문하기도 한다.

그러나 논문의 경우는 사정이 다르다. 초고草稿도 초고 나름이려니와 수정과 변경을 되풀이한 것을 그대로 내놓을 수는 없다. 더구나 인쇄가 목적이 아니라 단지 과제로 마련된 학생논문이라면 당연히 정서해서 제출하여야 한다.

정서는 물론 원고지에 한다. 정서에 들어가기 전에 할 일은 초고의 필요한 부분에 각주 번호를 표시하는 일이다. 학생이 과제물로서 제출하는 논문, 즉 인쇄에 붙여지지 않을 논문에서는 해당하는 곳에 도표를 아예 붙여야 한다. 원고를 정서할 때 도표를 넣어야 할 곳이면 앞뒤에 충분한 여백을 두도록 유의해야 한다. 이때 도표가 아무리 작은 것이라도 좌우 빈 곳에 지문을 써넣지 말아야 한다.

※ 원고 수정표

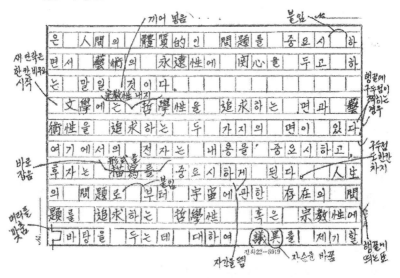

정서가 끝난 원고라도 완벽한 것이라고 생각할 수 없다. 한 가지 유의 해야 할 일은 집필자가 아무리 객관적인 태도로 논문을 다루었다고 하더 라도 자기 자신을 완전히 떠났다고는 할 수 없다는 점이다. 그러므로 정 서된 원고를 얼마 동안 덮어두는 일이 필요하다. 원고를 잠재우는 동안은 되도록 논문에 관한 일을 잊어버리는 것이 좋다. 가능하면 한 주일쯤 지 난 다음에 원고를 다시 읽어 본다. 이렇게 하면 어느 정도 제삼자의 관점 에서 원고를 검토하는 일이 가능하기 때문에 효과가 크다.

제7장
문장의 기법

1. 직유법   16. 문답법
2. 은유법   17. 미화법
3. 풍유법   18. 설의법
4. 의인법   19. 인용법
5. 의태법   20. 도치법
6. 과장법   21. 대구법
7. 영탄법   22. 경구법
8. 반복법   23. 반어법
9. 열거법   24. 비약법
10. 점층법   25. 거우법
11. 점강법   26. 초호법
12. 대조법   27. 연쇄법
13. 생략법   28. 피판법
14. 현사법   29. 열서법
15. 억양법   30. 곡언법

제7장 문장의 기법

1. 직유법(Simile)

직유법直喩法은 직접 두 가지의 사물을 비교하여 표현하는 방법으로, 비유하는 것과 비유되는 것을 따로 표현하는 비유법의 한 종류이다. 이 직유법에서는 처럼, 같이, 인양, 듯, 보다 등의 말이 매제로 쓰이게 되는데, 이는 가장 명료한 기법으로서 가장 중요한 초보적 방법이다.

직유란 두 가지 사물을 비교하여 형용하는 수사법으로, 어떤 주主되는 사물을 그와 비슷한 부副되는 사물에 직결시켜 양자의 유사성을 가리키어 주主되는 사물의 뜻에 접근하는 데에 그 목적이 있다.

거룩한 분노는
종교보다도 깊고
불붙는 情熱은
사랑보다도 강하다.

아, 강낭콩 꽃보다도 더 푸른
그 물결 위에
양귀비꽃보다도 더 붉은
그 마음 흘러라!

아릿답던 그 아미(娥眉)
높게 흔들리우며

그 석류 속 같은 입술
죽음을 입맞추었네!

— 변영로(卞榮魯)의 「논개(論介)」

여기에서는 종교보다도 깊은 거룩한 분노와 사랑보다도 강한 정열, 강
낭콩꽃보다 더 푸른 물결, 양귀비꽃보다도 더 붉은 마음, 그리고 석류속
같은 입술 등이 서로 비유되면서 효과를 내고 있다.

산이 날 에워싸고
씨나 뿌리고 살아라 한다.
밭이나 갈고 살아라 한다.

어느 산자락에 집을 모아
아들 낳고 딸을 낳고
흙담 안팎에 호박 심고
들찔레처럼 살아라 한다.
쑥대밭처럼 살아라 한다.

산이 날 에워싸고
그믐달처럼 사위어지는 목숨
구름처럼 살아라 한다.
바람처럼 살아라 한다.

— 朴木月의 「山이 날 에워싸고」

여기에서는 주로 산이 날 에워싸고 들찔레처럼, 쑥대밭처럼, 구름처럼,
바람처럼 살아라 한다는 내용으로써, '처럼'이 수식하여 양자兩者에 접근
시키고 있다. 이러한 연결어가 직접적으로 매개시켜 줌으로써 비유를 분
명하게 하고 있다. 그래서 이를 명유明喩라고도 한다. 비유의 밀도는 은유

隱喻보다 약하지만 일반적으로 많이 쓰이는 수사법이다.

소설의 경우에 있어서는 오찬식吳贊植이 이러한 수사법을 즐겨 사용하는데, 특히 그의 소설「거부하는 몸짓」에만도 여러 군데 눈에 띈다. 그 예문은 다음과 같다.

* 또한 '똑똑'하고 출발신호를 보냈는데도 소죽은 넋이라도 덮어 씌웠는지 정류장에 꼼짝없이 들어붙어 침몰된 배처럼 움직이려 들지 않기도 했다.

* 입금실 조감독은 자기가 소지할 수 있는 권위의 위력을 입심으로 과시했다. 마치 선불맞은 멧돼지처럼 중구난방 고래고래 외쳐대기 시작했다.

* 신호할 사이도 없이 한쪽 발이 승강대에 닿기가 무섭게 불총맞은 뱀새끼처럼 버스가 내빼버려서다. 하마터면 그녀는 실족해 차에 깔릴 뻔했다.

* 이것을 노린 조기사는 밴드름한 임영숙을 점찍어 놓은 다음 똥내 맡은 잡종개처럼 나댔으나 늘 심드렁하게만 대해줬던 그녀였다.

* 그러고는 넋을 놓고 쉬어 있다가 같은 회사 다음 차가 정류장 후미에 들어서기 직전에 불총 맞은 뱀새끼처럼 빠져나가는 것이었다.

* 엉벙뗑하니 좌석번호를 확인하려던 그는 미처 그럴 사이도 없이 찬물 맞은 개좆처럼 위축돼 껌껌한 장내로 뛰어 들어가 안심을 하는 것이었다.

* 그렇지 않으면 몇 호차 안내원을 부르고 지랄발광을 다 떤 다음에 섣달 큰애기 미나리 다듬듯 지저분하게 흔적을 남겨놓은 채 치워주면서도 갖은 욕설이었다.

* 뒤로 약간 물러났다가 다시 오르기를 몇 번 했으나 끝내 복더위에 할딱거리는 개처럼 오르막길에 자빠져 운신을 않는 것이었다.

2. 은유법(Metaphor)

사물의 본뜻을 숨기고 겉으로 비유하는 형상만을 내어놓는 수사법修辭
法이다. 직유법에 있어서와 같이 '처럼'이나 '같이' '인 양' '듯' '보다' 등을
드러내 놓지 않고 연결어가 없는 상태에서 은밀하게 나타내는 방법이다.
이것은 두 사물을 분리시켜 대조하는 것과는 반대로 두 낱의 사물을 한데
포함하여 버리는 방법을 말한다. 가령, '소라껍질 같은 나의 귀'가 직유법
이라 한다면, '내 귀는 소라껍질' 같은 표현은 은유법隱喩法이라 할 수 있다.

> 사람이 아니올시다.
> 짐승이 아니올시다.
>
> 하늘과 땅과
> 그 사이에 잘못 돋아난
> '버섯'이 올시다.
> '버섯'이 올시다.
>
> — 한하운(韓何雲)의 「나」에서

이 시에서는 '나'가 '버섯'이라는 상징적 은유로서 복합적 이미지를 거
느리고 있다. 은유로서의 '버섯'은 천형天刑을 자학하는 나환자 자신의 비
장한 절규의 지칭인 것이다. 은유는 직유보다 충동적이요 직관적이다.
낙엽을 보고 '낙엽은 폴란드 망명정부의 지폐'라고 표현되어지는 것이
바로 은유이다. 은유란 고도화한 비유의 형식이고, 세련된 비유의 방법으
로서, 특히 현대시에 있어서는 복잡한 의식과 감정, 정서의 세련된 수사
법이라 하겠다.

3. 풍유법 (Allegory)

풍유법諷諭法을 가리켜 우언법寓言法이라고도 한다. 비유譬喩가 일보 전진한 것으로서, 본체를 전혀 드러내 보이지 않고 어떤 비유에 의해서 본체를 미루어 볼 수 있게 하는 방법이다. 사물이나 이미지를 표현함에 있어서 본체를 직접적으로 드러내기보다는 그 내용을 간접적으로 암시하는 방법인 까닭에 이 방법은 어떤 모럴을 요구하는 윤리나 교훈 같은 것으로 많이 쓰이게 된다. 우선 쉽게 말해서, "뱁새가 황새 따라가다 가랑이가 찢어진다."거나 "개구리 올챙이적 생각을 못한다."는 우화적 표현이 그것이다. 시에서 그 보기를 든다면 다음과 같은 것이 될 것이다.

> 등이 시린 날엔
> 창가에 앉아 실뜨기한다.
>
> 털목도리만한 햇살 목에 두르고
> 아이와 함께 실을 뜨면
> 얽혔다가 풀어지는 시름
> 감다가 풀다가
> 고사리손에 감긴 털실이 중지에 걸리면
> 엄지와 검지가 실을 꿰어
> 내려가다 치오르며 유영한다.
> ─ 생략 ─
> 창밖에는 결 고운 바람
> 버들강아지 새순 틔울 때
> 솜사탕만한 평화를 실뜨기한다.
>   ─ 위상진의 「실뜨기」중 일부

> 세월이 갉아먹은 흠집투성이 식탁에서
> 나는 딸에게

사과 깎는 법을 가르친다.
— 생략 —
내 순결을 떨어뜨려
너를 열매 맺는 아픔을 아느냐.

사과 속살 맛 사근거리듯
너와 내가 나란히 앉아 이야기를 나누는
인생의 참맛을 보려면
피 흘리는 손가락쯤은 붕대로 감아 매고
씨앗은 남겨두어야 하느니라.
— 임미옥의「사과 깎는 법」중 일부

　위의 두 여류시인의 시작품은 모두 자식을 대상으로 쓴 시다. 모자간에 실뜨기를 하는 행동과 사과를 깎는 행동이 표면으로 나타나고 있으나 실상 창작의도에서 노리는 원관념은 따로 있기 때문에 우언의 은근한 재미를 맛보게 된다.「실뜨기」의 경우는 "솜사탕만한 평화를 실뜨기한다."는 결구結句에서 원관념을 눈치 챌 수 있겠고,「사과 깎는 법」의 경우에는 역시 "껍질이 깎이는 아픔을 배운다."는 결구에서 인생이 만만치 않다고 하는 교훈적 요소를 깨닫게 될 것이다. 이와 같이 풍유는 비유의 우언적 방법이라 할 수 있을 것이다. 다음에는 우화寓話중에서 살펴보고자 한다.

　노새가 두 마리 길을 걸어갑니다. 한 마리는 등에 돈발이를 싣고, 다른 한 마리는 보리자루를 실었습니다. 돈발이를 실은 노새는 돈발이를 싣고 가는 것이 무척 자랑스러웠습니다. 고개를 치켜들고, 방울을 절렁거리며, 도도하게 걸어갑니다. 그 뒤에 보리자루를 실은 노새는 조용조용 따라갔습니다. 숨어있던 도둑이 돈발이를 실은 노새의 방울소리를 듣고, 우루루 몰려왔습니다. 도둑들은, 뽐내며 걸어오는 돈발이를 실은 노새를 보자, 칼을 뽑아 노새를 찔러 죽이고, 푸대에 든 돈은 한닢도 남기지 않고, 빼앗아 가버렸습니다. 그러나 보리자루를 싣고 가던 노새는 무사했습니다.

　"참, 다행한 일일세."

　보리자루를 실은 노새가 말했습니다.

　"도둑들이 나를 어줍잖은 것으로 깔보지 않았더라면 목숨도 물질
도 다 잃어버릴 뻔했지."

　여기에서는 본의本義가 없이 유의喩義만으로 구성되어 있다. 두 마리의
노새 중에서 돈발이를 실은 노새는 교만한 인간을 암시하고, 보리자루를
실은 노새는 겸손한 인간을 가리킨다. 그런데 결국은 교만한 자가 죽게
되고, 겸손한 자가 살게 된다는 것이 이 글의 교훈이다. 여기에는 작자의
어떤 뜻이 스며있기 마련이다. 그것이 풍자적인 것이거나, 교훈적인 것이
거나, 표현된 것의 이면에는 우의(寓意, Allegory)가 감춰져 있다.

　그것은 가령 "남의 눈을 끄는 자가 항상 최대의 위기에 부딪치게 된다"
는 말로써 이것이 우화寓話를 쓰게 된 동기이며, 그 우화 속에 감춰진 교훈
이요, 인간의 허영심을 풍자한 우화의 정신이라 할 수 있을 것이다.

4. 의인법 (Prosopopoeia)

　의인법擬人法은 사람이 아닌 것을 사람에 비겨서 사람과 같이 행동하는
것으로 그리는 수사법을 말하는데, 이를 활유법活喩法이라고도 한다.

　이 의인법은 비유의 한 형식으로 볼 수 있겠는데, 그 특징으로는 가령,
"강산아 말하라" 할 때와 같이, 생명이 없는 무생물에 생명감을 불어넣어
생물화하고, 인격화하는 것이다. 즉 사람이 아닌 것을 사람에 비유하여
표현한다. 이러한 수사법은 특히 문학작품에서 대단히 널리 쓰인다.

　　어린이는 장미꽃이 젊고
　　어여쁜 것이

퍽으나 좋아서
가까이 서서
들장미 들장미
들장미는 붉어

어린이는 말했어요
"난 너를 꺾을 테야"
들장미는 대답했어요
"찔리면 상처가 나 그러지 마!"
들장미 들장미
들장미는 친절해

그런데 심술쟁이 아이는
들장미를 꺾었습니다
들장미는 드디어
두 손을 찔렀으나
들장미도 상처를 입었습니다
들장미, 들장미
들장미는 붉어

— 요한 볼프강 폰 괴테의 「들장미」

이 시는 거의 다 의인법으로 씌어져 있다. 어린이가 들장미에게 말하고
또 들장미가 대답함으로써 꽃도 사람과 같이 말하고 행동하는 동일시 내
지는 인격화하고 있음을 알 수 있다. 의인법은 대체로 시에 비약의 묘미
를 가져온다. 따라서 경쾌미라든지, 현실감, 또는 박진감을 일으키므로
현대시에서 요긴하게 쓰이고 있다.

문명의 도시를 벗어나
언덕으로 산으로 줄달음치는
거구의 사내가 씽씽 운다.

일체의 눈물을 모르는
산 같은 무게로 우뚝 선 채
모든 잔소리는 땅속에 묻고
눈길은 언제나 먼 하늘로 뻗는다.

눈보라 몸서리치는 밤이면
줄줄이 손잡은 채 함묵하는 파수병
온갖 부귀로도 달래지 못할
서러움을 못질하며 씽씽 울다가

이산 저산 능선마다
붉은 피 배어나면
북녘으로 남녘으로 치달리며
기운찬 산맥 줄기줄기
지신 밟는 사내가 교신한다.

　　　　　　　　　　　　　　　　　　　　　　　　— 지창영의 「송전탑」

　여기에서는 '송전탑'이 '거구의 사내'로 의인화되어 있다. 그 사내는 사연도 많고 할 말도 많은 내면세계를 지니고 있다는 느낌을 넌지시 흘리고 있다. 그 의식 속에는 분단 상황하의 치열한 역사의식도 내비치고 있다. "씽씽 운다"는 의성어라든지, "산맥 줄기줄기"라는 의태어는 '거구의 사내'로 의인화되는 '송전탑'의 이미지를 효과적으로 살려내고 있다.

5. 의태법(Imitation)

　이 의태법擬態法은 의성擬聲, 의음擬音으로 된 성유법聲喩法이라고도 하며, 사물의 태도와 모양을 본떠서 의상법擬狀法, 또는 시자법示姿法이라고도 한다. 사물의 모양이나 태도를 그 느낌이나 특징에 따라 표현하는 방법을 말하는데, 예를 들면 "모락모락 피어오르는 연기"라든지, "살랑살랑 불어오는 바람" 같은 표현이 여기에 해당된다.

처—ㄹ썩 처—ㄹ썩 척 쏴—아
따린다, 부순다, 무너바린다
태산같은 높은 뫼 집채같은 바윗돌이나
요것이 무어야, 요게 무어야
나의 큰힘 아느냐 모르느냐 호통까지 하면서
따린다 부순다 무너바린다
처—ㄹ썩 처—ㄹ썩 척 튜르릉 꽉
　　　　　　　— 최남선(崔南善)의 「海에게서 少年에게」 중 일부

이 시에서 들리는 바와 같이 바다의 물결소리를 빌려와서 감각적인 효과를 살려내는 것이 그 한 방법이다.

松花가루 꽃보라 지는
뿌우연 산협(山峽).
철그른 취나물과 고사릴 꺾는
할매와 손주딸은 개풀어졌다.

—할머이
엄마는 하마 쇠자라길 가지고 왔을까?
···

풋고사릴 지근거리는
퍼어런 잇빨이 징상스러운 山峽에
뻑국
뻑국 뻐억 뻑국
　　　　　　　— 신석정(辛夕汀)의 「산중문답(山中問答) 4」

이처럼 뻐꾸기 울음소리와 같은 대자연의 현상에서도 소리를 따올 수 있다. 자연의 어떤 사물이라 할지라도 앞에서 인용한 시에서처럼 마치 문답을 하듯이 사실적인 경지에까지 끌어올릴 수가 있다. 시적 분위기와 생기를 돋울 수 있게 하는 성유聲喩의 보편적인 보기라 할 수 있을 것이다.

이와 같이 의태법은, 사물의 형태나 움직임을 나타낼 때에, 감각적인 청각이나 시각의 힘을 빌려서 표현하게 된다.

여울에 몰린 은어 떼.

삐비꽃 손들이 둘레를 짜면
달무리가 비잉빙 돈다.

가아웅 가아웅 수우워얼래애
목을 빼면 설움이 솟고……

백장미 밭에
공작이 취했다.

뛰자 뛰자 뛰어나 보자
강강술래.

뇌누리에 테프가 감긴다.
열 두 발 상모가 마구 돈다.

달빛이 배이면 술보다 독한 것

기폭이 찢어진다.
갈대가 쓰러진다.

강강술래
강강술래

— 이동주(李東柱)의 「강강술래」

여인들의 민속놀이를 통한 생활의 애상과 아름다움을 청각적 음향의
식과 시각적 색채의식과 형태의식을 발휘하여 가작을 이룬 작품이다. '여
울' '은어 떼' '달무리' '백장미' '공작' '테프' '상모' '갈대' 등이 시각적 색채
의식 내지 형태의식을 일깨웠다면, "가아웅 가아웅 수우워얼래애"나 '강
강술래'는 그 절묘한 소리의 완급緩急으로 청각적 음향의식을 일깨우기에
충분하다. 여기에 "달빛이 배이면 술보다 독한 것"이라는 절묘한 구절까
지 합세하여 시의 음악성과 회화성에 독특한 경지를 보여주고 있다.

이상과 같이 문장의 기법으로 다섯 가지의 비유법을 열거하였다. 이 밖
에도 대유법, 사성법, 현사법, 비교법, 중의법 등이 있다.

그런데 이러한 여러 기법 가운데는 따로 분류할 성질의 것도 있지만 다
른 수사법에 모함시킬 수 있는 것도 있다.

다음으로는 강조법에 속하는 기법을 얘기하고자 한다. 강조법에는 과
장법과 영탄법, 반복법, 열거법, 점층법, 점강법, 대조법, 생략법, 현사법,
억양법, 문답법, 미화법 등이 있다.

6. 과장법 (Hyperbole)

과장법誇張法은 어떠한 사물을 지나치게 크거나 작게 형용하는 표현법
을 말한다. 이태백李太白의 「송포가(松浦歌)」의 한 구절처럼, '白髮三千丈
綠愁似箇長'이니 하는 따위는 그 좋은 예가 될 것이다. 박영준의 소설 「흑
색광선(黑色光線)」에는 더욱 구체적으로 나타나 있다.

고등학교에 다녀온 아들 광초가 방안으로 뛰어 들어오며 명영의 치마 속에다 얼굴을 파묻었다. 그리고는

"이제 번개가 칠거야. 번개가……" 하는 것이었다. 명영은 "왜 그래?" 하며 아들의 몸을 잡아 일으켰다.

"번개가 친다니까……"

아들은 몸을 떨면서 자꾸만 치마 속으로 기어들었다. 명영은 그 애도 또 무슨 잘못을 저질렀는가 하고 생각했다. 아버지는 사람을 죽였으니까 번갯불을 무서워하는 것이지만 이 애는 무슨 잘못을 저질렀기에 또 번갯불을 무서워하는 것일까? 명영은 창밖을 내다보았다. 과연 시꺼먼 구름이 하늘을 덮고 있었다.

"괜찮아! 번갯불이 사람을 죽이나……"

치마 속에 기어드는 아들놈을 끄집어내어 달래기 시작했다. 그러나, "무슨 잘못한 일이 있니?"

하는 말은 차마 물어 보지도 못했다. 어린애의 입에서나마

"사람을 죽였어요."

하는 말이 나올 것만 같아 미리 가슴이 떨렸던 것이다. 얼마 안 있어 정말 번개가 치고 뇌성소리가 났다. 후두둑 빗방울이 떨어지기 시작했다.

"애, 가서 이불을 덮고 잠이나 자렴. 그럼 무섭지 않아!"

그러나 아들놈은 치마 밑을 떠나려 하지 않았다. 명영은 할 수 없이 안방에다 남편 이부자리를 깔고 광초를 눕히었다. 이불 속에 들어간 애는 머리까지 뒤집어쓰고 죽은 사람처럼 옴짝을 안했다. 빗발이 세차게 쏟아졌다. 채양이 덜그렁 소리를 냈다. 명영은 눈을 감았다. 그리고 폭풍이 치던 날 동호에게 떠밀리어 강물 속에 빠져 죽던 전 남편의 죽음을 생각하는 것이었다.

물속에 빠질 때,

"여보!"

하고 자기를 향해 손을 내저었을 것만 같은 전 남편의 모습.

명영은 몸에서 소름이 끼쳤다. 그는 비 맞은 옷을 털듯 몸을 흔들었다. 그리고는 창밖을 내다보았다. 빗줄기가 까만빛을 내며 하늘에서

쏟아지고 있었다. 마치 까만 광선이 하늘과 땅을 연결시키고 있는 것 같기도 했다. 그 까맣게 빛나는 빗줄기 사이로 죽은 남편의 얼굴이 나타났다.

"여보—"

물에 빠질 때 손을 내저으며 불렀을 바로 그 음성이었다. 그리고 그 음성 속에는,

"그래 동호 그 자식과 앞으로도 같이 살 작정이오?"

하는 말이 숨어 있는 것 같았다.

명영은 벌떡 일어났다. 그리고는 우산을 쓴 채 빗속을 향해 달리었다. 까만 빗줄기. 온통 세상은 새까맣게만 보였다. 명영은 동호의 위장약을 대놓고 사는 약방으로 가서 코데인을 샀다. 그리고는 줄달음질을 쳐 경찰서로 갔다. 동호의 살인사건을 고발한 것이다. 경찰서를 나온 명영은 똑바로 집으로 돌아왔다. 그리고는 코데인을 있는 대로 한꺼번에 다 마시고 공포에 지쳐 잠들고 있는 광초 이불 속으로 들어가 누웠다.

— 박영준의 소설 「黑色光線」에서

전남편을 물에 빠뜨려 죽인 사실을 알게 된 '명영'이라는 여인이 죄의식과 강박감에 사로잡혀 몸부림치던 나머지 끝내는 현재의 남편을 경찰에 고발하고 자기는 자살을 하게 되는 마지막 장면이다. 그런데 여기에서 두드러지게 나타나는 것은, '까만 빗줄기'라든지, '온통 세상이 새까맣게만 보였다'는 등 표현에 과장誇張이 심하다는 사실이다. 그러나 이같은 과장법은 사실을 보다 실감시키기 위한 방편으로서 필연적인 언어의 방편인 것이다. 사람들은 흔히 사소한 일에도 큰일 났다거나 죽도록 사랑한다는 말을 예사로 한다. 이런 식으로 따진다면 큰일을 치러도 여러 번 치렀을 것이고, 사랑 때문에 수없이 죽었어야 하지 않을까?

7. 영탄법 (Exclamation)

시나 소설, 또는 희곡, 수필 등에서 거센 감정을 나타낼 때에 즐겨 쓰이는 방법이다. 격렬하고 비통한 감정을 나타내는 수법으로서, '아아!' '오오!' '아이고!' '어머나!' 등이 여기에 해당된다.

님은 갔습니다. 아아 사랑하는 나의 님은 갔습니다.

푸른 산빛을 깨치고 단풍나무 숲을 향하여 난 작은 길을 걸어서 차마 떨치고 갔습니다.

黃金의 꽃같이 굳고 빛나던 옛 盟誓는 차디찬 티끌이 되어서 한숨의 微風에 날아갔습니다.

날카로운 첫 키스의 추억은 나의 운명의 지침을 돌려놓고 뒷걸음쳐서 사라졌습니다.

나는 향기로운 님의 말소리에 귀먹고 꽃다운 님의 얼굴에 눈멀었습니다.

사랑도 사람의 일이라 만날 때에 미리 떠날 것을 염려하고 경계하지 아니한 것은 아니지만, 이별은 뜻밖의 일이 되고, 놀란 가슴은 새로운 슬픔에 터집니다.

그러나 이별은 쓸데없는 눈물의 源泉을 만들고 마는 것은 스스로 사랑을 깨치는 것인 줄 아는 까닭에, 걷잡을 수 없는 슬픔의 힘을 옮겨서 새 희망의 정수박이에 들어부었습니다.

우리는 만날 때에 떠날 것을 염려하는 것과 같이 떠날 때에 다시 만날 것을 믿습니다.

아아 님은 갔지마는 나는 님을 보내지 아니하였습니다.

제 곡조를 못 이기는 사랑의 노래는 님의 沈黙을 휩싸고 돕니다.

— 한용운(韓龍雲)의 「님의 침묵」

8. 반복법 (Repetition)

반복법反復法은 동일한 어구語句나 같은 단어, 동의어 등 비슷한 말句을 반복함으로써, 그 뜻을 강조하고, 문장에 흥을 돋우는 표현기법이다. 반복법에는,

'子子孫孫 是是非非'와 같이 간단한 반복법에서부터 복잡 미묘한 반복법까지 있다. 반복법에는 같은 행에서의 반복법과 절·행의 반복법, 그리고 두운법, 각운법, 요운법, 연쇄법 등이 있다. 반복법은 같거나 비슷한 어구를 반복하는 수사법으로서 가령, '손에 손에 태극기를 든다'거나, '무궁화 무궁화 우리나라 꽃, 삼천리 강산에 우리나라 꽃' 하는 경우와 같이 언어의 반복 또는 리듬의 반복으로 이루어진다. 같은 행에서의 반복으로는 다음과 같은 작품을 들 수 있다.

　　　나붓겨라 나붓겨라
　　　깃발이여 깃발이여

이처럼 같은 어구나 어절을 되풀이하여 강렬한 감동을 일으키는 예도 있다. 다음은 절節을 바꾸어 되풀이함으로써 시의 흐름을 부드럽게 하고 내용의 의미를 강하게 하는 수법이다.

　　　보리피리 불며
　　　봄 언덕
　　　故鄉 그리워
　　　피ー르 닐니리.

　　　보리피리 불며
　　　꽃 靑山

어린 때 그리워
피ー ㄹ 닐니리 .

보리피리 불며
인환(人寰)의 거리
人間事 그리워
피ー ㄹ 닐니리 .

보리피리 불며
放浪의 기산하(幾山河)
눈물의 언덕을 지나
피ー ㄹ 닐니리 .

　　　　　　　　　　　　 ― 한하운(韓何雲)의 「보리피리」

　절節을 반복함으로써 시의 흐름을 부드럽게 하고 의미전달에 강한 호
소력을 갖는다.

　　　산산히 부서진 이름이여!
　　　虛空中에 헤어진 이름이여!
　　　불러도 主人없는 이름이여!
　　　부르다가 내가 죽을 이름이여!

　　　心中에 남아 있는 말 한 마디는
　　　끝끝내 마저 하지 못하였구나.
　　　사랑하는 그 사람이여!
　　　사랑하는 그 사람이여!

　　　붉은 해는 西山마루에 걸리었다.
　　　사슴의 무리도 슬피 운다.
　　　떨어져 나가 앉은 山 위에서

나는 그대의 이름을 부르노라.

설음에 겹도록 부르노라.
설음에 겹도록 부르노라.
부르는 소리는 비껴 가지만
하늘과 땅 사이가 너무 넓구나.

선 채로 이 자리에 돌이 되어도
부로다가 내가 죽을 이름이여!
사랑하던 그 사람이여!
사랑하던 그 사람이여!

　　　　　　　　　— 김소월(金素月)의 「초혼(招魂)」

　이 시는 반복법을 통해 애절한 사랑을 효과적으로 나타내고 있다. 소월 素月은 여기에서 '이름이여!'와 '사랑하는 그 사람이여!' '설음에 겹도록 부르노라'를 반복했다. 이와 같이 처음부터 되풀이되는 반복적 언어는 한 치의 여유도 없이 읽는 이들에게 긴장감을 준다. 그것은 그 연聯에 이어지면서 이별의 아쉬움, 페이소스의 슬픔으로 고조高調된다. 이 작품 외에도 첫 연聯과 마지막 연이 되풀이 되는 「진달래꽃」이 있다. 「山有花」는 대조적 반복으로 효과를 거둔 작품이기도 하다. 이처럼 소월의 시는 반복의 묘미와 거기서 파생되는 리듬성으로 하여 성공을 거두고 있다.

　다음, 두운법(Alliteration)은, 시구의 첫 어구를 앞뒤 각행의 첫 머리에 반복하는 것을 말한다. 이 두운頭韻이 과거에는 하나의 외형률로 정형시나 율격시에 쓰이었지만, 현대시에서는 그 호흡이나 시의 의미를 효과적으로 표현하기 위한 내재율을 전제로 하여 쓰이고 있다.

　　나는
　　나는

죽어서
파랑새 되어

푸른 하늘
푸를 들
날아 다니며

푸른 노래
푸른 울음
울어 예으리

나는
나는
죽어서
파랑새 되리.

— 한하운(韓何雲)의 「파랑새」

　이 시에서는 '나는'과 '푸른'이 시의 율격을 이루고 있다. 천형天刑의 슬픈 운명을 타고난 이 시인은, 자신이 죽어서 파랑새가 되어 이승에서 못 다한 한을 저승에서 실현시켜 보고자 하는 자유에의 소망을 노래하고 있다. 그것을 효과적으로 살린 것은 물론 반복적인 운율미韻律美이다.

　요운법腰韻法은 앞뒤 어구의 중간음을 같은 음으로 한 것이며, 음과 함께 어구까지 반복하는 것이다.

진달래를 보려 가세
바구니에 꺾어 오세

개나리를 보려 가세
옷자락에 꽂고 오세

여기에서는 1행의 '를'이 한 줄 건너 3행에서 되풀이되고, 2행 '에'가 한 줄 건너 4행에서 반복되고 있다. 이러한 경우에는 1행과 2행의 리듬(를 · 에)이 하나의 독립된 균형을 이루지만, 다음 3행과 4행으로 연결되면서 단일한 조화로 나타난다.

　각운법脚韻法은 앞뒤의 음을 끝에 가서 같은 음으로 한 것이다. 이것은 1구의 마지막 음音을 갖게 하는 것인데, 시의 선율을 돕는 것이 그 목적이다.

　　　　산에는 꽃이 피네
　　　　꽃이 피네
　　　　갈 봄 여름 없이
　　　　꽃이 피네

　　　　산에
　　　　산에
　　　　피는 꽃은
　　　　저만치 혼자서 피어있네

　　　　산에서 우는 작은 새요
　　　　꽃이 좋아
　　　　산에서
　　　　사노라네

　　　　산에는 꽃지네
　　　　꽃이 지네
　　　　갈 봄 여름 없이
　　　　꽃이 지네

　　　　　　　　　　　　─ 김소월(金素月)의 「山有花」─

이와 같이 시구의 끝에 '네'라는 음을 반복 사용함으로써 시의 깊은 의미를 부드럽게 표출하는 것이다.

윤동주尹東柱의 시 「새로운 길」에서는 '내를 건너서 숲으로/ 고개를 넘어서 마을로'의 '로'가 주조를 이루어 각운脚韻의 효과를 거두고 있으며, 김용호金容浩의 「상방집」에서는 '밥 한 숟갈에도/ 물이 고였다/ 한 모금에도 설움이 어렸다. 그리고 휘파람을 불었다.'는 그 '다'가 '도'와 함께 조화되어 비장감을 더해 주고 있다.

연쇄법連鎖法(Combination)은 구절의 끝 어구를 다음 구절 위에 이어 가는 수법이다. 즉 앞 구절의 이미지를 다음 어구에 연결시켜서, 시의 의미를 명백히 표현하는 것이다.

> 뜰의 露臺, 露臺의 椅子, 椅子의 少女, 한 少女가 뜰을 보고 있네. 아침 하늘 밑에 뜰과 바람과, 바람과 天使와, 椅子와, 椅子와, 뜰과, 뜰과 그림자와, 그림자와 그림자와, 天使와 天使와, 바람과 바람과, 뜰과 뜰과, 椅子와 椅子와, 天使와 天使와, 바람과 바람과, 뜰이 의좋게 놀고 있네.─

이와 같이 위의 '句'가 '다음의 句'에 붙어서 연상을 이어나가는 것이 연쇄법이다. 이러한 기법은 하나의 이미지가 항상 반복되면서 새로운 이미지의 영역을 추출하게 된다. 복잡한 현실을 도외시할 수 없는 현대시에 있어서는 이러한 연쇄법이 다양하게 개척될 것으로 보인다.

9. 열거법 (Enumeration)

열거법列舉法은 내용상으로 연결되거나 비슷한 어구를 늘어놓아 부분적으로는 모두 독립성을 유지하면서도 전체적인 내용을 강조하는 수법이다. 그것은 동위어구나 동위문을 열거하여 의미를 집중적으로 강조하는 수사법이다.

　　어느 시대 어느 사회 어느 민족을 막론하고 모든 작가의 생명 있는 작품에는 회의적 염세적 풍자적 비탄적 요소가 포함되어 있지 않는 것이 없고, 이러한 요소를 가리켜 퇴폐적이니 소극적이니 하는 것은 천박하고 피상적이고 무식하고 기계적인 妄斷일 따름이다. 작품세계에 있어 회의적 염세적 비탄적 요소를 가진다는 것은 이 機械論者들이 단정한 것처럼 퇴폐적이요 소극적이요 불건강한 것이 아니라, 그와 반대로 가장 건강하고 심각하고 엄숙한 태도다. 왜? 그것은 인생과 문학의 본질에 육박하려는 태도이기 때문이다. 우리는 인간의 영원한 불완전한 영원 고통 이것을 떠나서 이것을 엄폐해 두고, 문학을 생각할 수는 없다.
　　인생과 문학의 본질에 육박하려면 우리는 언제나 우리의 이 불완전한 고통에서 출발하지 않을 수 없다. 이것을 무리로 피하고 엄폐한다는 것은 참다운 문학을 거부하는 것이요, 건강을 誤診한 不健康이다. 문학이 한 시대의 정치적 도구에 그치지 않고 영원한 생명을 가지려면 당연히 이 영원의 문제에 관심하지 않을 수 없는 것이다.
　　　　　　　　　　　　　　　　　　　　　　　－ 金東里의 「문학과 인간」 중 일부

　　열거법이 글의 뜻을 강조하는데 얼마나 효과적인가 하는 것은 이 예문만 보아도 짐작할 수 있을 것이다. 그러나 만일 열거되는 어구가 적절하지 못하거나 내용의 맥락을 정확히 짚지 못하게 되면 문장은 장황하고 산만하게 된다.

10. 점층법(Climax)

　　점층법漸層法은 단진법段進法이라고도 하는데, 문장의 뜻이 앞으로 나아갈수록 강해지고 깊어져 절정에 달하는 수사법의 하나이다. 시의 경우, 뜻이 겹쳐 강조되므로 읽는 이의 감정을 절정으로 이끌게 된다. 이 수법은 장시長詩에서 많이 쓰이게 된다.

갑갑한 여자보다
더욱 더 가엾은 것은
쓸쓸한 여자예요.

쓸쓸한 여자보다도
더욱 가엾은 것은
병상에 누운 여자예요,

병상에 있는 여자보다
더 한층 가엾은 것은
버림받은 여자예요.

버림받은 여자보다
더 한층 가엾은 것은
의지할 곳 없는 여자예요.

의지할 곳 없는 여자보다도
보다 더 가엾은 것은
쫓겨난 여자예요.

쫓겨난 여자보다도
좀 더 가엾은 것은
죽은 여자예요.

죽은 여자보다도

한층 더 가엾은 것은
잊혀진 여자예요.

— 로랭생의 「가엾은 여자」

프랑스의 여류시인 로랭생의 「가엾은 여자」는 상승上昇효과를 거두기 위하여 연聯을 하나의 이미지의 단위로 하여 몰고 간다. 이 시는 각연을 다음 연과 구별하여 단계별로 고조시키는 형식을 취하고 있다. 이와 같이 점층법은 시의 내용이나 의미를 보다 강렬한 세계로 이끌어 가는데 의도가 있다. 이에 반대되는 것으로는 점차 어의語意를 낮추는 점강법과 점추법漸墜法이 있다. 이 점추법은 아직 수사법의 범위에까지 발전하지 못하고 있지만, 문장에 적잖은 효과를 거두고 있는 것이 사실이다.

11. 점강법 (Anticlimax)

점강법漸降法은 힘찬 표현으로부터 그 뜻이 점차로 약한 표현으로 나중에는 평범한 사실로 나타나는 수사법이다. 점층법과 반대되는 이 수사법은 문장의 의미가 앞으로 나아갈수록 약해지고 작아지는 데에 특징이 있다. 다음의 실례를 참고하면 이해가 빠를 것이다.

아랫방에는 그래도 해가 든다. 아침결에도 책보만한 해가 들었다가
오후에 손수건만해지면서 나가 버렸다.

— 이상(李箱)의 「날개」에서

목수의 연장통 속에는
暗喩 이야기 들어있다
톱날보다 날카로운 먹줄을
줄줄이 감아 숨긴 채

눈을 감으면
무수히 떠오르는
고딕 도시의 그림자

밋밋한 널빤지에
비틀어진 나무둥치에
직선으로 그어지는
정확한 본심의 선……

— 이병훈의 「먹통」중 일부

12. 대조법(Contrast)

정도가 다르거나 상반된 사물을 열거하여 양자의 상태를 한층 선명하
게 하는 수사법의 한 가지이다. 이 대조법은 어조語調가 비슷한 말을 병립
시키는 대구법과는 다른 방법으로서 가령 '빈부', '대소', '선악', '원근', '명
암', '미추美醜'와 같이 서로 반대되는 말을 서로 대조시킴으로써 사물을
보다 선명하게 표하는 방법이다.

별빛 마냥 쏟아지던 밤에도
목련꽃은 뚝뚝 떨어집데다.

太陽의 눈부신 噴水 속에서도
木蓮꽃 잎파리는 날립데다.

바람도 없이 낮달이 흐르는데
木蓮꽃은 자꾸만 지던데요.

슬픈 歷史가 마련하는 이야기

낡은 청춘에도 젖어 듭니다.
— 신석정(辛夕汀)의「서정십곡(抒情十曲)」

여기에서는 밤과 낮의 사물을 대조시켜 명암의 효과를 거두고 있다. 그것은 '별빛 쏟아지던 밤'이나, '태양의 눈부신 분수'같은 눈부신 정경의 대조다.

13. 생략법(Omission)

생략법省略法은 문장을 간결하게 하여 표현 이상의 여운餘韻, 암시를 독자 자신이 스스로 파악하게 하는 수사법을 말한다. 이것을 단서법斷敍法이라고도 하는데, 단서법은 수사학에서 접속어를 생략하여, 구句와 구 사이의 관계를 끊어 문장에 힘을 주고, 상상의 여지를 남기는 수사법이다. 한 가지 예를 들면 다음과 같은 보기가 있다.

버들개지가 피고, 제비가 왔다. 흙바람이 불고, 보리가 알을 뱄다. 소낙비가 씻어간 풀밭 언덕에 소들이 눈을 감고 앉아 천천히 삭임질을 하고 산봉우리에 솜구름이 뭉게뭉게 피어올랐다. 방학이 되었다.
— 오영수(吳永壽)의「코스모스와 소년」

여기에는 학교에 입학한 한 학생이 여름방학을 맞기까지의 시간의 경과를 생략법으로 표현하고 있다. 시나리오에서 말하는 이른바 오버랩(O.L.)수법이다. 버들개지가 피고 제비가 온 것은 3월이고, 흙바람이 불고 보리가 알을 밴 것은 4~5월이요, 소낙비가 씻어간 풀언덕은 6월이며, 산봉우리에 솜구름이 뭉게뭉게 핌은 7월이다. 생략된 짧은 글이나마 이 예문에는 4~5개월간의 계절의 바뀜이 선명하게 부각되고 있다.

문장이란 인간의 사상 감정을 표현하는 것임에는 틀림이 없으나, 그 사상 감정이란 복잡하고도 미묘하게 얽혀있기 때문에, 여기에 논리적 질서를 베풀어야 한다. 불필요한 것은 덜어버리고 필요한 것만을 취하는 요령의 습득이 중요하다. 이러한 혼돈의 질서화가 예술의 일반적인 본질임은 물론이다. 생략이 언어 표현의 일반적인 본질임을 깨닫게 하는 조지훈趙芝薰의 다음 주장은 좋은 보기가 될 것이다.

　　詩 표현의 제1원리는 '省略'입니다. 예술 일반의 공통한 본질은 혼돈의 질서화요, 詩 형식이 다른 문학과 구별되는 특질을 나는 복잡한 사상의 단순화라고 말하였습니다. 왜 그러냐 하면 시의 표현은 서술하고 증명하는 언어로서가 아니라 짧고 함축 있는 생명 그대로의 최초적 發聲에서 비롯되기 때문입니다. 이러한 詩의 형식적 본질인 단순성은 그 내용에다 「斷面의 全體性」이라는 특질을 제약하는 것입니다. 손바닥 위에서 他界를 보고 한 방울 이슬 속에 우주를 본다는 것은 이 세상의 모든 생명이 완성된 모습은 그대로 소우주요, 개개의 태양이라는 것입니다. 그러므로 시가 몇 마디의 언어로서 완성된 언어요, 살아있는 유기체라면 그는 혼돈과 복잡으로서. 소재 그대로 방치된 것이 아니요, 시인의 재창조를 통한 단순미의 설계로써 비약하면서 연락되고 나타난 이면의 無限廣大性을 간직하는 것이 아니겠습니까. 시의 언어가 전달되기 쉬운 언어, 感銘있는 언어, 기억되기 쉬운 언어, 언제 읽어도 실감 있는 언어라는 말은 그러한 언어에만 시의 생명이 깃든다는 뜻이 아닐 수 없습니다. 전달되기 쉽고, 감명 깊고, 기억되기 쉽고, 실감나는 언어는 길다란 언어일 수가 없습니다. 생각은 긴데 글은 짧다는 것은 압축된 언어란 말이요, 압축된 언어는 생략된 언어이며, 이 압축과 생략 속에 확대와 전체가 들어가는 것입니다. 손쉬운 예로 杜甫의 시 한 구절을 들어 봅시다.
　　"烽火連三月 家書抵萬金"의 句는 얼핏 보면 봉화불이 석달을 잇기었는데 집소식은 萬金에 값한다는 말은 동떨어진 말을 연속시켜 놓은 것으로 보입니다. 그러나 이 단절된 두 마디 말 뒤에는 난리가 석달을 계속하니 교통이 두절되어 집소식을 들을 수 없다는 애타고 외로운 심정이 배어있습니다. 이것은 처밀하게 그려 놓으면 산문이 될 것이요, 이렇게 함축 있는 짧은 말로 끊어서 써놓을 때 시적 감흥이 솟아나는 것이 아니겠습니까. "나는 자작의 아들도 아무것도 아니란다. 남달리 손이 희어서 슬프구나. 나는 나라도 집도 없단다. 대리석 테이블 닿는 내 뺨이 슬프다"는 芝溶의 '카페프랑쓰'의 句 나 "이는 소리 없는 아우성 먼 海原을 향하여 흔드는 영원한 노스탈지아의 손수건"이라는 致環의 '旗빨'의 一句는 모두 이런 생략미의 좋은 일예라 할 것이요, 이 밖에도 모든 명시란 것은 먼저 최대의 생략을 그 기본요소로 하고 있다는 것을 알 것입니다.

　이런 의미에서 시를 읽는 사람이 한 편의 시에서 자기가 느낀 세계를 잘 표현했다는 만족감을 느낀다는 것은 그 많은 헝클어진 생각 속에서 그 주제에 알맞는 두드러진 생각만을 시인이 골라서 표현했다는 데 대한 경의요, 정확하고 강조된 말을 찾았다는 뜻에 대한 공감이 아니겠습니까. 시를 창작하는 시인과 느낄 줄만 아는 시인—시역자의 차이점은 실로 여기에 있는 것입니다. 같은 사물에 대한 시인의 개성도 이 생략에 적용되는 언어와 그 생략하는 각도의 차이에서 구별된다 할 것입니다.

— 조지훈(趙芝薰)의 『시의 원리』

14. 현사법(現寫法: Present Sketch)

　과거에 일어났던 일이나, 미래에 일어날 일, 또는 눈앞에 없는 사실을 마치 현재 눈앞에 일어나고 있는 것처럼 나타내는 수사법의 하나이다. 그래서 현재법現在法이라고도 한다.

　이러한 방법은 과거의 역사적인 이야기 같은 것을 현재진행으로 씀으로써 독자에게 생동감을 주는 수사법이다. 여기에서는 '……했다.' 나 '……했었다.'는 과거형이나 '……겠다.'나 '……것이다.'는 미래형을 모두 '……이다. 나 '……한다'는 등등 현재진행형으로 표현하게 된다.

祖國아! 沈淸이마냥 불쌍하기만 한 너로구나
詩人이 너의 이름을 부를 양이면
목이 멘다.
저기 모두 世紀의 白丁들, 도마 위에 오른 고기 모양 너를 난도질하
려는데

하늘은 왜 이다지도 무심만 하다더냐
— 구상(具象)의 「초토(焦土)의 詩」

여기에 소개된 시 5행 가운데, 첫 행의 '너로구나'와 셋째 행의 '목이 멘다'가 현재형現在型이고, 마지막 행의 '하다더냐'가 과거형이다. 현사법의 강한 호소력은 보다 강한 공감을 자아내고자 하는 것이다

15. 억양법(Intonation)

억양법抑揚法은 문세文勢의 기복起伏에 있어서, 먼저 누르고 다음에 올린다거나, 또는 그와 반대로 먼저 올리고 다음에 누르는 수사법이다. 누구를 칭찬하거나 비난하려고 할 때 이 방법을 쓰기도 한다.

가령, 칭찬하기 위해서 먼저 내리 깎거나, 비난하기 위해서 먼저 추켜올리는 방법이다. 어조의 완급緩急의 경우에 있어서는, 완순婉順한 어조의 어구 뒤에 급격한 어조의 어구를 배치하거나 그 반대의 방법을 쓴다.

愛奴 읽으라. 그동안 客地에 고생이 어떠하냐, 몸이나 성하냐. 어제 네 편지를 읽고 멀쩡한 일에 네 어린 마음이 공연히 조이고 있는 것을 알았다. 숨밥이 먹기 사나웁다고 어느 학부형이 편지질을 했더란 말이냐. 엄마 아빠는 절대로 그런 편지를 아니할 사람이니 걱정 말아라, 그리고 먼저번과 같이 이상한 편지가 혹 또 가더라도 舍監선생께 떼지도 말고 갖다 드리면 고만 아니냐. 천만번 오기로서니 네게 무슨 책임

이 있을 것이냐. 숭밥이 설령 좀 나쁘더라도 참고 맛있게 먹을 도리를 해보아라. 그것이 첫째 큰 수양이 되는 것이다. 요새 비가 너무 아니 와서 농촌에서는 큰 야단들이다. 집에 아이들도 잘 있다. 外叔宅에나 일주일 한번쯤 가 뵈어라. 이번 네 편지 보고 엄마 아빠는 웃었다. 本第入納을 誤字로 썼구나. 이 담부터는 곤처 써라. 외삼촌은 外叔님이라고 써 버릇해라. 河植이 삼촌은 숙부시고, 益煥이 삼촌은 외숙이시다. 漢字는 조심해서 써라. 안쓰는 것과 잘못 쓰는 것과는 문제가 처음부터 다르다. 아버지가 요새 좀 바뻐서 너한테 못 간다. 그러나 너무 집 생각만 하여서는 안 된다. 무엇보다도 공부, 공부가 제일 아니냐. 그리고 病後의 몸이니 특히 몸조심하여라. 참 잊은 말이 있다. 아버지는 玄鳩 오빠와 이 며칠 새에 智異山엘 가기로 작정했다. 작년에는 漢拏山 갔다 오지 않았니. 서울 鄭선생이랑 올해는 지리산이다. 한라산만치 높고 깊고 넓기는 오히려 더하다는 지리산, 아버지가 짧은 양복 바지에 룩삭그를 메고 올라가면 사흘이면 갔다 온다. 비를 만날까가 좀 염려지만 山峰에 오르면 전라경상 四道가 눈 아래 있다 하니 장엄하지 않겠느냐. 명산 순례를 아버지맘때 아니하면 늙어서는 할 수 없다. 백두산만 가 뵈이면 아버지의 소원이 다 이루어 지지마는 그 곳은 더 큰 계획이 서야 가는 데이니 이, 삼년 후에로 밀기로 한다.

지리산에 대한 지리 史蹟 아버지가 잘 조사해다 일러주마. 오늘은 이만 주린다.

부디 몸조심하여라.

— 金永郎

유학하는 딸에게 보낸 김영랑金永郎 시인의 편지이다. 나이 찬 딸이 호소한 심정을 자애로우면서도 엄격한 어조로 훈계하고 있다. 서간문이 일반적으로 그러하듯이, 여기에서도 역시 처음에는 부드럽게 출발하여 차츰 엄격하게 교시하고 있다. 이밖에 '얼굴은 고운데 마음이 곱지 못하다'거나, '마음은 고운데 융통성이 없다'고 하는 따위의 표현이 억양법의 좋은 예가 될 것이다.

16. 문답법(Dialogue)

문답법은 추상적인 이야기나 사물의 어떤 주장을 보다 구체적으로 명확하게 나타내기 위하여 둘 이상의 가상적인 인물을 설정하여서 서로 문답하는 형식에 의해 나타내는 방법이다. 추상적인 문장에 문답법이 도입되면 그 만큼 구체성을 띠게 된다. 다음의 시는 좋은 예가 될 것이다.

<저어게 무슨 山?>
<母岳山이라데요.>

나의 사랑이여 !
그 고운 눈망울을 올려라.

<저어건 또 무슨 山?>
<智異山이라데요.>

나의 사랑이여 !
하늘을 우러러 보라.

<저어기 저 구름 밖엔?>
<·······················>

나의 사랑이여 !
왜 말이 없는가?

우리들의 타는 눈망울
山을 따라 오르내린다.

— 辛夕汀의 「山中問答」중 제1장

여기에서는 질문하고 대답하는 형식을 취하고 있는데, 이러한 가상적 인물의 문답은 보다 구체적인 산중山中 사물들의 생동감으로 효과를 가져오게 된다. 이 문답법은 평론에서도 더러 사용되고 있다.

17. 미화법 (Beautification)

미화법美化法은 추醜한 것을 미화해서 아름답게 표현하는 수사법이다. 상대방에게 불쾌감을 주지 않고 아름다움을 주는 데에 효과가 있다. 가령 놀고먹는 사람을 '閑良'으로, 도둑을 '梁上君子'나 '밤손님'으로, 간호원을 '白衣天使'로, 고아를 '거리의 天使'로 표현하는 따위가 그것이다. 또한 추하거나 천한 것이 아니더라도, 일방적으로 아름답게 미화해서 표현하는 것도 이 미화법에 속한다.

> 새 대궐의 왕비 처소는 건천궁 곤령합(坤寧閤)으로 정해졌다. 주란 화각(朱欄畵閣) 점점이 흩어진 속에 백대의 왕비가 계계승승 계실 집이라 해서 가장 힘들여 지은 전각이다. 단청은 새로웁고 나무는 향기로웠다. 아로삭인 부연에 침하는 날을 듯이 학의 날개를 벌렸고 익랑(翼廊) 월대(月臺) 다듬은 돌은 곱고 히어서 화강석이언만 대리석보다도 아취가 높았다. 담마다 수를 놓아 채색이 연연했고 문에다 홍예를 틀어 현판을 달았다. 활짝 트여진 너른 뜰 앞엔 푸른솔 푸른대가 어우러진 속에 울부짖듯 붉은 빛을 뿜는 연연한 외단풍이 더욱이 신기했다. 고석이 놓이고 반석이 주저앉고 시내가 졸졸거렸다. 북창을 열어 제치면 푸른 비단을 깐듯한 후원 녹산(鹿山)이 보였다. 백걸음 마다 정자요 천걸음 마다 별궁이었다. 옥 같은 샘물은 용솟음치고 고요한 못물엔 고기가 뛰었다. 황새는 명당을 찾아 기어들고 기이한 산새는 절기를 바꾸어 넘나들었다. 모두 다 대원군이 정력을 다하여 지은 집이다.
> ― 박종화(朴鍾和)의 「민족(民族)」 중에서

이상의 예에서 보는 바와 같이 미문美文을 통해 실제의 어느 궁전보다
도 아름답게 묘사된 미화법의 마술을 읽을 수 있다. 그렇다고 해서 내용
도 없는 미사여구美辭麗句만으로 글이 좋아지는 것은 아니다. 화려한 만큼
거기에는 알맹이가 있어야 한다. 모든 문장은 내용과 형식이 조화를 이룰
때 빛이 나는 것이다. 다음의 글은 화려한 수식으로 꾸민 노춘성盧春城의
「봄날의 편지」이다. 별다른 내용도 없이 미사여구와 화려한 수식으로 당
시의 독자들을 매료魅了시킬 수 있었던 것은 소녀적인 감상이 통할 수 있
었던 시대적인 배경 때문일지도 모른다.

    아! 봄입니다. 천줄만줄의 빛난 아지랑이는 누구의 마음을 얽매려 합
니까? 봄山에 지저귀는 산비둘기는 누구의 혼을 울리려 합니까? 아! 마
을 잔디밭 위에 장난치는 아이들의 버들피리조차 듣기에 심란합니다.
    봄맞이 갑시다. 봄날에 취하여 봅시다. 單衣輕裝에 지팽이를 끌면
서 서울 시내의 小金剛이라는 성북동을 찾게 되었습니다. 몇 천 년이
나 묵었는지 이리저리 굽으러진 노송 밑에 주저앉고 金잔디에 이리저
리 뒹굴며 먼 하늘 저편을 바라봅니다. 새파란 靑空 위에는 꽃이 피었
다 시들었다 하지 않습니까?
    ―中略―
    아! 설어워라! 오늘날 나의 마음은
    그리운 옛 자취를 잊기 어려워
    구름 따라 하늘밑에 흘러가 볼까
    새가 되어 저 숲속에 노래해 볼까
    봄날은 自然의 敍事詩입니다. 흘러가는 曲線의 碧溪 위에는 天系萬
條의 실버들이 멋대로 늘어져서, 그 누구의 마음을 낚으려는 것 같습
니다. 밤이 되어 푸른 달이 그 물속에 내려온다면 천줄기 실버들은 그
달을 물속에 매어 두렵니까? 실버들 情이 있거든 외로운 그 달을 물속
에 매어 두소서.
    봄날의 女王인 진달래꽃은 千紫萬紅으로 푸른 하늘까지 붉게 물들
이지 않습니까? 아! 내 마음조차 붉어지는 것 같습니다. 이왕 붉어지

려거든 붉게 불타고 불이 타려거든 재도 없이 타주소서,

— 노춘성(盧春城)의「봄날의 편지」

다음으로는 변화법에 대해서 설명하고자 한다. 변화법에는 설의법, 인용법, 도치법, 대구법, 경구법, 반어법, 비약법 등이 있다.

18. 설의법 (Interrogation)

설의법設疑法은 쉽게 단정을 내릴 수 있는 문제를 굳이 의문의 형식으로 바꿔 독자들이 스스로 판단하도록 유도하는 방법이다. 다시 말하면, 서술형으로 표현해도 좋을 것을 일부러 의문형으로 표현하여 그 뜻과 감정을 세차게 나타내려는 것이다. 설의법은 단정을 피해 의문형으로 표현한 것이므로 독자들 스스로가 판단케 함으로써 자신은 여유를 갖는 지능적인 효과를 가져 온다. 이 점에서는 대화법과도 일맥상통한다고 볼 수 있다.

> "사람의 자식이 그렇게 비루하여졌더냐?"
> "오, 오해 말게. 내가 무엇이기에 과장이 나 따위의 말에 따라 일을 처단하겠나. 말하기도 전에 자네의 옛일을 다 알고 있네. 항상 그렇게 조급한 것이 자네 병이야. 세상에 처해 나가려면 침착하고 유유하여야 하네, 좀 더 기다려 보게나."
> "처세술까지 가르쳐줄 작정이야?"
> — 이효석(李孝石)의「삽화(揷話)」중에서

19. 인용법 (Quotation)

인용법引用法은 쉬운 말로 따옴법이라고도 한다. 인용법은 유명한 시가

詩歌나 문장, 어구, 또는 격언, 속담, 저서 등을 끌어내어 자기의 표현으로 대신하는 방법이다. 따라서 내용을 풍윤하게 하고, 자기의 입장을 밝히는 데에 효과적이다.

인용에는 명인법明引法과 암인법暗引法이 있는데, 명인법은 인용부호로 묶어 원문을 그대로 살려서 인용하는 것이요, 암인법은 인용부를 쓰지 않고 지문 속에 섞어 인용하는 것이다.

"별을 쳐다보며 삽시다."

고독했던 여류시인 노천명의 말이다. 하늘의 꽃을 별이라고 하고, 땅의 별을 꽃이라고 한다. 별과 꽃은 美의 두 형제요, 자연의 아름다운 두 오누이다. 그러나, 별과 꽃은 이미지가 다르다. 꽃처럼이라고 하면 아름답게라는 뜻이요, 별처럼이라고 하면 淸秀孤高하리란 뜻이다. / 별은 높은 곳에서 빛난다. 별은 우리가 쳐다보는 존재다. 우리는 별처럼 우러러 보는 존재를 마음속에 지니고 살아야 한다. 그래서 별처럼 높이 쳐다보는 탁월한 인물을 우리는 스타라고 한다. 옛날은 괴테가 스타요, 다빈치가 스타요, 플라톤이 스타요, 원효(元曉)가 스타요, 도연명(陶淵明)이가 스타였다. / 현대의 대중사회에서는 스타의 개념과 차원이 말할 수 없이 타락 저속해지고 말았다.

별은 영원의 심볼이다. 우주 개벽 이래 별은 영겁(永劫)의 옷을 입고 무한한 공간과 무한한 시간 속에서 불멸의 빛을 발한다. 별은 영원의 아들이요, 영원의 딸이다. 별은 이상의 심볼이다. 별은 언제나 어두운 밤에 빛난다. 별이 없는 밤은 캄캄하다. 우리의 마음속에서 이상의 별이 사라질 때 우리는 어두운 생활로 전락한다. / 별은 이상의 자녀들이다. 별은 희망의 심볼이다. 암흑의 밤에 찬란한 별빛은 우리에게 희망의 광명을 던진다. 인간은 희망을 먹고 사는 동물이다. 우리의 존재가 희망을 못 먹을 때 우리는 병이 든다. 우리는 희망의 별이 필요하다.

별은 순수의 심볼이다. 별의 세계에는 오염이 없고 혼탁이 없고 별은 한없이 맑고 깨끗하다. / 별은 결론의 천재다. 별은 순수의 대표다. 우리는 별처럼 순수한 魂을 가져야 한다. 별은 순수의 아들이요. 순수의 딸이다. 별은 영원의 옷을 입고 이상의 얼굴에 희망의 표정을 지으며 우리에게 순수의 미소를 던진다. / 우리는 항상 별을 쳐다보며 살아야 한다. 우리의 존재의 至聖所에 星座가 빛나야 한다. 그런데 우리는 별을 잊어버리고 살아간다. 우리는 별을 쳐다보지 않고 살아간다. / 오염의 도시에서는 별빛도 흐려졌다. 한 달에 한 번도 별을 쳐다보지 못하고 살아가는 불행한 도시인이 얼마나 많은지 모른다.

"별을 노래하는 마음으로 모든 죽어가는 것들을 사랑해야지."하는 불우했던 젊은 저항시인 尹東柱는 이렇게 읊었다. 현대인은 별을 노래하는 마음을 상실했다. 그렇기 때문에 존재를 사랑하는 마음도 잃어버려 간다. 우리의 마음속에 별이 찬란하게 빛날 때 우리는 존재를 사랑하는 마음이 싹튼다. / 별은 우리의 정신의 고향이다. 우리의 정신이 언제나 돌아가서 포근히 안겨야 할 존재의 안식처다. / 어린 시절 시골의 마당에 멍석을 깔고 할머니의 무릎을 베고 옛말을 들으면서 총총히 깔린 밤의 銀河水를 바라보던 시절이 있었다. 오늘의 어린 세대는 별 대신에 텔레비전을 바라보고 산다. 이제 별을 쳐다보며 사는 것은 옛날의 이야기가 되고 말았다. 20세기의 위대한 별이었던 슈바이처는 이렇게 말했다.

"현대인이 하루에 몇 분만이라도 밤하늘을 쳐다보며 우주를 생각한다면 현대문명은 이렇게 병들지는 않았을 것이다."

우리의 발이 흙을 밟기를 게을리하면서부터 현대문명은 병들기 시작했다. 우리의 눈이 별을 쳐다보기를 잊어버리면서부터 현대인의 정신과 생활은 병들기 시작했다. / 별을 바라보라. 밤하늘을 쳐다보라. 너의 존재가 無限 속의 한 점이요, 너의 일생이 영원 속의 한 순간임을 깨달을 것이다. / 너의 명성, 너의 업적, 너의 재산이 하나의 티끌이요, 하나의 無요, 하나의 空에 지나지 않는다는 것을 느낄 것이다. / 우리는 별을 바라보며 겸손을 배워야 한다. 우리는 별을 바라보며 인간의 有限을 배우고 나 자신의 한계를 깨달아야 한다. / 우리는 별을 바라보며 인간의 虛慾을 버리고 교만을 버려야 한다. / 별은 인간에게 실재를 가르쳐주는 우주의 지혜요, 자연의 스승이다. 현대인은 하늘에 별이 있다는 것을 망각하고 살아간다. 땅만 보면서 살아가는 것이 현대인

이다. / 현대인이여, 고개를 쳐들자. 그리고 높이 별을 바라보자. / 나의
존재를 별과 결부시키자. / 우리는 별을 쳐다보며 살아야 한다. 우리는
별같이 살아야 한다. 우리는 별의 꿈을 배우고 별의 순수를 지니고 별
의 노래를 익히고 별의 美를 본받아야 한다.

　　인생을 별처럼 살자.

— 안병욱(安秉煜)의 「별처럼」 —

20. 도치법 (Inversion)

　도치법倒置法은 도장법倒裝法 또는 역도법逆倒法이라고도 한다. 이것은
흔히 문장의 뜻을 강조하기 위해 말의 차례를 뒤바꾸어 쓰는 문장의 한
기법을 뜻한다. 우리말에는 부문副文이 앞에 나오고, 주문主文이 뒤따르게
되어 있는데, 이러한 정상적인 위치를 도치시킴으로써, 그것에 대한 기대
감을 자아내게 하고, 특수한 문구의 의미를 강조하는 기법이다. 가령, '헤
어지고 나니 그립다'거나 '보내고 나니 서운하다', '송편같은 달이 떠오른
다'는 식으로, 설명이 앞서고 주가 되는 구절이 뒤따르게 되는 것이 원칙
인데 이것을 뒤집어서 '그녀가 그립다. 헤어지고 나니……' '마음이 서운
하다. 보내고 나니……' 또는 '달이 떠오른다. 송편처럼……'으로 표현하
는 것을 말한다.

　　　참으로 어처구니없는 일로 송첨지와 최첨지는 의를 상하였다. 이 솔
　　메 마을에서 그렇듯 의좋기로 유명하던 송첨지와 최첨지가 아니던가.

　이 글은 황순원黃順元의 소설 「솔메마을에서 생긴 일」의 서두이다.
　여기에서는 거두절미去頭截尾하고, 문제의 핵심부터 펼쳐 보여주고 있는
데, 이 2행은 도치법의 적합한 예가 된다. 이것은 독자에게 기대감(Suspense),
어떤 흥미를 끌게 함으로써 문장에 변화를 가져오는 방법이다.

21. 대구법 (Antithesis)

대구법對句法은 뜻이 상대되는 글귀나 또는 어조가 비슷한 문구를 병렬적並列的으로 묘사하여 문장의 아름다움을 꾀하는 한편 그 뜻을 분명하게 하는 수법이다. 이와 같은 방법으로 한시漢詩에서는 '對話', '代喩', '雙縮', '聯麗'를 쓰고 있다. 어떤 뜻이나 기분을 나타내기 위하여 같은 뜻이나 기분을 지닌 구절을 서로 나란히 늘이어 병행並行의 미美와 대립되는 美를 이루게 된다.

關關雎鳩　　　정겨운 한 쌍의 징경이
在河之洲로다　하수의 푸른 물결 위에 노는구나
窈窕淑女　　　곱고 착한 아가씨
君子好逑로다　임의 어울리는 짝이로다

參差荇菜를　　올망졸망 조아기 나물
左右流之로다　이리 저리 찾고
窈窕淑女를　　곱고 착한 아가씨를
寤寐求之로다　자나 깨나 그리네

求之不得이라　그리워도 얻지 못해
寤寐思服하야　자나 깨나 생각
悠哉悠哉라　　끝없는 시름에 겨워
輾轉反側하노라　잠못 이루고 뒤척이네

參差荇菜를　　올망졸망 조아기나물
左右采之로다　여기저기 캐는구나
窈窕淑女를　　곱고 착한 아가씨를
琴瑟友之로다　거문고로 벗하도다

參差荇菜를   올망졸망 조아기 나물
左右芼之로다   이리저리 가다듬고
窈窕淑女를   곱고 착한 아가씨를
鐘鼓樂之로다   북을 치며 맞이하네

『시경(詩經)』에 나오는 「관저(關雎)」라는 작품으로 '정겨운 한 쌍의 징경이'를 먼저 설정한 다음 '곱고 착한 아가씨는 임의 어울리는 짝'이라는 대구법으로 일관성 있게 묘사하고 있다.

22. 경구법(Epigram)

수사학상의 경구警句로서, 기발한 감상을 간결하게 표현한 어구를 사용할 때 쓰는 수법이다. 평범한 어구가 아니라 진리를 내포한 기발한 어구요, 독자를 일깨워 주는 수법으로서, 교훈적인 것이나 풍자적인 내용을 담고 있다. '등잔 밑이 어둡다(燈下不明)'거나, '낮말은 새가 듣고 밤말은 쥐가 듣는다'는 말이 여기에 해당된다. 시의 경우에 있어서는 사람이 뜻밖에 느낄 수 있는 기발한 시구를 짧게 써서 이상한 느낌과 함께 놀라게 하는 효과를 가져 온다.

경구법은 정신적인 차원에서 구분되는 것과 표현 기교에 중점을 두고 구분하는 두 가지로 나누어 볼 수 있다.

세상 사람들아 聾瞽를 웃지 마라
視不見 聽不聞 옛사람의 警戒로다
어듸셔 妄伶엣 벗님네는 남의 是非하는이

경구법은 앞에서 말했듯이 그 밑바닥에는 교훈적인 의미나 진리가 깔려있기 마련이다. 경구의 방법은 때에 따라서 풍자와 암시를 그 요체로 하고 있는 까닭에 속담이나 격언, 명언 등에 그것이 잘 나타나 있다.

> 말하기 좋다하고 남의 말을 마를 것이
> 남의 말 내 하면 남도 내 말 하는 것이
> 말로써 말이 많으니 말 모로미 죠해라

앞의 예문은 인간 상호간에 빚어지는 불신, 사회의 혼란을 가져오는 근본 요인이 남의 시비에 있음을 말하는 시조이다.

이러한 종류의 예문은 「청구영언(靑丘永言)」에도 나타나 있다.

> 설사도 똥이라고 석삼년을 누다 보니
> 이 몸으로 무얼 하겠나 싶은 게
> 내리내리 부끄러웠거늘
> 오늘에야 누런 똥 누고 보니
> 옹골지구나 그놈
> 날 닮아 어미 속 어지간히 끓인 놈
> 속이 다 타서 없어지것시야 할 때까지
> 속 썩인 놈.
>
> — 오봉옥의 「똥」

이 시에는 경구적 요소가 다분하다. 불과 8행 밖에 안 된 짧은 시이지만, 이 작품에는 인생이나 사회에 대한 진리를 날카롭게 찌르는 듯한 통찰을 보인다. 그것은 기발한 단구로서 시가 힘의 문학임을 입증한다. 이 시인은 10여 년간 설사를 할 정도로 심각한 병에 시달린 것으로 보인다. 그러다가 오랜만에 정상적인 대변을 보고 쾌재를 지른다. 그런데 이 시에는 시인의 건강 문제만이 아니고 삶에 있어서도 처절한 일면을 내비치고 있다. 그러니까 이 시에서 과감히 제목으로 선택한 '똥'이라는 사물은 오봉옥 시인의 인생 전반에 대해서 짐작할 수 있는 단적인 단초를 제공한 셈이 된다. 즉 독자는 여기에 나타난 약 10분의 1에 해당되는 '똥'이라는 사물을 통하여 10분의 9에 해당되는 잠세어潛勢語, 즉 은폐되어있는 인생 전반의 성격을 미루어 짐작하게 되는 것이다.

23. 반어법(Irony)

반어법反語法은 문장의 의미를 강조하기 위하여 반대어를 써서 꾸미는 수사법이다. 즉 상대방을 풍자하거나 조롱하기 위하여 반대되는 말을 써서 효과를 보거나 칭찬하는 데에 적절한 방법으로 사용되기도 한다. 반어법의 특징은 전달하고자 하는 참뜻이 바깥으로 노출되지 않고 언제나 이면에 숨겨져 있는 데에 있다. 슬퍼도 기쁜 체, 괴로워도 즐거운 체, 사랑하면서도 관심이 없는 체, 멸시하면서도 반기는 체하지 않을 수 없을 때 그 내면의 짜고 아리고 쓰린 감정과는 상관없이 엉뚱한 반어反語로 나타나게 된다. 반어에는 두 가지가 있다. 표면상으로는 비난하면서도 참뜻은 칭찬하는 것과 그 반대의 경우다. 다음에 그 몇 가지를 예로 들어 보기로 한다.

> 싫어요! (좋아요)
> 몰라요! (부끄러워요)
> 미워죽겠다. (매우 예쁘다)
> 예뻐 죽겠다. (매우 밉다)
> 얄미워 죽겠다. (매우 귀엽다)
> 좋은 일 했구나! (나쁜 짓을 했구나)

24. 비약법 (Leap)

비약법飛躍法은 일정한 방향으로 서술해 나가던 화제를 갑자기 다른 방향으로 바꾸거나 순서를 밟지 않고 나아가는 수사법이다. 화제가 갑자기 비약한다든지 현실에서 상상으로, 상상에서 현실로 돌변하는 것이 이 비약법의 특징이다. 주로 소설문장에서 즐겨 사용되는 것으로서 놀라움과 충격을 불러일으키는 데에 효과가 있다.

그러나 나이 어린 신부 복둘이의 고생살이와 고민의 꼬투리는 단순히 이러한 육체적인 것만이 아니었다. 그녀의 정신을 좀먹는 보다 큰 것이 있었다. 남편이 그리운 것쯤은 문제가 아니다. 자칫하면 머리에 수건을 동여매고 드러누워 응얼거리는, 변덕스럽고도 인정사정 모르는 시어머니는 시어머니라 그렇다 치자, 주야장천 사랑방에만 잡치고 앉아서 고래고래 고함을 질러대는 시할아버지가 골쳐였다. 성한 사람 같음 또 몰라……그는 불치의 고질을 앓고 있었다. 바로 문둥병 환자였다. 그 바람에 많은 재물도 없앴지만 요만큼도 효력은 없고, 본인은 더욱 식구들을 들볶아댔다. 아들도 며느리도 다 있었지만 어느 누가 손 하나 보아줘? 조석시중, 약시중에, 하다못해 세숫물 시중까지 복둘이가 죄다 해야만 했다. 게다가 사흘들이 벗어 내놓는 진물이 불그레한 빨래! 시어머니는 노상 빨래비누를 숨겨놓고 혼자서만 쓰기 때문에 아무리 바쁘더라도 복둘이는 잿물을 밭여서 빨아야만 했다. 그런 날은 속이 메스꺼워 밥도 잘 먹히지 않았다. 그러나 그 시중만 해도 어느덧 십년이 가까왔다. 그래도 남편은 돌아오지 않고 드디어 자기마저 문둥병이 오르고 말았다. 그 푼더분하던 얼굴이 고역에 마를 대로 마르다가 마침내 부석부석 붓기 시작하고 별안간 눈알이 흐물흐물 눈물에 떴다.

"집구석(집안)이 망할라카이 벨일(별일)을 다 보겠네!"

이것이 기급을 한 나머지의 시어머니의 수인사였다. 시아버지도 한다는 말이 돌아오지 않은 아들에 대한 불평뿐이었다.

"지까진 기(계) 독립운동이 다 뭣고? 부모 말 안 듣는 놈이 어데 복받을 줄 알았던가……

속으로야 여간 불쌍한 생각이 들었으랴마는 겉으로는 자연 그녀를 두고 짜증들을 내게 마련이었다. 이렇게 해서 복둘이의 눈물겨운 고생살이도 수포로 돌아가고, 그것을 참고 견디어 나가게 하던 꿈마저 산산이 부서졌다. 이내 그녀는 시할아버지의 약을 달이던 질오라기 하나와, 밥그릇 하나, 그리고 숟가락 하나를 물려받은 채 동구 앞 움집으로 쫓겨났다. 만약 운명이란 말을 쓸 수 있다면 이것이 그녀를 그처럼 지루하게 기다리게 하던 운명이었다.

얼떨한 우중신씨는 아내의 반짇고리(그녀는 그것을 굳게 잠긴 자기의 의롱 속에 깊이 넣어두었었다) 속에서 소위 내방가사란 것들이 적힌 두루마리들에 섞여있는 얄팍한 공책 한 권을 발견했다. 연필에 침을 묻혀 가며 서투르게 그어댄 글씨만 보아도 자기의 소회를 적었을 것이란 것이 직감되었다. 물론 맞춤법 같은 것도 엉망이었다.

어화우리친척분늬이늬소회드러보소이쳔지열닌후의일월성신발가잇고명순듸쳔마련후의만물이틔여날저유인이최기한듸고금슈을싱각하니강긔하기그지업늬슝고적시졀의난삼강오륜나려오며이식을마련하여인싱을구휼하고요순우탕문무공밍틔슌곤악뇹흔도덕셩경현젼지어늬여우리ㅎ싱교훈하니쳔츄만셰나려오며인의여지씬을바다삼강오륜발근법되우리조션졔이리라백의왕토슈난백셩우리동포아니널가……

읽기가 여간 힘들지 않았으나 그는 기어코 끝까지 뜯어 읽어갔다.

……하늘가튼우리낭군(우중신씨는 여기서부터 흐느꼈다고 한다)가고어이못오신고세상이별남녀중의날카튼이쏘잇는가오호명월발근쌔와초산운우셩길젹의셜진심중무한사도황연한꿈이로다무진장회강임하야문을열고바라보니무심한뜬구름은씬쳤다다시잇늑우리님계신곳은저구름아래엇만답답해라둘사이에무삼약수막혓관듸양쳐가막막

하야소식조차끝탄말가슬푸도다이내심사어대다가지접할꼬황산들건
너올재봉쑹가튼청춘홍안호박꽃치피어나고섬섬옥슈다진토록애면글
면사랏건만이늬몸죄가만하부모봉양다못하고낭군시중못해보고몬실
느무병이들어써납늬다써납늬다禹씨가문떠나가면

　　이것이 끝을 맺지 못한 북둘이의 수기였다. 우중신 노인은 이러한
사연을 세세한 데까지는 이야기 안했으나, 별안간 감은 그의 움푹한
눈자위는 지금도 당시의 일을 속으로 울고 있는 것같이 치구에겐 느
껴졌다.
　　　　　　　　　　　　　── 김정한(金廷漢)의 「인간단지(人間團地)」중 일부

　　여기에서는 처음에 과거가 회상되다가 현실로 돌아오게 되고, 현실에
있어서도 아내가 남기고 간 편지를 읽게 된다. 그리고 차츰 더 새로운 현
실이 나타나게 되는데 결국 우중신 노인이 치구라는 이름의 청년에게 들
려준 이 얘기는, 보다 먼 과거에서부터. 가까운 과거를 거쳐. 다시 현실로
돌아오는 수법을 취하고 있다. 이 소설의 특징은 상상에서 현실로 돌변함
으로써 경이감을 불러일으키게 하는 데에 있다.

　　“평화시장 앞에 줄지어 선 가로등들 중에서 동쪽으로부터 여덟 번
째 등은 볼이 켜있지 않습니다……”
　　나는 그가 좀 어리둥절해 하는 것을 보자 더욱 신이 나서 얘기를 계
속했다.
　　“……그리고 화신백화점 육층의 창들 중에서는 그중 세개에서만
불빛이 나오고 있습니다……”
　　그러자 이번엔 내가 어리둥절해질 사태가 벌어졌다. 안의 얼굴에
놀라운 기쁨이 빛나기 시작했기 때문이다.
　　그가 빠른 말씨로 얘기하기 시작했다.
　　“서대문 버스 정거장에는 사람이 서른 두명 있는데 그 중 여자가 열일곱
명이 있고, 어린애는 다섯 명 젊은이는 스물 한명 노인이 여섯 명입니다.”

"그건 언제 일이지요?"

"오늘 저녁 일곱시 십오분 현재입니다."

"아" 하고 나는 잠깐 절망적인 기분이었다가 그 반작용인 듯 굉장히 기분이 좋아져서 털어놓기 시작했다.

"단성사 옆 골목의 첫번째 쓰레기통에는 쪼코렡 포장지가 두 장 있습니다."

"그건 언제?"

"지난 십사일 저녁 아홉시 현재입니다."

"적십자병원 정문 앞에 있는 호도나무의 가지 하나는 부러져 있습니다."

김승옥金承鈺의 「서울 1964년 겨울」 중의 일부이다. 여기에서는 마치 새가 마음대로 창공을 날아다니듯, 상상력에 의한 비약을 보이고 있다. 앞에서 예문으로 든 김정한의 소설은 스토리가 역전되는 경우라도 시간의 개념과 공간의 질서를 의식하고 있는 데 비하여, 김승옥의 경우는 이를 무시하고 있어 대조를 이룬다.

이제까지 변화법의 범주에 드는 여러 기법에 대해서 얘기하였다. 이 외에도 거우법擧隅法, 연쇄법, 역설법, 명령법, 비교법, 곡언법曲言法 등이 있다. 물론 이러한 여러 기법 이외에도 초호법招呼法, 피판법避板法, 은인법隱引法, 열서법列叙法, 역어법逆語法 등이 있지만, 일반성이 없을 뿐 아니라 이 분야는 아직까지도 확연히 정리되어 있지 않기 때문에 좀 더 시간을 두고 연구 검토되어야 할 것이다.

여기에 열거한 여러 기법 가운데는 수사학적인 기준으로 가름할 때 독립될 수 있는 기법도 있지만, 그렇지 못한 경우도 있다. 따라서 여기에서는 비교적 독립적인 성격을 가진 몇 가지의 기법에 대해 살펴보고자 한다.

25. 거우법

거우법擧隅法은 환유법換喩法과 호환법互換法을 한데 합친 기법이다. 환유법은 가령, 문인을 펜pen으로, 농부를 핫바지로 말하듯이, 표현할 본체를 그대로 말하지 않고, 그것에 관계되는 대상을 매개로 나타내는 방법인데 비하여, 호환법은 형사가 오는 것을 "가죽잠바가 온다"거나 "도리우찌가 온다"는 식으로, 사물의 일부를 들어서 그 전체를 추찰推察시키는 방법이다. 즉 일부를 제시하여 전체를 알리는 것이다.

> 마알간 하늘 아래
> 푸르름이 짙어가는 들녘
> 멀리 바다 건너서
> 잿빛 잠자리 한 대 날아 와
> 꼬리를 흔들며
> 몇 차례 선회하더니
> 이윽고 비상 착륙했다.
>
> 며칠 뒤
> 꽃상여 하나
> 산등성이 너머
> 서녘 하늘 맞닿은 지평선으로
> 가고 있었다.
>
> — 전재승의 「잠자리와 꽃상여」

이 시에서는 본체를 드러내지 않은 채 원관념을 숨기고 보조관념에 해당되는 매개적 대상을 통해서 간접적으로 넌지시 드러내고 있다. 이 시 속에 은폐되어 있는 전쟁에 있어서 맹위를 떨치는 가공할만한 무기를 이 시인은 달가워하지 않은 것 같다. 당연히 차지해야 할 그 자리에 '전투기'

대신 '잠자리'로 대치하고 있기 때문이다. 제목부터가 「잠자리와 꽃상여」다. '전투기'나 '죽음' 대신에 '잠자리'와 '꽃상여'로 호환하는 것을 보면 무의식에서도 그는 전쟁에서 맹위를 떨치는 무서운 '전투기'를 '잠자리'라는 평화적 자연물로 환유하기를 당연하게 여기고 있는 것으로 여겨진다. 여기에서 본의를 눈치 채는 일은 독자의 몫으로 남는다. 시인이 본의를 다 드러내지 않은 채 약간의 낌새만 흘림으로써 독자로 하여금 관심을 갖도록 유인하는 기법도 하나의 방법이 되겠다.

26. 초호법

초호법招呼法을 돈호법頓呼法이라고도 한다. 계속해 오던 문맥을 도중에서 끊고 높이 불러보는 방법이다. 가령 어떤 경치 같은 것을 서술해 가다가 뜻밖에 그 경치에 빠져 갑자기 그 감명을 부르짖는 것이다.

> 산은 어찌 보면 雲霧와 더불어 항상 저 아득한 하늘을 戀慕하는 것 같지만 오래오래 겪어온 피문은 역사의 그 생생한 기록을 잘 알고 있다.
> 산은 알고 있다. 하늘과 땅이 처음 열리고 그 기나긴 세월에 묻어간 모든 서럽고 빛나는 이야기를 너그러운 가슴에서 철철이 피고 지는 꽃들의 가냘픈 이야기보다도 더 역력히 알고 있다.
> 산은 가슴 언저리에 그 어깨 언저리에 스며들던 더운 피와 그 피가 남기고 간 이야기와 그 이야기가 마련하는 역사와 그 역사가 이룩할 줄기찬 합창소리도 알고 있다. 산은 역력히 알고 있는 것이다.
> 이슬 젖은 하얀 촉루(髑髏)가 뒹구는 저 稜線과 골짜구니에는 그리도 숱한 풀과 나무와 산새들의 노랫소리와 그리고 그칠 줄 모르고 흘러가는 시냇물과 시냇물이 모여서 부르는 노랫소리와 철쭉꽃 나리꽃과 나리꽃에 내려앉은 나비의 날개에 사운대는 바람과 바람결에 묻혀가는 꿈과 생시를 산은 잘 알고 있다.
> 그러기에 산은 우리들이 내일을 믿고 살아가듯 언제나 머언 하늘을

바라보고 가슴을 벌린 채 피문은 역사의 기록을 외우면서 손을 들어
우리들을 부르고 있는 지도 모른다.
　　산이여!
　　나도 알고 있다.
　　네가 역력히 알고 있는 것을
　　나도 역력히 알고 있는 것이다.
　　　　　　　　　　　　　　　　　　　— 辛夕汀의 「山은 알고 있다」

27. 연쇄법

　　연쇄법連鎖法은 앞의 어구나 전문前文의 끝말을 다음 어구나 후문의 머
리에 두어서 연쇄적으로 연결하는 수사법이다. 글뜻文意의 긴밀한 연결과
어조의 추이에 묘미를 갖게 하는 데에 효과가 있다.

　　　임이기에
　　　발목까지 엎드렸지
　　　떠나지만 말아주길 빌고 또 빌었지, 임이기에

　　　임이기에
　　　한 번은 돌아보지 않을까
　　　한 번은 손짓이라도 하지 않을까
　　　십년을 목을 빼고 기다렸지, 임이기에

　　　임이기에
　　　밤마다 꿈을 꾸지
　　　와서는 눈물이 되고
　　　와서는 꽃이 되는 임이기에
　　　또 십년을 기다릴 작정이지.
　　　　　　　　　　　　　　　　　　　— 오봉옥의 「임이기에」

28. 피판법

피판법避板法은 시구에서 중어重語나 대구의 남용으로 일어나는 평판平板되기 쉬운 느낌을 없애기 위해서 쓰이는 방법이다. 가령, 같은 가락을 가진 어구를 겹칠 때에도 그 어구와 어구 사이에 다른 변조變調를 삽입하여 단조로움을 피하고 새로운 정서의 교직(투입)으로 아름다움을 나타내려는 것이다.

> 잔 물결 물결의→ 잔 물결 큰 물결의
> 은 물결 물결의→ 은 물결 금 물결의
> 손 손이→ 손 하이얀 손이

앞의 간단한 예문에서 본 바와 같이, 피판법은 하나의 사상事象을 나타냄에 있어 사용하는 중어重語나 대구가 서로 겹칠 때 평이함과 지루함을 피하기 위하여, 위귀와 아랫귀 사이에 서로 다른 변조의 표현을 삽입, 강조함으로써 단조로움을 없애는 방법이다.

29. 열서법

열거법列擧法은 동위어구나 동위문을 열거하여 그 의미를 집중적으로 강조한 데 비하여, 열서법列叙法은 여러 가지 사물이나 뜻을 일괄하여 서술하지 않고 각각 나누어서 하는 수사법이다. 가령, '해와 달 및 별들이 빛을 잃는다'고 하지 않고, '해가, 달이, 별들이 빛을 잃는다'로, 또는 '松竹梅를 좋아한다'고 하지 않고 '소나무를, 대나무를, 매화꽃을 좋아한다'고 표현하는 경우를 가리킨다.

시조의 경우에는 초장, 중장, 종장이 각각 독립된 글로 되어 서로 상관성을 갖는다.

집방석 내지 마라 낙엽엔들 못 앉으랴
솔불 혀지 마라 어제 진 달 도다온다
아해야 濁酒山菜일망정 없다 말고 내어라.

― 韓 濩

대쵸볼 불근 골에 밤은 어이 뜻드르며
벼벤 그루에 게는 어이 나리는고
술 익자 체장수 돌아가니 아니 먹고 어이리

― 黃 喜

30. 곡언법

어떤 대상을 직접적으로 드러내어 말하지 않고, 다른 말로 둘러서 넌지시 나타내는 표현법을 가리켜 곡언법曲言法이라 한다. 가령, 여색을 밝히는 사람을 가리켜 '바람둥이'라고 한다거나, 술집이나 다방을 경영하는 이를 가리켜 '물장사'라고 표현하는 경우가 그것이다.

이제까지 30가지의 수사법을 그 유형별로 살펴보았다. 그러나 이것으로 문장의 모든 기법이 다 소개되었거나 정리되었다고 말할 수는 없다. 여기에서는 다만 문장을 이해시키는 데 필요한 그 수사의 기능이나 성질을 개괄적으로 살펴보았을 뿐이다.

이 밖에도, 단서법의 반대개념으로서, 문장이나 단어를 접속사로 이어가는 접서법接敍法, 둘 이상의 대상이나 의미를 비교하여 명확하게 하는 비교법, 일반적인 생각과는 반대되는 말로써 진리를 표현하는 역설법, 앙양된 감정을 직설적으로 나타내는 명령법 등 많은 기법이 있지만, 앞에서 잠시 언급했듯이 일반성이 없으므로 여기에서 일단 끝을 맺기로 한다.

제8장
문장교실

제8장 문장교실

Ⅰ. 어떻게 하면 좋은 글을 쓸 수 있을까

인간은 누구를 막론하고 태어나면서부터 말과 글, 언어를 떠나서는 한시도 살 수 없게 되어 있다. 사소한 안부 편지에서부터 본격적인 문학 작품에 이르기까지 천차만별千差萬別의 차이를 두고 다양하게 표현하면서 살아가지 않을 수 없게 되어 있다. 그러한 까닭은 인간 자체가 뭔가를 표현하면서 살지 않을 수 없게 되어 있기 때문이다.

여기에서 문제되는 것이 언어의 표현이다. 언어의 표현, 그 말과 글을 제대로 표현하면서 산다는 것은 바로 인간으로서 누릴 수 있는 최대의 행복이 아닐 수 없다.

그런데 누구나 하는 말, 누구든지 쓸 수 있는 글이지만, 그 말을 제대로 하고, 그 글을 그렇게 마음먹은 대로 잘 쓰기란 그리 쉬운 일이 아니다. 여기서는 적합한 언어의 선택과 그 조립으로서의 표현이 요구된다.

"구슬이 서 말이라도 꿰어야 보배"라는 말이 있듯이, 아무리 기가 막히게 좋은 생각이 떠오른다 할지라도 그것을 언어로 표현할 수 있어야 만이 가치가 있는 것이다.

새도 목이 마르면 물을 마시고, 희열이 넘칠 때 솟구치고, 동경이 일 때 날아가며, 즐거울 때 나뭇가지에서 열락悅樂의 노래를 부른다.

이와 같이 하찮은 날짐승도 그처럼 표현의 자유를 누리거늘, 하물며 만물의 영장으로 태어난 인간이 표현의 자유를 누리지 못한대서야 되겠는가.

인간이 만물의 영장이라고 일컬음을 받을 수 있는 그 중요한 요건은 무엇보다도 우선 말과 글이라고 하는 언어를 소유하고 있다는 것과 도구를 사용하는 것, 그리고 예의를 지키는 것으로 얘기되고 있다. 이것은 상식적인 이야기지만, 문화의 유산으로서 대단히 중요한 가치를 지닌다.

말을 하지 못하는 사람이든지, 시각장애자가 아니라면 누구나 할 수 있는 말이요, 쓸 수 있는 글이지만, 그 말과 글을 제대로 질서 있고 조리 있게, 그리고 논리적이면서도 이치에 타당하게 사용하기란 그리 쉬운 일이 아니다.

그렇다면 어떻게 해야 만이 언어, 즉 음성언로서의 말과 문자언어로서의 글을 제대로 사용할 수 있겠는가. 여기에 논리적인 언어의 질서를 바탕으로 하는 수사적修辭的 언어 조립으로서의 효과적인 표현이 요구된다.

대체적으로 대부분의 일반 사람들은 말하기보다는 글쓰기를 더욱 어려워하는 것 같다. 말로는 청산유수인데, 글을 쓰려고 하면 제대로 써지지 않는다고 호소하는 사람들도 있다. 아무래도 글을 쓰는 기회보다는 말하는 빈도가 높기 때문에 말하기가 한결 수월할지도 모른다.

그런데 이것은 어디까지나 글을 쓰는 일에 비교해서 하는 말이 되겠다. 말도 말 나름이다. 교양 있고 품위 있는 말을 하기란 그리 쉬운 일이 아니다.

말과 글은 어떠한 관계에 있는가. 이러한 물음도 궁금한 것 중의 하나이다. 말이나 글, 즉 언어라고 하는 것은 사람의 마음과 직접적으로 연결되어 있다. 따라서 마음이 맑은 사람은 그의 말이 맑고 글이 맑지만, 마음이 흐린 사람은 말이 흐리고 글이 흐릴 수밖에 없다. 마음이 거친 사람이 부드러운 글을 쓸 수 있겠는가. 이는 불가능하다. 이와 반대의 경우도 어긋나기는 마찬가지다.

마음이 바르게 잡혀 있지 않은 정신이상자는 그 마음 자체부터가 혼돈되어 있기 때문에 그런 사람의 말은 횡설수설일 수밖에 없다. 왜냐하면 마음 그 자체부터 헝클어져 갈팡질팡이니 말 또한 횡설수설이 아니 될 수 없는 것이다. 그러므로 고상하고 품위 있는 말을 하고, 또 그러한 글을 쓰기 위해서는 우선 그의 마음부터 고상하고 품위 있게 정화되고 다듬어지지 않으면 안 된다.

좋은 글, 훌륭한 글을 쓰려면 우선 마음부터 청정심淸淨心으로 깨끗하고 아름답게 닦아야 한다. 그렇게 하지 않으면 마치 밑 없는 솥에 물 붓는 격이 되기 마련이다.

말과 글은 인간 의식의 소산이라는 점에서는 같기 때문에, 그 언어 이전에 생각 자체의 정화와 의식구조 자체의 논리적 질서가 요구되면서도, 그것은 서로 시간적인 거리라든지 공간적인 차이를 두고 있다.

말이란 글보다는 우선하기에 편리하다. 글은 일정한 공간을 필요로 하지만, 말이란 그렇지 않다. 말이란 녹음해 두거나 기록으로 남겨 두지 않으면 순간적으로 소멸되고 만다.

그러나 글은 보다 영원하다. 그리고 가치 있는 글은 보다 영원하다. 또한 말이란 일정한 공간적·시간적 거리의 제한을 받지만, 글이란 공간적·시간적 거리의 제약 없이 어디든지 찾아가서 감동을 주기도 하고 작용을 일으킨다.

물론 오늘날엔 라디오나 텔레비전, 인터넷 같은 전파 매체가 발달되어 국제적인 연결이 가능하고 교류가 빈번해지지만, 이것은 어디까지나 그 매체를 이용하는 특정인의 경우에 한해서만 그것도 지극히 제한적으로 해당되는 것이므로 일반적인 것이라고는 할 수 없다.

순간적으로 소멸되어 버릴 말이라 할지라도 글이라고 하는 언어문자로 기록해 둠으로써 세계적인 고전으로 남게 되는 경우도 얼마든지 있다. 그런데 그 가운데서도 보다 훌륭한 언어는 계속 남아지지만 그렇지 못한 경우에는 도중에 소멸되고 만다.

우리가 어떻게 좋은 글, 훌륭한 글을 쓸 수 있을까. 여기에는 내용과 형식이라고 하는 두 가지의 면이 요구된다. 인간이 마음과 몸으로 되어 있듯이 글도 내용과 형식으로 되어 있다.

좋은 글을 쓰기 위해서는 우선 고상한 인격으로 닦아야 하며, 말하듯이 자연스럽게 표현할 줄 알아야 한다.

여기에서 '말하듯이 자연스럽게'라고 했는데, 얼핏 들으면 아주 쓰기 어려울 것 같지만 사실 알고 보면 그렇지 않다.

단적으로 말해서, '쉽게 써서 어렵게 읽혀지는 글보다는, 어렵게 써서 쉽게 읽혀지는 글을 써야 한다'고 강조하고 싶다.

사람들은 흔히들 글이 수월하게 읽혀지면 필자가 마치 거미가 줄을 늘이듯이 그렇게 줄줄 써내는 줄로 안다.

그러나 사실은 그렇지 않다. 진솔한 마음으로 글을 쓰고, 마음에 들지 않는 부분을 손질하는 퇴고推敲의 과정을 거치는 동안에 문장은 조금씩 매끄러워지면서 윤기가 나게 된다. 이것을 가리켜 글때를 벗는다고 한다.

그러므로 좋은 글을 쓰려는 이는 먼저 사람다운 사람이 되려고 노력해야 하겠고, 진솔한 마음으로 누구에겐가 말하듯이 자연스럽게 써나가야 한다.

글을 써보겠다고 무조건 펜부터 들 일이 아니다. 펜을 들기 전에 먼저 무슨 내용을 어떻게 쓸 것인가를 생각해 보아야 한다. 글을 써보고 싶은 그 '주제'가 무엇인가를 생각해 보아야 한다.

제목은 무엇으로 정할 것인가. 처음은 어떻게 시작해서 어떻게 전개하다가 어떻게 끝맺을 것인가를 충분히 생각할수록 바람직하다.

글을 왜 쓰느냐는 물음은, 왜 사느냐는 물음만큼이나 어려운 철학적인 문제다. 그러나 글을 어떻게 써야 하느냐는 물음은 문장 표현으로서 수사학적 언어 조립능력으로서의 효과적인 기교를 의미한다. 그러므로 여기에서는 앞으로 이 양면을 동시적으로 이야기하고자 한다.

> 대 그림자 뜰을 빗질하고 있다.
> 먼지 하나 일지 않는다.
> 달이 물밑을 뚫고 있다.
> 수면(水面)에 흔적 하나 남지 않는다.

이 선시禪詩는 고요한 정靜의 극極을 보여주고 있다. 마음이 청정하지 않으면 이런 시가 떠오르지 않는다. 지식 있는 사람, 똑똑한 사람이 되기보다는 슬기로운 사람, 지혜로운 사람이 되어 가면서 좋은 글을 쓰려고 노력해야 할 것이다.

지식과 지혜는 차원이 다르다. 지식은 낮고 지혜는 높다. 세상에 지식이 있는 사람은 많지만, 지혜가 있는 사람은 드물다.

이 글은 안병욱 교수의 수필 「지혜의 힘」 중의 한 구절이다. 글이란 이와 같이 간결하고도 명료하게 쓰게 될 때 독자는 쉽게 이해하고 공감하게 된다.

II. 언어의 성질

세상엔 이루 다 헤아릴 수 없이 많은 말이 있고 글이 있다. 이 말과 글을 싸잡아서 언어라고 하는데, 그 언어는 여러 가지의 성질이 있다.

그 언어의 성질을 이모저모 나누어 볼 수 있겠지만, 크게 구분해서 세가지로 대별할 수도 있을 것이다.

그것은 그 언어의 사용 방법에 따라 일상적(실용적)인 언어와 문학적(창조적)인 언어, 그리고 과학적인 언어로 나누어 생각할 수 있다. 실용적인 언어란 일상생활을 하는데 있어서 의사를 전달하는 경우에 해당하는 말이다.

그러니까 일상적(실용적)인 말이 있는가 하면 글도 있다. 일상생활을 영위하기 위해서 하지 않으면 안 되는 실용적인 말과 글, 이것이 실용어와 실용문이다.

그런데 일상생활을 영위하기 위해서 필요한 언어라 할지라도 아무렇게나 되는 대로 하여서는 안 된다. 무엇보다도 우선 적합한 말, 적절한 글을 찾아서 쓰지 않으면 안 된다.

일상적(실용적)인 언어란 우선 그 뜻이 분명해야 한다. 가령 누군가가 길을 가다가 어느 목적지를 물었을 경우 4km 또는 6km, 이렇게 분명히 알려주어야 하는데, 막연하게 담배 한 대참(피울 동안)만 가면 된다고 했다면 차질이 생기게 된다.

담배 한 대참만 가면 된다고 막연하게 말하면 그 시간은 늘어날 수도 있고 줄어들 수도 있게 된다.

지금도 미개한 나라에서는 "당신 나이가 몇이요?"하고 물으면, "글세, 막내가 태어날 때 미국 배가 들어왔으니까 아마 예순쯤 되겠지……" 한다는 것이다.

자기의 나이를 바로 대지 못하고, 미국 배가 들어올 때 자기는 몇 살쯤 되었었는데, 그 무렵에 지금 몇 살 된 막내아이가 태어났으니 몇 살쯤 되겠다는 계산법이다. 정도의 차이는 있지만, 이와 비슷한 일을 우리들 생활 속에서도 흔히 보게 된다.

실용적인 언어란 애매모호해서는 안 되고, 간결명료해야 한다. 애매모호하지 않고 간결명료하기 위해서는 하나의 언어에 여러 가지의 뜻이 싸잡혀 있는 언어를 사용해서는 안 된다.

또한 여러 가지 복합된 뜻이 내포된 언어를 사용하지 않는다 할지라도 말을 너무 길게 한다거나 글의 센텐스를 너무 길게 늘여 쓰면 애매모호해져서 실용성을 갖지 못하게 된다. 실용적인 언어를 위해서는 상대방에게 전달하고 싶은 뜻을 정확하게 표현해야 한다.

여기에 비해서 문학적인 언어란 일상생활적인 언어가 아닐 수도 있다. 실용적인 언어가 일상생활 속에서 약속되어진 좁은 개념으로서의 언어라면 문학적인 언어란 일상성을 초월한 언어—우주 만물에 내포된 넓은 개념으로서의 언어를 말한다. 다시 말해서 일상적인 언어가 인간 사회에서 통용되는 언어라면, 문학적(예술적)인 언어란 보다 넓은 개념으로서의 언어를 말한다.

그러므로 편지를 쓴다거나 공문을 기안하는 따위의 행위는 일상적 실용적인 언어를 누리는 것이라면, 문학작품을 창작하는 행위는 창조적(문학적) 언어를 누리는 셈이 된다.

인간은 누구나를 막론하고 창조성을 지니고 있다. 인간이 지닌 바의 창조성이 예술을 가능케 하고 문학을 가능케 한다.

우리가 일상적인 생활에서 필요로 하는 일상적(실용적) 언어라고 하는 것은 단순히 자기의 사상·감정을 상대방에게 전달하기 위한 매개적 역할로서의 표현기능에 불과하지만, 보다 차원을 달리해서 문학예술 형태를 모색하는 경우에 있어서는 상식적인 일상성을 탈피해야 한다.

일상적 언어와 문학적 언어, 실용적 언어와 창조적 언어, 좁은 개념으로서의 언어와 넓은 개념으로서의 언어로 크게 나누어 볼 수도 있겠거니와 또한 과학적인 언어를 생각할 수도 있다.

이 과학적 언어는 개념의 정확성을 요구한다. 그것은 누구에게나 동일·유일한 사실을 가리키는 기호들을 사용하려고 한다.

바꾸어 말하면, 일상적 언어란 구체적이고 분명하면서도 상대방에게 의사를 전달하는 것으로 만족하지만, 문학적 언어란 사실 이상의 것으로서, 우주의 어떤 계시적인 영감까지를 가능케 하는 언어를 말한다.

그러므로 보다 넓은 개념으로서의 언어란, 사람이 꽃이나 나비와 얘기할 수도 있고, 바람이나 별, 온갖 산천초목들과도 대화할 수 있는 것이다.

따라서 문학에 관심을 갖고 좋은 글을 써보려는 사람은, 넓은 개념으로서의 언어, 가령 연주회에서 울려 나오는 음향언어라든지, 그림 전시회에서 전달되는 회화언어, 조각전에서의 형태언어 등은 물론이요, 태양의 미소와 바람의 애무, 새소리 물소리 등등 대자연의 언어에 귀를 기울일 줄도 알아야 한다.

왜냐하면, 인간 사회에서 약속되어 있는 실용적 일상어에만 고착된 채 넓은 개념으로서의 대자연의 언어를 모른다면, 그의 언어, 그의 글, 그의 시나 수필 등의 문학 형태는 지극히 상식적이요, 일상적인 범주를 벗어나지 못하기 때문이다.

그러니까 무한한 창조성을 지닌 인간은 무한한 신비로움으로 차 있는 우주의 속성, 대자연의 속성을 지닌 계시적이요, 영감적인 암유暗喩의 언어와 교신해야 한다.

물소리, 바람소리도, 넓은 의미로서의 대자연의 언어요, 별들의 반짝임도 우주적인 언어인 까닭에 그 계시적인 언어에는 소리도 있고 빛깔도 있다.

그러므로 이 세상에서 사물이 지닌 바의 상징적인 언어, 계시적인 언어를 놓치지 말고 포착하였다가 작품으로 어떻게 형상화하느냐가 문제된다.

멧새가 해를 따 먹어서
정원마다 노래가 터져 나옵니다.

멧새가 가슴마다 집을 지어서
가슴은 모두가 정원이 되어
다시 다시 꽃이 핍니다.

땅덩이에 커다란 나래가 돋히고
새로 나는 깃마다 꿈을 가져왔습니다.

사람은 모두 새가 되어
하늘에 집을 짓습니다.

나무는 푸른 군중 속에서 이야기하고
태양을 향하여 노래 부르고,
태양은 모든 영혼 속에서 목욕하고

물이란 물은 불꽃같이 피어 옵니다.

봄이 물과 불을 좋아하여
한꺼번에 가져 왔습니다.

막스 다우텐다이의 「멧새」라는 시다. 여기에서 우리는 상징적인 언어가 갖는 비실용적이요, 비일상적인 문제에 직면하게 된다.

이 시에서는 '해를 따먹는 멧새'나 '사람의 가슴마다 집을 짓는 멧새'가 나오는가 하면, 그 가슴은 정원이 되고 꽃이 핀다고 하였다.

그 뿐인가. 땅덩이에 커다란 나래가 돋히고, 새로 나는 깃마다 꿈을 가져온다고 했다. 또한, 사람은 모두 새가 되어 하늘에 집을 짓는다고 했으니, 이게 현실적으로 가능한 일인가.

여기에 일상적 언어와 문학적 언어의 차이가 있다. 현실적으로는 도저히 불가능하지만 시에서는 가능하게 된다. 왜 그럴까, 왜 그게 가능할까.

시란 현실을 그대로 반영하는 게 아니라, 그 시인이 상상으로 언어의 집을 짓기 때문이다. 상상의 날개, 언어의 날개로 집짓기, 생각의 집짓기, 이게 바로 시의 창작과정이다.

그러니까 멧새가 해를 따먹어서 정원마다 노래가 터져 나온다는 얘기는 그 시인 자신이 마치 멧새가 해를 따먹기라도 할 정도로 부풀어 올라 충일된 감정을 표현한 것이다.

멧새가 가슴마다 집을 지어서, 가슴은 모두가 정원이 되어, 다시 다시 꽃이 핀다는 이 시는 기막히게 충일된 기쁨을 상징적 언어로 표현한 것이다.

그러므로 이와 같은 좋은 시를 쓰려면 일상적인 실용적 언어에만 얽매어있을 게 아니라, 넓은 개념의 언어를 자유롭게 쓸 줄 알아야 한다.

문학적 언어는 일상적 언어나 과학적 언어와는 달리, 표현적인 묘사라야 한다. 그것은 주관적이면서도 보편타당성을 띠어야 하는 성질의 것으로서, 특히 시에 있어서는 함축적이어야 한다.

III. 言語의 內容과 形式

성경 에베소서 2장 10절을 볼 것 같으면, 그 번역된 책에 따라서 "우리는 하나님의 지은바니라" "우리는 하나님의 詩이니라" "우리는 하나님의 作品이니라" 하는 등으로 표현되어 있다. 여기에 詩라는 말이 나오는데, 그 Poem이나 Poetry라는 말은 韻文으로서의 詩 말고, 무엇을 창조하는 의미가 내포되어 있다.

따라서 인간은 神의 창조의 능력에 의해서 지은바 된 詩요 作品인 동시에 신의 창조성을 이어받아서 새로이 창조해 내는 存在, 즉 신의 창조위업에 가담하는 재창조적 존재인 것이다.

인간은 신을 직접 계시적으로 깨달을 뿐만 아니라, 신의 속성인 우주의 대자연의 아름다움을 보고서 느끼기도 한다. 이처럼 인간은 신과 만물의 중간에서 상하를 상통하는 중심적 존재임이 분명하다. 그러므로 인간에게는 모든 존재계를 인식할 수 있는 인식의 제의식諸意識이 있다.

그것은 인간의 창조적 행위를 통해서 표현되게 되는 여러 가지의 의식형태를 의미한다. 특히 예술창작에 있어서 두드러지게 나타나는 여러 要素로서, 繪畵로 표현되는 視覺的 色彩意識과 音樂으로 나타나는 聽覺的 音響意識, 그리고 彫刻 등으로 나타나는 事物의 形態意識이 효과적으로 조화를 이루게 될 때 그 언어는 전달기능을 더욱 효과적으로 발휘하게 된다.

여기에 언어의 내용과 형식에 있어서의 조화가 요구된다. 언어의 내용이란 말이나 글에 있어서 없어서는 안 될 생명이요, 사랑의 요소라 할 수 있다. 이것이 없을 때, 그 말이나 글은 빛을 잃게 될 것이다. 아무 힘도 발휘할 수 없는 죽은 말과 죽은 글이 될 것이다.

시냇물의 물고기가 은비늘을 날리며 팔딱 팔딱 뛰어오르듯이 살아 움직이는 말을 하고 글을 쓰기 위해서는 무엇보다도 그 사람 자신이 살아 움직이는 정신, 발랄한 마음, 싱싱한 눈빛, 불꽃 이는 영혼을 먼저 지니지 않으면 안 된다는 것은 말할 나위도 없겠다.

언어의 내용을 좀 더 구체적으로 얘기하기 위해서 두어 가지의 예를 들어 본다. 詩經에 나오는 詩로서 "關關雎鳩 在河之洲로다 窈窕淑女 君子好逑로다"는 구절이 있다. 즉 "짝지어 노니는 징경이, 흐르는 강물 모래섬에 있도다. 곱고 착한 아가씨, 임의 어울리는 배필이로다"는 뜻으로서, 수평선에 노니는 한쌍의 새는 美의 極致를 보여주는 정경이라면, 貞淑과 貞節과 志操로써 女性에 있어서 최상의 美를 갖춘 窈窕淑女야말로 君子의 좋은 배필이 된다는 것은 두고 두고 책임질만한 내용을 지니고 있다고 본다.

다음으로, 윌리엄 블레이크는 "모래알 한 알에 宇宙를 생각하고, 손바닥을 젖히면서 永遠을 생각한다"고 했는데, 이 말 역시 無限小와 無限大의 時空間的 領域으로서 느껴지는 深奧한 哲學性과 함께 언어의 내용을 풍부히 간직한 말임을 쉽게 알 수 있을 것이다.

그런데 이와 같이 언어의 내용 못지않게 언어의 형식 또한 중요하다. 왜냐하면 형식이란 언어의 전달기능으로서의 효과 여부를 직접적으로 판가름할 수 있는 구체적인 방법이요 수단이기 때문이다.

가령 한 가지 좋은 예로서 '동전 한 잎이 떨어졌다'는 말은 누구나 할 수 있을 것이다. 그것은 어디까지나 개념의 나열에 지나지 않기 때문이다. 개념의 나열은 개념만의 전달이므로 무엇을 구체적으로 이해시키려는데 있어서는 설득이나 감명의 농도가 깊지 못하다.

그러나 누가 만약에 '백원짜리 동전이 똑똑 떨어져 또르르 굴렀다'고 말한다면 그 말을 듣는 이는 그 동전이 떨어지면서 두 번을 뛰고는 빙그르르 圓形回轉運動으로 돌다가 쓰러지는 광경을 마치 실물을 보는 것처럼, 그 가상적 형태의 움직임을 선명하게 보게 될 것이며, 소리까지도 느끼게 될 것이다.

앞의 경우는 동전이 떨어졌다고 하는 개념 전달에 불과하지만 뒤의 경우는 개념 전달은 물론이요, 視聽覺의 효과가 구체적으로 표현되어 나타나게 된다. 이 간단한 한 가지 예만 보아도 우리들이 나면서부터 죽는 날까지 항상 쓰는 말, 그 언어라는 게 얼마나 귀중한 것인지 모른다. 언어의 효과를 위해서는 언어 형식으로서의 기술이 요구되는데 여기에 대해서도 관심을 가져야 할 줄 안다.

하이데거는 '言語란 存在의 집'이라고 갈파한 적이 있거니와, 우리는 神의 신성한 언어의 주택 속에서 살지 않으면 안 될 것이다.

1. 言語淨化의 必要性

언어란 생각을 전달하는 음성기호에 그치는 것이 아니라, 생각을 창조하는 힘이 된다는 것을 잊어서는 안될 것이다. 中國人들은 '非常口'를 '太平門'이라고 말함으로써 非常時일수록 태평한 마음가짐으로 문을 빠져나가야 한다는 행동철학까지도 은연중에 제시한다.

같은 물을 가지고도 '냉수'는 마시는 물이고, '찬물'은 세수하는 물이라고 느껴지는 거라든지, '올드미스'는 고상하게 늙어가는 처녀로 느껴지지만, '늙은 처녀'는 좀 추접스럽게 늙어가는 처녀라고 느껴지는 것을 보면 언어 속에 담겨 있는 정신적 태도라는 게 어떠한 것인가를 이해할 수 있게 된다.

그러므로 말은 죽어있는 기호가 아니라 살아있는 영혼의 존재라 할 수 있다. 말 속에 살아 꿈틀거리는 정신, 이것이 바로 말속에 담긴 얼이다. 말이란 입으로만 하는 것도 아니요, 머리로만 하는 것도 아니다. 생명 있는 말, 사랑이 넘치는 말이란 바로 가슴으로 외치고, 심장으로 부르짖어야 하는 것이다. 그래야만이 상대방의 가슴 깊이 심어줄 수 있고, 심장 깊이 심어 줄 수 있기 때문이다.

개가 짖는 것을 우리말은 '멍멍', 일본말은 '왕왕', 서양말은 '바우와우' 등으로 서로들 달리 이해시키고 있다. 생각이 말을 결정하는가 하면, 말의 색깔이 생각의 색깔을 결정하기 때문에 이러한 현상이 나타나게 된다.

지저분하고 거친 말은 사람의 마음을 지저분하고 거친 방향으로 사로잡아 이끌어가며, 내 것을 업신여기고 남의 것만을 무조건 좋게 여기는 말은 이 말을 쓰는 사람들을 事大主義에 젖어들게 만든다.

말이란 그 사람의 인격을 나타내는 얼굴과도 같다. 상대방의 말을 들어보면 그 사람의 됨됨을 알 수 있다. 말이 맑으면 마음도 맑고, 말이 흐리면 마음도 흐리기 때문이다. 따라서 말이란 인격의 척도가 되므로 말의 淨化는 개체로 보나 전체로 보나 실현되지 않으면 안 될 중요 요건이다.

2. 言語淨化의 方向

겨레말을 바탕으로 깨끗하고 쉬운 새말을 자꾸 만들어서 우리말을 풍부하게 해야 하겠다. 말의 소리가 아름다워지고 말의 뜻이 높아지고 깊어질 수 있도록 관심을 가지고 주의를 기울여야 할 것이다. 우리들이 흔히 무심하게 흘려버리게 되는 말뜻이나 말맛이라든지, 말의 짜임이 바르게 될 수 있도록 해야 하겠으며, 깨끗하고 쉬우며, 풍부하고 아름다운 어감의 높고 깊은 말을 널리 쓰도록 해야 할 것이다.

다음으로 淨化의 對象語로서 몇 가지 들 수 있겠는데, 우선 외국말의 경우 必要的 動機로 쓰는 外來語와 事大的 動機로 쓰는 外來語로 구별되는데, 필요적 동기에서 쓰기 시작했다 할지라도 사대적인 의식구조로 굳어질 위험성이 있는 경우도 있다.

한자어나 영어 등등 외래어를 많이 사용해야 만이 유식하고 세련되어 보이는 것으로 착각이 굳어버린 후진사회에서 言語淨化는 무엇보다도 중요하다.

다음으로 俗語와 卑語를 들 수 있겠는데, 거짓말한다는 말을 가지고 '공갈치다'나 '대포쏘다'로 말한다거나, 때려라를 '찍어라', 손해봤다를 '피봤다'는 등의 표현은 우리들의 마음을 거칠게 한다.

그리고 예절 바른 말을 쓰는 사람이라든지, 경어를 구별해서 쓰는 사람이 드물어졌다. 이것은 영어의 수평적 인간관계의 말이 수직적인 우리 말에도 영향을 주는 것 같다.

사람들은 흔히들 말을 조심하지 않고 나오는 대로 지껄이는데, 이를 시정하지 않으면 안 될 것이다. 걸핏하면 어린이들에게 '병신자식' '도둑놈 같으니' '돌대가리' '바보자식' 등의 말을 무심코 내뱉는가 하면, '너는 앞날이 뻔한 자식이야' '너 같은 놈은 성공할 수 없어' 등의 말을 하게 되는데, 이러한 말은 어린이의 가슴 속에 깊은 상처를 남기게 된다. 그래서 그는 결국 자포자기하게 된다.

이와는 반대로 '너는 음악에 타고난 소질이 훌륭하구나, 위대한 음악가가 되겠는데……' 하는 식의 말은 듣는 이에게 자성예언이 되어 큰 힘으로 작용하게 된다.

우리말의 정화는 어떠한 설명이나 강요로 이루어질 수 있는 성질의 것이 아니다. 우리들 스스로가 우리말을 곱고 바르게 아껴쓰게 될 때 상대방은 자연히 따라오게 된다. 우리들 모두가 스스로 실천하지 않으면 안 된다.

라디오 캠페인에서 벌이는 '우리말을 사랑합시다' 식의 계몽이나 "대학 신입생이 스쿨버스를 타고 캠퍼스에 가서 입학식을 올린 후 오리엔테이션을 하고, 총장 리셉션에서 커피 한 잔에 슈가를 세 스푼 넣어 드링크하고 점심은 셀프 서비스로 오무라이스를 먹으면서 다꾸앙을 포크로 찍어 먹은 후 머리가 샤프한 엘리트들이 모여 맘모스 심포지움을 열었는데, 테마가 민족주체성의 확립방안이었다." 하는 식의 이러한 언어의 분위기에 서라면 주체의식의 확립은 물론이요, 국어순화 또한 기대하기가 어렵다.

말이란 무겁고 적게 하는 편이 좋다. 우리 스스로가 무게 있는 말을 곱고 바르게 쓴다면, 상대방의 말도 곱고 바르게 되어질 것이다.

영국은 14세기에, 프랑스는 16세기에, 독일은 17세기 초에서부터 그들 국어의 앞날을 위한 적극적인 노력을 쏟아 왔었다. 세상에서 우리말처럼 칭찬을 많이 받는 말도 없을 것이며, 또 심한 푸대접을 받는 말도 없을 것이다.

3. 對話의 實際

말은 그 사람의 인격적 표현인 까닭에 진실한 언어는 기교가 아니라 생명이며, 사랑이 깃드는 성질의 것이므로 먼저 자기 자신을 인격적으로 갖춰야 한다. 인간은 인격적인 존재인 까닭에 말재주 보다는 대화 이전에 고상한 인격이 갖추어 있어야 한다.

훌륭한 화술을 구사하기 위해서는 우선 많은 경험을 쌓아야 하고 이를 체험으로 승화시켜야 하는데, 말을 할 때에는 테마主題를 한정시켜야 한다. 이야기를 어디까지 확대할 것인지 일정한 범위를 한정하고 그 안에서 해야 할 것이며, 무제한으로 끌고 가는 실수를 해서는 안 된다. 오로지 주어진 시간에 알맞도록 해야 한다.

그리고 이야기는 인간미가 흐르도록 해야 하며, 도전적이거나 자기중심적인 말투를 써서는 안 된다. 화술이란 청각적인 기술인 동시에 시각적인 기술이기도 하다. 이야기는 눈앞의 것을 보는 것처럼 선명하게 나타낼 수 있는 효과를 가져 와야 한다.

말씨는 공손하게 존칭어를 쓰는 게 상대방으로 하여금 호감을 갖게 한다. 한쪽에서 일방적으로 말하면 상대방에게 강제하는 듯한 인상을 주기 쉽다. 또 말을 너무 길게 늘어놓으면 친밀감이나 신뢰감도 생기지 않는다.

일방통행이 아닌 질문법을 덧붙인 의사교환의 방법이 효과적이다. 상대방의 참뜻을 알기 위해서도 유효적절한 시기에 질문을 던지는 게 바람직할 것이다.

그리고 예를 들어 보이는 경우에 있어서, 추상적인 설명 보다는 구체적인 예를 들어 보이는 편이 설득력이 강하다. 특히 상대방의 반대의견을 처리하는 데에 효과가 큰 화법이다.

또한 실례를 들어 보이지 않아도 상대방의 반대에 적응한 자료가 있으면 그것을 보이면서 설명하면 효과적이다. 왜냐하면 視覺에 호소하면서 말하면 이해를 쉽게 촉진할 수 있기 때문이다.

다음으로 상대가 말하는 것이 틀리면 이를 부정하는 화법이 있다. 그런데 분명히 부정하면서도 상대의 성격을 고려해서 어느 정도 부드러운 말씨를 써서 그런 점도 있지만 이렇지 않습니까, 하는 식으로 말하는 것이 좋겠다.

얘기를 나누다 보면 상대방의 얘기 중 그 일부를 한 쪽 귀로 듣고 한 쪽 귀로 흘려서 묵살하고 넘어가야 하는 경우도 있다. 얘기를 하다 보면 생각지도 않은 반대 의견이나 부정하는 말을 농담조로 늘어놓는 경우가 있는데, 이런 것을 가지고 정색으로 받아들여 응수하면 상대도 반항심이 생겨져 정색으로 반대할 것이다.

때에 따라서는 상대방의 반대 의견을 일단 솔직히 받아들이고 '그렇기 때문에'라고 이쪽의 페이스로 끌어들이는 화법으로써 상대가 반감을 갖지 않도록 배려해야 한다.

다음으로 상대방의 반대 의견이나 부정에 대해서 처음부터 반박하고 나서면 감정적으로 대립되기 쉬우므로 일단 긍정해 주고 나서 '그러나……' 하고 자기 의견을 말하던가 사실을 들어 반증해 나가는 방법이 있다.

예로부터 논쟁에 이겨서 설득이 된 일은 없을 것이다. 논쟁을 벌여 가지고 상대를 설복시키는 것이 아니라 부드럽게 납득시켜야 한다. 어느 한 쪽이 손을 들지 않는 한(손을 든다 할지라도) 영원히 평행선을 긋기 때문에 되도록 마찰을 피하면서 이끌어 나가야 한다.

직접적으로 공격을 가하여 급소를 찌르는 화법으로 꾸짖을 때 욕을 하며 약점까지 들추면 상대방은 반발하게 된다. 그러므로 상대방이 반대의 견을 펴오는 경우에는 그 상대의 의견 가운데에서 일치하는 점을 찾아내어 제시하면서 얘기하게 되면 정면충돌을 피할 수가 있게 된다.

또한 과거에는 상대방의 생각과 동일한 생각을 가졌었다는 이쪽의 의견을 말한다거나 대부분의 다른 사람의 의견도 상대방의 의견과 일치하고 있음을 말해주는 경우도 있다.

그리고 상대방을 공격하기 전에 먼저 칭찬하는데 인색하지 말아야 할 것이다. 처음부터 함부로 결론을 내리거나 규정짓고 단정을 내려서는 안 된다.

이야기의 통로를 터놓기 위해서 '비교적'이나 '되도록' 등의 말을 사용해야 할 뿐만 아니라 논리적으로 빈틈없이 말을 조립해 나갈 줄 알아야 한다. 가령 연산군은 폭군이라고 처음부터 단정을 내리면 반대의견을 보일 사람이 나올 수도 있기 때문에 삼단논법으로서 ① 폭력으로써 백성을 다스린 임금은 폭군이다. ② 연산군은 폭력으로 백성을 다스렸다. ③ 그러므로 연산군은 폭군이다, 하고 대전제로부터 새로운 명제인 단안을 내리는 추리도 바람직할 것이다.

고마운 분에게는 감사하다는 인사를 잊지 말아야 하지만, 그러한 말도 건성으로 하는 것과 성의를 다하여 말하는 것과는 큰 차이가 있기 때문에 진심으로 진실한 표현으로서 인사를 해야 하겠다. 그리고 아무리 상대방을 기쁘게 해주는 것 같은 인정에 호소하는 좋은 말이라 할지라도 이것을 너무 자주 쓰는 것은 좋지 않다.

그리고 상대방에게 말을 많이 하려는 태도보다는 상대방이 하는 말을 진지하게 잘 듣고 이해하려는 사람이 말도 잘 할 수가 있다. 따라서 말을 많이 듣고 말을 적게 하는 것은 대단히 중요한 의미를 지닌다. 자기 말만을 앞세우면 안 되겠고, 듣는 태도가 신중해야 하며, 상대의 뜻을 파악해서 응답해야 한다.

水深江靜이라는 말은 여기에 적합한 교훈이 될 줄로 안다. 물이 깊으면 강이 고요하다고 했으니, 사람도 뜻이 깊으면 고요한 법이다.

4. 結語

말에는 어떠한 힘이 있다. 어디엔가 숨겨져 있어서 겉으로 드러나지 않은 잠세적 힘이 있다. 여기에는 영롱하게 반짝이는 빛이 있다. 영롱하게 빛을 발하는 아름다운 말씨 하나하나에 영혼을 일깨워 올리는 힘이 있다.

그런데 그 언어의 힘이라고 하는 것은 사상에서 나온다. 진리를 근본바탕으로 하는 이념에서 나온다. 眞理에 뿌리를 내리는 위대한 理念—그 사랑이야말로 위대한 힘을 탄생시키는 정신적 에너지의 원동력이 되기 때문이다.

언어의 내용과 형식, 그것은 빛과 열로서 어둠을 몰아내는 등불의 이미지로서 누구나 준비하지 않으면 안 될 필수적인 인격의 안팎이라 할 수 있을 것이다.

IV. 바른 말 고운 말

말이란 그 사람의 얼굴과도 같은 것이다. 관상이나 눈빛만을 보고서도 그 사람의 운명, 혹은 속마음을 알 수 있듯이, 상대편의 말을 들어보면 그 사람의 됨됨을 알 수 있다.

말이 맑으면 마음도 맑고, 말이 흐리면 마음도 흐리기 마련이다. 말이란 마음의 표현이기 때문에 말을 잘 듣고 분석해 보면 그 사람의 마음은 물론이요, 생활적 취향生活的 趣向까지도 쉽게 알 수 있다.

心卽言이요 言卽心이기 때문에, 마음이 제대로 잡혀있지 않은 정신병자의 말은 언제나 횡설수설橫說竪說이다. 따라서 말이란 인격의 척도가 되므로, 말로서 그 사람의 됨됨을 알 수 있다는 것은 당연한 말이다.

말씨 고운 개인으로부터 가정과 국가와 세계, 이러한 말씨 고운 이상세계는 바로 천국이라 할 수 있다. 그러므로 말의 淨化가 이뤄지지 않은 복지사회란 기대할 수 없다는 것은 당연한 歸結이다.

하이데거는 말하기를 언어는 존재의 집이며, 우리는 신의 언어의 주택 속에서 살아야 한다고 했다.

아름다운 집이나 품위 있는 집, 또는 깨끗한 집, 온갖 물건들이 제자리에 잘 정돈되어 있어서 조화를 이루는 집에서 사는 사람은 역시 아름다운 마음씨와 품위있는 말씨, 조화롭고 세련된 말씨와 움직임을 보여주게 된다.

우리들은 어떠한 언어의 주택에서 살 것인가.

1. 욕설의 홍수 속에서

가까운 이웃나라 일본의 경우만 보더라도, 욕설이라는 게 별로 없다. '바보'라고 하는 욕설이나 그러한 부류의 욕이 있긴 해도 그나마 지금은 사라져 가고 없다. 욕설이 별로 없는 일본의 가정과 사회를 나는 부러워할 때가 있다.

그 나라의 언어가 순화되면, 그 국민의 사상이나 감정도 자연히 밝아지기 마련이다. 이 말을 뒤집어서, 그 나라 국민의 마음이 밝아지면, 그 국가 사회의 언어가 순화된다고 말할 수도 있을 것이다.

말이란 본시 의사의 전달에만 그 뜻이 있는 게 아니라, 어린이들이 말을 배움으로써 같은 말을 사용하는 민족이나 집단 공동체의 얼과 만나게 된다는 데에도 크나큰 뜻이 있다고 하겠다.

즉 어린이들이 말을 배우는 것은, 어린이의 의식이 말을 배움으로써 언어 공동체의 얼과 만나게 되는 것이다.

일본에서는 그 어머니가 자녀들에게 경어를 쓰는 경우가 흔히 있다. 그들은 자녀들에게 깍듯이 존댓말을 쓰기도 한다. 아무튼 자녀들에 대해서 말이 너무 지나쳐도 품위를 잃기 때문에 좋지 않지만, 그래도 교양이 얕은 우리의 시골 어머니들에게는 이 기회를 통해서 반성을 촉구하고 싶다.

어쩌면 욕설의 홍수라고 표현할 수도 있는 시골 어머니들의 거친 욕설들을 생각해 보면 참으로 한심하기 그지없다. 이제는 제발 그 욕설부터 말끔히 청산해야 되겠다는 것을 절실히 느낀다.

오랜만에 반가운 친구라도 만나게 되면 '저 염 ×할 자식' 어쩌고 하면서 떠들어대거나, 귀빰이라도 한대 갈기면서 '그동안 어디서 돼×다가……' 운운해야만 진짜 우정을 나눌 수 있는 반가운 친구를 만나는 표현이 되는 것으로 생활 속에 욕설이 익어버린 틈바구니 속에서 자라나는 자녀들은 어버이의 유전인자를 이어받기라도 하는 듯이 욕설은 더욱 새끼를 치면서, 악을 쓰고 번져 가는 것을 보게 된다.

이러한 분위기, 이러한 비문화적인 상황 속에서 부모들은 자녀들에게 말로만 착한 사람, 훌륭한 사람이 되라고 아무리 떠들어 봐야 소용이 없는 일이다.

문화적 양식에서 사는 선진한 나라의 부모들처럼, 이 나라 어버이들께서는 바른 말 고운 말 쓰기에 특별히 관심을 가지고 실천으로 옮기지 않으면 안 되겠다.

조금만 마음에 언짢은 일이 생겨도 신경질을 부리면서 '씨×' 소리를 버릇처럼 해대는 생활풍토 속에서 어린이들이 어떻게 아름다운 말만을 골라서 쓸 수 있겠는가.

언어의 순화 없이는 개인적으로 인격을 도야할 수 없으며, 대국적 견지로 보게 될 때 위대한 민족이 될 수 없다.

국가적으로는 잘 살기 위한 운동으로 경제발전을 서두르고 있지만, 정신적인 분야가 여기에 뒤따르지 못한 데 대한 각계의 반성의 소리가 일고 있는 차제에 언어의 순화는 그 어느 때보다도 크게 요구된다.

GNP가 올라가서 국민경제생활이 보다 향상된다 하더라도 언어의 순화가 이루어지지 않는다면 의식주에는 구애를 받지 않거나 덜 받을지는 몰라도 선진한 국민이라고 자부할 수는 없을 것이다.

문법적으로도 정확하게, 그리고 말씨를 곱게 쓰는 부모의 언행을 좇아서 어린이들은 그것을 배우고, 경어를 사용함으로써 공경심을 익히게 된다.

왜냐하면 논리적으로 빈틈이 없는 말을 사용하는 어린이는 합리적인 생활을 체질로 변화시킬 수 있는 능력을 갖춰 나가기 때문이다.

어린이들은 골목에서 노는 동안에도 무수히 많은 나쁜 말과 접촉하게 된다. 접촉이 이뤄지면 서로 닮게 되고 변화하게 되는 접촉의 원리를 소홀히 생각해서는 안 된다.

그러한 불순물, 불순한 언어를 통해서 싸잡혀 들어온 불순한 감정들을 옮겨 왔을 때 어머니들은 그냥 예사로 넘기지 말아야 한다.

부모들은 자녀들에게 좋지 않은 말임을 반드시 지적해 주어야 한다. 그러나 너무 지나치게 나무라거나 강제로 억압해서도 안 된다. 자녀들이 주눅이 들 정도로 기가 죽어서도 안 되거니와 반발해서도 안 되기 때문이다.

교육에 있어서 가장 바람직한 것은 칭찬이고, 그 다음 가는 게 질책이다. 그리고 바람직하지 못한 게 무관심이라는 것은 다 아는 상식이지만, 그래도 이 상식을 항상 염두에 두지 않으면 안 될 것이다.

교육학의 아동심리에 비춰 볼 것까지도 없이, 부모의 무관심이 아동성장발달에 얼마나 큰 악영향을 미치게 되는가 하는 것은 더 이상 설명할 필요도 없을 것이다.

2. 言語의 潛勢力

말에는 어떠한 힘이 있다. 어디엔가 숨겨져 있어서 겉으로 드러나지 않는 힘, 즉 잠세력이 있다.

그 잠세력 속에는 빛이 있다. 영롱하게 빛이 나는 반짝임이 있다. 영롱하게 빛을 발하는 아름다운 말씨 하나하나에 영혼을 일깨워 올리는 힘이 있다.

그러므로 聖人의 말씀은 신념으로 가득 차 있어서 무서운 힘으로 사람의 마음을 뒤흔들어 놓는다. 詩聖의 언어는 발광체로 타올라서 사람들의 가슴을 뒤흔들게 한다. 樂聖은 지휘봉으로 말하고 음률로 속삭인다. 그의 음악적인 말은 사람의 마음을 맑은 시냇물로 하여금 한없이 한없이 맑게 씻겨 준다.

이와 같이 힘을 지닌 말씨 하나하나는 영혼을 일깨우는 발광체로서 빛을 발하게 된다. 그 빛이 강하면 강할수록 그의 말은 무서운 힘으로 나타난다. 말은 곧 그 영혼의 불씨에서 피어오르는 감동의 울림이기 때문이다.

말에는 조화가 필요하다. 조화를 잃을 때 그 말은 분산한다. 왜냐하면 빛과 빛으로 이루어지는 말과 말의 연결이 조화롭게 잘 이루어질 때는, 그 말에 힘이 있어서 사람의 마음을 감동시키지만, 그 말의 조화가 이루어지지 않을 때는 균형을 잃게 되기 때문이다.

그러므로 말의 빛을 살리기 위해서는 될수록 품위 있고 아름다운 말을 쓰려고 노력하면서, 기도와 신앙생활로 영혼을 기름지게 하는 한편, 언어가 지닌 성격이나 구조도 파악할 줄 알아야 한다.

일상의 언어 속에도 이 나라의 국민성이 여실히 나타나게 된다. 좀 더 범위를 좁혀서 생각해 보아도, 군대사회에는 군인들이 흔히 쓰는 용어가 있고, 시장에는 장사하는 상인들의 용어가 있으며, 교회에는 신앙에서 걸러진 언어가 있다.

3. 고운 말 솜씨 시간

우리나라에서는 건너뛰는 말도 많다. 너무도 머리가 좋아서 그런 줄은 몰라도 건너뛰기를 좋아한다. 툭하면 호박이 떨어지는 줄을 알아야 하고, 쩍하면 입맛이나 롯데껌이라는 것쯤으로 머리가 번개처럼 돌아가야만이 주눅이 들지 않고 살 수 있다고 생각될 정도이다.

언젠가는 아니꼽고, 더럽고, 메스껍고, 치사하고, 유치하다는 말을 '아, 더, 메, 치, 유'라는 말로 함축하여 유행하더니, 그 후에는 징그럽고, 지랄 같고, 비겁하다는 말까지를 좀 더 보태어 가지고 '아더메치유징지비'까지 늘어난 것을 보았는데, 일본인들은 이렇게 비약을 한다면 알아듣지 못하기 때문에 모든 이야기는 구체적이고 분명하게 설명하지 않으면 안 된다.

그들은 사고방식이나 생활양식에 있어서도 그들의 언어에서처럼 얼렁뚱땅 건너 뛸 줄을 모른 채 그저 꼼꼼하고 고지식하다.

이것을 얼핏 잘못 보고서 미련한 곰 같다고 비웃을지 모르지만, 적당주의를 모르는 이들의 상품들이 세계 시장에 뿌리박고 있는 것이다.

그들 사회의 매스컴은 어린이들에게 인색하지 않다. 그들은 어린이의 정서교육을 위해서 바른 말, 고운 말, 아름다운 말씨로서 옛날이야기를 수놓은 동요나 동시, 동화 등을 그림과 함께 곁들여 가면서 정기적으로 싣기도 하고 어떠한 말이 좋은 말인가를 구체적 실례를 들어가면서 '고운 말솜씨' 시간을 마련하기도 한다.

가족이 한 자리에 모이게 될 때 들려오게 되는 저녁 방송의 이 '좋은 말 솜씨' 프로를 듣노라면 마음은 저절로 즐거워지게 된다.

우리나라 텔레비전이나 라디오에는 이러한 프로가 없는 게 안타깝다.

나는 가정에서나, 사회에서나, 바른 말 고운 말의 꽃밭에 묻혀 사는 그들 어린이들과 때때로 모진 욕설의 독소를 감당해야 하는 우리 어린이들을 비교하면서 부모들의 각성을 촉구하고 싶다.

특별히 관심을 가지고 언어를 교육할 때에는 체계 있게 합리적으로 가르쳐 주어야 한다. '다리'라는 하나의 말이 사람에도 책상에도 굴다리에도 쓰여지는 현상을 잘 이해시키는 일은 언어의 경제에 유익하다.

또는 존경하는 말, 사양하는 말 등을 가지고도 언어의 논리적 형태와 질서를 체계적으로 가르쳐 주어야 한다.

4. 언어와 문화

요즈음 우리의 주변에서 오고 가는 말들을 살펴보게 될 때, 말씨의 품격이 어찌나 저락低落되어 있는지 쓰디쓴 입맛을 다시지 않을 수가 없다.

언어라고 하는 것은 마음의 꽃이요, 문화의 기반이기 때문에 여기에 대한 관심을 표명하지 않을 수 없다. 상대방에게 언제나 기쁨과 즐거움을 주는 명랑한 언어, 상냥하고 친절한 언어, 아름답고 세련된 언어, 풍부한 표현력과 싱싱한 생명력이 넘치는 언어의 기반 위에서만이 참된 생활과 그 표현 형태로서의 문화의 꽃을 피울 수 있을 것이다.

이러한 관점에서 보게 될 때, 오늘날의 어지러운 언어 표현은 그동안 자아의 인격 완성이 제대로 이루어지지 못했음을 단적으로 증명하고 있는 셈이다.

5. 언어의 현실

오늘날 우리들 주변에서 야기되는 바르지 못하고 곱지 못한 언어생활의 난잡한 상태를 분석해 보면, 외부로부터 들어오는 면과 내부에서 파생되는 두 가지 면에서 생각할 수 있겠다.

먼저 비속어卑俗語나 은어隱語를 들 수 있겠는데, 이것은 사회의 혼란이 그대로 언어의 혼란을 가져온 것으로써, 질이 좋지 않은 사람들이 어지럽히는 것으로 볼 수 있다.

사람들은 걸핏하면 '개××'라는 말을 예사로 지껄여대는가 하면 영어에도 없는 '테레비'나 '나이터'라는 말을 거침없이 해댄다. '테레비'는 '텔레비전'이나 '티비'TV로 해야 할 것이며, '나이터'는 '야간경기'라고 하거나 '나이트게임'이라고 분명하게 말해야 할 것이다.

그리고 방언에 있어서도 고려하지 않으면 안 될 것이 있다. 특히 서울은 방언의 '도떼기시장'이라는 말도 있거니와, 아무튼 언어사용에 관심을 가지고 표준어로 말하려고 노력하는 사람은 극히 드물다는 게 부인할 수 없는 사실이다.

서울에서 세련된 서울말을 듣기 어렵게 된 것은 벌써 오래 전의 일이다. 이러한 현상의 밑바닥에 가로놓여 있는 근본 원인이 있다면 그것은 언어에 대한 무관심과 자주적 혼미混迷에 있다고 말할 수 있을 것이다.

문학은 그 시대의 반영, 혹은 사회의 반영이라는 말이 있는데, 이 말의 각도를 조금 돌려서, 언어는 사회의 반영, 또는 생활의 반영이라고 표현해도 크게 틀리지 않을 것이다.

어두운 그늘에서 독버섯이 자라듯이, 불건전하고 부정적으로만 보려고 드는 정신풍토에서 남을 꼬집는 말, 비꼬는 말, 얕잡아 보는 말, 경멸하는 말, 찌르는 말, 꽈배기 틀듯 배배 꼬는 말 등등의 비속어卑俗語가 만연되기 마련이다.

그러므로 우리들의 사회 전체가 밝아지고, 청신한 기풍이 돌게 될 때 비속어는 자취를 감추게 될 것이다.

인간의 정신세계에 있어서 말이 얼마나 효험 있는 약이 되기도 하고 잔인한 독이 되기도 하는가를 생각할 때 자성을 촉구하지 않을 수 없다.

같은 '새끼'라는 말 하나를 가지고도 '새낄세!', '새끼야!', '새꺄!', '색끼!'

이처럼 큰 차이가 나는데, 여기에다 글자 하나를 더 넣어서 수식을 해주면, '내 새낄세!', '내 새끼야!', '이 새꺄!', '이 색끼!' 이러한 형태로 변화해 가는 것을 볼 수 있다.

6. 모국어의 자각

우리말은 아무렇게나 해도 알아듣기만 하면 된다느니, 철자법 정도는 틀려도 읽을 수 있기만 하면 된다고 하는 생각을 갖는 이가 적지 않게 있다는 것은 참으로 부끄러운 일이다.

영어로 쓰는 편지는 글자 하나만 틀려도 큰일 나는 줄로 아는 사람이 우리의 국어 편지는 틀리게 써도 내용만 이해하면 괜찮다고 생각하는 사람이 적지 않다.

책상 위에 영어사전은 있어야 하고, 국어사전은 없어도 괜찮다고 생각하는 사람들, 표준어를 배워야겠다는 생각은 해 본 일도 없고, 심지어는 그런 게 있는 줄도 모르는 사람들은 모국어에 대해서 특별한 관심을 갖지 않으면 안 될 것이다.

이러한 사람들이 모이는 자리는 '유치한 말의 도떼기시장'이 되지 않을 수 없기 때문이다. 유치한 말의 도떼기시장에서 어떠한 심성이 살아날 것이며, 잠든 영혼을 일깨울 수 있는 부활의 언어가 우러나올 수 있겠는가.

우리들은 방언과 표준어를 때와 곳에 따라 자유롭게 사용할 줄 알아야 한다. 자기의 모국어를 정확하고 아름답게 사용할 줄 모르는 사람에게 자주적인 인격이나 창조적인 정신을 기대할 수 없음은 인간의 모든 정신적 활동이 언어를 토대로 하기 때문이라는 점을 명심해야 하겠다.

7. 언어 이외의 언어

우리가 말을 할 때에는 그 낱낱의 말이 지닌 바의 그 의미가 전달된다고 생각하는 게 일반적인 상식으로 되어 있다.

그러나 말(언어)이라고 하는 것은 그렇게 단순한 성질의 것이 아니다. 우리가 말하게 될 때에 전해지는 그 소리 자체의 언어 말고, 그 언어가 데리고 가는 언어, 거느리고 가는 그 말을 그림자처럼 따라가는 언어가 있는데, 이 언어 이외의 언어(의미)가 많이 따라가면 많이 따라갈수록 그 말의 의미는 깊고 넓어서 짧은 시간과 공간에도 많은 의미와 감동을 주게 된다.

한 가지의 예를 들자면, 전쟁터에서 부상당한 불구의 몸으로 돌아오는 자식을 마중나간 아버지가 있다고 하자. 그 아버지는 한쪽 다리를 잃은 채 목발을 짚고 섰는 자식에게 무슨 말을 먼저 하게 될까.

이러한 경우, 아버지는 자식을 붙들고 '이놈아!' 했고, 자식은 '아부지!' 하고 부르짖었다고 하자. 이렇게 표현되는 경우, 부자간의 '이놈아!' 와 '아부지!' 라고 부르는 그 말 자체의 뜻이나 전달보다는 그 말이 거느리고 가는 무수한 감정 깊은 이야기가 숨어 있음을 발견하게 된다.

이 두 부자의 짤막한 부르짖음에는, 네가 이게 웬일이냐(나는 네가 무사하기만을 빌었는데)는 뜻도 포함되어 있겠고, 이처럼 흉한 꼴을 보여서 죄송합니다. 용서하여 주십시오(실은 깃발처럼 펄럭이고 싶었는데) 하는 등의 많은 의미가 짧게 함축되어 있다.

이와 같이 언어가 지닌 힘의 위력을 안다면 쓸데없는 말을 함부로 하지는 못할 것이다.

사람은 그가 아는 것밖에 들을 수 없다고 한 괴테의 말처럼, 역시 사람이란 관심하는 인식의 범주를 넘어서지 못한다. 따라서 그 인식의 문을 열고 순화된 언어로서 순수하게 정화해 나가야 할 것이다.

V. 우리의 언어

일반적으로 사용되는 호칭에 있어서 영어에서는 할아버지에게도 '당신', 아우에게도 '당신' 하는 따위의 말을 쓰므로 높임의 차이가 별로 없지만, 한국에서는 하시옵소서, 하게, 해라 하는 따위의 차등이 있다.

이와 같이 높임의 등급이 많다는 것은 말하는 이가 상대방에 대한 예의를 올바르게 지키려는 마음의 표현임을 엿볼 수 있다.

물론 자기 자신을 낮추어서 평등한 입장으로 보지 않으므로, 겸손의 미덕으로 보기 보다는 자아自我를 잃은 것이라고 부정적인 측면으로 보는 이도 있으나, 이는 그 장점에 비하여 크게 문제되지 않을 것으로 보인다.

우리말에는 감정의 미묘한 뉘앙스를 나타내는 말들이 많다. 가령 다음과 같은 구절만 보아도 쉽게 이해할 수 있을 것이다.

> 알금 살금 고운 처녀
> 항라적삼 앞섶 안의
> 연적같은 젖좀 보소
> 많이 보면 병납니다
> 담배씨만큼만 보고 가소

여기에서는 우선 '알금살금'이라는 형용사가 중요한 역할을 하고 있다. 아리송하게 느껴지는 그 '어쩐지'의 영상이 자기 나름대로 상상할 수 있는 상상력의 여지를 주고 있기 때문이다.

다음으로 '담배씨만큼'이라고 하는 공간적 형태의 축소형 사물을 제시함으로써 폭소를 금치 못하게 하는 익살의 효과를 이끌어 내고 있다. 우리 말의 묘미는 다분히 이러한 해학에 있기도 하다.

그런데 사대적인 언어라든지, 지적으로 빈약한 어휘, 비속적인 언어 등

관심을 갖고 극복해 나가야 할 문제가 남아 있다. 사대주의적인 영향이란 주로 중국과 일본과 미국으로부터 기인된 것들이라 할 수 있다.

오늘은 내 나라 칡차를 들자.

조상의 뼈가 묻힌 산
조상의 피가 흐른 산
조상 대대로 자자손손
뼈 중의 뼈, 살 중의 살이 묻힌 산
그 산 진액을 빨아올려
사시장철 뿌리로 간직했다가
주리 틀어 짜낸 칡차를 받아 마시고
내 가 누구인가를 생각하자.

칡뿌리같이 목숨 질긴 우리의 역사
칡뿌리같이 잘려 나간 우리의 강토
내 흉한 손금 같은 산협(山峽)에
죽지 않고 살아남은 뿌리의 정신,
흙의 향기를 받아 마시자.

어제는 커피에 길들어 왔지만
어제는 정신없이 살아왔지만
오늘은 내 나라 칡차를 들자.

—「칡차」

우리들은 아직까지도 일본의 잔재를 청산하지 못하고 있을 뿐만 아니라 서양 취향의 습관에서 벗어나지 못하고 있다. 특히 건축, 토목, 인쇄계통은 일본어를 그대로 쓰고 있는 형편에 있다.

제재소에서의 '하라우시'나 '히빠리'라든지, 인쇄소에서의 '인떼루'나

'미다시' 또는 '나까 미다시', '데모도', '오야붕' 등등 이루 말할 수 없이 많은 일본어를 구태의연하게 사용하고 있는 실정에 있다.

요사이 영어만 하더라도 그렇다. 우리말로 표현이 얼마든지 가능한 것도 굳이 영어로 지껄이기를 좋아하는 사람들이 있다.

상점의 문을 열었다거나 개업을 했다고 하면 되는 말을 가지고 구태여 '오픈'했다고 한다. 그리고 음료수를 마신다면 되는 것을 굳이 '드링크'했다고 한다. 참으로 어설프기 짝이 없는 노릇이다.

누구든지 자기 얼굴은 자기 스스로 씻어야 하듯이, 우리들은 우리의 언어를 곱고 바르게 아껴 써야 할 것이다. 그렇게 실천하게 될 때 상대방은 자연히 따라오게 마련이다. 우리는 한국어가 지닌 장점을 살리고 단점을 시정하는데 힘을 기울여야 한다. 문장이란 하나의 통일된 사상을 글자로 나타낸 언어의 조직체를 가리킨다. 그것은 어떤 주제 아래 모여진 글의 연결을 뜻하는 문학 영역의 술어다. 그러므로 우선 하나의 통일된 사상을 나타낸 것이면 된다.

문장이란 사상의 옷이다. 아무리 좋은 사상도 문장이라는 옷을 제대로 입지 않으면 효과적인 전달 기능을 발휘할 수 없다. 그러므로 문장은 작자의 사상이나 감정에 따라서 그에 맞는 언어를 선택하여 적재적소에 배열하지 않으면 안 된다.

우리나라 사람들이 문장을 소홀히 하는 경향이 있는데, 이는 마땅히 지양되어야 할 문제이다. 자기의 모국어로 편지를 쓰다 틀리는 것은 예사로 알면서도, 영어 단어 하나 틀리면 큰 수치로 아는 것도 은연중 사대주의에 빠진 정신에서 나온 소산이라 할 수 있다.

외래적인 것의 모방은 새로운 스타일의 갈구와 수용, 표현을 위한 성급한 요구에서 기인되는 것으로 생각되기도 한다. 무조건 수용한 외래 사상의 물결이 우리 문장을 어지럽히는 요인도 되었다는 것은 이미 상식적인 이야기다. 물론 새로운 사상을 담으려고 할 때는 새로운 방법과 기술이 요구된다는 것은 말할 나위도 없지만, 정확한 문장의 바탕 위에서 표현의 길을 개척해 나가는 게 문장 도道의 정석이다.

좋은 글을 쓰기 위해서는 필자의 곧은 인생관 내지 철학적 사고가 요구되겠다. 우선 문장에 대한 이론을 캐고, 거기에 따른 지식을 터득해야 한다. 문인이나 일반인을 막론하고 문장을 소홀히 하여 왔다는 것은 참으로 부끄러운 일이다. 이 부끄러운 일부터 청산해야 한다. 글의 내용과 형식, 이 양면성의 균형 있는 조화는, 마치 영양분이 많으면서도 보기에 좋고 맛있는 음식처럼 다 같이 필요하다.

하이데거Heidegger, Martin는 말하기를 "우리는 신神의 언어의 집에서 살아야 한다"고 했다. 신의 언어의 집, 그것은 인간이 소망하는 최대 행복의 집이다.

시를 쓴다는 것은 언어에 의한, 언어에 있어서의 존재의 창조이다. 존재의 창조, 있음의 창조, 그것은 언어의 집짓기다. 신의 언어의 집에서 살려면 그 아름다운 언어, 그 잘 구워진 언어의 벽돌 하나하나를 제대로 조립하여 집을 지어야 한다.

하이데거는 모든 사물을 그 참된 존재상存在相에서 명명命名할 때, 즉 이름을 지어줄 때 그러한 사물의 본질을 나타낸다고 했다. 결국 글을 쓴다는 것, 문학을 한다는 것은 사물의 본질을 캐어가는 것이라고 할 수 있다.

우리는 언어를 통해서 인생과 우주에 관해서 또는 인간으로서 사고思考할 수 있는 모든 영역에 대해서 탐구하며, 그 본질에 접근해 나가야 할 것이다.

이 글을 읽는 독자는 우선 자기 집에 국어사전이 있는가 생각해 보아야 할 일이다. 국어사전 하나 없이 어떻게 바르게 말하고 바르게 써 나가는 습관을 기를 수 있으며, 신神의 언어의 집에서 살아갈 수 있을 것인가.

VI. 국어의 향기

글은 바로 그 사람이라는 말도 있거니와 언어라고 하는 것은 바로 그 사람의 보이지 않는 마음의 구체적인 표현이다. 따라서 마음이 날카로우면 말도 날카롭고, 마음이 부드러우면 말도 부드럽기 마련이다. 그러므로 아름답고 품위 있는 말을 하고 좋은 글을 쓰기 위해서는 우선 자기의 마음부터 살펴보고 스스로 깨달아 성찰하는 자세가 필요하다.

자기의 마음이 둥글둥글 원만한가, 아니면 뾰족뾰족 모가 나 있는가, 마음이 너그러운가 비좁은가를 살펴보아야 한다. 눈물이 많고 인정이 많은 사람은, 바늘로 찔러도 피 한 방울 나올 것 같지 않은 사람보다 호감을 갖게 한다.

자기의 마음을 살펴보았으면 그 다음에는 스스로 닦아야 한다. 그릇도 닦아야 빛이 나듯이, 마음도 닦아야 빛이 나기 마련이다. 어떻게 하면 마음을 반질반질 윤기 나게 닦아서 언어의 빛을 낼 수 있을까.

여기에 접목接木이 요구된다. 우리들에 앞서서 일찍이 아름다운 글을 쓰거나 품위 있는 말을 하고 간 분들의 언어와 접해야 한다. 성경이나 불경은 물론 훌륭한 언어요. 시성詩聖의 시나 악성樂聖의 음악, 그리고 화성畵聖의 그림도 역시 아름다우면서도 위대한 언어이다.

타고르, 릴케, 헤르만 헤세의 시를 읽어 보라. 그리고 언제나 우리와 함께 있어 접하기 쉬운 김소월, 윤동주, 김영랑, 신석정, 서정주의 시를 읽어 보라. 그리고 할 수만 있으면 베토벤, 슈베르트, 모짜르트, 바흐, 쇼팽, 헨델 등의 음악을 들어보기도 하고, 밀레, 고흐, 고갱, 레오나르도 다빈치의 그림을 감상해 보라.

그 성스럽고도 신비로운 언어와 만나게 될 것이다. 결국은 그처럼 차원 높은 언어를 닮아감으로써 그 아름답고도 품위 있는 언어와 접붙게 될 것이다. 그리하여 그 고상하고 품위 있는 언어를 닮아 인격을 도야해 가면서 표현으로서의 기교를 살려 간다면 반드시 좋은 글을 쓸 수 있게 될 것이다.

그런데 여기에서 한 가지 중요한 것은 언어의 개성적 성격이다. 누구든지 자기가 처하여 있는 민족이라든지 사회 집단의 울타리 안에서 생존하게 마련이다. 제아무리 세계적이요, 역사적인 고전으로 일컬어지는 글을 쓴다 할지라도 그 글은 그 사람의 모국어이기 마련이다.

모국어母國語에는 그가 처하여 있는 겨레의 얼이 담겨 있기 마련이다. 그것은 조국과 운명을 같이하는 민족공동체의 얼이 담겨있는 맥박이요 숨결이다.

그것은 마치 체내體內에서 순환하는 피와도 같이, 부분적으로는 생성하고 소멸되면서도 전체적으로는 영존하게 된다. 해당 민족이 멸망되지 않는 한 그 언어는 소멸되지 않는다.

고유한 언어는 그 민족과 함께 운명을 같이하기 때문이다. 그러므로 언어는 바로 그 민족의 혼이다. 그것은 인간이 지닌 바의 사유능력思惟能力, 즉 생각할 수 있고 판단할 수 있는 주체적 얼이기 때문에 해당 민족과 운명을 같이한다.

일제 때 일본인들은 우리의 언어를 말살함으로써 우리 겨레의 얼(정신)을 송두리째 뽑아버리려 했던 것이다. 그러나 언어의 중요성을 절실히 느껴온 우리의 애국지사들이 지켜왔던 것이다.

우리들은 우리의 언어에서 우리 겨레가 지닌 바의 민족의 얼을 찾고 향기를 찾아야 한다. 민족의 언어 속에는 향토적인 맛이 있다. 그 언어의 맛을 찾아 효과적으로 조립하여 표현할 줄 알아야 한다.

> 내가 만일 상한 가슴하나를 건질 수 있다면
> 내 삶은 헛되지 않으리
> 내가 만일 병든 한 생명을 고칠 수 있다면
> 또한 한 사람의 고통을 진정시킬 수 있다면

또한 할딱이는 새 한 마리라도 도와서
보금자리로 돌려보낼 수 있다면,
내 삶은 결코 헛되지 않으리.
— 에밀리 디킨슨의 「내가 만일」

나 보기가 역거워
가실 때에는
말없이 고이 보내 드리우리다.

영변에 약산
진달래꽃
아름 따다 가실 길에 뿌리우리다.

가시는 걸음 걸음
놓인 그 꽃을
사뿐히 즈려밟고 가시옵소서.

나 보기가 역거워
가실 때에는
죽어도 아니 눈물 흘리우리다.
— 김소월의 「진달래꽃」

　　앞에 소개한 시 「내가 만일」은 미국의 여류시인 에밀러 디킨슨(Emily Dickinson, 1830~1886)의 작품이다. 상류층에서 자라난 그녀는 실연失戀의 상처를 안고 고독한 일생을 보냈다.

　　이 미국인 여류시인의 짧은 시가 우리에게 감동을 주는 것은 모든 인간이 공통적으로 지닌 보편성과 일치하기 때문이다. 그것은 모든 사물을 사랑하고 회생·봉사함으로써 삶의 가치를 찾을 수 있다고 하는 진리의 보편성이다.

그녀는 그녀다운 독특한 개성으로서의 목소리를 지니고 있다. 그것은 에밀리 디킨슨만이 가질 수 있는 개성적인 목소리다.

그 다음에 소개한 시, 김소월의 「진달래꽃」은 그의 독특한 개성과 함께 우리 민족의 전통적인 가락과 그 특수성이 잘 나타난 작품이다.

우리나라에서 소월素月만큼 많은 독자를 가지고 있는 시인은 없을 것이다. 그렇다면 소월의 시가 왜 가장 많이 읽혀져 온 것일까. 이는 그의 시에 우리 겨레가 공통적으로 지니고 있는 민족 공동체적 얼의 소리가 온전히 포함되어 있기 때문이다.

이 시에 있어서의 언어, 즉 우리 겨레의 동일체적 얼은 이미 약속되어 있는 언어로서 용해되어 흐르는 얼이다. 전통적으로 내려온 정한情恨의 정서가 동일체의식同一體意識으로서 용해되어 흐르는 얼이다.

소월의 시는 그만큼 우리 민족의 훈김을 지녔다고 볼 수 있다. 번역이 필요 없는 동족에게는 이 훈김이 수월하게 전해지기 마련이다.

소월의 시 가운데 두드러진 특징으로 나타난 게 바로 정한의 세계다. 이 정한은 바로 우리 민족의 바탕을 이루고 있는 향토정서의 가장 절실한 핵심적 진액을 의미한다.

소월의 시 「진달래꽃」에서 우리는 보기에도 역겹다고 떠나는 님에게 말없이 고이 보내 드리면서, 그 님이 가는 길에 진달래꽃을 뿌려주며 사뿐히 즈려밟고 가기를 바라는 그 마음씨가 얼마나 고운가를 느끼게 된다.

물론 이러한 심리의 저변에는 원망스러움이 없는 것은 아니다. 그러나 그 원망과 분노를 직설적으로 쏟아 버리기보다는, 이를 여과해서 조금도 껄끄럽지 않고 편안한 시어詩語로 승화시켰다는 데에서 이 시의 예술적 가치가 살아나게 된다.

님이 자기를 버리고 떠난다 할지라도 자기는 님에게 앙탈을 부리거나 원망하지 않고 고이 보내 드리면서, 죽어도 눈물을 흘리지 않겠다는 표현은, 죽어도 울 수밖에 없는 심경을 더욱 고조시키면서 뒤집어 강조한 표현이라 하겠다.

이제까지 두 시인의 시를 살펴보았다. 디킨슨과 소월, 이 두 시인의 작품은 모두 우리에게 공감되고 있다. 세계 인류 모두가 공감할 수 있는 작품은 내용으로서의 보편성과 타당성을 띠기 마련이다.

그러면서도 이 두 시인의 시가 제각기 맛이 다르듯이, 언어와 풍습이 다른 민족들은 그 민족 고유의 독특한 언어의 향기를 지닌다. 디킨슨이나 소월이나 모두 그 대상적 존재를 사랑하고 있다. 그러면서도 새 한 마리라도 도와서 그 보금자리로 돌려보내고자 하는 디킨슨의 사랑과 소월의 그것과는 성질이 다르다.

이웃을 내 몸같이 사랑하자는 기독교적 생활 풍토 속에서 자라난 디킨슨과 나를 버리고 가시는 님은 십 리도 못 가서 발병 난다는 노래를 들으면서 자란 소월과의 사이에는 사랑의 공통점이 있으면서도 그 성질이 같을 수 없는 면도 있다. 따라서 문학이란, 특수성을 띠면서도 보편성을 띠어야 하고 한국적이면서도 세계적이어야 한다.

가장 한국적인 작품을 쓰기 위해서는 김치 깍두기에 길들여진 자기의 개성을 살려야 하고, 세계 인류에게 공감을 주기 위해서는 진리에 기준하여 보편성을 띠어야 한다.

VII. 왜 글을 쓰는가

우리들은 왜 글을 쓰는 것일까. 여기에는 물론 여러 가지의 목적이 있을 수 있다. 자기의 사상 감정을 다른 사람에게 알린다거나, 자기의 삶, 자기의 인생을 깨끗이 하고 영혼을 아름답게 하는 등, 인격 도야에 뜻을 둔다거나 하는 어떤 목적이 있을 수 있다.

물론 일기문 같은 것은 타인에게 알리기 위하여 쓰는 글이 아니다. 뚜렷한 목적이 없이 써 보는 글도 있을 수 있다.

그러나 보통 글이라 하면 타인에게 전달, 또는 읽혀지게 하기 위해서 쓴다고 보아야 할 것이다. 그러니까 글이란 우선 타인에게 잘 읽혀질 수 있어야 한다.

그렇다면 과연 타인이 읽기 쉬운 글, 쉽게 이해할 수 있는 글이란 어떠한 것인가. 여기에 적합한 언어 조립組立으로서의 수사학적 표현의 기술이 요구된다. 표현의 기술, 그것은 만물의 영장으로서의 인간이 누릴 수 있는 최대의 혜택이다.

자기가 하고 싶은 말, 쓰고 싶은 글을 거침없이 나타내며 살아갈 수 있는 사람은 행복한 사람이다. 인간이 만물의 영장이 될 수 있는 것은 무엇보다도 우선 언어를 사용할 수 있다는 점에 있고, 도구를 사용할 수 있다는 점에 있다. 그리고 예의를 아는 데 있다. 물론 동물들도 자기들끼리 통하는 언어가 있을 수 있다. 그러나 그것은 인간 사회에서처럼, 보존이 가능한 문자언어일 수 없고, 표현 기교가 가능한 예술적 언어일 수도 없다. 언어를 거침이 없고 막힘이 없이 누리기 위해서는 무엇보다도 우선 마음이 정돈되어 잡혀 있어야 하고, 문장 표현의 기술, 즉 적합한 언어를 적합한 자리에 끼워 넣는 수련이 요구된다.

다른 사람에게 쉽게 읽혀지는 문장을 작성하기 위해서는 그 기초가 갖추어지지 않으면 안 되는데, 이를 위해서는 우선 세 가지의 문장 작성의 원칙을 알아둘 필요가 있다. 그것은 명쾌하고(Clear), 바르고(Correct), 간결하게(Concise) 쓰는 것을 말한다. 이것을 좀 더 이해하기 쉬운 말로 하자면 명백하고 정확하며 간결한 문장으로 써야 한다는 얘기가 된다.

자기가 하고 싶은 이야기를 보다 적합한 언어를 찾아내어 효과적으로 조화롭게 조립하지 않으면 안 되기 때문이다. 여기에서 말하는 적합한 언어라고 하는 것은 마치 기계의 부속품과도 같다. 문득 떠오르는 하나하나의 생각들 가운데에서 버릴 것은 버리고 취할 것은 취하는 취사선택의 과정을 거친다.

기계의 모든 부속품들을 소재素材로 가정한다면, 하나의 기계를 완성하기 위해서 그 기계 조립에 필요한 부속품들은 그 제재題材라 할 수 있다. 소재가 모든 경험의 산물이라면, 제재는 주제主題에 필요해서 동원된 경험의 부스러기, 특별히 취사선택된 부속품이라 하겠다.

이것은 결국, 경험 또는 체험이라는 부속품들의 취사선택 과정을 거쳐서 하나의 기계를 완성하는 작업과도 흡사하다고 할 수 있다.

세상을 살아가다 보면 여러 가지의 사건을 경험하게도 되고 또 기묘한 생각들이 떠오르게 된다. 문득 생각되어지는 어떠한 착상着想, 이것을 종교인들은 영감靈感이나 계시啓示라고 말하지만, 문인文人들은 힌트hint, 즉 암시暗示라고 말한다.

아무튼 착상이건 영감이건 계시건 암시건 간에 순간적으로 떠오르는 이러한 생각은 대단히 중요하다. 그것은 마치 계란의 배자(씨눈)와도 같이, 부화과정을 통해서 구체적으로 피가 돌게 하고 날개가 생기게 한다. 그것은 구체적인 문장 형태를 가능케 하는 출발점이 되게 한다.

그러므로 어떤 생각이 떠오르게 되면 우선 메모를 해 두고, 시간이 생길 때엔 원고지에 써 보는 것이 좋다. 그렇다고 무조건 써서도 안 된다. 글을 쓰기 전에 먼저 무엇을 어떻게 쓸 것인가를 그려보아야 한다.

원고지 몇 장 정도에 무슨 내용을 어떻게 쓸 것인가를 생각해 보아야 한다. 여기에서의 '무슨 내용'이란 주제나 소재를 말한다면, '어떻게'란 그 방법으로서의 표현 기교를 말한다. 전자를 가리켜 내용이라면, 후자는 그 형식을 뜻한다.

글을 어떻게 쓸 것인가를 충분히 생각한 다음에 문장을 조립해 나가야 한다. 문장의 시작과 끝은 매우 중요하다. 옛부터 '기승전결起承轉結' 이라는 게 문장의 기본형식으로 존재해 왔다. 특히 서두에 시작해서 이어나가고 굴리다가 결말로 끝맺는 글은 지금도 문장의 정도正道, 정석定石으로 되어 있다.

이 문장의 정도에 정석을 놓아 가되 한두 번 써 보는 것으로 그칠 것이 아니라 꾸준한 인내를 가지고 계속 써 나가야 할 것이다. 그러는 동안에 숙달이 되어 자연스러우면서도 윤기 있는, 매끄러운 문장을 탄생시키게 될 것이다.

독자는 우선 읽기 쉬운 문장을 원한다. 편안하게 읽혀지는 글을 원한다. 독자가 원하는 대로 읽기 쉽고 이해하기 쉬운 문장을 쓰려면 우선 센텐스가 짧아야 한다. 센텐스Sentence, 즉 문장이 길어질수록 언어의 질서적 논리가 불투명해지기 쉽기 때문이다.

마치 작은 하나 하나의 벽돌을 정확히 쌓아 올려서 훌륭한 건축물을 이루듯이 그 짧은 문장 하나 하나를 쌓아 올려서 전체적인 통일성을 이루어야 한다.

이제까지 '왜 글을 쓰는가'를 얘기하면서 글을 '어떻게 써야 하는가는 그 표현의 문제까지도 첨가해서 서술했다. 이 '왜 글을 쓰는가' 하는 물음은, '왜 사는가' 하는 물음과도 같이 철학적인 사고를 요하는 인생의 문제, 삶의 문제와 연결되어 있기 때문에 세상을 살다보면 이러한 물음을 스스로 던져보지 않을 수 없게 된다.

왜 글을 쓰는가. 쓰고 싶으니까 쓴다. 왜 글이 쓰고 싶어지는가. 표현의 욕구가 있기 때문이다. 표현의 욕구, 그렇다. 인간이란 천부적으로 표현의 욕구를 포함한 여러 욕구를 지닌 채 태어났고, 또 이 욕구를 충족시켜 가고 있는 것이다.

그러니까 인간이란 그 표현의 자유, 표현의 기쁨을 누리기 위해 글을 쓰면서 살아가도록 창조되었기 때문에 글을 쓰게 된다고 말할 수밖에 없을 것이다.

표현의 자유, 그것은 마치 새가 목이 마를 때 물을 마시고, 희열이 넘칠 때 솟구치고, 동경이 일 때 날아가며, 즐거울 때 나뭇가지에서 열락悅樂의 노래를 부르듯, 거침없이 나타내는 창조의 기쁨을 의미한다. 그것은 마치

시냇물이 자연스럽게 흐르듯 유연하게 흐르는 언어의 유로流露 바로 그
것이다.

> 샘물이 혼자서
> 춤추며 간다
> 산골짜기 돌 틈으로
>
> 샘물이 혼자서
> 웃으며 간다.
> 험한 산길 꽃 사이로
>
> 하늘은 맑은데
> 즐거운 그 소리
> 산과 들에 울리운다.
>
> ― 주요한의 「샘물이 혼자서」

글을 쓴다는 것은 사람답게 살기 위한 자기 연소燃燒요, 자기 삶의 확인
이며, 그 자국이기 때문에 앙드레 지드 같은 사람은 "만일 누가 나에게 글
을 쓰지 못하게 강요한다면 나는 자살해 버리겠다"고까지 말했던 게 아닌
가 한다.

Ⅷ. 주제와 소재와 기교

모든 글(詩)에는 반드시 그 내용과 형식이 있기 마련이다. 내용이란 바
로 글을 쓰는 사람의 정신, 즉 중심적인 사상 감정이요, 형식이란 그것을
표현하는 수단으로서의 기교이다.
그러므로 사상이 내적이라면 기교는 외적이라고 할 수 있다. 글이란 언

어의 집짓기다. 사상思想이 집을 지으려는 생각이라면, 기교技巧는 그 집을 어떻게 아름답고 품위 있게, 또는 편리하게 지을 것인가를 구체적으로 나타내는 방법이요, 소재素材란 집을 지을 수 있는 재료에 해당된다고 말할 수 있을 것이다.

글을 쓰는 데 있어서 이 세 가지의 요소는 모두 다 중요하지만, 이중에서 어느 것이 선행되어야 하며 주가 되어야 하겠는가. 글이란 바로 그 사람의 보이지 않는 마음의 표현이므로, 사상을 중요시하지 않을 수 없다.

글을 쓰는 사람의 마음이 맑으면 글이 맑고, 마음이 흐리면 글이 흐리다. 마음이 검으면 글이 검고, 마음이 어지러우면 글 역시 어지럽지 않을 수가 없는 노릇이다.

따라서 간결하고 명료한 글, 질서가 정연하고 품위 있는 글은 그러한 요소를 갖춘, 건전한 정신의 소유자에게서 나올 수밖에 없다. 그러므로 좋은 글을 쓰기 위해서는 우선 마음이 헝클어지지 않아야 한다.

만일에 글 쓰는 사람이 정신이상자라고 가정해 보자. 글이 제대로 되겠는가. 마음이 바로 잡혀 있지 않기 때문에 횡설수설일 수밖에 없을 것이다. 글을 쓰는 사람이 자기의 어떤 공명심에 의해서 욕심을 부린다면, 그 욕심은 글에 그대로 반영되기 마련이다.

그래서 글을 쓰기 전에 먼저 사람이 되어야 한다는 주장이 타당하게 된다. 즉 생각이 제대로 잡혀 있어야 한다는 얘기다.

글을 쓰려는 이가 맨 처음 글을 쓰고자 하는 그 주되는 생각, 그 중심 사상이 잡혀 있으면 그 다음으로 요구되는 것은 소재와 기교다.

소재는 주제, 즉 글을 쓰고자 하는 이의 주되는 생각이 잡혀 있을 때, 그 중심적인 사상을 보다 효과적으로 표현하기 위해서 빌려오는 재료에 불과하다.

글을 쓰고자 하는 생각(주제)으로서의 중심사상보다도 소재나 기교에 치우치면 글쟁이에 그치게 된다. 얄팍하게 재주 부리는 글재주꾼이 되고 만다는 애기다. 이것은 바람직하지 못하다.

글의 주제와 소재와 기교에 대해서 좀 더 효과적인 이해를 위하여 한 가지 예를 들어 보기로 한다.

가령, '비빔밥'에 대하여 생각하여 보기로 하자. 처음에는 비빔밥을 만들어야겠다는 생각이 필요하다. 이 처음의 생각이 없으면 아무것도 이뤄질 수가 없다. 모든 것은 이 처음의 생각에서부터 시작되고 이뤄진다.

성경 요한복음 1장 1절을 보면, "태초에 말씀이 계시니라, 이 말씀이 하나님과 함께 계셨으니 이 말씀은 곧 하나님이시니라"는 구절이 있다.

말씀은 생각 없이 나오지 않는다. 말씀은 곧 그의 생각이다. 그러니까 태초에 생각이 있었다. 생각이 있어서 그 생각의 설계에 따라서 빛과 어둠을 창조하고, 하늘과 땅을 창조했으며, 삼라만상의 모든 만물들을 창조하였다는 기록이 있는데, 이러한 창조의 모든 결과는 처음에 그 창조하려는 생각. 창조하려는 구상, 창조하려는 설계에 의해서 이루어지게 된 것이었다.

이와 마찬가지로 시를 쓰는 행위도 그 지은이의 생각에 따라서 처음으로 창조하는 행위이므로 창작이 되는 것이다. 맨 처음, 비빔밥을 만들고 싶은 생각이 일어나게 되면, 그 다음에는 비빔밥이 될 수 있는 재료가 필요한 것과 마찬가지로, 글을 쓰고 싶은 주제가 분명하게 떠오르면 그 다음부터는 소재가 모여들기 시작한다.

비빔밥을 만들 수 있는 재료들은 그 비빔밥을 만드는 데 동원되어야 하듯이, 시나 소설이나 수필에 있어서도 소재가 되는 여러 사물이나 사건들이 그 주제를 위해서 동원되어야 한다.

다음으로 요구되는 게 기교이다. 아무리 장보기를 많이 해와서 비빔밥을 만들 수 있는 재료들을 가지고 있다 할지라도, 그 재료를 가지고 먹음직스럽게 요리 해내지 않으면 안 되는 것과 마찬가지다. 그 소재라고 하는 언어를 효과적으로 조립해 낼 수 있는 그 언어 조립의 기교가 따르지 않으면 안 되는 것이다.

이제까지 주제와 소재와 기교에 대하여 하나의 예를 들어가면서 설명하였다. 이제 이 세 가지의 요소들이 소임을 다해서 하나의 시, 이 세상에서 하나 뿐인 독특한 시를 지을 수 있겠는데, 자작시 한 편을 소개하자면 다음과 같은 「고유음식선양회(固有飮食宣揚會)」도 있을 수 있겠다.

일시 : 단기 4333년 7월 7일 오후 7시
장소 : 전주 한벽루 비빔밥집 유하(柳下)
참가자격 : 대한민국산(産) 고유음식 제씨(諸氏)
특기사항 : 공해식품은 제외

맛의 고장을 찾아 팔도강산 고유음식이 모여든다. 38선을 넘어온 평양냉면과 전주비빔밥의 악수, 개성의 장국밥도 수인사를 한다.

전주천(全州川)이 발밑으로 흐르는 버드나무 그늘 아래 3대 음식이 좌정을 하자. 시녀(侍女)들이 나와서 시중을 든다.

콩나물 비빔밥 왈 가라사대 전주 팔미(八味)는 다 왔느냐 하고 묻자. 네에이―, 녹두포(綠豆泡) 샘물 먹은 녹두묵이 왔나이다. 기린봉 기슭에서 열무김치 왔나이다. 남촌(南村)에 살던 게가 장조림으로 왔나이다. 달콤하기 이름난 조홍시(早紅枾)가 왔나이다. 송천동(松川洞) 호박떡이 군침 돌리며 왔나이다. 한벽루 피라미도 비늘 번쩍 왔나이다. 해묵은 고추장도 숨을 죽여 왔나이다. 쥐눈이콩에서 자란 콩나물이 왔나이다 하고 아뢰거늘, 전주 비빔밥 왈 가라사대, 오냐 오냐 예까지 오느라 수고들 많았다. 그런디, 내 새끼들은 어디 있느냐. 내 앞으로 불러 대령하여라. 추상같은 호령이 떨어지기가 무섭게 여기저기서 대답하며 나오는데,

징게 맹경에서 쌀이 왔나이다. 사정골에서 콩나물이 왔나이다. 오목대 밑에서 황포묵 청포묵이 왔나이다. 순창에서 찹쌀과 고추장이 왔나이다. 접장과 쇠고기 육회, 달걀도 왔나이다.

중화산동 서원 너머에서 미나리가 왔나이다. 단백질이 높다는 참기름도 왔나이다.

다음 또 누구 없느냐? 계절마다 종류 다양한 부재료(副材料)로서, 깨소금 마늘 후추 시금치 고사리 송이버섯 표고버섯 녹두나물 무생채 애호박부침 오이채 당근채 잣 김 호도 쑥갓 은행 부추 상치들도 왔나이다.

이때 천지창조로 끓어제끼는 오모가리가 끼어들면서, 언제부터 유래되어 자손이 그리도 많다요? 하고 묻자, 전주비빔밥은 육갑(六甲)을 꼽는다.

궁중음식설(宮中飮食說) 농민음식설(農民飮食說) 걸인음식설(乞人飮食說) 죄수음식설(罪囚飮食說) 동학혁명설(東學革命說) 한식처리설(寒食處理說) 음복설(飮福說)

골동지반(骨董之飯)에서 비빔밥으로 개칭한 맛의 고장을 찾아 구름같이 몰려온 팔도강산 고유음식들, 풍류 집회를 갖고 옛 맛을 즐기더니, 공해식품 축출하자고 결의문을 채택하더라.

IX. 보고서(報告書)

1. 보고서의 뜻

보고서는 일정한 주제에 관하여 조사·연구·실험 관찰한 사실을 보고 하는 문장이나 문서를 말한다. 연구보고·조사보고·실험보고·학기

보고 · 독서보고 · 시장조사 등이 여기에 해당된다. 회사나 관공서는 물론, 학교(특히 대학)에서는 교육의 수단으로 이를 중요시한다.

직장에서 조사 · 연구 · 독서 · 청강 · 실험한 결과를 문서로써 보고하는 경우, 그 대상이나 문제를 어떻게 생각하고, 어떻게 결론을 내렸는가 하는 사고(판단, 사색)의 과정을 보고하기 때문에 소논문의 성격을 띠게 된다.

2. 보고서의 종류

보고서는 그 대상을 보는 관점에 따라 여러 가지로 가름할 수가 있다. 가령, 자료의 종류라든지 수집방법에 따라, 현지조사에 의한 것, 실험이나 관찰에 의한 것, 문헌에 의한 것, 면접이나 앙케트(조사 · 질문 · 조회) 등으로 분류된다.

다음으로 대상을 서술하는 방법의 차이에서도 가름된다. 어떤 대상을 사실 그대로 알리는 보고가 있는가 하면, 사실에 의거한 사색의 과정을 거친 보고도 있다.

사실 그대로의 보고는 사실을 요약해서 보고하는 요약형要約型과 사실에 대해서 설명하는 설명형說明型 등이 있다. 사색의 보고는 사색의 근거라든지, 사색의 과정이나 결과, 즉 보고자로서의 의견이나 주장 · 결론 등을 정리하여 설득력 있게 논리적이고 실증적으로 서술하는 형식이 있는데, 이 중에서 가장 쓰기 쉬운 것은 요약형과 설명형이라 할 수 있다.

그리고 다음으로는, 보고서를 요구하는 개인이나 단체, 또는 회사나 학교 등의 주최측과 보고서의 목적이나 용도 등으로 분류되기도 한다.

회사에서 새로운 기업의 발전, 사업 확장을 위한 기초조사라든지, 회사나 단체에서 특수한 업무를 띠고 출장한 사람의 출장보고, 학교에서의 학습(연구)보고, 초청이나 파견 · 유학 등으로 인해서 외국이나 타지에 여행한 자의 조사 연구보고 등이 있다.

3. 보고서 작성의 요령

보고서를 작성하는 데에도 주제主題나 재료材料, 구상構想 등의 문장의 과정過程이 그대로 적용되지만, 이 문제에 대해서는 앞으로 차차 얘기하기로 하고, 여기에서는 우선 다른 문장과는 달리, 보고서만이 가지는 특성이라든지 강조되어야 할 사항만을 제시하면서 설명하고자 한다.

a. 세 가지 요소

보고문에는 우선 그 보고 대상인 사실이 있어야 한다. 그 대상이란 가령 어느 공장에서 부지를 조사하는 경우에는 토지가 되고, 신원을 조사하는 경우에는 사람이 되며, 독서를 보고하는 경우에는 책이 된다. 그리고 실험이나 관찰을 보고하는 경우에는 사물事物이 된다.

다음으로, 보고자는 주체적 인간이기 때문에 인간으로서의 관심이 있어야 한다. 여기에는 휴먼human, 즉 인간다움을 기본 바탕으로 보고서를 작성해야 한다는 의미가 포함된다. 무엇을 보느냐 하는 것도 중요하지만, 어떻게 보느냐는 더욱 중요하다. 사물이나 사실을 어떻게 보고, 어떻게 조사하며, 어떻게 인식하느냐 하는 관심의 표명이 명료하게 드러나야 한다.

그리고 또한 보고서를 작성하는 사람은 그 보고서를 받는 사람에게 어떠한 태도로 작성하여 제출해야 하는가 하는 문제가 있다. 즉 보고자의 주장이나 희망사항, 처리방안, 의견 표시가 나타나야 한다는 말이다.

b. 목적에 적합하게

먼저 보고문 작성의 용도라든지 기능 등이 파악되어야 한다. 모든 종류의 보고서는 그 목적에 적합하도록 작성되어야 하기 때문이다. 가령 어떤 회사에서 어느 특정한 건축 부지의 보고서라든지, 시장 조사에 관한 보고서를 요구했다고 할 때 그것은 새로운 기업 발전이라든지 사업

확장이 목적이 된다.

또한 학생들의 보고서는 어떤 지식의 이해나 연구 방법의 체득, 문장력 및 창조적 사고력의 훈련 등을 목적으로 하며 보고자의 능력 평가에 소용된다. 이처럼 보고서는 각각 그 이유라든지 용도, 기능 등이 있기 때문에 그 필요성을 잘 파악해야 하고, 또 그것을 충족할 수 있도록 작성해야 한다.

c. 독자를 파악해야

보고서를 작성할 때는 그 보고서를 누가 읽는가를 알고 써야 한다. 독자의 능력이나 성격, 전문지식 정도 등을 알고 쓰는 경우 그 보고서는 정당한 평가를 받게 되고, 또 호응을 받을 수 있기 때문이다.

공장기업체·회사 등지에서의 보고서는 사장이나 중역·간부들이 독자가 되겠고, 학교에서의 보고서는 전문지식을 가진 교수가 독자가 된다.

그리고 신문·잡지 등에 발표되는 보고서는 일반 대중이 독자이므로, 초등학교만 나온 사람도 이해할 수 있고, 대학교수가 읽어도 유치하지 않게 써야 한다.

d. 육하원칙(六何原則)

보고서는 신문 기사문과 같이 여섯 가지의 원칙을 지켜야 한다. 즉 무엇(what)을, 언제(when), 어디(where)서, 누구(who)가, 왜(why , 어떻게(how) 등을 찾아 지켜서 써 나가야 한다.

그래야만이 사실에 충실할 수 있기 때문에 이 여섯 가지의 원칙이 우선 지켜져야 한다. 그 순서야 뒤바뀌어도 상관이 없다. 그러나 이러한 원칙이 제대로 지켜지지 않고 빠진 게 있다면 신빙성을 잃게 된다. 이러한 예는 신문 기사문까지 예로 들지 않더라도 우리들 생활 속에서 얼마든지 볼 수 있다.

'아무개가 죽었다'보다는 '아무개가 교통사고로 죽었다'가 더 구체적이고, '아무개가 지난 7일 오후 3시 25분경 경부고속도로 ○○지점에서 맞은편에서 달려오던 트럭과 정면충돌, 그 자리에서 숨졌는데, 사고 원인은 음주운전으로 인한 과속이었다'면 더욱 구체성을 띠기 때문에 독자의 신뢰를 받게 된다. 보고서는 이와 같이 여섯 가지의 원칙을 잘 지켜서 사실을 충실히 기록해야 한다.

e. 세 가지의 원칙

다른 사람에게 쉽게 이해되는 문장을 작성하기 위해서는 우선 그 기초가 닦여지지 않으면 안 된다. 이를 위해서는 다음의 세 가지 원칙을 참고하는 것이 바람직할 것이다. 이것은 「3C의 원칙」이라고 하는데, 글은 명쾌하고(clear), 바르고(correct), 간결하게(concise) 써야 한다는 점이다.

이 세 가지 원칙을 잘 지키게 되면 우선 논리가 정확하고 바르게 전달된다. 논리가 질서정연하게 잡혀있는 문장은 마치 1라운드에서 상대방을 쓰러뜨리는 복서와도 같이, 힘이 있고 명쾌하다.

그런데 이와 같이 명쾌하고 바르고 간결하게 쓰기란 그리 쉬운 일이 아니다. 자기의 연구결과나 조사결과를 적합한 언어를 찾아내어 효과적으로 조립하기 위해서는 효과적인 수사적 언어 조립이 요구된다.

그러므로 보고서뿐만이 아니라 모든 문장에는 적합한 언어를 선택하여 제자리에 끼워 넣는 수련이 필요하다. 이를 위해서는 우선 이러한 원칙을 알고 자주 써 보아야 한다.

4. 보고서 작성의 실례(實例)

다음에 소개하는 보고서는 국제관광연구소에서 1984년에 발표한 것으로, 관광노조觀光勞組에 관한 내용이다. 여기에는 개황槪況과 주요사업主要

事業으로 크게 나누었고, 개황에는 다시 개요·연혁·기구 등으로, 그리고 주요사업으로는 각종의 건의서와 활동사항 및 교육·선전 등으로 구분 정리되어 있다.

이 보고서의 대상은 그 당시 한국의 관광노조이고, 그 관점은 한국관광연구소의 입장이다. 그리고 보고서의 제3요소인 보고자의 방안이나 의견 제시가 나와 있다.

a. 보고서의 실례

Ⅰ. 개황(槪況)

1. 개요(槪要)
사회정의와 산업민주화를 구현하고 민주노동운동의 건전한 발전과 복지사회건설을 지상목표로 하여 관광사업에 종사하는 근로자의 근로기본권을 수호·창달하며, 조합원의 경제적·사회적 지위향상과 인간다운 생활보장을 목적으로 하는 전국관광노동조합연맹은 전국철도노동조합 산하 관광지부로 예속되어 오다가 1967년 5월 30일 전국철도노동조합 정기 대의원대회에서 전국단위 산업노동조합으로 승격시킬 것을 결의함으로써 태동되어 1970년 12월 1일 제108차 한국노총 중앙위원회의 설립승인을 받아 동년 12월 12일 한국노총 산하 17개 산별체제(産別體制)로서 발족을 보게 되었다.

1981년 2월 노동조합법 개정에 의하여 전국관광노동조합연맹으로 명칭이 변경됨과 동시에 전국대의원대회에서 제5대 위원장에 OOO 씨가 피선되어 현재에 이르고 있다.

설립 당시 1,800명의 조합원으로 발족한 전국관광노동조합은 꾸준한 조직 확장으로 현재 37개 단위 노동조합, 8,100명의 조합원을 가지고 있으나, 관광노조연맹 전 조합원의 다수를 차지하는 호텔업 종사원(전 조합원의 80% 이상이며, 조직대상 종업원 약 50,000여 명)과 관광산업에 종사하는 근로자가 '86아시안 게임 및 '88올림픽을 앞두고

사업체와 더불어 날로 증가할 것을 감안하면 관광노조조직확장의 전망은 매우 밝다고 할 수 있을 것이다.

※ 연혁(沿革)과 기구(機構) 및 임직원(任職員) 명단은 생략함.

II. 주요사업(主要事業)

여기에서는 관광사업정책자문위원회(가칭) 설립을 건의하고 있는데, 그 내용은 다음과 같다.

1. 건의 이유

국가전략산업으로서의 관광 사업은 높은 외화가득률 및 고용증대뿐만 아니라 유구한 5천년 역사를 이룩하여 온 우리 조상의 슬기를 외국 관광객에게 소개하여 국위를 선양하는 측면에서도 높이 평가되어야 할 것이다.

따라서 노(勞)·사(使)·정(政)의 총화합이 요청되는 관광사업의 효과적이고 진취적인 정책입안을 창출하기 위하여, 관광사업자문위원회(가칭)를 설립할 것을 구상하여 아래와 같이 건의한다.

2. 주요 사업내용

관광객 유치방안 : '세계 속의 한국관광'이란 기치 아래 70년대의 급속한 관광 사업 발전에 힘입어 세계 상위권으로 부상하기 위한 외래 관광객 유치작전에 노(勞)·사(使)·정(政) 3자가 총력을 경주하여야 할 것임.

관장자원 개발방안 : 조상이 남겨준 찬란한 문화와 역사의 정통성을 보다 편리하고 안락하게 외래 관광객에게 보여주기 위한 각종 시설 및 설비·투자가 요구됨.

관장요원 교육방안 : 관광요원의 수준 높은 교육과 훈련을 통하여 양질의 서비스와 차원 높은 국가관을 확립하는 데에 목적이 있음.

관광윤리 정립방안 : 한국관광진흥의 백년대계를 위해서는 일시적 안목으로서의 요금 덤핑 또는 바가지요금, 퇴폐관광으로써 한국의 국

위를 손상시키는 행위를 규제하는 방안이 요구됨.

관광사업 종사원의 복지향상 : 관광한국의 보다 뿌리 깊은 정착화를 위해서 선진 한국관광의 중요한 역할을 담당하는 종사원들의 안정된 생활을 보장하고, 나아가 종사원들의 사기를 북돋아 주어 양질의 서비스를 제공케 할 뿐만 아니라 관광사업에 취업하고 싶은 의욕을 줌으로써 앞으로 선진관광한국이 기대됨,

3. 조직활동(組織活動)

연맹 산하 조직현황을 보면 1983년 12월 말을 기준으로 볼 때 37개 단위조합과 조합원 8,100명 중 이 가운데 남자 조합원 5,278명, 여자 조합원 2,822명으로 구성되어 조직의 확장이 시급한 문제로 대두되고 있다.

1980년도 이후 노동조합법 개정으로 인한 산별연맹의 통제력이 약화되었고, 기업별 단위노조로 연맹에 가입하게 되어 노조신고 후 의무불이행이 나타나고 또한 노조가 파괴되거나 기능이 마비되었고, 더구나 연맹의 의무감 삭감으로 인한 신규조직 및 조합 활동이 제대로의 성과를 거두지 못한 것은 조합 재정의 지나친 긴축과 말단조직의 기능마비 등 근로자로서의 큰 시련이 있기도 했다.

b. 출장보고의 예

다음의 '출장보고'의 보기는, 문장이라고 하기보다는 문서(文書)라고 함이 마땅하다. 아래의 예문에서처럼, 문장으로 서술해서 작성할 필요가 없는 실무적인 경우에는 소정의 양식에 따른 문서보고로 기록해도 무방하다.

보고자 김 광 수

출장보고 제2호(3월 12일)　　　　　한성산업(주) 영업부장 귀하

1. 행동 : 3월 11일 오후 5시 전주 도착, 고사동 소재 성덕여관 투숙,

12일 오전 중 A회사 및 B상점 방문, 오후 C회사 및 D상점 방문, 오후 6시 전주발열차로 여수로 향할 예정.

　2. **입금(入金)** : A회사 000원, B상점 000원, C회사 000원, D상점 000원, 이상 합게 0000원 국민은행을 통해서 송금 완료.

　3. **동봉물** : 주문서 1통, 약속어음 1통, 이상.

c. 독서보고의 예

　다음으로 '독서보고讀書報告'가 있다. 이것은 주로 학교에서 학습의 방법으로 부과하는 학생의 리포트 중에서 가장 중요한 독서보고(Book Report)를 말한다. 이 독서보고는 독서의 능력이라든지 판단력·표현력 등의 수련을 목적으로 어떤 책을 어떻게 읽었고, 어떻게 사고하고 평가했는가를 보고하는 문장이다.

　따라서 독서보고는 소개紹介와 평가評價로 크게 나뉜다. 저서의 내용 소개를 주로 하는 요약보고要約報告와 평가를 겸한 서평적書評的 보고, 평가를 주로 하는 평가적 보고 등이 있다. 독후감이나 감상문은 소개가 적은 점에서는 평론적 보고에 가깝다. 일반적으로 독서보고의 형식은 다음과 같다.

　　　저자(著者)—편자. 역자의 이름. 책이름
　　Ⅰ. **전체의 개관(槪觀)—도입(導入)**
　　　1. 서종(書種), 목적 (독자, 주제, 내용의 범위) 소개, 종합적 평가
　　　2. 저자의 소개
　　　3. 내용의 개요, 또는 중요 내용의 조목별 열거.
　　Ⅱ. **중요내용과 특색 (1)**
　　　1. 소개 (요점, 요약, 좀 구체적으로)
　　　2. 평가(근거의 제시에 역점을 둠)
　　Ⅲ. **중요내용과 특색 (2)**

X. 수필을 쓰려면

수필은 붓이 가는대로 쓰이어진 글이라 하지만, 그렇다고 아무런 질서나 형식도 없는 글이라는 말이 아니다. 질서가 없는 것 같으면서도 엄연한 질서가 있고, 형식이 없는 것 같으면서도 형식이 있으며, 논리에 구애되지 않고 자유분방한 것 같으면서도 비논리 속에 논리가 엄연히 존재하는 글이 수필이다.

이러한 경우를 가리켜 무질서無秩序의 질서요, 무형식無形式의 형식이며, 비논리非論理의 논리라고 한다. 이것은 마치 바둑에 있어서의 정석定石과도 같은 성질의 것이다. 바둑을 두는 순서가 일정하게 정해질 리 만무하지만, 자세히 들여다보면 거기에는 일정한 법칙이 있음을 알 수 있다.

일정한 형식의 순서나 법칙이 없는 것 같으면서도 엄연히 존재하는 일정한 법칙 같은 것을 터득해 나가게 되면 좋은 수필을 쓸 수 있을 것이다.

여기에서 말하는 좋은 수필이란, 이른바 문학적 수필로서, 예술적 운치가 있고 품위가 있는 글을 가리켜 하는 말이다.

수필을 어떻게 써야 하는가? 그리고 보다 좋은 수필, 품위 있는 수필은 어떻게 쓰는 것일까?

우선 좋은 수필, 품위 있는 글을 많이 읽어 보아야 한다. 많이 읽으면서 그 내용을 감상하고 그 형식을 터득해 나가야 한다. 자기가 읽은 글이 마음에 들면 어디가 어떻게 되어 있어서 마음에 드는지 살펴보고 평가해 보는 습관을 기르는 게 바람직하다.

그 다음으로는 자기도 써보아야 한다. 많이 읽고(多讀), 많이 생각하고(多思), 많이 써보는 것(多作), 이것이야말로 예부터 내려온 문장도文章道의 정석定石이다. 이것을 착실히 지켜나가는 게 바람직하다.

이처럼 좋은 수필을 많이 읽으면서, 그 읽은 글을 충분히 감상하고 이해하고 분석 평가해 보고, 써보게 되면, 수필이란 '어떠한 형식도 필요로 하지 않는 글'이면서도 어떤 형식 아닌 형식을 필요로 한다는 점을 터득하게 될 것이다.

그리고 누구든지 붓이 가는대로 쓰면 된다고 생각하게 되는 안이한 문장이므로, 사실은 다른 사람의 눈에 띄게 잘 쓰기가 어려운 장르가 수필이라는 점을 깨닫게 될 것이다.

앞에서 좋은 수필, 품위 있는 글이라는 말을 했는데, 좋은 글, 품위 있는 글을 쓰려면 우선 앞에서 얘기한대로, 스스로 세 가지의 기능을 살려나가야 한다. 이것은 많이 읽고 많이 생각하고 많이 써본다고 하는 그 감상적 기능과 분석 · 비평적 기능 및 창작적 기능을 살려나가야 한다는 뜻이다.

이 세 가지의 기능을 동시적으로 살려 나가게 될 때 좋은 수필, 품위 있는 수필이 써지게 되는 생산적인 교육 효과가 나타나게 된다.

그렇다면, 이제부터 좋은 수필을 선택해서 읽어 보아야 하겠는데, 어떠한 수필이 좋은 수필인가. 그 많은 수필들 가운데 어떠한 종류의 수필이 정신적 자양이 되면서도 즐거움을 주는 좋은 수필일까.

그것은 마치 바둑에도 정석이 있고, 여러 수를 미리 내다볼 줄 아는 안목이 있듯이, 어떤 평범하면서도 비범한 차원이 있어야 하고, 또한 인생에 대한 필자 나름대로의 새로운 해석이 있어야 한다.

이 인생에 대한 새로운 해석을 제시함으로 인해서 어떠한 범상치 않은 차원까지를 생각하게 하는 그 안목이란 대단한 것이다. 이러한 안목으로 인생과 우주를 관조하며 해석하는 차원의 언어와 만난다는 것은 여간한 기쁨이 아니다.

법정法頂 스님의 수필 「설해목(雪害木)」을 소개해 본다.

해가 저문 어느 날, 오막살이 토굴에 사는 노승(老僧) 앞에 더벅머리 학생이 하나 찾아왔다. 아버지가 써준 편지를 꺼내면서 그는 사뭇 불안한 표정이었다.

사실인즉, 이 망나니를 학교에서고 집에서고 더 이상 손댈 수 없으니, 스님이 알아서 사람을 만들어 달라는 것이었다. 물론 노승과 그의 아버지는 친분이 있는 사이였다

편지를 보고난 노승은 아무런 말도 없이 몸소 후원에 나가 늦은 저녁을 지어 왔다. 저녁을 먹인 뒤 발을 씻으라고 대야에 가득 더운 물을 떠다 주는 것이었다. 이때 더벅머리의 눈에서는 주르륵 눈물이 흘러 내렸다.

그는 아까부터 훈계가 있으리라 은근히 기다려지기까지 했지만 스님은 한 마디 말도 없이 시중만을 들어주는 데에 크게 감동한 것이었다. 훈계라면 진저리가 났을 것이다. 그에게는 백천 마디 좋은 말보다는 따사로운 손길이 그리웠던 것이다.

이제는 가버리고 안 계신 한 노사(老師)로부터 들은 이야기다. 내게는 생생하게 살아있는 노사의 상(像)이다.

산에서 살아보면 누구나 다 아는 일이지만, 겨울철이면 나무들이 많이 꺾이고 만다. 모진 비바람에도 끄떡 않던 아름드리나무들이, 꿋꿋하게 고집스럽기만 하던 그 소나무들이 눈이 내려 덮이면 꺾이게 된다. 가지 끝에 사뿐사뿐 내려 쌓이는 그 하얀 눈에 꺾이고 마는 것이다. 깊은 밤, 이 골짝 저 골짝에서 나무들이 꺾이는 메아리가 울려올 때, 우리들은 잠을 이룰 수가 없다. 정정한 나무들이 부드러운 것에 넘어지는 그 의미 때문일까. 산은 한겨울이 지나면 앓고 난 얼굴처럼 수척하다.

사아밧티의 온 시민들을 공포에 떨게 하던 살인귀(殺人鬼) 앙굴리
마알라를 귀의(歸依)시킨 것은 부처님의 불가사의한 신통력(神通力)
이 아니었다. 위엄도 권위도 아니었다. 그것은 오로지 자비(慈悲)였다.
아무리 흉악무도한 살인귀라 할지라도 차별 없는 훈훈한 사랑 앞에서
는 돌아오지 않을 수 없었던 것이다.
　바닷가의 조약돌을 그토록 둥글고 예쁘게 만든 것은 무쇠로 된 정
이 아니라, 부드럽게 쓰다듬는 물결인 것을.

　법정 스님은 이 짧은 수필을 통해서 인생의 중요한 교훈을 얘기하고 있
다. 인생에 있어서 중요한 교훈, 그것은 모진 비바람에도 끄덕하지 않던
그 소나무들이 부드러운 눈이 내려 덮이면 꺾이게 된다는 진리 바로 그것
이다. 바닷가의 조약돌을 그토록 둥글고 예쁘게 만든 것은 무쇠로 된 정
이 아니라 부드럽게 쓰다듬는 물결이라는 구절은 이 수필의 차원 높은 경
지를 효과적으로 표현한 셈이 된다.

XI. 수필의 주제

　수필뿐만이 아니라 모든 문학에는 반드시 주제主題가 깃들어 있기 마련
이다. 어떠한 문학 작품에 만일 주제가 없다면 그것은 작품이라고 할 수
없다.
　수필에 있어서 주제라고 하는 것은, 수필을 쓰려고 할 때 그 작품의 중
심이 되는 사상을 말한다. 영어나 독일어로는 테마Theme라 하며, 작품 속
에 용해되어 있고 형상화되어 있는 그 중심 사상을 가리킨다.
　따라서 좋은 수필이란 우선 반드시 주제가 있어야 하는데, 그 주제가
완전히 용해되어 표현되어야 한다.
　이것은 가령 닭과 계란의 관계로 비유될 수 있다. 닭이 좋은 계란을 낳

기 위해서는 각종의 먹이를 섭취하면서도 먹이 그대로를 낳는 것이 아니라 계란이라고 하는 매끄러운 생명체를 낳듯이, 주제란 소재 자체는 아니다. 그러면서도 또 다른 생명 있는 작품을 낳게 하는 것이다.

주제란 작자에 의해 선택된 제재題材에 대한 그 나름대로의 해석인 동시에 가치 평가이며 의미부여로 보아도 좋을 것이다. 여기에 인생에 대한 작가 나름대로의 새로운 해석이 기대된다.

글을 쓸 때에는 반드시 쓰고자 하는 그 무엇이 있어야 하는 바, 그 쓰고자 하는 그 무엇이 곧 주제가 된다. 주제는 그 작품의 중심이 되는 사상으로서, 소재와 제재를 선택하고, 소재와 제재의 배열에 대하여 구체적으로 참여하며, 언어의 유기적인 통일성과 긴밀성을 유지해 주는 역할을 한다.

대개 주제와 제목이 일치하는 수도 있지만, 그렇지 않은 경우도 있다. 또한 제목이 주제를 직접적으로 나타내야만 하는 것은 아니다.

가령 「노인과 바다」나 「전쟁과 평화」 등은 주제를 직접적으로 나타내는 제목이라면, 「바람과 함께 사라지다」라든지 「이 세상 어딘가에」 등은 직접적으로 밝히지 않는 제목에 해당된다.

주제는 작가의 인생관이나 세계관 또는 정서와 사상에서 이루어지지만 그것이 곧 인생관이나 세계관은 아니다. 이는 오로지 수필 속에 구체적으로 형상화된 의미이며 독특한 작가 자신의 해석이기 때문이다.

주제는 되도록 한정되어야 한다. 주제가 한정되지 않으면 막연해지고 산만해지기 쉽기 때문이다. 그리고 작가가 관심을 집중시킨 것으로서 자기 힘으로 처리할 수 있는 것이어야 한다. 자기 능력으로 충분히 표현해 내지 않으면 안 되기 때문이다.

또한 독자도 관심을 가질 수 있는 것이라야 하며, 그것을 능히 이해할 수 있는 것이라야 한다. 다음으로는 주제를 드러내는 데 필요한 소재를 쉽게 구할 수 있어야 한다.

수필의 원고 매수는 14~15매가 이상적이다. 원고지 10매 이내는 주제를 담기에 그릇이 빈약하고, 16매에서 20매 이상 넘어가면 오롯하게 짜여지지 못하고 횡설수설, 중언부언이 되기 쉽다.

XII. 수필의 제재와 구성

수필에 있어서 제재題材란 그 수필에 필요한 중심 재료를 말한다. 우리들이 직접적이건 간접적이건 간에 경험한 그 경험의 원재료를 소재素材라 한다면, 그 소재와 주제의 중간에서 소재를 주제에 중개시켜 주는 역할을 하는 것을 제재라 한다.

가령 시장에는 여러 종류의 식료품이 있듯이, 우리들의 정신세계에는 경험의 축적이 다양하게 차 있다. 그런데 어떠한 요리를 만들기 위해서는 거기에 소용되는 재료를 구하게 되는데, 수필에 있어서도 이처럼 필요한 것만을 취사선택한 것을 제재라고 한다. 즉 제재라고 하는 것은 주제를 위해서 동원되는 중심 재료라 할 수 있다.

그 다음으로 요구되는 것은 구성構成이다. 작자가 글을 통해서 말하고자 하는 그 중심사상으로서의 주제가 아무리 훌륭하고, 또 그 주제를 나타내는데 필요한 제재가 아무리 풍부하다고 하더라도 그것을 적절하게 설계하고 조립하는 짜임새가 뒤따르지 않으면 안 된다.

이 구성이라고 하는 것은 문장을 짜임새 있게 엮어내는 조직이라고 할 수 있다. 수필이나 소설뿐만이 아니라, 모든 문장은 그 문장을 이루기 위해서 일정한 설계도가 요구된다.

이를 위해서는 글을 쓰기 전에 먼저 생각해 보아야 한다. 펜을 잡기 전에 먼저 작품의 구성이라고 하는 일정한 설계도를 가지고 그 설계도에 따라 문장을 전개시키면 질서와 균형이 잡힌 문장을 이룰 수 있게 된다.

또한 구성이란 주제를 위해서 동원되어야 할 제재를 선택하고 그것을 적절히 배열하고 결합하는 기능을 발휘하는 성질을 지닌다.

수필도 문학의 한 장르인 이상 문학적으로 표현되어야 한다. 수필을 붓 가는 대로만 쓰면 되는 줄 알고 흔히 설명에 그치는 경우를 보게 되는데, 수필다운 수필을 쓰기 위해서는 설명하려 하지 말고 표현하려고 노력해야 할 것이다.

수필이란 기교를 부렸으되 그 기교 부린 티를 보이지 않고, 형식을 취했으되 형식에 구애받지 않은 듯이 그저 저절로 되어진 것처럼 자연스런 느낌을 주어야 하기 때문에 그 표현 역시 자연스럽게 이루어져야 한다.

그렇다면 이 설명하는 것과 표현하는 것은 어떻게 다른가. 얼핏 보면 그게 그것 같지만 그것은 엄연히 다른 것으로 구분된다.

가령 누가 '꽃잎이 떨어졌다'고 말했다면 이것은 설명이다. 꽃잎이 떨어졌다는 의미의 관념적인 전달에 불과하다.

그러나 누가 만일 '꽃잎이 뚝뚝 떨어져 휘날렸다'고 말한다면 이것은 그 꽃잎이 떨어진 상태에 대한 구체적인 표현이 된다. 꽃잎이 떨어져 바람에 휘날리는 상태가 보이고 느낌을 갖게 된다.

여기에서는 꽃잎이 떨어지면서 휘날릴 때의 정경이 여실히 실감되고, 그 움직임에서 시각적 형태의식 내지는 색채의식까지 실감하게 된다. 이것은 구체적인 표현이다. 꽃잎이 떨어진다고 하는 막연한 관념을 지나서 마치 영화를 볼 때처럼, 눈에 선하게 구체적으로 표현될 때 문학 작품은 그 구체적 형상화로 인해서 효과를 가져오게 된다.

수필에는 작자의 개성이 진솔하게 표현되어야 한다. 작자의 개성이 진솔하게 표현될 때 그 글은 독자에게 감동을 주게 된다. 그러므로 수필을 잘 쓰려면 멋지게 써보려고 폼을 잡으려 할 것이 아니라, 진솔하게 쓰려는 자세가 필요하다.

수필을 가리켜 글을 쓴 이가 마음의 옷을 벗는 것과도 같은 심적 나상心的裸像이라고 하는 까닭도 여기에 있다. 자기를 숨김없이 드러내놓음으로써 읽는 이들에게 큰 공감을 불러일으킬 수 있다는 데에 수필다운 매력이 있다고 할 수 있을 것이다.

그렇다고 해서 작자의 사생활이 독자에게 모두 숨김없이 보고되어야 한다는 뜻은 아니다. 주제를 위해서 동원되는 제재를 다루되 그 표현에 있어서 엄살이나 가식이 없는 진솔한 표현을 바라는 것이다.

문체에는 우선 품위가 있어야 한다. 수필은 자기를 적나라하게 드러내는 글이기 때문에 자칫하면 글을 쓴 이의 품위가 손상되기 쉽다. 그러므로 자기를 진술하게 드러내되 품위를 잃지 않도록 해야 한다.

문체의 품위를 잃지 않으면서도 자기 나름대로의 인생에 대한 새로운 해석을 가능케 하는 수필로 문혜영文惠英의 「그네」를 들 수 있다.

어린 시절, 나는 그네를 매우 좋아했다. 작은 발판 위에 두 발을 디디고 그네줄을 잡으면 저 푸른 하늘을 새처럼 날고 싶다는 작은 소망이 열심히 발을 구르게 하였다. 천천히 흔들리던 그네 줄에 점차 힘을 가하면 나의 몸은 한 마리 새가 되어 바람을 차고 날았다.

나풀나풀 펄럭이는 짧은 치마 속으로 상쾌한 바람이 파고들면, 가슴 속까지 유쾌해진 나의 웃음소리는 하늘 높이 퍼져가는 것이었다. 땅 위에서 뛰어 오르는 기쁨이 마냥 즐거웠고, 그네 줄이 앞으로 차오를 때, 고개를 젖히면 거기엔 파아란 하늘이 활짝 웃으며 가슴으로 파고들었다. 그렇게 오락가락 바람을 차고 날며 나는 좀 더 높이 날을 수 있기를 바랐다. 그러나 내가 다다를 수 있는 지점은 언제나 비슷한 각도에서 머물렀고, 마침내는 내가 서야 할 땅 위에 어김없이 나를 내려놓는 것이었다.

그러던 어느 날, 나는 비상의 한계를 넘어서고 말았다.

더 높이!

더 높이!

오직 하나의 소망으로 풍선처럼 부풀기 시작한 나는 나의 몸이 깃털보다 가볍다고 느끼면서 정말 새가 된 착각에 빠져들었다.

하늘이 저렇게 넓고 파란데, 눈부시게 찬란한 햇살이 나의 겨드랑에 날개를 달아 주며 속삭이는 것이었다.

"저- 깃털 구름 위로 솟아 오르렴!"

나의 날개는 최초의 비상을 위해 나래를 활짝 폈다. 내가 날 수 없음은 오로지 이 그네 줄 때문이다. 이제 나는 창공을 마음껏 날아야지.

순간, 그네 줄을 힘껏 움켜쥔 두 손에서 기운이 쑥 빠져나가며 나는 줄을 놓고 말았다.

비상의 순간은 황홀하고 짜릿하였다. 아득한 창공을 너울너울 날으며 바람보다 가벼워진 나는 무아의 경지에서 의식을 잃고 있었다.

정신을 다시 차렸을 때 나를 내려다보는 새까만 눈동자들!

친구들은 잔뜩 겁에 질려 있었다. 그때 땅 위에 누운 나의 눈에는 아직도 흔들리는 그네 줄이 보이는 것이 아닌가.

나는 그때서야 내가 창공을 날은 것이 아니고 그네에서 떨어졌다는 사실을 깨달았다. 비로소 눈물이 왈칵 나왔다. 웬지 모를 서러움이 자꾸만 밀려와서 나는 한동안 울었다.

그 후로 그네 줄을 잡으면 식은땀이 자꾸 흐른다. 그네 줄을 또 다시 놓아 버릴지 모른다는 잠재의식 때문인지, 줄을 쥔 두 손바닥에 땀이 촉촉이 베어나오고, 위로 높이 오르기도 전에 두 팔에선 기운이 슬그머니 빠져버리는 것이었다.

나는 그네 타기를 아예 그만 두고 말았다. 요즈음도 그네를 만지면 줄을 쥔 두 손에 땀부터 흐른다.

그러나 그네에서 떨어졌을 때의 착각이지만, 순간적으로 맛보았던 황홀함은 모든 제약과 속박에서 벗어나는 해탈의 경지와 같은 것이 아닌가 하고 생각해 본다.

나는 그네 줄을 놓았을 때의 그 편안함과 환희의 순간을 동경할 때가 있다. 높은 빌딩 옥상에 올랐을 때도 하늘이 나의 몸을 잡아 끄는 것 같다. 어쩌면 나는 날 수가 있을지 몰라. 나의 팔은 어느새 날개로 변할지 모른다. 당치도 않은 환상에 몰두하다가 아래를 내려다 볼 때, 나는 아찔하게 현기증을 일으킨다.

난간을 잡은 손이 땀에 젖어 있었다. 나의 몸을 자석처럼 끌어당기는 추락에의 유혹에서 힘겹게 빠져 나오며 흔들리는 현실을 부둥켜안는다.

다시는 높은 곳에 오르지 않으리라. 나를 유혹하는 것은 영원한 비상이 아니고 추락에 불과한 것이니까.

찬란한 비상의 꿈으로 시도한 나래짓이 순간의 착각이며, 나는 별 수 없이 더욱 처참한 모습으로 제자리에 돌아오게 된다는 이치를 터득한 이상 허망한 충동에 흔들리지 말자. 제법 냉정한 이성의 눈으로 현실을 가늠하는 내가 대견하게 생각되기도 한다.

하늘도 보지 말고 땅도 보지 말자. 하늘을 바라보았을 때 날고 싶은 욕망을 어쩌 감당할 것이며, 땅을 내려다보았을 때 추락에의 유혹을 내 어찌 헤쳐 갈 것이냐. 오로지 앞만을 내다보고 가야겠다. 비상의 욕구도, 추락의 유혹도 없는 허허로운 들녘을 걸어가야 겠다

그러나 허허로운 대평원은 없었다. 내 앞엔 절벽이 불쑥 가로막고, 민둥산이 턱 버티기가 일쑤였으며, 그럴 때마다 어쩔 수 없이 올려다보는 하늘의 아름다움이란 나를 못 견디게 만드는 것이었다. 하늘로 끝없이 날아오를 수 없다고 해도 순간의 비상만을 위해서라도 추락을 강행하고 싶은 충동에 나는 갈등을 겪는다. 그러한 갈등의 해답을 나는 꿈속에서 얻곤 하였다. 비상이 아닌 추락의 경험을.

찬란한 태양도 없었다. 어두운 허공에서 절벽의 늪 속으로 떨어져 내렸다. 나를 잡아 주는 이는 아무도 없었다. 나는 겁에 질려 비명을 지르지만, 헤아릴 수 없는 어둠의 심연으로 떨어지는 것이었다. 그것은 죽음과도 같은 나락(奈落)이었다. 나는 떨어져 바닥에 닿기 전에 항상 소스라쳐 깨어나곤 했다. 형언할 수 없는 두려움을 벗어나려고 필사적으로 꿈에서 탈출한 것이었다.

나는 친구의 병문안을 간 일이 있었다. S병원 신경정신과. 고통스런 현실에서 도피하려고 현실과 연결된 줄을 끊어버린 그녀를 보며, 나는 어린 날 그네에서 떨어졌을 때 느꼈던 비애를 다시금 깨물지 않으면 안 되었다.

그녀는 전혀 낯선 사물을 대하듯 나를 보았다. 언제나 다정다감하게 빛났던 그녀의 눈빛은 초점을 잃고 불안하게 방황하고 있었다.

이미 모든 감각을 상실한 듯 정물처럼 병실에 갇힌 그녀!

그러나 그녀는 알고 있을까? 그녀가 서 있는 자리가 어디였나를……

아아, 어쩌면 인생은 그네타기와 같은 것인지도 모른다.

수필은 형식이 없는 것 같으면서도 형식이 있고, 기교가 없는 것 같으면서도 엄연히 기교가 존재하는 그 무형식의 형식, 무기교의 기교로서의 위트와 멋이 있어야 한다.

수필이란 작자의 개성이 나타나는 인격의 반영이요, 사상의 결정結晶인 바 그것은 오로지 품위 있는 문체를 통해서 나타나야 한다.

그러면서도 글이란 우선 재미있어야 한다. 아무리 영양분이 많은 음식이라도 맛이 없으면 먹혀지지 않듯이, 아무리 내용이 좋은 글이라도 재미없으면 읽혀지지 않는다. 그러므로 내용도 좋아야 하거니와 그 형식 요건으로서 재미도 있어야 한다.

따라서 수필에는 유머와 위트, 해학과 풍자도 있어야 한다.

이러한 요소는 수필뿐만 아니라, 모든 문학에 걸쳐 요구되지만, 수필에서는 보다 더 큰 역할을 필요로 한다. 깊이 있고 재치 있는 아이러니나 유머는 웃음 속의 눈물을 자아내게 하는데 있기 때문에 더욱 즐거움을 주게 된다.

좋은 수필, 수필다운 수필을 쓰기 위해서는 보다 높은 시적 차원詩的次元을 추구하면서 그 철학적 사색을 수필 속에 담는 일이 필요하다. 이러한 모색은 수필을 문학적 아취雅趣가 풍기게 하는 내용으로서의 사상성과 형식으로서의 예술성의 균형 있는 조화를 의미한다.

이제까지 수필의 제재와 구성을 얘기하면서 여기에 부수되는 문제들도 함께 살펴보았다. 이제 그 실제에 대해서 잠깐 언급할 필요를 느낀다.

문학(수필)을 얘기하는 데에도 이론과 실제의 대비는 긴요하다. 이것은 마치 배와 나침반의 관계와 같아서, 배가 없는 나침반이나 나침반 없는 배를 생각할 수 없듯이, 이론이 없는 실제나 실제가 없는 이론 역시 생각할 수 없다.

이제 동해의 검은 갈매기로 불리어지면서, 자연 속에 은거했던 선풍도골仙風道骨의 선비요 애국자이며 소탈한 인품의 문사였던 한흑구韓黑鷗의 수필 「보리」를 소개하고자 한다.

보리. 너는 차가운 땅 속에서 온 겨울을 자라 왔다. 이미 한 해도 저물어, 벼도 아무런 곡식도 남김없이 다 거두어들인 뒤에, 해도 짧은 늦은 가을 날, 농부는 밭을 갈고, 논을 잘 손질하여서, 너를 차디찬 땅 속에 깊이 묻어 놓았었다.

차가움에 응결된 흙덩이들을 호미와 고무래로 낱낱이 부숴가며, 농부는 너를 추위에 얼지 않도록 주의해서 차가운 땅 속에 깊이 심어 놓았었다.

"씨도 제 키의 열 길이 넘도록 심어지면, 움이 나오기 힘이 든다."

옛 늙은이의 가르침을 잊지 않으며, 농부는 너를 정성껏 땅 속에 묻어 놓고, 이에 늦은 가을의 짧은 해도 서산을 넘은 지 오래고, 날개를 자주 저어 까마귀들이 깃을 찾아간 지도 오랜, 어두운 들길을 걸어서, 농부는 희망의 봄을 머릿속에 간직하며, 굳어진 허리도 잊으면서 집으로 돌아오곤 했다.

온갖 벌레들도, 부지런한 꿀벌들과 개미들도, 다 제 구멍 속으로 들어가고, 몇마리의 산새들만이 나지막하게 울고 있던 무덤가에는, 온 여름 동안 키만 자랐던 억새풀더미가, 갈대꽃 같은 솜꽃만을 싸늘한 하늘에 날리고 있었다.

물도 흐르지 않고, 다 말라 버린 갯강변 밭둑 위에는 앙상한 가시덤불 밑에 늦게 핀 들국화들이 찬 서리를 맞고 고개를 숙이고 있었다.

논둑 위에 깔렸던 잔디들도 푸른빛을 잃어버리고, 그 맑고 높던 하늘도 검푸른 구름을 지니고 찌푸리고 있는데, 너, 보리만은 차가운 대기(大氣) 속에서도 솔잎과 같은 새파란 머리를 들고, 하늘을 향하여, 하늘을 향하여 솟아오르고만있었다.

이제, 모든 화초는 지심(地心) 속에 따스함을 찾아서 다 잠자고 있을 때, 너, 보리만은 그 억센 팔들을 내뻗치고, 새말간 얼굴로 생명의 보금자리를 깊이 뿌리 박고 자라왔다.

날이 갈수록 해는 빛을 잃고, 따스함을 잃었어도, 너는 꿈쩍도 아니하고, 그푸른 얼굴을 잃지 않고 자라 왔다.

칼날같이 매서운 바람이 너의 등을 밀고, 얼음같이 차디찬 눈이 너의 온몸을 덮어 엎눌러도, 너는 너의 푸른 생명을 잃지 않았다.

지금, 어둡고 찬 눈 밑에서도, 너, 보리는 장미꽃 향내를 풍겨 오는 그윽한 유월의 훈풍(薰風)과, 노고지리 우짖는 새파란 하늘과, 산 밑을 흰히 비추어 주는 태양을 꿈꾸면서, 오로지 기다림과 희망 속에서 아무 말이 없이 참고 견디어 왔으며, 오월의 밝은 하늘 아래서 아직도 쌀쌀한 바람에 자라고 있었다.

춥고 어두운 겨울이 오랜 것은 아니었다. 어느덧 남향 언덕 위에 누렇던 잔디가 파란 속잎을 날리고, 들판마다 민들레가 웃음을 웃을 때면, 너 보리는 논과 밭과 산둥성이에까지, 이미 푸른 바다의 물결로써 온누리를 뒤덮는다.

낮은 논에도, 높은 밭에도, 산둥성이 위에도 보리다.

푸른 보리다. 푸른 봄이다.

아지랑이를 몰고 가는 봄바람과 함께 온 누리는 푸른 봄의 물결을 이고, 들에도, 언덕 위에도, 산둥성이 위에도, 봄의 춤이 벌어진다. 푸르른 생명의 춤, 새말간 봄의 춤이 흘러넘친다. 이윽고 봄은 너의 얼굴에서, 또한 너의 춤 속에서 노래하고 또한 자라난다.

아침 이슬을 머금고, 너의 푸른 얼굴들이 새 날과 함께 빛난 때에는, 노고지리들이 쌍쌍이 짝을 지어 너의 머리 위에서 봄의 노래를 자지러지게 불러대고, 또한 너의 깊고 아늑한 품속에 깃을 들이고, 사랑의 보금자리를 틀어 놓는다.

어느덧 갯가에 서 있는 수양버들이 그의 그늘을 시내 속에 깊게 드리우고, 나비들과 꿀벌들이 들과 산 위를 넘나들고, 뜰 안에 장미들이 그 무르익은 향기를 솜같이 부드러운 바람에 풍겨 보낼 때면, 너, 보리는 고요히 머리를 숙이기 시작한다.

온 겨울의 어둠과 추위를 다 이겨 내고, 봄의 아지랑이와, 따뜻한 햇볕과 무르익은 장미의 그윽한 향기를 온 몸에 지니면서, 너, 보리는 이제 모든 고초(苦楚)와 비명(悲鳴)을 다 마친 듯이 고요히 머리를 숙이고, 성자(聖者)인 양 기도를 드린다.

이마 위에는 땀방울을 흘리면서, 농부는 기쁜 얼굴로 너를 한 아름 덥석 안아서, 낫으로 스르룽스르룽 너를 거둔다.

너, 보리는 그 순박하고, 억세고, 참을성 많은 농부들과 함께 자라나고, 또한 농부들은 너를 심고, 너를 키우고, 너를 사랑하면서 살아간다.

보리, 너는 항상 순박하고, 억세고, 참을성 않은 농부들과 함께, 이 땅에서 영원히 사라지지 않을 것이다.

보리가 추위에 얼어 죽지 않도록 씨앗을 차가운 땅속 깊이 심는 농부의 따뜻한 마음이 잘 나타나 있다. 한흑구는 보리 얘기를 하기 위해서 보리라는 사물을 선택한 게 아니고, 어디까지나 추운 겨울을 견디어 내는 보리처럼, 굽히지 않는 의지와 인고로써 조국광복이라고 하는 영광된 그날을 기다리는 우리 겨레의 억센 삶을 나타내기 위해서 차용했던 것이다.

XIII. 시와 상상력

시에 있어서 상상력이란 대단히 중요하다. 시뿐만 아니라 모든 문학, 모든 예술 역시 상상력의 소산이라 할 수 있을 정도로 그것은 대단히 긴요하다.

상상력, 그것은 상상을 하는 심적 능력을 말한다. 이 상상력이 풍부한 사람은 시도 소설도 기발한 착상으로 떠올려 낼 수 있고 수월하게 엮어낼 수도 있다.

이 상상에는 제임스 윌리엄이 말한 대로, 재생적再生的 상상과 생산적生

産的 상상이 있다.

재생적 상상이란 지각知覺을 그대로 재현시키는 것을 말하고, 생산적 상상이란 지각의 잔상殘像이나 기억된 심상心象을 분해 결합하고 변화시킴으로써 얻어지는 것을 말한다.

가령, 길을 가다가 계란을 삶아서 파는 광경을 보았다고 가정해 보자. 그 계란 장수 여인의 앞을 무심히 지나치면 시는 탄생되지 않는다.

만일, 계란 장수가 날계란을 펄펄 끓는 물에 넣어서 삶아내는 광경을 보고 어떤 느낌을 받았다면, 그리고 어떠한 관념을 재료로 하여 새로운 사실, 새로운 관념을 만들어 낸다면 이때부터는 생산적 상상으로 나타나게 된다.

누구든지 계란의 부화과정을 알 것이다. 총천연색 사진을 본 사람은 더욱 실감하게 될 것이다. 그 명주실꾸리같이 얽혀있는 계란의 핏줄을 확대하여 보면 천만 갈래의 강이 흐르고, 날개가 생기는 것을 확대하여 보면 천만 줄기의 산맥이 휘돈다. 그리고 미세한 청진기로 들어보면 핏줄 흐르는 소리는 마치 시냇물 소리처럼 들릴 것이다.

계란이 21일 동안 적합한 온도로 부화되면 병아리가 되어 나온다. 병아리가 되고 싶어하는 계란의 꿈(바람)은 무엇일까. 꿈꾸는 계란, 병아리의 꿈, 그것은 무엇일까.

그것은 아무래도 개나리 꽃잎 물고 뿅뿅뿅 봄나들이 가는 것이 아닐까?

눈이 녹은 보리밭에 귀여운 발자국을 남기면서 물을 물고 하늘 보며 그 검은 눈을 깜박이고 있을 그런 정경을 그려볼 수 있을 것이다.

이것은 어디까지나 나의 주관적인 생각, 개인적인 상상이다. 사물 그 자체에 생각이나 상상이 있는 것이 아니라, 어디까지나 사물을 바라보는 나의 견해에 입각해서 보아지고 느껴지는 것이다.

지금까지 이야기한 것은 상상의 비약이었다. 상상은 이처럼 자유로이 날아다닐 수 있다. 이러한 상상이 독자에게 호응되는 것은 공감될 수 있는 보편성을 띠기 때문이다.

아무튼 이와 같이 아름다운 꿈을 지닌 계란이 끓는 물속에서 질식해 죽는다. 생물이 무생물로 바뀌는 과정을 생각한다. 이러한 죽음의 현상이 바로 자기 자신의 경우와 같다고 생각한다면, 이러한 생각은 헛된 공상이 아니라 시의 잉태를 위한 생산적 상상으로 기여하게 된다.

그리하여 가령, 자기 자신은 살고 싶지만 무엇인가 용납되지 않는 것이 있어서 괴로워하는 사도 바울의 고백과도 일맥상통한 점으로 공감하게 될 것이다.

> "내가 원하는 바 선은 하지 아니하고, 도리어 원치 아니하는바 악은 행하는도다. 만일 내가 원치 아니하는 그것을 하면 이를 행하는 자가 내가 아니요 내 속에 거하는 죄니라. 그러므로 내가 한 법을 깨달았노니 곧 선을 행하기 원하는 나에게 악이 함께 있는 것이로다. 내 속사람으로는 하나님의 법을 즐거워하되 내 지체 속에서 한 다른 법이 내 마음의 법과 싸워 내 지체 속에 있는 죄의 법 아래로 나를 사로잡아 오는 것을 보는도다. 오호라 나는 곤고한 사람이로다. 이 사망의 몸에서 누가 나를 건져내랴."
> — 성경 '로마서 7장 14-19절'

하나의 계란, 날계란이 끓는 물속에서 질식해 죽는 그 광경을 보면서 떠올린 상상이 여기까지 이르면 이는 생산적 상상으로서 시의 탄생을 가능케 한다.

이와 같이 상상의 날개를 무한히 펼쳐가게 될 때 그 예술적 가치는 한층 두드러지게 된다.

> 동짓달 기나긴 밤을 한 허리를 버혀 내어
> 춘풍 니불 아래 서리서리 너헛다가
> 어론님 오신 날 바미여든 구뷔구뷔 펴리라.

황진이黃眞伊의 시조다. 이 시조가 세계적인 명시로 꼽히는 것은 그 시조가 지니는 묘미로서 휘늘어지듯 휘돌아 감기는 가락뿐만이 아니라, 시에 있어서 중요한 은유隱喩라든지 뛰어난 상상력에 있다.

이 시조를 놓고 한번 생각해 볼 일이다. 밤을 어떻게 자르겠는가, 자를 수 없는 시간과 공간, 그 동짓달 기나긴 밤을 잘라 가지고, 봄바람처럼 다사롭고 부드러운 이불 아래 차곡차곡 쟁여 두었다가, 님께서 오시는 밤에는 구비구비 펴겠다는 내용이다.

기나긴 밤을 간직해 두었다가 임이 오는 밤에 길게 편다면, 우선 날이 쉬이 새지 않을 것이다. 날이 새지 않는 밤 동안은 임께서 떠나지 않는다.

떠나지 않을 테니까 이별이 없는 행복한 사랑을 누릴 수 있는 것이다.

그 당시, 기생의 신분으로 누릴 수 있는 사랑의 행위는 아내 있는 남자와 오다가다 짧은 기간에만 가능했기 때문에, 날이 새면 이별이므로 날이 새는 게 싫었을 것이다.

흔히들 '아이 러브 유'라고 사랑을 쉽게 말하는 것은 이러한 시적 차원으로 보게 될 때에는 참으로 싱거운 의사 전달에 지나지 않는다. 따라서 시에 있어서 상상력이나 메타포(은유)라고 하는 것은 대단히 중요한 요소가 아닐 수 없다.

> 낙엽은 폴란드 망명정부의 지폐
> 포화에 이지러진
> 도룬 시의 가을 하늘을 생각케 한다.
> 길은 한 줄기 구겨진 넥타이처럼 풀어져
> 일광(日光)의 폭포 속으로 사라지고
> 조그만 담배 연기를 내어뿜으며
> 새로 두 시의 급행차가 들을 달린다.
> 포플라나무의 근골(筋骨) 사이로
> 공장의 지붕은 흰 이빨을 드러내인 채
> 한 가닥 구부러진 철책(鐵柵)이 바람에 나부끼고

그 위에 세로판지로 만든 구름이 하나
자욱한 풀벌레 소리 발길로 차며
호을로 황량한 생각 버릴 곳 없어
허공에 띄우는 돌팔매 하나,
기울어진 풍경의 장막(帳幕) 저 쪽에
고독한 반원(半圓)을 긋고 잠기어 간다.

김광균金光均의 시 「추일서정(秋日抒情)」이다. 낙엽을 표현하는 데 있어서 '폴란드 망명정부의 지폐'라는 언어를 끌어들임으로써 낙엽의 무가치, 그리고 무가치하기 때문에 아무렇게나 흩어진 무질서한 분위기로 나타내고 있다. 여기에서는 원인遠因에도 의미가 있다 하겠다. '낙엽'과 '폴란드 망명정부의 지폐'는 별로 관계(인연)가 없다. 그러나 낙엽의 '무가치'와 '무질서'는 '폴란드 망명정부의 지폐'도 상호 닮아있다. 즉 서로 간에 상사성相似性이 있다는 얘기다. 엉뚱하게도 원인遠因에서 효과를 거두는 일도 시인의 자유로운 상상력에서 가능하게 된다.

XIV. 현대시의 감상과 해석

시를 쓰기 위해서는 우선 좋은 시를 읽어야 한다. 시를 읽되 그냥 읽기만 할 것이 아니라 감상할 줄 알아야 한다. 여기에는 그 읽는 시의 이해에 도움을 주는 감상 능력, 즉 이해력 등이 요구된다.

아유탱천주(我有撑天柱)
수운몰가부(誰云沒柯斧)

이는 원효대사가 한 말이다. 하늘을 받칠만한 기둥은 가졌지만, 누가 자루 빠진 도끼를 말해 주겠느냐는 내용인데, 요석공주는 이 말의 본뜻을 알고 있었다 한다.

이는 요철凹凸에 관계된 말이거니와, 이 세상에 존재하는 모든 사물은 양陽과 음陰이라고 하는 이성二性으로 되어 있다는 뜻이다. 건물을 세우거나 다리를 놓는 건축공법도 역시 구멍과 꼬챙이로 이루어진다.

기계의 작은 부속품에 해당되는 나사도 역시 볼트와 너트로 되어 있다. 세상의 이치가 이렇기 때문에 이렇다는 것을 알고 있는 요석공주는 원효대사의 의중을 간파할 수 있었는지도 모른다.

이와 마찬가지로, 시는 많은 은유와 상징으로 이루어져 있기 때문에 그 은유의 본뜻을 눈치채는 감상과 해석 능력이 요구된다. 이를 위해서는 우선 좋은 시를 읽고 제대로 감상하고 해석해야 할 것이다.

이제부터는 시인과 시를 소개하면서 함께 감상과 이해를 도모하고자 한다.

시인과 시인의 작품을 함께 살펴보는 편이 그 감상과 해석에 있어서 보다 바르게 접근할 수 있기 때문이다.

김소월의 향토정서

우리나라에서 김소월만큼 많이 알려진 시인도 드물 것이다. 가장 많은 독자를 지닌 그의 작품 중에는 「진달래꽃」, 「산유화」, 「먼 후일」, 「예전엔 미처 몰랐어요」, 「산」, 「초혼」, 「임의 노래」, 「못잊어」, 「박넝쿨 타령」 등이 있다.

김소월은 1920년 9월 7일 평북 구성군 서산면 왕인동에 있는 외가에서 태어났다. 그가 2세 때인 1904년, 정주와 곽산 사이의 철도를 부설하던 일본인에게 폭행을 당했던 아버지 김성도金性燾가 그 후유증으로 정신이상 증세를 일으켰다. 그 후 소월은 엄한 할아버지 김상주金相疇의 훈도 아래 성장하게 되었다. 이것은 소월의 문학을 이해하는데 있어서 특별히 기억해야 할 두 인물과 주요 사건이라고 할 수 있다.

왜냐하면 소월 문학의 주제가 된 한恨이 대부분 아버지로부터 연유되었을 뿐 아니라, 할아버지로부터 지극한 사랑을 받으면서도 구세대와의 이념적 차이라든지 인생관 내지는 성격의 차이에서 오는 불화와 부적응이 문학 형성에 있어서 중요한 문제를 안고 있기 때문이다.

다음으로 소월의 어머니 장경숙張景淑과 숙모 계희영桂熙永, 그리고 아내 홍단실洪丹實을 얘기하지 않을 수 없다. 이 세 여인은 소월의 인간과 문학을 이해하는 데 있어서 빼놓을 수 없는 위치에 있기 때문이다.

소월의 어머니는 시집 온 지 4년 만에 남편이 정신이상자가 되자, 소월에게 기대를 걸고 그를 의지하며 지나치게 정을 쏟았지만, 소월로서는 그어머니의 맹목적인 사랑에 심리적인 반동을, 그리고 대화의 단절에서 오는 고독을 심각하게 겪게 되었다.

소월이 14세 때 할아버지의 강권에 의해서 이루어진 결혼을 소월 자신은 탐탁하지 않게 생각하였고, 신부에 대한 실망에 비해 그의 결혼생활이 평탄했던 것은 그의 마음 바탕이 본래 착한 데다가 장손으로서 할아버지로부터 받은 유교 교육 덕분에 지아비로서의 책임감이 투철했기 때문이었다.

이제까지 소월의 주변 인물들을 대강 살펴보았는데, 정신이상자로서의 아버지, 세속적인 기대에만 차 있지 무식했던 어머니, 유교적인 규범에만 얽매려고 했던 할아버지, 도덕적으로 책임질 수밖에 없었던 아내 등의 주변 인물들은 그로 하여금 힘겨운 심리적 부담을 느끼게 한 것이 사실이다.

소월은 33세의 젊은 나이에 스스로 목숨을 끊었다. 그에게 있어서 이상적인 삶은 시요, 현실적인 삶은 생활이었다. 그가 생활 전선에 뛰어든 게바로 동경 상과대학의 입학이요, 동아일보 지국의 경영이며, 고리대금업이었는데, 이러한 생계의 수단은 모조리 좌절되고 말았다.

소월은 모든 삶에 대한 의욕을 잃은 채, 술로 위안을 삼으면서 세상을 잊고자 했다. 정신적으로 피폐해지고, 경제적으로 몰락하고, 생활적으로 실패하고, 마지막 구원의 보루인 문학까지도 팽개쳐버린 소월은 현실 생활에 안주하지 못한 채 죽음의 길을 택했던 것이다.

소월의 시가 가장 많이 읽혀온 것은, 그의 작품이 우리 겨레가 공통적으로 지니고 있는 민족공동체적 얼의 소리를 온전히 공유하고 있기 때문이다. 이 민족공동체적 얼은 이미 약속되어 있는 언어로서 용해되어 흐르는 얼이다. 참담한 비극의 시대를 함께 살아오는 동안에 한이 맺힌 사람들에게 있어 소월의 시는 위안이 되어 왔다.

소월의 시 가운데 가장 두드러진 특징으로 나타난 게 바로 정한情恨의 세계이다. 이 정한은 바로 우리 민족의 바탕을 이루고 있는 향토정서의 절실한 핵심적 진액을 의미한다.

소월의 시「진달래꽃」에서는 보기에도 역겹다고 떠나는 임에게 말없이 고이 보내드리겠다는, 그 임이 가는 길에 진달래꽃을 뿌려 주면서 사뿐히 즈려밟고 가기를 바라는 그 마음 세계가 얼마나 고운가를 느끼게 된다. 물론 이러한 심리의 저변에는 원망스러움이 없는 것은 아니지만, 그 원망과 분노를 직접적으로 쏟아버리기 보다는 이를 여과해서 아름다운 시어詩語로 승화시켰다는 데에서 예술적 가치가 살아나게 된다.

임이 자기를 버리고 떠난다 할지라도 자기는 임에게 앙탈을 부리거나 원망하지 않고 고이 보내 드리면서, 죽어도 눈물을 흘리지 않겠다는 표현은, 죽어도 울 수밖에 없는 심경을 더욱 고조시키면서 뒤집어 강조한 표현이라 하겠다.

소월의 시세계에 한恨의 정서가 응축되어 있는 갈등구조는 저만치의 이상세계와 이만치의 현실세계의 좁혀질 수 없는 간격에서 나타난다. 원망하고 증오할 수밖에 없는 임을 사랑해야 하고, 고이 보내면서 또다시 만나려고 하는 역설 내지는 모순된 감정의 아이러니가 바로 그것이다.

소월의 시에 있어서 「먼 후일」이나 「예전엔 미처 몰랐어요」 등이 여성적인 정조의 시라면, 「산」이나 「초혼」 등은 남성적인 시라고 할 수 있다. 그리고 다음에 소개하는 「박녕쿨타령」은 4·4조의 타령으로서 흥겨운 가락으로 뽑아올린 작품으로, 한국인의 심정 속에 내재해 있는 민족혼을 공감하게 한다.

　　　박녕쿨이 에헤이요 벋을 적만 같아선
　　　온세상을 얼사쿠나 다 뒤덮는 것 같더니
　　　하드니만 에해이요 에헤이요 에헤야
　　　초가집 삼간을 못 덮었네, 에헤이요 못 덮었네.

　　　복숭아꽃이 에헤이요 피일 적만 같아선
　　　봄동산을 얼사쿠나 도맡아 놀 것 같더니
　　　하드니만 에헤이요 에헤이요 에헤야
　　　나비 한 마리도 못 붙잡데, 에헤이요 못 붙잡데.

　　　박녕쿨이 에헤이요 벋을 적만 같아선
　　　가을 올 줄을 얼사쿠나 아는 이가 적드니
　　　얼사쿠나 에헤이요 하룻밤 서리에, 에헤요
　　　잎도 줄기도 노그라 붙고 둥근 박만 달렸네.

우리가 소월을 통해서 교훈적 양식으로 삼아야 할 것은 우리의 고유한 정통성에 대한 문제이다. 서구의 양풍洋風에 아랑곳없이 그는 시종일관 우리의 순수한 향토정서를 민요적 가락으로 노래했다. 현대시가 앞으로 어떻게 변모해 가든지 간에 우리가 항상 제자리를 찾아야 할 그 존재지점은 오로지 소월의 시세계라 할 수 있다.

교 정 기 호

기 호	설 명	교 정 예
✓	語(字)間을 떼라	교정의의이
⌒	語(字)間을 붙이라	교정이 라 함은
ℓ	活字를 바로 세우라	교정 쇄와
ℓ C	誤字를 고쳐라	원고와를 (를
ℓℓ	除去하라	대조교하여
ℓ ⓖ	고딕體로 바꿔라	문자·배열·⑳ ⓖ
ℓ ⓜ	明朝體로 바꿔라	기타의 틀린 점, ⓜ
⌐	先後를 바꿔라	겸 능률 분비한
← →	左(右)로 내(넣어)라	← 교정지에
∽	行을 이으라	주고 붉은 잉크로
¬	行을 바꿔라	記入訂正하는 일을 말한다
6P	活字 크기를 바꿔라	6P (새한글 사전에서)
⊔	줄을 고르게 하라	校正은 용故를
⌐	句讀點을 넣어라	原則으로 한다.

찾아보기

【ㄱ】

【ㅎ】

문장론

초판 1쇄 발행일	2007년 9월 21일
개정증보판 1쇄 인쇄일	2015년 8월 24일
개정증보판 1쇄 발행일	2015년 9월 1일

지은이	황송문
펴낸이	정진이
편집장	김효은
편집·디자인	김진솔 우정민 박재원
마케팅	정찬용 정구형
영업관리	한선희 이선건 최재영
책임편집	우정민
인쇄처	월드문화사
펴낸곳	문학사계
배포처	국학자료원 새미(주)
	등록일 2005 03 15 제25100-2005-000008호
	서울특별시 강동구 성안로 13 (성내동, 현영빌딩 2층)
	Tel 442-4623 Fax 6499-3082
	www.kookhak.co.kr
	kookhak2001@hanmail.net

| ISBN | 978-89-93768-37-4 *03810 |
| 가격 | 18,000원 |